FRIEDA BERGMANN

Einmal Liebe zum Mitnehmen

Das Buch

Lily hatte sich das alles so schön vorgestellt: Endlich eine richtige Beziehung mit ihrem leider noch verheirateten Freund Torsten, endlich der erste Stern, auf den die Köchin in einem Münchner Nobelhotel nun schon so lange hingearbeitet hatte. Aber von einem Tag auf den anderen ist alles futsch, und Lily muss ihr ganzes Leben neu organisieren. Da kommt ihr das Angebot ihres irischen Vaters, das Haus seiner verstorbenen Schwester an der Westküste der grünen Insel herzurichten, gerade recht. Hier kann sie sich nicht nur ihrer großen Leidenschaft, dem Surfen, widmen, sondern findet auch eine neue Aufgabe, scheinbar weit weg von ihrer bisherigen Existenz als Spitzenköchin: Sie eröffnet einen Foodtruck. Das großartige Essen, das Lily dort anbietet, spricht sich schnell herum – doch es gibt einen Kunden, der nicht nur wegen dem Essen öfter bei Lily vorbeischaut …

Die Autorin

Frieda Bergmann hat Englisch, Geschichte und Deutsch in Regensburg und Dublin studiert. Ihren Debütroman veröffentlichte sie bei Twentysix im Selfpublishing, bevor sie für Blanvalet entdeckt wurde. Mit ihrer ersten Verlagsveröffentlichung geht für Frieda Bergmann ein lang gehegter Traum in Erfüllung. Mit ihren Geschichten, die auch immer in ihrer zweiten Heimat Irland spielen, will sie ihren Lesern Urlaub für den Kopf bescheren.

FRIEDA BERGMANN

Einmal Liebe zum Mitnehmen

ROMAN

blanvalet

Dieses Buch ist auch als E-Book erhältlich.

MIX
Papier aus verantwortungsvollen Quellen
FSC® C014496

Verlagsgruppe Random House FSC® N001967

2. Auflage
Deutsche Erstveröffentlichung 2018 bei Blanvalet,
einem Unternehmen der Verlagsgruppe Random House GmbH,
Neumarkter Straße 28, 81673 München

Umschlaggestaltung und -abbildung: www.buerosued.de
JB · Herstellung: sam
Satz: KompetenzCenter, Mönchengladbach
Druck und Bindung: GGP Media GmbH, Pößneck
Printed in Germany
ISBN 978-3-7341-0583-8

www.blanvalet.de

To the ones I love

EINS

Forellen-Ceviche, Spargel, Wildkräuter
Ravioli, Kohlrabi-Paprika-Cashew-Füllung

Confierte Ente, Pilz-Risotto
Schmorgurke, Röstkartoffel

Kualua-Pork, Süßkartoffel-Walnussschaum
Hirsepraline, geröstete Äpfel, Zwiebeln

Vanille-Rhabarber, Gewürzcrumble, Cidre vom Boskopapfel
Schokoladenkuchen, geschäumte Beere, geeiste Minze
Apfelsorbet, Baiser, Himbeergel

Hunderte Lichter funkelten in den Bäumen am Ufer des Kleinhesseloher Sees. Lampions säumten den Weg zu diesem flachen Gewässer inmitten des Englischen Gartens in München. Callablüten schmückten die festlich eingedeckten Tische. Der Wind spielte mit den bodenlangen Tischdecken und trug den Blütenduft hinüber zu den Technikern.

»Achtung! Alles auf Anfang!«

Die Lichter gingen aus und die zwei Künstlerinnen betraten die Bühne. Sie begannen, ihre Körper im Takt der Musik zu verbiegen, ließen Fackeln an ihren Armen und

Beinen entlangwandern und durch die Luft tanzen. Die Flammen spiegelten sich im Wasser und ließen die Darbietung magisch wirken. Schließlich schwirrten an langen Ketten befestigte Feuerkugeln durch die Luft und um die trainierten Körper, bis diese in einer grazilen Verbeugung zusammensanken. Das Feuer erlosch. Für einen Moment war es dunkel. Applaus! Nur fünf Menschen – drei Techniker und zwei Servicekräfte – bekundeten, dass ihnen die Darbietung gefallen hatte. Später würden es Hunderte sein. Hoffentlich!

»Okay! So weit, so gut.« Kilian Wohlleben, der Chef von *Light and Sound Unlimited*, schob Elemente auf dem Display seines Notebooks hin und her. »Alex, die rechte Seite muss besser ausgeleuchtet werden. Zum Schluss – kurz bevor sie die Kugeln wegwirft – war sie nur im Schatten! Am Anfang muss der Übergang von Blau zu Rot flüssiger sein. Das ist zu sehr Club und zu wenig Gala.«

Der Techniker hatte bereits eine Leiter unter die Scheinwerfer gestellt und begann, die Lichtkegel neu auszurichten.

»Kann ich noch mal? Ich brauche noch einen Durchlauf!«

Die Akrobatin, die für die Darstellung des Elementes Luft engagiert war, lief zurück zu der Brückenkonstruktion, mit der sie trockenen Fußes ihr Seil erreichen konnte. Die Kristalle, die an ihr eng anliegendes weißes Trikot genäht waren, glitzerten, als sie begann, am Gerüst hochzuklettern. Kaum hatte sie die Schlaufen um ihre Hände gewunden, begann die Musik.

»Zufrieden?« Der Techniker blickte die junge Frau an, die während des Auftritts an seiner Seite erschienen war. Sie nickte. Mit der schmalen Figur hätte man sie für eine der Artistinnen halten können. Bei genauem Hinsehen konnte man aber auf dem Gepäckträger des Mountainbikes, dessen

Lenker sie umfasst hielt, eine sorgsam zusammengerollte Kochjacke erkennen. Ihre blauen Augen wanderten über die Seebühne und das Seil hin zu den Leinwänden, die den hinteren Teil des Gewässers vor den Blicken der Zuschauer verbargen. »Sieht gut aus«, sagte sie. »Gehen wir alles noch einmal durch?«

»Wie Sie wünschen.«

Wer *Light and Sound Unlimited* engagierte, legte Wert auf eine professionelle Umsetzung. Die meisten Kunden ließen die Techniker gewähren. Diese Frau überließ nichts dem Zufall.

Er zeigte ihr den Ablaufplan. »Ankunft der Gäste 21.55 Uhr bis 22.05 Uhr – Einnehmen der Plätze – Champagner – Musik – Start Magier 22.15 Uhr – Übergang brasilianische Trommler 22.23 Uhr – 22.26 Artistik »Luft« – 22.34 Uhr Trommler – 22.39 Uhr Artistik »Feuer« – 22.46 Uhr Trommler – Leinwand auf – und dann seid ihr dran.«

»Dann sind wir dran!«, sagte sie.

»Achten Sie darauf, dass die Dessert-Boote eineinhalb Meter vom Rand der Leinwände entfernt sind. Dann können wir sie mit den Scheinwerfern am besten einfangen.«

»Meine Leute sind Profis!«

»Sie haben …«

»Dreißig, vielleicht einunddreißig Minuten ab Beginn der Darbietung.«

Er nickte. »Haben Sie möglicherweise drei Portionen Erdschwein für uns? Meine Leute reden den ganzen Abend von nichts anderem.«

Sie lächelte und nahm ihr Handy aus der Tasche. »Johannes! Lily hier! Schick bitte drei Portionen Kualua-Pork zur Technik am See. Lass es mit einem der Golfcarts liefern. Vielen Dank.« Sie wischte über das Display. »Das Essen kommt! Sobald er jemanden entbehren kann, kriegen Sie Ihr Erdschwein.«

»Wie haben Sie es eigentlich geschafft, eine Genehmigung für die Grillgruben zu bekommen?«

»Berufsgeheimnis«, grinste Lily.

»Sie können sich nicht vorstellen, was wir anstellen mussten, dass wir die Lichterketten in den Bäumen anbringen durften. ›Schützenswerter Baumbestand‹ – so etwas habe ich noch nie zuvor gehört!«

Ihr Lächeln signalisierte Verständnis. »Wenn Sie Nachspeise wollen, kommen Sie später einfach ins Zelt.«

Lily stieg auf ihr Mountainbike und trat kräftig in die Pedale. Sie nahm Kurs auf Küchenzelt Nummer vier, das ein paar Hundert Meter entfernt aufgestellt war. Der Hauptgang lief. Sie hatte überwacht, wie ihre Köche unter dem Staunen der knapp dreihundert Gäste den gegrillten Braten aus der Erdgrube gehievt und die ersten Stücke herausgegeben hatten. Dann hatte sie sich auf das Rad geschwungen. Zum Glück hatten die Techniker hier oben alles im Griff, und es gab keine Probleme mit den Künstlerinnen. Jetzt fehlte nur noch das Dessert – der Höhepunkt ihres Vier-Elemente-Menüs! Ein Vibrieren an ihrem Oberschenkel riss sie aus ihren Gedanken. Sie bremste so stark ab, dass das Hinterrad ins Schlingern geriet und sprang auf die Füße.

»Hi Louise, warte mal kurz!«, rief Lily in ihr Mobiltelefon und zerrte ihr Rad auf die Seite.

»Na, wie läuft's? Störe ich? Wir können auch später telefonieren, wenn es dir gerade nicht passt.«

»Nein! Ich freue mich doch, dass ich dich höre.« Lily schielte in Richtung Dessertzelt. »Ich musste nur kurz hinter dem Gebüsch parken, damit mich keiner sieht. Es läuft gut, fast zu gut! Schon die ersten zwei Gänge waren der Knaller.«

»Das wusste ich!«, jubelte Louise. »Das ist auch zu genial! Wenn ich einmal heirate, will ich von dir auch so ein Menü.«

»Wenn du einmal heiratest, lassen wir die Vorspeise an Minifallschirmen aus den Bäumen regnen«, sagte Lily. »Das ist mir heute eingefallen. Aber das hebe ich mir für dich auf.« Sie atmete tief durch. »Hoffentlich klappt das mit dem Dessert. Ich bin so nervös.«

»Das wird der Hammer. Glaub mir! Ich habe das im Gespür. Gibt's eigentlich Neuigkeiten vom Rosenkavalier?«

»Er schickt mir nach wie vor jede Stunde ein Foto von einer Rose – eine für jeden Monat.« Lily strahlte. »Acht habe ich schon.«

»Erst acht? Hat er erst mittags angefangen?« Louise pfiff missbilligend durch die Zähne. »Echte Rosen wären romantischer gewesen. Sind es wenigstens seine Fotos? Oder hat er sie aus dem Netz heruntergeladen?«

»Selbstverständlich sind es seine Fotos«, sagte Lily. Er kann ja schlecht jede Stunde eine Rose hier anschleppen. Wie sieht das denn aus? Eine Überraschung gibt es heute Abend auch noch.«

»Das will ich wohl hoffen. Hast du eine Vermutung?«

»Eventuell. Neben der letzten Rose lag ein Schlüsselbund, mit einem goldenen Herzanhänger. Süße, ich kann es hören, wenn du Würgegeräusche machst! Jedenfalls sieht der Schlüssel zu seiner Stadtwohnung anders aus, und ich denke, es ist endlich soweit.«

»Ach Lily, ich würde es dir so gönnen, aber glaubst du wirklich …«

»Ja, ja, ja. Ich glaube das ganz fest. Ich weiß es vielmehr! Du bist eine Desillusionistin.«

»Das kann ich nicht sein«, sagte Louise. »Das ist noch nicht einmal ein Wort.«

»Mir egal.« Lily raffte ihr Mountainbike wieder hoch. »Sag ganz schnell: Was macht New York? Ist deine Wohnung endlich bezugsfertig?«

»Gestern Abend war sie das bestimmt. Aber dann hat die Kuh zwei Stockwerke über mir den Hahn aufgedreht und ist in Urlaub gefahren. Momentan ist meine Wohnung also in erster Linie nass, aber das erzähle ich dir später. Du musst dir jetzt Sterne erarbeiten.«

»Das mache ich. Ich vermisse dich.« Lily schwang ihr Bein über den Sattel.

»Ich dich auch«, sagte Louise. »Toi toi toi. Schick ein Foto von den Booten!«

Lily hatte kaum das Handy eingesteckt, da vibrierte es erneut. Nachricht von Torsten. Aufgeregt öffnete sie den Messenger und tippte das Foto an, das soeben gesendet worden war. Die neunte Rose!

Die Familiengruppe zeigte sieben Nachrichten an. Das hatte Zeit bis später. Sie schloss kurz die Augen. Torsten und sie! Endlich!

Ohne sich noch einmal auf den Sattel zu setzen, fuhr sie zum Dessertzelt. Sie stellte ihr Mountainbike zwischen den weißen Lieferwagen mit dem »Miller Grand«- Aufdruck ab. Über dem Beifahrersitz hingen drei Kochjacken auf Bügeln bereit. Sie warf die alte Jacke hinter den Sitz und streifte sich eine frische über. »Chef de Cuisine Amelia T. Lindner« war auf Herzhöhe aufgestickt. Wenn die Leute fragten, was das T. bedeutete, antwortete sie stets »Das ist eine lange Geschichte«, verzichtete aber darauf, diese zu erzählen. Mit der Bürste fuhr sie sich durch die Haare und steckte mit geübten Griffen ihren Haarknoten fest. Letzter Gang! Die Kür!

»Chef kommt!«, rief einer der Köche, der ein Tablett mit kleinen Einweckgläsern aus dem Kühlcontainer geholt hatte. Die Gespräche verstummten. Lily betrat das Zelt und ließ ihren Blick über die lange Reihe weiß gekleideter Mitarbeiter schweifen. Man konnte die Konzentration spüren, mit der sie Beeren drapierten und Schaumtupfer auf die süßen Kunstwerke setzten.

»Alles klar?«, fragte sie Kai, ihren Patissier, der umgehend an ihrer Seite erschien.

»Alles klar, Chef! Und bei den anderen? Vorspeise kam gut an, habe ich gehört!«

»Ja. Das Schwein war auch genial« sagte Lily, ohne die Augen von ihrem Dessert-Team zu nehmen. »Beim zweiten Gang wollten alle die Ente. Sie haben sich fast darum geprügelt. Die Kollegen haben es aber gerettet. Und hier?«

»Der Kuchen ist fertig, Rhabarber steht.«

»Was ist mit den Booten?« Sie ging an dem langen Tisch vorbei, über den die Köche gebeugt standen. »Die Jungs machen die ersten fertig«, sagte der Patissier. Lilys Argusaugen machten eine Beere aus, die um einen Millimeter verrutscht war. Sie fischte das Glas aus der langen Nachtischreihe heraus und stellte es beiseite. »Achten Sie auf eine exakte Ausführung! Die Kollegen an den anderen Stationen haben die Latte hochgelegt! Wir dürfen am Schluss nicht nachlassen! Konzentration! Keine Unachtsamkeit!«

Sie trat nach draußen. Auf Regalen warteten die Holzboote darauf, dass Mitarbeiter die Desserts auf die kleinen Decks stellten. »Positionieren Sie die Gläser genau auf der Markierung! Eine winzige Abweichung und die Teile kentern!«

»Wird gemacht, Chef!«

Gleich vor dem Zelt blieb Lily stehen. Stefan, einer der

Auszubildenden, hob ein Boot vom Regal, setzte es auf die Wasseroberfläche und gab ihm einen vorsichtigen Schubs. Es glitt ein paar Meter über den See. Zwei, drei, vier weitere verteilten sich auf dem Wasser.

»Mist!«

Das letzte Boot hatte sich zur Seite geneigt. Die Gläser rutschten und platschten eins nach dem anderen in das flache Gewässer. Das Kuchenglas sank direkt auf den Grund, das Sorbet schaukelte kurz hin und her, der Vanille-Rhabarber hingegen kullerte ein Stück und blieb dann liegen.

Leon, der andere Lehrling, fluchte.

»Alter, was machen wir denn jetzt?« Stefan legte den Kopf schief und starrte auf die Desserthavarie.

Leon trat zu ihm ans Ufer. »Sollen wir den Kahn rausholen?«

»Weiß nicht«, sagte Stefan. »Meinst du, die anderen Teile bleiben hängen?«

»Wenn die auch kippen, ist es echt blöd.« Leon betrachtete das Boot in seinen Händen. »Vielleicht fahren sie ja auch daran vorbei!«

Lily stöhnte auf, trat aus der Dunkelheit, streifte ihre Schuhe ab und krempelte ihre Hosen hoch. Sie watete durch das schienbeinhohe Wasser, fischte die Dessertgläser heraus und sah die Azubis auffordernd an. Keiner der beiden bewegte sich. Sie drückte dem immer noch verdutzt dreinblickenden Leon die Gläser in die Hand und stapfte zurück, um auch noch das Boot zu bergen.

Ein Fotoapparat klickte hinter Lily.

»Das wird einmal ein ganz anderes Bild für unsere Zeitschrift. Immer vorausgesetzt Sie gestatten mir die Verwendung, Frau Lindner.«

Lily nahm das Boot unter den Arm, legte den Kopf schief

und lächelte kurz in die Kamera. Daniel Grohmann vom *Fine Food Magazine* konnte sie in jeder erdenklichen Situation fotografieren, solange er eine wohlwollende Kritik über das heutige Event verfasste. Sie ging ans Ufer, warf einen Blick auf ihre Uhr und wandte sich kurz an die beiden Azubis. »Meine Herren, weitermachen! Und zwar zack zack! Die Darbietung fängt in einer Viertelstunde an! Wenn die Leinwände hochgehen und nicht alle Boote im Wasser sind, habe ich ein geplatztes Event und Sie ab morgen keinen Ausbildungsplatz mehr.«

Stefan und Leon tauschten einen entsetzten Blick aus.

»Darf die das überhaupt?«, flüsterte Stefan.

»In dem Laden gibt es nichts, was die Lindner nicht darf!«, sagte Leon und ging zum Regal, um das nächste Boot zu holen.

Immer noch barfuß lief Lily zu Daniel Grohmann hinüber. Er hielt ihr das Display seiner Kamera entgegen und präsentierte ihr seine letzten Fotos.

»Die dürfen Sie gerne verwenden. Hat Ihnen mein Essen bisher zugesagt?«

»Spätestens mit der Ente hatten Sie mich. Ein Stern scheint greifbar nahe zu sein!«

Lily überlegte, ob sie etwas entgegnen sollte, ging aber nicht darauf ein.

»Verraten Sie mir, was Sie als Nachtisch kredenzen?«, fragte er.

»Schreiben Sie mir eine tolle Kritik?« Sie lächelte verschmitzt.

Er zwinkerte ihr zu.

»Mich würde außerdem interessieren, wie Sie es geschafft haben, drei Löcher in den Park zu buddeln, um Ihr Schwein dort zu grillen.«

»Mehrere Leute mit Schaufeln können da Wunder bewirken.« »Auf den Mund gefallen sind Sie nicht.« Er schmunzelte. »Ich werde dann mal wieder nach vorne gehen. Mögen die Küchengötter mit Ihnen sein! Und passen Sie auf, dass Sie nicht untergehen!«

»Keine Angst«, sagte sie. »Ich habe mein Seepferdchen.«

Lily sah dem Journalisten hinterher, wie er hinter den großen Leinwänden verschwand.

»Die Boote stauen sich!«

»Wie bitte?« Lily lief zurück zum Ufer.

»Sehen Sie selbst!« Leon deutete auf die Nachspeisenboote, die gemütlich Seite an Seite am Uferrand schaukelten. Keines hatte sich auch nur annähernd in die Mitte des Gewässers bewegt. Beim Testlauf nachts im Hotelswimmingpool hatten sich die Boote kooperativ verhalten.

»Verdammt! Nicht schubsen! Sonst kentern sie wieder!« Lily überlegte kurz. »Leon, laufen Sie zu Kai. Er soll alle verfügbaren Leute nach draußen schicken.« Sie zog ihr Handy aus der Tasche. »Johannes, lass bitte alles stehen und liegen. Wir haben einen Notfall am See. Wir brauchen alle Leute hier!«

Die Dessertmitarbeiter strömten bereits aus dem Zelt. Die Küchenchefin schilderte die Notfallsituation, das Team reagierte professionell. Ungesehen von den Gästen watete die Küchencrew durch das Wasser und verteilte die Boote gleichmäßig über die Fläche. Lily tropfte der Schweiß in die Augen. Seewasser hatte ihre Kochjacke an mehreren Stellen durchnässt. Um sie herum wogten die Nachspeisen nun anmutig in der Dunkelheit.

Plötzlich gestikulierte ihr Patissier wild vom Ufer aus. »Lily! Der Assistent von der Breuninger war eben bei mir, du sollst zu ihr an den Tisch!«

»Verdammt!«, fluchte Lily. Vorsichtig bahnte sie sich den Weg zum Ufer. Wenn die Chefin des Auftraggebers, der Sportswear-Firma 4Ellements, rief, musste sogar Lily springen.

»Carina, schnell, ich brauche Ihre Jacke!«

»Soll ich Ihnen keine aus dem Van holen?«

»Keine Zeit!« Lily riss sich die Kochjacke herunter. Eine der Beiköchinnen nestelte an Lilys Hosenbeinen und krempelte diese herunter. »Die sind nass, Chef.«

»Das muss jetzt so gehen!« Im Laufen knöpfte sich Lily die Jacke zu.

Die Trommeln setzten ein. Immer noch barfuß nahm sie auf dem freien Stuhl neben Linda Breuninger Platz. Ein Kellner stellte ein Glas Champagner vor sie hin.

Inzwischen blickten alle Gäste fasziniert auf die athletischen Frauenkörper und die Fackeln, die sie um ihre Körper wirbeln ließen. Lily atmete tief durch und hoffte, dass die Küchenmannschaft die Nachtischkatastrophe abgewendet hatte. Die Kugeln erloschen, und die Artistinnen sanken graziös zusammen. Das Publikum spendete Applaus. Die Leinwände glitten zur Seite. Die winzigen Lichter in den hohen Laubbäumen um den See funkelten. Wieder begannen die Trommeln, diesmal sanfter, ruhiger. Lilys Herz hielt sich noch an den wilden Rhythmus von vorhin. Die ersten Gäste deuteten in Richtung der Dessertflotte. Junge Frauen und Männer, ähnlich gekleidet wie die Feuerkünstlerinnen, mit hautenger Kleidung aus der 4Ellements-Kollektion und farbig geschminkten Gesichtern, liefen von der Seite auf den See zu. Sie wirkten wie Fabelwesen. Lily hielt die Luft an, während sie ins Wasser stiegen, um die Nachspeisenboote an die Gästetische zu bringen. Sie entspannte sich, als sie sah, wie vorsichtig sie sich bewegten. Kai musste sie gut instruiert haben. Sie musterte Linda Breuninger, versuchte einzuschätzen, ob es ihr gefiel. Ihre Auftraggeberin drehte sich um und lächelte. »Ich danke Ihnen von Herzen. Das war großartig!« Sie wandte sich an den Nebentisch. »Darf ich vorstellen? Das ist die Küchenchefin, nein, was sage ich, die Künstlerin, die uns diesen Abend beschert hat. Amelia Lindner.«

Lily stand auf, schüttelte Hände, hörte Namen, die sie gleich wieder vergaß.

Eine Frau in einem eleganten weißen Hosenanzug kam auf sie zu. »Frau Lindner, ich bin Felicitas Vereda von S&G Solutions. Haben Sie kurz Zeit für mich?« Lily nahm ihr Champagnerglas und setzte sich. »Ich habe noch nie so etwas Gutes gegessen wie dieses Süßkartoffelpüree. Das war sensationell.«

»Dankeschön. Das freut mich.«

»Wir entwickeln Software für Unternehmen und möchten auch in den Hotel- und Restaurantbereich vorstoßen«, sagte Frau Vereda, »deswegen suchen wir einen Experten aus dieser Branche. Hätten Sie Lust, uns bei der Entwicklung eines solchen Programmes zu unterstützen?«

»Warum nicht?« Lily schätzte, dass Felicitas Vereda wenig älter als sie selbst war. »Was müsste ich da tun?«

Aus einem Kinderwagen hinter der Dame waren plötzlich Protestlaute zu hören. »Entschuldigung«, sagte sie, holte ein Baby von etwa fünf Monaten aus dem Wagen und legte es an ihre Schulter, wo es sich augenblicklich beruhigte. »Mein Mann ist geschäftlich in Finnland, der Babysitter ist krank und die Omas wohnen beide weit weg.« Sie schaukelte ihr Kind ein bisschen. Dann lächelte sie. »Bis jetzt macht er sich ganz gut als Begleitung. Er hat nämlich seit der Vorspeise geschlafen.« Sie bettete ihren Sohn in ihren Arm. »Ich schweife ab! Was Sie für uns tun müssten, ist ganz einfach:

Sie erklären uns Ihre Abläufe. Wir hören uns an, was Sie brauchen, und versuchen, das dann umzusetzen. Idealerweise starten wir dann Probeläufe in Ihrem Betrieb und optimieren. Könnten Sie sich so etwas vorstellen?«

»Bestimmt«, sagte Lily. »Natürlich müsste ich das erst mit der Geschäftsleitung besprechen.« Sie dachte an den Hotelmanager Jan Terstegen, der eine Vielzahl an Vorbehalten äußern würde, und an Torsten, der ihre Vorschläge fast immer guthieß.

»Überlegen Sie sich das in Ruhe. Haben Sie eine Karte für mich?«

»Natürlich.« Lily zog eine Visitenkarte aus ihrer Hosentasche und nahm die der Frau entgegen.

»Wie gesagt, machen Sie sich keinen Stress. Aber ich denke, mit uns könnte das gut funktionieren.«

Lily bekam noch weitere Visitenkarten zugesteckt. Am Ende des Händeschüttelns hatte sie die Ausrichtung von diversen Familienfeiern und Firmenjubiläen in Aussicht. Sie wartete den geeigneten Moment ab, um sich zurückzuziehen.

Auf ihrem Handy zeigte die Familiengruppe inzwischen dreiundzwanzig Nachrichten an. Sie überflog den Austausch über die bevorstehende Einweihungsfeier bei ihrer Schwester und ärgerte sich über einen blöden Beitrag ihres Bruders, der sich darüber mokierte, dass sie noch nichts geschrieben hatte. Da sich das Absenden von rüden Emojis verbot, wenn ihre Mutter mitlas, tippte sie »Macht einfach!« und fand, dass sie damit genug zur Diskussion beigetragen hatte.

Der Nachricht von Torsten schenkte Lily mehr Aufmerksamkeit. Sie lud das Foto herunter – die zehnte Rose. Ihr fiel der Zeitstempel auf. Komisch, danach hatte sie kein Bild mehr bekommen.

ZWEI

München, Friedrichstraße, kurz nach Mitternacht.

Die Fenster von Torstens Wohnung blickten düster und leer auf die Straße. Als Lily die Tür aufsperrte, erstarb in ihr die Hoffnung, das Nichtmelden sei Teil seines Plans gewesen. Keine Teelichtspur in Richtung Schlafzimmer, keine Rosenblätter. Sonst lehnte sie jeglichen Kitsch ab, aber anlässlich eines Jubiläums sah sie diesen nicht nur als erlaubt, sondern sogar als erwünscht an. Nicht einmal aufgeräumt hatte er.

Sie zog ihr Handy aus der Tasche. Er hatte keine neue Nachricht geschickt und war auch nicht online gewesen. Nach der zehnten Rose hatte er nicht nur aufgehört, Fotos zu schicken, er hatte überhaupt aufgehört, irgendein Lebens- oder Liebeszeichen von sich zu geben. Eine Rose für jeden Monat. Acht fehlten. Ob er die gerade besorgte? Zuzutrauen wäre es ihm.

»Bin bei dir! Wo bist du?« Lily, 00.13 Uhr.

Sie streifte durch die Wohnung. Irgendwie kam ihr das komisch vor.

Nach einer heißen Dusche zog sie die lila-schwarz-gestreifte Unterwäsche an, die sie gestern noch erstanden hatte. Sie positionierte sich auf der Bettdecke und starrte in Erwartung einer Nachricht von Torsten auf das Display. Als die nicht eintraf, scrollte sie zurück auf die erste Mitteilung, die sie heute erhalten hatte.

»Du bist das Allerbeste, was mir je passiert ist. Ich habe eine Überraschung für dich. Heute Abend. Nach 4Ellements. Nur noch du und ich!« – Torsten, 11.57 Uhr.

Lily rechnete im Kopf sechs Stunden zurück. Kurz nach sieben Uhr abends in New York. Louise meldete sich sofort.

»Hey Süße, alles gut?«

»Ich bin in seiner Wohnung, und er taucht nicht auf.« Lily zog die Bettdecke hoch und wickelte sie sich mit der freien Hand um den Körper. »Erreichen kann ich ihn auch nicht. Jetzt weiß ich nicht, ob ich sauer sein soll oder ob ich mir Gedanken machen muss, weil ihm etwas passiert ist.«

»Wenn stimmt, was wir uns zusammengereimt haben, diskutiert er mit ihr, wer das Ferienhaus bekommt.«

»Das kann er doch bitte auch morgen machen.« Lily setzte sich auf. »Außerdem gibt es einen Ehevertrag. Da ist alles genau geregelt.«

»Meinst du, er kriegt kalte Füße?« Louise befand sich im Analysemodus. »Weißt du denn, was in dem Teil drinsteht? Wenn Claire Miller halbwegs Hirn hat – und das nehme ich stark an –, kriegt er nichts oder zumindest so wenig, dass er seinen Lebensstil bestimmt nicht halten kann.«

Lily schwieg.

»Süße, das muss nicht so sein«, sagte Louise. »Vielleicht fährt er gerade alle Spätblumenläden ab, damit er dir deine Rosen geben kann.«

»Spätblumenläden? In München?« Lily stand auf, wandelte mit ihrem Deckenumhang zum Fenster und starrte nach draußen. Dort fand sie alles unverändert vor. »Und wenn er sich von ihr belabern lässt? Wenn das so weitergeht? Dann bleibe ich ewig die Nummer zwei.«

»Das wird garantiert nicht geschehen«, erwiderte Louise heftig. »Weil Labersack Miller es nicht wert ist, dass sich eine Frau wie du für ihn aufspart. Wenn er in einer halben Stunde nicht aufgetaucht ist, gehst du heim. Hast du gehört?«

»Er wird kommen. Ich weiß es.« Auf dem Gang näherten sich Schritte. »Jetzt ist er da.« Lilys Herz klopfte wie verrückt.

Sie hörte, wie Louise laut ausatmete. »Na dann, viel Spaß. Ich wünsche dir so, dass du glücklich wirst. Selbst wenn es unbedingt mit Torsten sein muss. Meinen Segen hast du.«

»Das ist lieb.«

Lily legte auf, warf die Decke auf das Bett, zog sie notdürftig glatt und platzierte sich darauf.

Die Schritte im Flur verhallten, ohne dass sie einen Schlüssel in der Apartmenttür hörte. Sie stand auf, schaute auf die dunkle Straße hinunter, scannte die dort geparkten Wagen. Kein schwarzer BMW. Sie legte sich wieder auf das Bett, nahm eine Zeitschrift vom Nachttisch und zog die Decke wieder über sich. Das Display ihres Handys leuchtete auf. Sie fuhr hoch und seufzte, als sie sah, dass es nicht Torsten war, der sie kontaktiert hatte. Sie öffnete die Nachricht.

Von: F.Vereda@sg-Solutions.com
An: Amelia.Lindner@millergrand.com

Sehr geehrte Frau Lindner,
aufgrund unseres netten Gesprächs heute Abend, wollte ich mich bei Ihnen bezüglich des Software-Projektes melden und fragen, ob Sie Lust hätten, uns gleich nächste Woche in unserer Münchner Zentrale zu besuchen. Wie würde es Ihnen am Mittwoch um 13:00 Uhr passen?
Wir werden Ihnen vorstellen, welche Entwicklungen wir bereits für andere Branchen verwirklicht haben und gemeinsam Ideen austauschen.

Auch unser CEO, Mr Collum Sullivan, freut sich bereits, Sie bei dieser Gelegenheit kennenzulernen.
Falls ich nichts Gegenteiliges von Ihnen höre, freue ich mich Sie am Mittwoch bei uns zu begrüßen.

Mit freundlichen Grüßen

Ihre
Felicitas Vereda

P.S. Noch einmal herzlichen Glückwunsch zu Ihrem tollen Erfolg heute Abend! (Es war mir ein Vergnügen, diesen mitzuerleben.)

Felicitas Vereda
S&G Solutions
Geschäftsführerin Deutschland

Die schien es ernst zu meinen. Aber dafür hatte Lily nun wirklich keinen Geist. Sie rief noch einmal die Nachrichten auf, die sie seit heute Morgen mit Torsten ausgetauscht hatte. Sollte sie ihn anrufen? Es war schon sehr spät. Hoffentlich war ihm nichts zugestoßen. Lily schob das Handy beiseite. Sie hatte sich diese Nacht anders vorgestellt.

DREI

München, am nächsten Tag.

Gegen Mittag betrat Lily die Personalräume des Miller Grand und blieb kurz vor dem Schwarzen Brett stehen.

> *Die Hotelleitung bedankt sich beim Küchenteam für die eindrucksvolle Durchführung des 4Ellements-Dinners. Sie haben die hohen Ansprüche unseres Hotels auf vorbildliche Weise umgesetzt und unseren Gästen einen unvergesslichen Abend beschert.*
> *Jan-Malte Terstegen, Geschäftsführung*

Sie hatte mit einem solchen Aushang gerechnet. Trotzdem las sie ihn dreimal und sog das Lob in sich auf. Irgendetwas Positives brauchte sie heute. Torsten hatte sich noch immer nicht gemeldet. Auf dem Weg ins Hotel hatte sie in der U-Bahn permanent auf ihr Mobiltelefon gestarrt, hatte versucht sich abzulenken, indem sie sich Belohnungen für ihre 4Ellements-Leistung ausdachte. Sie schwankte zwischen einer ausgiebigen Massagebehandlung und einem neuen Neoprenanzug. Aber der Gedanke daran vermochte sie nicht aufzumuntern. Dafür sorgte ihre Nervosität.

Sie machte einen Umweg über den Hotelparkplatz und fand Torstens Stellplatz leer. An ihrem Spind klebte eine Nachricht. Es war einer dieser vorgefertigten Notizzettel, mit denen der General Manager Jan-Malte Terstegen – der schöne Jan, wie er insgeheim genannt wurde – die Kommunikation vereinfacht hatte, als er vor einem halben Jahr seinen Posten im Miller Grand München angetreten hatte. Die häufigsten Anlässe – wie Rücksprache, Meeting, Anruf – konnte man ankreuzen.

»Chef Lindner – Rücksprache – JMT«, war da zu lesen.

Lily sperrte ihre Tasche in den Spind und lief über die Hintertreppe ins Erdgeschoss, in dem sich die Verwaltungsräume des Hotels befanden. Dort bedeutete ihr die Sekretärin, sich auf einen der Stühle vor dem Büro des General Managers niederzulassen, und fuhr fort zu telefonieren.

Lily versuchte, an den Erfolg des gestrigen Abends zu denken. Der Aushang am Schwarzen Brett war ein gutes Zeichen. Aber ein Gespräch mit der Chefetage, das verhieß nicht nur Massage und Neoprenanzug. Ein Gespräch mit dem schönen Jan bedeutete: Neoprenanzug, Board *und* Hotel direkt am Strand. Ob eine Gratifikation für das Team vorgesehen war? Sie war während der 4Ellements-Vorbereitungen mehr als einmal aus der Haut gefahren. Tobende Chefs gehörten zu den großen Küchen wie das Glockenspiel auf den Marienplatz. In der Angespanntheit der letzten Woche hatte Lily aber eine eigene Kategorie des Mitarbeiteranbrüllens erschaffen. Sie musste dringend etwas für den Teamgeist tun. Vielleicht ein Bootsausflug? Ein Besuch im Kletterpark? Wieder blickte sie auf ihr Handy. Immer noch keine Nachricht von Torsten.

»Frau Lindner? Sie können jetzt hineingehen.«

Lily verstaute ihr Mobiltelefon in der Hosentasche und wollte schon an die Bürotüre klopfen, als die Sekretärin auf den gegenüberliegenden Konferenzraum deutete.

Lily war lange nicht hier gewesen. Die Klimaanlage lief auf höchster Stufe. Sichtblenden am Fenster sperrten das Sonnenlicht weitgehend aus. Jan-Malte Terstegen befand sich im Gespräch mit einem Mann, den sie noch nie gesehen hatte. Sie stand etwas unschlüssig vor dem ellipsenförmigen Tisch herum, während sich die beiden über Belanglosigkeiten austauschten.

»Einen Moment bitte«, sagte der schöne Jan und wandte sich sofort wieder seinem Gesprächspartner zu. In diesem Moment meldete Lilys Mobiltelefon lautlos einen Anruf. War das Torsten? Sie konnte das Telefonat jetzt unmöglich annehmen, auch wenn die zwei Männer sie nicht wirklich wahrnahmen. Sie überlegte, ob sie sich hinsetzen sollte. Einen Platz hatte man ihr nicht angeboten. Sollte sie doch kurz nachsehen? Sie versuchte sich abzulenken. Die anthrazitfarbenen Tapeten waren auf das Schwarz der Möbel abgestimmt, der Teppichboden nahm beide Farben auf. Das Muster der Auslegware sah genauso aus wie die mit Ziegenkäse gefüllten Cappelletti, die Torsten so gerne aß. Andererseits gingen gewundene schwarze Striche von den Halbkreisen weg, sodass die grauen Teppichteile doch eher an die fleischfressenden Pflanzen erinnerten, die ihr Bruder Ludwig vor Jahren gesammelt hatte. Endlich schien die Privatkonferenz beendet zu sein. Der andere Mann stellte sich als Julian Freudenberg, Anwalt der Miller Unternehmensgruppe, vor.

»War die Forelle schlecht und wir werden verklagt?«

Die eigene Nervosität mit einem Witz zu überspielen erwies sich selten als gute Idee. Das zeigte auch die Reaktion Terstegens, der keine Miene verzog und kommentarlos auf einen Stuhl deutete. Ob Torsten noch einmal anrief? Wieso übernahm der schöne Jan die Lobeshymne eigentlich nicht alleine? Sollte sie vielleicht befördert werden und war deswegen gleich der Unternehmensanwalt bestellt worden? Die Miller-Gruppe hatte Hotels überall auf dem Kontinent. Was würde das für Torsten und sie bedeuten?

Das Stahlrohrgestänge des grau bezogenen Lederstuhls wippte, als auch der Anwalt Platz nahm. Er musterte Lily, während der Hotelchef noch einen Blick auf die Papiere vor sich warf, die zahlreiche handschriftliche Notizen am Rand zierten. Schließlich sah er auf. »Wie beurteilen Sie Ihre Leistung hier im Hotel?«

»Gerade wenn ich an das 4Ellements-Event denke, haben wir eine beachtliche Leistung erbracht«, sagte Lily. »Wir – also mein Team und ich – haben lange und intensiv an der Umsetzung des Kundenwunsches gearbeitet, und das war auch von Erfolg gekrönt.«

»Es ist interessant, dass Sie von *Ihrem Team* sprechen«, sagte Terstegen. »Wie glauben Sie denn, dass *Ihr Team* diesen Abend beurteilt?«

Lily fand die Frage seltsam. »Ich denke, genauso.«

»Aha!«, sagte er und machte sich einen Vermerk. »Glauben Sie, die Gäste waren zufrieden?«

»Absolut. Ich habe nur positives Feedback bekommen.« Lily war verwirrt von der seltsamen Richtung, die das Gespräch nahm. Was sollten die Gäste an dem Abend auszusetzen haben? War jemand im See ausgerutscht und das Hotel musste tatsächlich mit einem Rechtsstreit rechnen? Nein, das hätte sie mitbekommen. Vielleicht doch das Essen? Im Kopf ging sie fieberhaft die Zutaten, deren Aufbewahrung und Zubereitung durch. Es konnte nicht sein, dass ihnen ein Fehler unterlaufen war. Bitte keine Lebensmittelvergiftung. Bitte, bitte nicht!

»Was glauben Sie, was das hier ist?« Der Anwalt zeigte

auf Umschläge, die links von ihm auf dem Konferenztisch lagen. Vor wenigen Minuten hätte Lily noch auf eine finanzielle Zuwendung getippt, nun war sie sich dessen nicht mehr so sicher. »Ich weiß es nicht«, sagte sie und versuchte selbstsicher zu klingen.

»Haben Sie eine Vermutung?«

»Ich würde mir wünschen, dass es eine Anerkennung für die Leistungen am vergangenen Wochenende ist.«

Herrn Freudenbergs Augen ruhten auf den Umschlägen. »Haben Sie noch einen Tipp?«

Lily schüttelte den Kopf. Sie fragte sich, was diese Fragerei sollte. Er ließ ihr keine Zeit, sich zu sortieren.

»Frau Lindner, wie schätzen Sie Ihre Kommunikationsfähigkeit ein?«

»Normal?«

»Normal, also.« Freudenberg bewegte seinen Kiefer, als kaue er auf Lilys Antwort herum.

Terstegen studierte die Notizen vor sich mit einem gequälten Gesichtsausdruck, schaltete sich aber nicht ein.

»Genau das ist der Kern des Problems«, sagte Freudenberg. »Mir liegen hier Unterlagen vor, aus denen hervorgeht, dass Sie nach einem Vorfall bei der Besprechung mit der …« Er sah in seine Papiere. »… der Hessner-Gruppe zu mehr Achtsamkeit im Kundenkontakt aufgefordert wurden. Genauer gesagt wurden Sie angewiesen, Ihren Ton zu mäßigen.«

Wieso kam er mit dieser alten Geschichte? Torsten hatte doch gemeint, sie solle sich diesbezüglich keine Gedanken machen. Und überhaupt, wieso sagte Terstegen nichts dazu? Der musste das doch wissen. Sie musste das richtigstellen. »Wenn ich kurz dazu Stellung nehmen darf: Die Hessner-Gruppe hätte sich mit ihrer Menüvorstellung vor ihren Geschäftspartnern nicht vorteilhaft präsentiert. Das konnte ich nicht verantworten. Man kann heutzutage auf einer Weihnachtsfeier kein Cordon bleu mehr servieren. Da habe ich eben versucht, ihnen ein zeitgemäßes Menü zusammenzustellen. Und …«

»Frau Lindner, ich bin über den Verlauf dieses Gesprächs durchaus im Bilde. Ihr Einsatz für die zeitgemäße Küche hat die Miller-Gruppe einen langjährigen Kunden gekostet. Soweit ich das hier ersehen kann, ist dies nicht der einzige Vorfall dieser Art gewesen.«

Ein Vibrieren an Lilys Oberschenkel vermeldete einen weiteren Anruf. Ohne ihre Augen von Terstegen und Freudenberg abzuwenden, zog sie das Gerät einen Zentimeter aus der Tasche und wies das Gespräch ab.

»Diese Kunden sind aber nicht abgesprungen«, sagte sie. »Außerdem waren letztes Wochenende viele hochkarätige Gäste anwesend, die uns mit der Ausrichtung privater oder geschäftlicher Feiern betrauen werden. Auch das Dinner der Wirtschaftskommission letzten Monat und die Hochzeiten bringen uns definitiv neue Aufträge.«

»Nach den Gesprächen mit Herrn Terstegen, in denen es um Ihren Umgangston ging, haben Sie versichert, dass solche Entgleisungen nicht wieder vorkommen werden.« Der Anwalt deutete mit dem Kugelschreiber auf eine Textstelle, als wolle er diese markieren.

»Das sind sie auch nicht.« Warum musste sie das noch einmal erörtern?

»Wenden wir uns Ihrem Führungsstil zu.« Er sah in seine Unterlagen. Dem ist es völlig egal, was ich sage, dachte Lily. »Ihre Mitarbeiter beklagen allesamt den harschen, ja teilweise verletzenden Umgangston, den Sie pflegen. Frau Lindner, Sie arbeiten jetzt seit drei Jahren hier und während Sie kulinarisch ordentliche Leistungen gebracht haben, haben wir feststellen müssen, dass Ihre Art der Personalführung, aber auch Ihr Umgang mit Kunden sich nicht mit dem Stil der Miller-Gruppe vereinbaren lassen.« In Lilys Ohren rauschte es. Wie hatte er ihre Leistungen soeben bezeichnet? Ordentlich? »Dementsprechend haben in Ihrer Zeit als Küchenchef sieben Mitarbeiter gekündigt.«

»Entschuldigung, dass ich Sie unterbreche, aber wer soll denn das sein?« Sie sah Terstegen hilfesuchend an, schien von diesem aber keinerlei Unterstützung erwarten zu können. »Herrn Maler haben wir gekündigt, weil er gestohlen hat, und Mattias, also Herr Lechner, ist gegangen, weil er im Four Seasons eine Stelle als Souschef gefunden hat. Und eine Mitarbeiterin hatte bereits ihre Kündigung eingereicht, bevor ich hier anfing. Sie hat nur noch ihre zwei Wochen hier erfüllt. Wie kommen Sie denn bitte auf sieben?«

Freudenberg deutete auf die Umschläge.

»Das sind die Schreiben von vier Mitarbeitern: Eines ist von Donnerstag, zwei erhielten wir letzten Freitag und eines ist vorhin eingetroffen. Eine solche Fluktuation gab es bis dato noch in keinem unserer Häuser.«

Lily schluckte. »Weshalb wollen uns diese Mitarbeiter verlassen?«

»Können Sie sich das nicht denken?«

Sie merkte, wie ihr die Tränen in die Augen stiegen. Sie blinzelte und versuchte zu verhindern, dass sie ihre Hand zu den Augenwinkeln führen musste.

»Ich habe schon in genug Küchen gearbeitet, um zu wissen, dass es unter mir bestimmt nicht strenger oder lauter zugeht als anderswo.«

Der Anwalt lehnte sich zurück und nahm einen Schluck Wasser. »Wir sind hier aber nicht anderswo, sondern im Miller Grand. Sie bringen Unruhe in unseren Betrieb. Der

Geschäftsleitung liegen Beschwerden über Sie vor, und das nicht erst seit letzter Woche. Neben den Mitarbeitern, die uns Ihretwegen verlassen wollen, sind noch weitere Mitglieder Ihres Teams an die Unternehmensführung herangetreten, die unter Ihrem Führungsstil massiv leiden.«

»Weshalb hat man mich nicht früher informiert? Man kann doch mit mir reden.«

Der Anwalt richtete sich auf und faltete seine Hände über den Papieren. »Diesen Eindruck vermitteln Sie – laut Aussage der Betroffenen – eben nicht. Die Leute wollten sich sogar erst dann äußern, als Ihnen zugesagt wurde, dass das Management sie nicht zu einem gemeinsamen Gespräch bittet. So groß ist die Angst vor Repressalien.«

»Ja, aber … Das kann doch gar nicht sein. In meiner Küche gibt es so etwas nicht. Es handelt sich um Missverständnisse. Wieso hat man mich nicht darauf hingewiesen und mir die Gelegenheit gegeben, das aus der Welt zu schaffen?«

»Sie mögen eine ganz gute Köchin sein, aber Ihnen mangelt es an Team- und Kommunikationsfähigkeit.«

»Weiß Herr Miller von dieser Unterredung? Ich kann mir nicht vorstellen, dass das hier in seinem Sinn ist.«

»Die Familie Miller hat uns beauftragt, dieses Gespräch zu führen.« Er schob ein Papier über den Tisch.

Lily versuchte, die Gedanken einzufangen, die durch ihren Kopf rasten. Hatte er wirklich gerade Familie Miller gesagt? Der Anwalt sprach weiter, sie zwang ihren Verstand an den Konferenztisch zurück.

»Frau Lindner, wir bieten Ihnen per Aufhebungsvertrag eine Regelung an, die beide Seiten zufriedenstellen müsste.«

Lily starrte auf das Dokument, ohne wirklich etwas zu sehen. Sie hörte auch nicht, was er über die Abfindungssumme sagte.

»Denken Sie kurz drüber nach. Ich schlage vor, dass wir uns in einer Stunde wieder hier treffen, sollten Sie sich für den Aufhebungsvertrag entscheiden.«

Terstegen und Freudenberg hatten den Raum verlassen. Sie brauchte Luft. Lily entriegelte die Glastür und stürzte auf die Dachterrasse. Zwischen Sichtschutzbambus und Designerstühlen versuchte sie, Torsten anzurufen, aber immer wieder erreichte sie nur die Mailbox. Sie hinterließ ihm panische Sprachnachrichten. Das Gleiche tat sie bei Louise. Wo waren denn alle? Sie hatte noch nicht einmal annähernd verstanden, was in diesem Konferenzraum geschehen war, und jetzt sollte sie Zukunftsentscheidungen treffen. Sollte sie nun versuchen, ihr Leben wieder zusammenzubauen oder das Geld nehmen und neu anfangen? So musste es sich anfühlen, von einer Klippe ins Meer gestoßen und langsam vom Wasser verschluckt zu werden. Lily zwang sich, lösungsorientiert zu denken. Sie begann, im Internet nach einem Anwalt zu suchen, als eine Nachricht von Torsten eintraf.

»Gott sei Dank!«, seufzte sie.

»Nach reiflicher Überlegung ist mir klar geworden, dass ich zu meiner Familie gehöre. Es war schön mit dir. Leb wohl.« – Torsten, 14.33 Uhr.

Es war, als hätte jemand die Reset-Taste gedrückt. Alles war still, dann begann es um sie herum zu rauschen.

VIER

Sankt Peter-Ording, Donnerstag.

Um 16.39 Uhr wuchtete Lily ihr Gepäck aus der Regionalbahn. Ihre Zeitschriften steckten ungelesen in ihrer Handtasche. Auf der langen Fahrt hatte sie sich von Louise trösten und aufbauen lassen und sich dann, von Musik betäubt, in ihre Gedankenwelt zurückgezogen.

Nun stand sie auf dem schmalen Bahnsteig und musste warten, bis der Pulk aus Rollkoffer ziehenden Schülerinnen an ihr vorbeigepilgert war. Das dauerte eine Weile, da die Teenager wie gebannt auf ihre Handydisplays starrten und nicht auf ihren Lehrer achteten, der am Ende des Bahnsteigs mit einem Umschlag gestikulierte. Auf der anderen Seite der Klassenfahrtskarawane stand eine hochaufgeschossene Frau im beigen Allwettermantel – das Mobiltelefon am Ohr. Sie winkte Lily kurz zu, konzentrierte sich dann wieder auf ihr Telefonat. Lily überquerte die schmale Plattform. Katharina nahm ihre große Schwester flüchtig in den Arm, während sie sich weiterhin telefonisch Untersuchungswerte durchgeben ließ und Anweisungen diktierte. Sie deutete in Richtung des Supermarktparkplatzes, der direkt an den Bahnhof anschloss, und hievte sich Lilys Reisetasche auf die Schulter. Lily folgte ihr und balancierte ihre Surfboardtasche über den Asphalt. Wenn Katharina lief, wirkte es, als müsse sie ein Boot durch hüfthohes Wasser ziehen. Mit ihren breiten Schultern erinnerte sie jetzt noch an eine Leistungsschwimmerin, selbst wenn sie nie den Ehrgeiz gehabt hatte, dieses Talent zu nutzen. Sie hatte all ihren Fleiß darauf verwandt, im Alter von 27 Jahren ein Medizinstudium mit Bestnoten absolviert und mit Hendrik Lorenzen, dem Leiter der Nordseeklinik, zwei Kinder bekommen zu haben. Hätte man in »Ehe und Familie« promovieren können, Katharina hätte mit summa cum laude abgeschlossen. Ohne Frage würde sie auch ihre Facharztausbildung mit Bravour beenden. Louise betonte immer, dass die Unterstützung durch eine Haushälterin und eine Kinderfrau diese Leistung machbarer erscheinen ließ, wenn sie nicht gerade darüber Witze machte, dass die Lindner-Schwestern ein Faible für ältere Männer hatten.

»Sollte das Fieber plötzlich ansteigen oder sollten Bauchschmerzen auftreten, soll sie sich sofort in die Notaufnahme begeben. Alles klar! … Das wünsche ich Ihnen auch. Tschüss.« Katharina drehte sich um. »Schön, dass du früher kommen konntest. Frau Claaßen hat einen Infekt. Es wäre gut, wenn du mir die Lütten morgen von der Kita abholen und zum Reiten bringen könntest. Wie siehst du denn aus? War die Fahrt so anstrengend?«

»Es war viel los.«

»Dabei sind die Züge donnerstags gar nicht so voll. Nun gut. Ich dachte mir, dass wir gleich in den Supermarkt gehen. Dann können wir einkaufen, was wir für den Brunch brauchen. Machst du mir die Salate?«

»Hab ich doch gesagt.«

Katharina drückte auf den Schlüssel, der Kofferraum ihres Audis öffnete sich. Mit gezielten Handgriffen legte sie den Sitz um, sodass auch Lilys Sportgepäck verstaut werden konnte. Dann holte sie einen Einkaufswagen und schob ihn in Richtung Supermarkt. Lily hatte Mühe, Schritt zu halten.

»Wir erwarten insgesamt 39 Gäste. Ludwig kommt übrigens in Begleitung. Hendrik will sich an den Grill stellen, das konnte ich ihm nicht ausreden. Fleisch, Platten mit Fisch, Wurst und Käse bekommen wir vom Stadtschlachter, das wird übermorgen Früh geliefert. Wir sind die Ersten, die den neuen Deichkäse auf den Tisch bringen. Du musst also wirklich nur die Salate zubereiten und – wenn es geht – die eine oder andere Nachspeise. Die Kinder fragen schon die ganze Woche nach deinem Kartoffelsalat. Ich bin dir so dankbar, dass du das machst.« Sie stellte den Wagen vor Lily hin. »Pack ein, was du brauchst. Ich hole ein paar Sachen für das Frühstück, bevor alles ausgeräumt ist.«

Katharina steuerte auf die Bäckerei im Eingangsbereich des Supermarktes zu. Lily legte ihre Hände an den kühlen Plastikgriff und trat in die im Wochenmarktstil inszenierte Obst- und Gemüseabteilung ein. Unschlüssig stand sie vor den Holzkisten und den mit Stroh ausgelegten Körben.

»Passt was nicht? Dieser Markt hat die beste Auswahl im ganzen Ort!« Katharina legte drei blauweiße Tüten in den Wagen.

»Doch, doch. Ich habe mir nur erst einen Überblick verschafft.«

»Es ist Gemüse, Lily. Das sieht hier auch nicht anders aus. Ich hole mal eben das Müsli für die Kinder.«

Katharina verschwand im nächsten Gang und Lily begann, ihre Zutaten auszuwählen. Während sie Tomaten, Zwiebeln und Kartoffeln einlud, beobachtete sie die urlaubsgelaunten Paare um sich herum und versuchte, nicht in Tränen auszubrechen.

»Wir speisen nicht die Fünftausend in der Wüste.«

»Was?«

»Die Kartoffeln! Außerdem ist das nicht unser Wagen.«

Lily sah ihrer Schwester zu, wie sie der Frau mit dem bunten Hanfkleid ein entschuldigendes Lächeln schenkte und zwei Säcke Erdäpfel aus deren Einkaufswagen entfernte. Einer wanderte zurück ins Regal, einen stemmte sie in den eigenen Wagen.

»Das gehört auch nicht uns. Wir kaufen nur Bio«, rief die Frau und hielt zwei Koriandertöpfe hoch, die Katharina ebenfalls umsortierte. Sie entschuldigte sich ein weiteres Mal, dann packte sie Lily an beiden Armen und zog sie in eine Ecke.

»Was ist denn los mit dir?«

Lily schniefte. »Ich habe keinen Job mehr.«

»Bist du geflogen oder hast du gekündigt?«

»Sie haben mir einen Aufhebungsvertrag angeboten.«

»So etwas passiert. Hast du die Konditionen von deinem Anwalt prüfen lassen?«

Lily nickte. Mimisch-gestisches Lügen wog bestimmt nicht so schwer wie eine geäußerte Unwahrheit.

»Hast du dir etwas zu Schulden kommen lassen?«

»Ich denke nicht. Nur ...«

»Nur was?«

»Ich habe offenbar einen rüden Umgangston mit den Mitarbeitern.«

Ihre Schwester kniff die Augen zusammen. »Die sollen sich nicht so anstellen. Schließlich bist du ihre Chefin. Was hast du denn Neues in Aussicht?«

»Nichts.« Dass sie zwei Anfragen direkt abgesagt hatte, verschwieg sie lieber.

»Wieso nicht? Mit deiner Ausbildung kannst du dir die Jobs doch aussuchen.«

»Ich habe Angst, dass die mich dort auch hassen.«

»So ein Blödsinn. Je eher du wieder anfängst umso besser.

Das ist wie beim Reiten. Charlotte und Nicolai müssen sofort aufsteigen, wenn sie vom Pferd gefallen sind, damit sie gar nicht erst Furcht entwickeln. Du musst auch zurück in den Sattel.«

»Ich denke, ich brauche eine Auszeit.«

»Du brauchst einen Tritt in den Hintern. Lass mich nur machen.«

Und während Lily durch den Supermarkt schlich und sich darauf konzentrierte, Produkte in den richtigen Wagen zu legen und Pärchen zu ignorieren, nahm Katharina das berufliche Schicksal ihrer Schwester in die Hand. Von den Säften über die Süßigkeiten bis hin zur Fleischtheke hatte sie Lilys Social-Media- und Jobportalauftritte überflogen und angekündigt, dass sie diese heute Abend auf den neuesten Stand bringen würden. Zwischen den Kühlregalen vereinbarte sie für den nächsten Morgen einen Termin bei einem befreundeten Fotografen, um das unvorteilhafte Profilfoto zu ersetzen. Lily versuchte zu protestieren, aber Katharina hatte nur abwehrend die Hand gehoben und beim Zeitschriftenregal mehrere überregionale Tages- und Wochenzeitungen in den Wagen gelegt, damit sie auch in diesen nach einer neuen Anstellung suchen konnten.

»Apropos, was sagt denn Mama?«

»Die weiß noch nichts.«

»Du Feigling.«

»Die Gespräche diese Woche waren schlimm genug. Da war ich nicht scharf darauf, mir auch noch die mütterlichen Vorhaltungen anzuhören.«

»Die hättest du dir ersparen können, wenn du dir gleich etwas Neues gesucht hättest.« Katharina fing an, die Einkäufe auf das Band zu legen. »Aber tröste dich, sie wird morgen von ihren Enkeln und Tante Hedwig so in Beschlag genommen sein, dass der Wir-Lindners-Vortrag kurz ausfallen wird. Wie hoch ist eigentlich deine Abfindung?«

Da viele Leute an der Kasse anstanden, öffnete Lily die Banking-App auf ihrem Mobiltelefon und ließ ihre Schwester einen Blick auf den erfolgten Zahlungseingang werfen. Katharina pfiff durch die Zähne. »Gütiger Gott, die wollten dich wirklich loswerden.«

Bevor sie zum Haus ihrer Schwester fuhren, kaufte sich Lily in der Drogeriefiliale neben dem Supermarkt noch Johanniskrauttee, Baldriandragees und ein Entspannungsbad. Für dieses Wochenende benötigte sie jede verfügbare Unterstützung. Wein würde sie bei ihrer Schwester finden, dessen war sie sich sicher.

Nächte unter Reet konnten genauso schlaflos sein wie Nächte in Münchner Mietshäusern. Der Social-Media-Überarbeitungswahn ihrer Schwester hatte durch den Beginn der Nachtschicht im Klinikum ein gnädig frühes Ende gefunden. Nun lag Lily in dem Doppelbett im Gästezimmer und starrte an die Dachschräge. Ihr Mobiltelefon hatte sie unter einem Stapel Ersatzbettwäsche im Schrank vergraben, um nicht noch einmal alle Chats mit ihrem Exfreund zu sezieren.

Im Kampf um das Einschlafen führte das Team Torsten, unterstützt durch das Küchenteam des Miller Grand und ihre Mutter gegen die Vereinigung der frei verkäuflichen Entspannungshilfen. Erstere trugen einen haushohen Sieg davon und setzten sich auch später noch in Lilys Albträumen durch. Um kurz vor sieben Uhr quälte sie sich hoch und checkte ihr Handy. Vor drei Minuten war er online gewesen, hatte diese Zeit aber nicht genutzt, um sich bei ihr zu melden. Louise schickte aufmunternde Botschaften.

In der Küche war ihre Schwester dabei, Apfelschnitze in

bunte Pausenbrotboxen zu sortieren und ihrer Haushälterin zu diktieren, welche Aufgaben zu erledigen waren.

»Bereit für den Neustart?«

»Ich habe nicht gut geschlafen.«

Frau Jöns sah kurz von ihrer Liste auf. »Das is de See, de wöhlt de Seel op.«

Katharina rollte hinter dem Rücken ihrer Hausangestellten mit den Augen. »Ich denke, meine Schwester hatte einfach nur eine anstrengende Woche.«

Sie schenkte eine Tasse Tee ein und drückte sie Lily in die Hand. »Leg bitte ein wenig Make-up auf, bevor du zum Fotografen gehst. Du kannst den Concealer aus meinem Schrank im Bad nehmen.«

»Wunner kann de ug nich hinkriegen!«, sagte die Haushälterin.

»Das stimmt allerdings. So wie du aussiehst, will dich kein Mensch einstellen. Vielleicht kann der Fotograf ein bisschen zaubern. Mama kommt um halb zwölf. Du musst die Lütten um halb eins aus dem Kindergarten abholen. Die Reitsachen sind im Auto, zieh sie im Kindergarten um. Autoschlüssel liegt auf der Kommode im Flur. Danach gehen wir normalerweise Enten füttern. Das musst du ihnen ausreden, denn du sollst auf der Heimfahrt noch bei Brennerei Peters vorbei und die Bestellung abholen. Teevergnügen mit Tante Hedwig beginnt um drei.«

»Tante Hedwig kommt heute auch schon?«

»Mensch, Lily. Das stand doch alles in der Familienchatgruppe. Außerdem hab ich dir das gestern gesagt.«

Lily seufzte und ging nach oben.

Die Stimmen in der Eingangshalle verhießen die Ankunft von Eleonore Lindner. Dumpf drangen Begrüßungsfreude,

Plaudern und das Geräusch von Koffern, die gegen Treppengeländer stießen, zu Lily durch. Sie hatte sich nach dem Fototermin noch einmal hingelegt, hatte durch Christina Aguileras »Just a Fool« erst Tränen und dann Schlaf gefunden. Erholsam war dieser nicht gewesen, aber immerhin war ein Teil des Vormittags ohne Grübeleien vergangen. Sie musste aufstehen. Ihre Mutter durfte sie so nicht vorfinden. Draußen hörte sie Katharina vom kommenden Fest schwärmen. Lily hob den Kopf. Dieser fühlte sich so schwer an, dass sie ihn gleich wieder in die Kissen sinken ließ. Ihre Schwester war jetzt mit ihrer Mutter im anderen Gästezimmer angelangt. Schubladen und Schranktüren wurden hörbar geöffnet und geschlossen. Lily mahnte ihre Gliedmaßen, sich zu erheben, konnte aber keine Reaktion spüren. Sie hörte auf die Geräusche im Nebenzimmer und zog sich die Decke über den Kopf.

Es klopfte an der Tür und ohne auf ein »Herein« zu warten, betrat Eleonore Lindner das Zimmer. Sie stieß ein »Gütiger Gott« aus, stieg über den Jeans-Pullover-Schuh-Wäschehaufen auf dem Boden und öffnete das Fenster. Eine Hand legte sich auf die Stelle des Daunenbetts, wo man Lilys Rücken vermuten konnte.

»So schlimm?«

»Hm.«

»Glaubst du, es wird besser, wenn du herumliegst?«

»Mhmh.« Lily kniff die Augen zusammen und drückte ihr Gesicht tiefer in die Matratze.

»Deine Schwester hat Angst, dass du morgen nicht kochen kannst.«

»Salate machen ist nicht Kochen.«

»Du weißt, dass du die Kinder nachher zum Reiten bringen sollst.«

»Ja.«

»Es ist unhöflich, sein Gegenüber nicht anzusehen, wenn man sich unterhält.« Ihre Mutter schlug die Bettdecke zur Seite und sah auf ihre älteste Tochter, die kreidebleich, mit wirrem Haar und zerknittertem T-Shirt in den Kissen lag.

»Du bist nicht der erste Mensch, der entlassen wird, und du wirst auch nicht der letzte sein. Es gibt viele Stellen in deinem Metier. Sollte dir dieses nicht mehr zusagen, wird sich eine andere Laufbahn finden.«

»Mama, bitte, ich kann das jetzt nicht.«

»Stell dich nicht so an. Wir Lindners lassen uns nicht unterkriegen. Du stehst jetzt auf, nimmst eine Dusche und begleitest die Kinder zum Reiten. Dann wohnst du dem Teevergnügen mit Tante Hedwig bei. Für heute Abend habe ich einen Tisch im Restaurant bestellt. Ich erwarte deine Anwesenheit.«

»Ich kann heute nicht unter Leute.«

»Das bist du bereits heute Nachmittag.«

Lily spürte das herannahende Wortunwetter und zog die Decke wieder über ihren Kopf.

»Dein Geflenne hat jedenfalls ein Ende. Du wirst dich zusammennehmen und mit Anstand das heutige Familienprogramm absolvieren. Am Montag zeigst du, dass sich eine Lindner nicht entmutigen lässt.«

Lily antwortete nicht. Ihre Augen füllten sich wieder mit Tränen.

Nach der Reitstunde packte Lily ihren Neffen und ihre Nichte in die Kindersitze und holte Katharinas Bestellung – Tante Hedwigs Lieblingskirschlikör – ab. Die Straße durch Sankt Peter-Ording war an diesem Freitag viel befahren. Die Langsamkeit hatte eine einschläfernde Wirkung auf Nicolai.

Charlotte hatte die Stunde mit den Pferden eher beflügelt. Sie ließ ihre Tante die komplette Reitstunde nacherleben und informierte diese im Anschluss über die Eigenheiten und Vorlieben sämtlicher Pferde im Stall. Lily hing ihren Gedanken nach und beschränkte sich auf ein gelegentliches »Hmm«.

An einer Kreuzung schnitt eine Mercedesfahrerin ihr die Vorfahrt ab. Lily trat auf die Bremse. »Das musste jetzt sein, du blöde Schabracke!«, schimpfte sie.

»Was ist eine Schabracke?«, fragte Charlotte.

»Das ist ein böses Wort für eine alte Frau.«

»So böse wie Idiot und Blödmann.«

»Ungefähr«, sagte Lily. »Solche Worte darf man nicht sagen, mein Mäuschen. Vergiss sie ganz schnell wieder.«

»Aber jetzt sind die Worte in meinem Kopf«, jammerte Charlotte.

»Da verschwinden sie schon wieder.«

»Dürfen wir jetzt ganz oft Idiot und Blödmann sagen? Dann sagen wir es später nicht!«

Lily war von diesem Vorschlag überfordert. Noch bevor sie antworten konnte, skandierte Charlotte vom Rücksitz aus die verbotenen Worte. Nicolai lauschte zunächst fasziniert und stimmte dann lautstark mit ein. Der Schimpfwortchor verstummte erst, als Lily den Wagen auf den Friesenhof lenkte und die Kinder ermahnte, dass mit dem Verlassen des Autos beide Wörter tabu seien.

Sie öffnete die Türen, ließ die Kleinen aussteigen und dachte mit Grauen an das Teevergnügen im Kreis der Frauen sowie an das Abendessen mit der versammelten Familie. Lily kniete sich vor Charlotte hin und legte ihr die Hände auf die Schultern. »Wenn du hineingehst, sagst du deiner Mama, dass ich zu Fuß zum Lokal laufe und sie nicht auf mich warten sollen. Ich treffe euch heute Abend dort. Und Charlotte, sag es, wenn du mit der Mama alleine bist, nicht, wenn Oma und Tante Hedwig dabei sind.« Nachdem der Nachsatz der Angelegenheit eine pädagogisch fragwürdige Note verlieh, fügte sie noch hinzu: »Das ist eine Überraschung für Oma. Kannst du das?« Ihre Nichte nickte ernst. Lily sperrte leise die Haustür auf und schob die Kinder in den Flur.

»Da seid ihr ja! Na, wie war es?« Katharina hatte sie anscheinend schon erwartet.

Charlotte hob an, ihrer Mutter in aller Ausführlichkeit von ihren Erlebnissen auf dem Reiterhof zu erzählen. Lily blieb neben der Tür stehen und versuchte, ihre Schwester im Flüsterton von ihren Nachmittagsplänen in Kenntnis zu setzen, während diese die Kinder aus der Reitkleidung schälte und Nicolai in das bereitliegende Hemd und die dunkelblaue Hose steckte. Charlotte streifte sich das blau-weiße Kleidchen selbst über.

»Ihr zwei geht jetzt Haare kämmen und Hände waschen. Charlotte, hilf deinem Bruder! Und dann sagt ihr Oma und Tante Hedwig im Esszimmer Guten Tag.« Die beiden trabten davon. Katharina richtete sich auf. »Man lässt ein Teevergnügen mit Tante Hedwig nicht ausfallen.«

»Heute schon.«

»Jetzt nimm dich zusammen. Außerdem sind es bis zur *Kajüte* bestimmt zehn Kilometer.«

»Ich brauche das jetzt.«

Katharina zog die Augenbrauen nach oben. »Ein Familientreffen definiert sich dadurch, dass die Familienmitglieder anwesend sind.«

»Ludwig ist auch noch nicht da«, sagte Lily. »Außerdem, heute Abend bin ich ja dabei. Beim Brunch morgen kannst du den ganzen Tag über mich verfügen.«

Im Hintergrund löste das Auftauchen der Kinder Alte-Damen-Begeisterung aus.

»Amelia, bist du das?« In der Stimme ihrer Mutter schwang Ungeduld mit. Die Furcht vor Erbtantenverärgerung lag in der Luft. Lily presste die Lippen aufeinander, warf ihrer Schwester einen vorwurfsvollen Blick zu und durchquerte den Flur in Richtung Esszimmer.

»Hallo. Ich wollte mich nur abmelden. Ich bin unpässlich. Mit etwas Bewegung und frischer Luft wird sich das sicherlich schnell wieder geben.«

»Deine Tante ist angekommen. Möchtest du sie nicht begrüßen?« Eleonore hatte zwischen jedes einzelne Wort einen Tadel gepackt.

»Oh, Entschuldigung. Grüß dich, Tante Hedwig.«

Lily küsste die Luft rechts und links der Wange ihrer Tante. Schweres Parfüm umwehte die perlengeschmückten Ohrläppchen, die für die zierliche Dame fast ein wenig zu groß wirkten.

»Ich hätte nie gedacht, dass gerade Amelia einmal das bayrischste unter deinen Kindern werden würde. ›Grüß dich‹. Sogar Ludwig wünscht mir einen ›Guten Tag‹. Im Norden sagen wir ›Moin‹.«

Lily schwieg. Tante Hedwig war immer in Rosa gekleidet. Auch an diesem Tag trug sie wieder ein Kostüm in dem Farbton. Sie ließ sich jedes zweite Jahr ein neues schneidern und passte mit Stolz auch heute noch in die Kombination, mit der sie sich zum Studium nach Tübingen verabschiedet und in der Friedrich von Kogelberg ihr seinerzeit einen Heiratsantrag gemacht hatte. Lediglich zur Beerdigung ihres Mannes hatte sie Schwarz getragen.

Tante Hedwig hatte seit jeher eine Ausstrahlung, bei der sich die Zuckerstücke selbstständig in der Zuckerdose

Kante auf Kante aufstellten. So hatte das der verstorbene Ludwig Lindner senior formuliert und sich prompt einen tadelnden Blick seiner Frau eingehandelt. Nun traf Lily dieser Blick.

»Tante Hedwig hat sich schon darauf gefreut, sich mit dir zu unterhalten.«

»Heute Abend haben wir Zeit, uns auszutauschen, liebe Tante.«

»Das hoffe ich auch, Amelia. Eleonore hat mir bereits erzählt, dass dir beruflich ein Malheur passiert ist. Darüber möchte ich mit dir gerne ein paar Worte wechseln.«

»Sicherlich, liebe Tante. Ich gehe dann jetzt. Wir sehen uns später.«

»Tante Lily, wohin gehst du?« Nicolai versuchte, seinen Stuhl vom Tisch wegzuschieben.

»Ich gehe spazieren.«

»Ich will auch.«

»Du bleibst hier.«, schaltete sich Katharina ein. »Wir sehen Tante Lily später.« Das laute »Nein, ich will mit!« wurde von dem Klirren des Silberlöffels auf Erbporzellan begleitet, das beim zweiten Schlag zu Bruch ging.

»Nicolai, nein!« Katharina stellte den erhöhten Stuhl einen Meter vom Tisch weg, entwand ihrem Sohn das Tatwerkzeug und entfernte die Tellerhälften. Strenge Blicke wurden nun in alle Richtungen entsandt. Von Katharina auf Nicolai, von Eleonore auf Lily, von Tante Hedwig auf Katharina, weil sie nur den Teller und nicht etwa den Übeltäter vom Tisch entfernte, dann auf den Übeltäter selbst und letztendlich auf Lily, die diesen Protest verursacht hatte.

»Zu unserer Zeit hätten wir nun schweigend neben dem Tisch stehen müssen. Die ganze Mahlzeit hindurch«, sagte Tante Hedwig. »Das Abendessen hätte ebenfalls ohne uns stattgefunden, wenn wir Großmutters Porzellan zerschlagen hätten.«

Lily nutzte die Gunst der erbtantlichen Anstandsstunde, um sich aus dem Esszimmer zu stehlen, und überließ es Katharina, mit den Damen über Erziehungsfragen zu diskutieren.

Meer und Wind waren immer Lilys Verbündete gewesen. Bald hatte sie den Holzsteg erreicht, der es Fußgängern und Fahrradfahrern erleichterte, über den breiten Sandstrand näher an das Wasser zu gelangen. Neun Kilometer strammes Marschieren durch die Nordseebrise würde bestimmt den einen oder anderen düsteren Gedanken vertreiben, im besten Falle sogar dafür sorgen, dass ihre Gefühle in Ordnung geweht würden. Dann könnte sie auch ein Abendessen überstehen, ohne dass ihre Verwandtschaft eine Ahnung bekam, dass Lilys Erschöpfung noch einen anderen Grund haben könnte als die verlorene Stelle. Sie zog ihre Kapuze über den Kopf und stemmte sich gegen den Wind. Familien kamen ihr entgegen, die Kleinen im Kinderwagen klammerten sich an ihre Sandeimer, die größeren Geschwister platschten rechts und links des Weges durch die Pfützen, welche die letzte Flut hinterlassen hatte. Schlangenförmige Sandnebel wanden sich über den Boden in Richtung Düne. Darüber kämpfte sich die Sonne durch graue Wolkenberge. Männer und Frauen in Neoprenanzügen mit großen Rucksäcken überholten Lily, freuten sich über den Wind, beobachteten die Kitesurferkollegen, die bereits über die Wellen flogen. Nachdem die Stunden mit den Kindern tatsächlich Ablenkung gebracht hatten, abgesehen von der Zeit, in der sie Chatverlauf zerlegend bei der Reitbahn gewartet hatte, kam nun die Verzweiflung mit voller Wucht zurück. Sie legte sich über Lily und ließ die Freude und Ausgelassenheit um sie herum nicht zu ihr durchdringen. Lily lief, bis der Boden unter ihren Füßen weich und das Meer spürbar wurde.

In der *Strandbar Nord 54* gönnte sie sich eine heiße Schokolade. Eigentlich half die immer, wenn es ihr schlecht ging. Heute blieb der tröstliche Effekt aus. Sie checkte ihr Handy: Torsten war online, sie starrte auf das Display, fühlte sich ihm über den Messenger ein wenig nahe, wartete vergeblich, dass er ihr schrieb. Dann machte sie ein Foto vom Strand und schickte es mit der Unterschrift »Halte mich tapfer!« an Louise.

FÜNF

Sankt Peter-Ording, wenige Stunden später.

Lily betrat den Holzsteg, der zum Pfahlrestaurant *Kajüte* führte. Soeben bog das Auto ihres Bruders auf den Parkplatz am Strand ein. Aus der Beifahrertür stieg eine Frau, die Lily noch nie gesehen hatte. Sie war sehr groß, ihr blondes Haar fiel ihr bis weit über den Rücken, ihre Kleidergröße musste das Ergebnis äußerster Disziplin sein und die Art, wie sie Ludwig den Arm umlegte, sprach dafür, dass Lily diese Frau wohl häufiger treffen würde. Der Wagen ihrer Schwester hielt gleich daneben. An der herzlichen Begrüßung, die Katharina und Hendrik der Unbekannten zuteilwerden ließen, konnte sie erkennen, dass dies nicht die erste Begegnung war. Ihr fiel auf, dass sie noch nicht einmal den Namen der neuen Frau kannte.

Beim Abendessen versuchte Lily, mit ihrem Stuhl zu verschmelzen. Glücklicherweise beanspruchte Charlotte die Aufmerksamkeit ihrer Oma. Die Großtante war mit dem Einschätzen von Ludwigs neuer Freundin Larissa beschäftigt. Als Katharinas Kinder mit einem Malbuch und Buntstiften ruhiggestellt wurden, schloss Eleonore sich Hedwigs Musterung an. Lily wusste genau, welche Tauglichkeits-Checklisten im Kopf ihrer Mutter abgearbeitet wurden. Beim Tischmanierentest hatte sich die Neue ihres Bruders bisher gut geschlagen, und auch Gespräche führen konnte sie einwandfrei. Tante Hedwig hatte einmal erzählt, dass die alten Damen, die früher auf Bällen die Tanzpaare begutachteten und eventuelle Verbindungen guthießen oder ablehnten, Drachenfels genannt wurden. Als solcher fungierten Hedwig und Eleonore, und sie gefielen sich sichtlich in ihrer Rolle. Ein Hoch auf Ludwig und seinen Entschluss, die Frau genau an diesem Wochenende zu präsentieren. Das gab Lily Ruhe und machte das Abendessen zu einer erträglichen Veranstaltung.

Als Charlotte quengelig wurde und Nicolai schon eine Stunde auf der Bank geschlafen hatte, brach Hendrik mit den Kindern auf. Charlotte kam noch einmal her und umarmte Tante Hedwigs Taille. »Danke für das schöne Buch, Tante Hedwig.« Sie zog an der Schulter der alten Dame, bis sich diese zu ihrer Urgroßnichte hinunterbeugte. »Du bist meine allerliebste Tante auf der ganzen Welt und du bist gar keine alte Schabracke.«

Lily hielt die Luft an und musste sich wegdrehen, damit man ihr Grinsen nicht sehen konnte. Katharinas entsetzter Blick traf erst ihre Älteste und dann ihre Schwester. Lily konnte einfach nichts richtig machen.

Ludwig und seine Neue standen unten am Strand. Er hatte den Arm auf ihren Rücken gelegt. Lily verzog das Gesicht. Sie brauchte ein paar Minuten Ruhe und setzte sich an eine geschützte Stelle auf der Terrasse des Restaurants und zog ihr Handy heraus.

Tante Hedwig trat neben sie. »Darf ich dir ein bisschen Gesellschaft leisten?«

Lily nickte, schielte kurz auf das Display und steckte ihr Mobiltelefon zurück in die Tasche.

»Ich habe mit deiner Mutter über deine besondere Situation gesprochen und hätte eine Idee, wie wir deine berufliche Misere ins Positive wenden können.«

Ein Mitarbeiter in schwarzem Hemd und gestreifter Weste stand auf der Terrasse bereit, sollten die Gäste einen Wunsch äußern. Tante Hedwig winkte ihn zu sich heran. »Servieren Sie uns noch bitte einen Tee nach Kapitänsart.« Dienstbeflissen eilte der Mann in Richtung Bar. Vorher brachte er noch kleine Windlichter an den Tisch und legte zwei Fleecedecken bereit. Tante Hedwigs Blick ruhte auf Lily.

»Deine Mutter und deine Schwester haben mir geschildert, dass du nach neuen beruflichen Herausforderungen suchst.«

Lily hatte geahnt, dass ihre Situation in der Familie thematisiert worden war. Sie hatte sich zwar durch ihre Flucht an den Strand genau dem entziehen wollen, dennoch wünschte sie sich in diesem Moment fast, dass ihre Familie doch direkt mit ihr gesprochen hätte.

»Sie haben mir ferner berichtet, dass du überlegst, nicht wieder in deinen ursprünglichen Wirkungskreis zurückzukehren.«

Lily nickte. Ihre Oberschenkel waren so angespannt, dass sie die Sitzfläche kaum berührten.

»Nun, ich wüsste da eine Position, in der du zwar die Führungsposition einnimmst, aber auch auf hundertprozentige Loyalität deiner Untergebenen zählen könntest. Zudem könntest du dein Wissen in der Leitung eines Hotels gewinnbringend einsetzen.«

Als Lily nach ihrem Abitur verkündet hatte, am Culinary Institute in New York studieren zu wollen, hatte sich Eleonore entsetzt gezeigt. Nach vielen Diskussionen hatte sie sich schließlich bereit erklärt, die Kosten zu übernehmen, unter der Bedingung, dass ihre Tochter sich für Hotelmanagement einschreiben würde. Lily hatte sich auf den Deal eingelassen und sich, sobald sie ihr Studium begonnen hatte, um einen Freiplatz beworben und das Hauptfach gewechselt. Niemand hatte sich ihrem Traum vom Stern in den Weg stellen dürfen. Sie dachte wehmütig an die Energie, mit der sie ihre Ausbildung zur Küchenchefin verfolgt hatte, und fragte sich, ob diese jemals wiederkehren würde.

»Amelia, hörst du mir zu?«

»Tante Hedwig, Entschuldigung, ja. Hotelleitung liegt mir nicht, und sie macht mir auch keine Freude. Außerdem benötige ich wirklich erst einmal eine Auszeit, um mir klar zu werden, wie es weitergehen soll.«

»Aber Kind, die hattest du doch bereits letzte Woche! Nun geht es frisch ans Werk.«

Lily merkte, dass es keinen Sinn hatte, mit ihrer Tante zu diskutieren, und beschloss, sich deren Vorschlag einfach anzuhören, damit dieses Gespräch möglichst schnell ein Ende nahm.

»Es handelt sich um ein herrschaftliches Anwesen. Der Besitzer ist der einzige männliche Erbe seiner Familie, sehr alter Name und sehr große Besitzungen in Bayern und auch in Österreich. Der junge Mann hat aber, was die Verwaltung desselben betrifft, keine glückliche Hand. Noch erledigt das ein Verwalter. Aber der geht im nächsten Jahr in Ruhestand, und dann bedarf es einer intelligenten und tatkräftigen Hand, die das Anwesen am Laufen hält.«

Der Mitarbeiter stellte zwei Tassen Tee vor den beiden ab. »Wenn gnädige Frau noch etwas wünschen?«

»Vielen Dank. Sie dürfen sich zurückziehen.«

Lily war es ein wenig peinlich, dass Tante Hedwig den Mann wie einen Kammerdiener behandelte. Die modernen Teetassen und die Lifestyle-Teemarke mit der Designverpackung, aus der Lily nun ihren Teebeutel herausholte, standen in einem abstrusen Gegensatz zu den Worten ihrer Tante.

»Kurz gesagt, Foffi braucht dich.«

Lily zog ihre Stirn kraus. »Ich soll bei Fo... bei Ferdinand arbeiten?« Sie hatte den Spitznamen von Tante Hedwigs Neffen schon immer dämlich gefunden.

»Ich finde die Idee famos. Ihr habt euch doch früher so gut verstanden.«

»Es ist reizend, dass du an mich denkst«, sagte Lily und roch an dem kleinen Kännchen, das wohl für den Kapitänsanteil des Gedecks stand und das, sie hatte es vermutet, Rum enthielt. »Aber Ferdinand möchte die Position sicher mit einem Kandidaten seiner Wahl besetzen und nicht mit jemandem, mit dem er vor fünfzehn Jahren das letzte Mal Kontakt hatte.«

»Bei Foffi ist das so wie bei dir. Manche Leute muss man zu ihrem Glück zwingen.« Tante Hedwig gab den Rum in ihre Tasse. »Wenn man Events veranstaltet, Weihnachtsmärkte, Gartenschauen, Musikfestivals, müsste das gut funktionieren. Und das kannst du doch so gut.«

Lily dachte, dass es am besten wäre, ihre Tante würde den Posten selbst übernehmen, nachdem sie sich schon so umfassende Gedanken um Ferdinands Zukunft gemacht hatte.

»Wenn du zustimmst, arrangiere ich alles. Ihr trefft euch bei mir. Wir sehen, ob es passt, und dann haben wir alle Misslichkeiten aus dem Weg geräumt.«

Lily kam in den Sinn, dass Tante Hedwig vor siebenundzwanzig Jahren schon einmal ein solches Arrangement vorbereitet hatte. Damals hatte sie Eleonore an Ludwig senior vermittelt. Den hatte es nicht gestört, dass die schöne Hamburgerin geschieden war, und auch ihre einjährige Tochter hatte er sofort ins Herz geschlossen. Lily merkte, wie sehr sie ihren Stiefvater vermisste. Vor einem Dreivierteljahr hatten sie ihn beerdigt. Moment! Lily ging noch einmal durch, was ihre Tante über ihren Neffen gesagt hatte.

»Gibt es noch andere Misslichkeiten, die bei Foffi vorliegen?« Jetzt gebrauchte sie auch schon diesen blöden Namen.

»Es gibt durchaus noch einen weiteren Punkt, der diese Verbindung wünschenswert erscheinen lässt. Als eingefleischter Junggeselle hat er sich zu wenig, um nicht zu sagen gar nicht, um Nachkommen gekümmert.«

Zum zweiten Mal innerhalb von wenigen Tagen wusste Lily nicht, was sie sagen sollte. Zunächst zumindest. Dann merkte sie, wie die Wut in ihr hochkroch. »Ich denke, dass weder Ferdinand noch ich dieser Hilfe bedürfen. Du solltest vielmehr einfach akzeptieren, dass er selbst bestimmt, was in seinem Leben vorgeht. Und ich tue das auch.« Lily war laut geworden. Sie wusste, dass man so nicht mit Tante Hedwig sprach. Es war ihr egal. Ihre Tante legte den Teelöffel auf die Untertasse und sah Lily fest an.

»Amelia, wenn du darauf anspielst, dass ich Vorurteile hege, so irrst du. Ich habe nichts dagegen, dass Ferdinand mit einem Mann zusammenlebt, und ich bin sehr dankbar, dass man sich heutzutage nicht mehr verstecken muss. Allerdings kann ich nicht akzeptieren, dass ein jahrhundertealter Familienname ausstirbt. Vereinbarungen wie diese kommen nie aus der Mode. Du kümmerst dich um das Anwesen und wenn du mit Ferdinand die Frage der Nachkommen geregelt hast, lebt jeder nach seiner Façon. Ich könnte mir vorstellen, dass du im Schloss dein eigenes Restaurant aufmachst. Ein Schlosshotel!« Ihre Augen leuchteten. »Dass ich da früher noch nicht daraufgekommen bin. Das ist die perfekte Lösung. Bei entsprechender Bezahlung wird dann auch dein Kommunikationsdefizit nicht zum Tragen kommen.«

Mit der letzten Bemerkung drängte sich der Schmerz über den Verlust ihres Jobs wieder in den Vordergrund. »Deine Mutter und auch ich erachten diesen Plan für gut, da er deine Misere und auch Foffis Problem mit einem Schlag löst.«

»Ich werde meine *Misere* schon lösen, früher oder später«, sagte Lily. »Und Ferdinand wird seinen Stammhalter finden. Dann wird er eben adoptieren, oder sie nehmen sich eine Leihmutter. Am Geld scheitert es ja offenkundig nicht. Und wenn er keinen findet, ist es eben so. Hauptsache er ist glücklich. Und ich werde das auch werden.«

»Früher oder später wirst du einsehen, wie unfehlbar dieser Plan ist. Für heute ist unser Gespräch beendet.«

»Das ist wahrscheinlich besser. Ich wünsche dir eine gute Nacht, Tante.«

Lily stand auf und verzichtete auf den Wangenkuss. Sie war wütend. Das Aufbegehren gegen ihre Großtante hatte ihre letzten Energiereserven aufgebraucht. Glücklich werden, das wollte sie. Aber wenn sie sich ihr Leben gerade ansah, hatte sie keine Ahnung, wie sie das angehen sollte.

Als die Familie zum Friesenhof zurückkehrte, rechnete Lily damit, dass Eleonore sie wegen ihres ungebührlichen Verhaltens ins Gebet nähme. Doch ihre Mutter war zu sehr damit beschäftigt, ihre Einschätzung von Ludwigs neuer Freundin mit Katharina zu teilen.

Lily schlich in ihr Zimmer. In ihr brodelte es noch. Alle verhielten sich so feige, wenn es um Tante Hedwig ging, denn sie hatten Angst aus ihrem Testament gestrichen zu werden. Lily nahm sich da gar nicht heraus. Mit einem Erbteil könnte sie ein eigenes Lokal aufmachen. Allerdings wäre da immer noch ihre scheinbare Unfähigkeit in der

Mitarbeiterführung. Diese musste sie insofern nicht kümmern, als sie ihren Namen durch ihren Zornausbruch bis auf Weiteres aus dem Letzten Willen getilgt hatte. Wahrscheinlich hatte Tante Hedwig ihr Vermögen ohnehin der Gesellschaft für die Wiedereinführung der Monarchie in Deutschland oder aber ihrem Hund vermacht. Insofern schadete ein wenig Ehrlichkeit nicht. Eigentlich trug Torsten eine Mitschuld am Verlauf des heutigen Abends. Hätte er sich nicht so feige aus der Affäre gezogen, hätten die Drachen heute zwei Paare zum Begutachten gehabt. Alles wäre anders verlaufen.

Gegen halb drei stand Lily auf. Wut erwies sich als ebenso miserables Schlafmittel wie Liebeskummer und Grübeleien. Sie ging in die Küche und begann, die Salate und Cremes für den Familienbrunch vorzubereiten. Zweieinhalb Stunden lang schnitt, hackte, pürierte und mischte sie. Da im Kühlschrank zu wenig Platz war, schaltete sie das Ersatzgerät in Katharinas riesigem Haushaltsraum an und verstaute dort die zahlreichen Schüsseln. Kein einziges Salatdressing schmeckte auch nur annähernd so, wie sie sich das vorgestellt hatte, aber nachdem drei Versuche im Ausguss gelandet waren, hatte sie es einfach dabei belassen. So wie sich ihre Familie in den letzten Stunden verhalten hatte, sollte dies genügen. Allerdings hatte sie einen neuen Grübelgrund gefunden, da sie nun die Angst plagte, ihren Geschmackssinn verloren zu haben.

Hinter der Schafweide ging bereits die Sonne auf, als Lily die Arbeitsfläche abwischte und die Tücher zum Trocknen aufhängte. Die Müdigkeit hatte sich auch nach der Küchenarbeit nicht eingefunden. Lily rief den Gezeitenkalender auf ihrem Mobiltelefon auf. Wenigstens das Meer hielt ihr die Treue.

Sie zog ihren Neoprenanzug an, holte ihr Board aus dem Schuppen, lieh sich das Auto ihrer Schwester und fuhr an den Strand.

Zwei Stunden in den Wellen gaben Lily das Gefühl, sich wieder ein wenig zu spüren. Zurück im Auto zerrte sie sich den Anzug vom Leib und schlüpfte in den warmen Kapuzenpulli und die alte Jeans. Sie setzte sich auf den Fahrersitz, blickte auf das Meer und schloss die Augen. Hundegebell holte sie aus ihrem traumlosen Schlaf. Inzwischen hatten viele Autos um sie herum geparkt. Zehn nach zehn. Um Himmels willen! Der Brunch startete in zwanzig Minuten und sie war noch nicht ordentlich angezogen.

Auf dem Parkplatz vor dem Haus fehlte das zweite Familienauto, nichts deutete darauf hin, dass bereits Gäste eingetroffen waren. In der Küche hörte man ihre Schwester laut schimpfen. Als Lily ihren Kopf zur Tür hereinsteckte, richtete sich der Wortschwall auch sofort gegen sie.

»Wo warst du? Kann man sich denn überhaupt nicht auf dich verlassen? Hendrik holt Mousse aus dem Supermarkt, damit wir unseren Gästen irgendetwas vorsetzen können. Mama und Tante Hedwig sind Blumen schneiden, und Frau Jöns versucht noch einen Alibisalat zusammenzuschustern, bis Hendrik mit den Sachen kommt. Wo hast du überhaupt die Zutaten versteckt?« Sie entfernte die Frischhaltefolie von einer Käseplatte und zerknüllte sie. »Du bist so egoistisch! Und jetzt ruinierst du auch noch mein Einweihungsfest!«

Lily holte tief Luft. »Kannst du dich vielleicht mal beruhigen? Deine Salate sind fertig. Die stehen im Kühlschrank in deinem Neben-Hauswirtschafts-was-auch-immer-Abstell-Raum. Deine Nachspeisen auch. Vielleicht schaust du mal genau nach, bevor du hier durchdrehst.« Sie drängte sich an Katharina vorbei. »Übrigens bin ich am Handy erreichbar. Schon mal auf die Idee gekommen?«

»Bist du nicht! Das hast du oben in deinem Zimmer gelassen. Mama hatte Angst, du hast dir etwas angetan.«

»Dazu braucht es ein wenig mehr als …«

Fast hätte sie sich verraten. Lily ließ Katharina stehen und ging nach oben, um sich umzuziehen. Ihr Gleichgewicht, das sich auf den Wellen zaghaft eingestellt hatte, war durch ihre Schwester zerschrien worden.

Der Brunch nahm Lilys Familienmitglieder so in Anspruch, dass sich der Tag nicht allzu anstrengend gestaltete. Lily ging mit ihrer Nichte und ihrem Neffen auf der nebenliegenden Weide Drachen steigen. Mit Larissa entspann sich eine erstaunlich angenehme Unterhaltung. Später hatte sich auch Katharina beruhigt, zumal die Gäste sich mehr als lobend über die von ihr zubereiteten Speisen äußerten. »Vielleicht solltest du dich selbstständig machen und für Veranstaltungen catern«, sagte sie und nahm versöhnlich die Hand ihrer großen Schwester. Lediglich ihre Mutter und Tante Hedwig vermieden das Gespräch mit Lily, wofür sich diese allerdings recht dankbar zeigte.

Am Abend hatten sich die meisten Gäste verabschiedet. Nur noch Lilys Geschwister mit ihren Partnern und ihre Mutter saßen um den großen Holztisch auf der Terrasse, in dessen Mitte die Reste des Büfetts in kleinen Schüsseln zusammengetragen waren. Lily teilte Louise per Sprachnachricht mit, dass der Tag viel besser als erwartet gelaufen war, und ging dann zu ihrer Nichte nach drinnen, wo ein Barbiepuppennotfall ihre dringende Anwesenheit erforderte.

Larissa kam herein, sie hatte ihren Cardigan um die Schultern gelegt und ihre Tasche in der Hand. Hinter ihr betrat Eleonore das Wohnzimmer.

»Wir brechen auf.« Larissa umarmte Lily kurz. »Es hat mich sehr gefreut, dich kennenzulernen. Ich habe übrigens einen tollen Kollegen, den musst du kennenlernen. Der kocht auch gerne.«

»Das ist nett.« Die Trauer kam unvermittelt wieder hoch. »Aber ich suche eigentlich nicht.« Sie versuchte sich zusammenzunehmen.

»Ach so«, sagte Larissa verschwörerisch. »Ich habe Ludwig schon gesagt, dass du bestimmt jemanden hast.«

Lilys Hand hatte zu zittern begonnen. Der Kummer setzte sich in ihrem Hals fest, schwoll an und blockierte ihre Stimme. Sie fühlte den Blick ihrer Mutter. Schnell presste sie ein »Nein« heraus. Ludwig kam herein und stellte einen Stapel dreckiger Teller ab, auf dem obersten waren zerknüllte Servietten und Essensreste aufgetürmt.

»Alles klar?« Er kniff die Augen zusammen und sah von einem zum anderen.

»Sicher«, murmelte Lily und gab vor, in der Spielecke nachsehen zu müssen, ob nicht auch Nicolais Playmobilfiguren einer Notfallbehandlung bedurften. Sie setzte sich auf den Boden und öffnete den Messenger auf ihrem Handy.

»Wie schön, dass es gut läuft. Ich hab dir doch gesagt, dass deine Familie nicht so schlimm ist.« – Louise, 13.11 Uhr.

»Schon wieder vorbei. Die Freundin meines Bruders wollte mir ihren Arbeitskollegen aufschwatzen. Ich denke, meine Mutter ahnt was.« – Lily, 19.54 Uhr.

»Ich finde das nicht schlimm. Sag es ihr!« – Louise, 13.57 Uhr.

»Das kann ich nicht!« – Lily, 19.58 Uhr.

»Doch! Die versteht das. Gerade mit ihrer Vorgeschichte. Wenn du ihr das anvertraust, fühlt sie sich ernst genommen. Vielleicht hebt das eure Beziehung auf ein ganz anderes Level. Am Ende wollen sie alle nur geliebt werden.« – Louise, 14.00 Uhr.

In der Küche rumorten Lilys Mutter und Schwester. Lily spulte noch einmal die Sätze in ihrem Kopf ab, die sie sich zurechtgelegt hatte. Hoffentlich unterbrach sie niemand. In ihrer Nervosität würde sie dann bestimmt den Faden verlieren. Sie drückte die Tür auf und schob sich in das Zimmer. Eleonore war dabei, den Geschirrspüler zu öffnen, und zog die obere Lade heraus. Die Gläser dampften. Katharina wischte mit dem Geschirrtuch durch eine Edelstahlschüssel. »Ach, jetzt kommst du, wo schon fast alles fertig ist.«

»Ich wollte euch noch etwas sagen.«

Die Frauen tauschten einen Blick aus und richteten ihre Augen auf Lily.

»Ich … Es gibt noch einen anderen Grund, warum es mir nicht gut geht. Mein Freund hat mich verlassen und das ist ohne Vorankündigung geschehen und eigentlich hat er gesagt, dass wir zusammenziehen, und dann hat er sich stattdessen getrennt und dann bin ich auch noch entlassen worden und ja … deswegen geht es mir so schlecht.«

Lilys Knie fühlten sich so weich an. Sie versuchte im Gesicht ihrer Mutter zu lesen. Diese stand gegen die Arbeitsplatte gelehnt, faltete das Geschirrtuch und sah ihre Älteste an. Enttäuschung oder Wut? Lily vermochte es nicht abzuschätzen. »Es ist, wie ich es prophezeit habe«, sagte Eleonore schließlich.

Katharina sah ebenfalls nicht überrascht aus. »Wenn du von deinem Freund sprichst, meinst du deinen Chef?«

Lily blickte betreten auf den Boden und zog die Unterlippe hinter ihre oberen Zähne. »Mit 'nem verheirateten Mann, na toll. Gut gemacht, Schwester!« Katharina begann die Gläser auszuräumen. Sie ging dabei so unsanft vor, dass sie den Stil eines Weinglases abbrach.

Lily ließ die Luft hörbar ausströmen. Sie hatte es gesagt. Allerdings ließ die Erleichterung auf sich warten, vielmehr tauchte der Zweifel auf, ob es nicht doch besser gewesen wäre, die Geschichte für sich zu behalten.

»Du bist dir schon darüber im Klaren, was dich deinen Job gekostet hat.« Eleonores Stimme klang eisig. »Ich bin so enttäuscht von dir!«

Da war es wieder. Die Goldkinder und das Enttäuschungskind. Die Rollen in ihrer Familie waren so eindeutig verteilt.

»Und bevor du dir jetzt selbst leidtust, will ich dir sagen, weshalb ich so enttäuscht von dir bin. Weil du hier im Bett herumliegst und herumheulst und dich aufgibst. Wenn du dich schon mit deinem Chef einlassen musst, dann sieh zu, dass du am Ende als die lachende Siegerin dastehst.« Lily schluckte. »Man kann nicht steuern, wo die Liebe hinfällt. Aber wenn du dir das nächste Mal ein solches ›Projekt‹ suchst, dann sorge dafür, dass die Frau geht und du mit Lokal, Hotel und Mann dastehst.«

Eleonore vermochte es immer wieder, ihre Tochter sprachlos zu machen. Lily stand in der Küche, sah, wie Katharina ungerührt die Schränke einräumte und ihre Mutter auf eine Entgegnung wartete.

»Ihr habt doch alle einen totalen Schlag«, brach es aus ihr heraus.

»Wie bitte?« Eleonore hob die Augenbrauen.

»Für Tante Hedwig bin ich die Verwalterin mit Gebärfunktion in Foffis Stammhalterburg. Und für dich soll ich die raffgierige Geliebte geben. Was ist das denn jetzt bitte? Ich nahm an, du wärst dir mit Tante Hedwig einig, was meine zukünftige Tätigkeit betrifft.«

»Was du mit Ferdinand machst, ist deine Sache. Das hat sich Hedwig zusammengesponnen. Aber diese Position als Verwalterin solltest du dir überlegen. Da bist du wenigstens aufgehoben. Allein scheinst du ja mit deinem Leben gerade überfordert zu sein.«

»Dann wäre ja alles gesagt.« Lily drehte sich um und verließ die Küche.

SECHS

Dublin, am nächsten Tag.

In der Ankunftshalle des Dubliner Flughafens drängten sich Freunde, Familien und zukünftige Gasteltern um die Absperrungen. Ausgestattet mit Blumen und Kuscheltieren starrten sie auf die automatische Schiebetüre. Etwas abseits warteten die Abholbeauftragten der Firmen mit ihren offiziellen Schildern, ausgedruckt oder mit Permanentmarker auf die Begrüßungspappe der Mietwagenfirma aufgeschrieben. Lily scannte die Menschen nach einem bekannten Gesicht. Er hatte sie auch gesehen, denn er hob die Hand, winkte und schob sich durch die Umstehenden. Sie lief drei Schritte auf ihn zu, ließ ihren Rollkoffer los und fiel ihm um den Hals.

»Hallo Lily.«

»Hi Dad.« Sie schniefte und versuchte, ihre Tränen an seiner Schulter zu verstecken.

»Alles okay?«

»Ja klar. Ich bin nur ein bisschen sentimental.«

»Ist auch lange her.«

Er reichte ihr eine Packung Papiertaschentücher.

»Danke.« Sie schnäuzte sich. »Kommst du direkt von der Arbeit?«

»Ja, sonst hätte ich mich umgezogen.« Lily sah, dass er immer noch seinen Anzug trug. Nur die Krawatte hatte er abgelegt. »Ich soll dich von Fionulla grüßen. Sie will dich unbedingt sehen und hat uns zum Essen eingeladen. Du sollst sagen, ob und wann es dir passt.«

»Klar machen wir das. Essen bei Fionulla ist immer so gemütlich. Ich habe nichts geplant, wann immer es ihr recht ist.« Sie bemühte sich so auszusehen, als meinte sie das auch.

»Wollen wir?« Er nahm ihren Koffer und ging damit zu seinem Wagen.

Auf dem Weg zu seinem Haus auf der Halbinsel Howth im Nordosten der irischen Hauptstadt, fuhr Niall Thornton einen Umweg, um seiner Tochter zu zeigen, was sich seit ihrem letzten Besuch verändert hatte. Auf alte Pubs und gemütlich-schäbige Häuser folgten Konzernzentralen, die um die auffälligste Architektur wetteiferten. Lily führte in unregelmäßigen Abständen einen Zipfel des zerknüllten Papiertaschentuchs, das sie nahezu komplett mit ihrer Hand umschlossen hielt, an ihre Augenwinkel. Sie war dankbar für die Normalität des Gesprächsthemas.

Eine Laterne erhellte den frisch aufgeschütteten Kies in der Einfahrt. Die Haustür wurde von zwei Wacholderbüschen in Steinkübeln flankiert. Buchsbaumkugeln in verschiedenen Größen, umrahmt von prächtigen Funkien, Lavendel und Kirschlorbeer zierten das schmale Beet, das sich an der Seitenmauer erstreckte.

»Hast du einen Gärtner?«

»Das ist mein Ausgleich«, sagte er, während er ihr Gepäck aus dem Kofferraum zog.

Ihr fiel auf, dass im Haus kein Licht brannte. »Ist Mona nicht zu Hause?«

»Mona wohnt nicht mehr hier.«

»Was? Du hast gar nichts gesagt. Seit wann denn?«

»Ich wollte dich nicht belasten. Anfang Dezember ist sie

ausgezogen. Und bevor du dir Gedanken machst, es geht mir gut«, sagte er und trug ihren Koffer die Treppen zur Haustür hinauf.

Im Haus ging Lily zunächst ins Badezimmer. Der Anblick der großen, anthrazitfarbenen Fliesen und der eleganten Armaturen verstörte sie. Wo waren die zwei Wasserhähne geblieben – einer für kaltes, einer für heißes Wasser? Mit diesen hatte sie unendlich lange zugebracht, bis sich ein Gemisch von halbwegs annehmbarer Temperatur in den Händen angesammelt hatte, das sie sich ins Gesicht spritzen konnte. Der neue Hahn versorgte sie auf Anhieb mit richtig temperiertem Wasser. Sie setzte sich auf den Wannenrand und atmete tief durch. Sie war so sehr mit sich beschäftigt gewesen, dass sie nicht mitbekommen hatte, dass ihr Vater wieder allein lebte. Deswegen hatte er Weihnachten bei seiner Schwester Margaret verbracht. Der Gedanke an ihre Tante vermochte sie nicht zu trösten. Sie war im Januar an Krebs gestorben, und obwohl ihr Niall versichert hatte, eine Beerdigung im allerengsten Kreis sei ihr Wunsch gewesen, fühlte sich Lily wie der egoistischste Mensch weit und breit. Sie schämte sich. Sich von Margaret zu verabschieden wäre so viel anständiger und sinnvoller gewesen, als das Wochenende mit Torsten in Paris zu verbringen. Paris! Wie einfallslos!

Mit ihrem großen Zeh strich sie über den Fliesenboden und vermisste es, Muster in den alten Teppichboden zeichnen zu können. Aber warm waren diese Fliesen. Angenehm warm. Auf dem Weg in die Küche beäugte sie argwöhnisch die Räumlichkeiten, um nach weiteren Veränderungen zu suchen. Abgesehen von dem futuristisch anmutenden Fernseher schien alles vertraut. In dem winzigen Gästezimmer lud sie ihren Koffer ab. Der raumhohe Einbauschrank hinter der Tür und das schmale Bett stellten die einzige Einrichtungsgegenstände dar. Es hätte auch beim besten Willen kein weiteres Möbelstück in das Zimmer gepasst. Lily musste über ihren Koffer steigen, um einen Blick aus dem Fenster zu werfen. Da lag sie: Die Dublin Bay. Im Hintergrund konnte sie die Lichter von Bray und Blackrock erkennen, eine Fähre glitt auf den Hafen in Dun Laoghaire zu. Zwischen den Natursteinmauern der Gärten führte ein schmaler Pfad hinunter zur Küste. Vielleicht würde sie morgen hinauspaddeln und auf ein paar Zufallswellen hoffen. Howth war zum Surfen nicht ideal, aber wenn sie nach Killiney oder Brittas Bay fuhr, würde sie auf eine annehmbare Brandung treffen.

Sie fand ihren Vater in der Küche, wo er seine Post studierte. »Was ist denn im Bad passiert?«, fragte sie.

»Gefällt es dir nicht?« Niall legte die Briefe beiseite.

»Weiß nicht.«

»Du hast dich immer beschwert, dass es so vorsintflutlich sei.«

»Aber jetzt ist es so neu.«

»Mona hatte von einer Kreuzfahrt geträumt. Nun kann sich der Handwerker durch das Mittelmeer schippern lassen.« Er seufzte leise. »Was möchtest du trinken? Tee? Kakao?«

»Kakao wäre toll.«

Niall goss Milch in einen Topf. Lily ging zum Küchenschrank und kramte eine Packung Caramel-Shortbread hervor. Sie riss den Karton auf, nahm einen Keks heraus und kaute geistesabwesend darauf herum.

»Du siehst müde aus«, sagte er.

»Es war viel los in letzter Zeit.«

Lily blickte über Nialls Schulter, sah zu, wie der Löffel die Flüssigkeit teilte und sie hinter dem Holzstab wieder zusammenfloss.

»Wie geht es deiner Mutter?«, fragte er.

»Wenn ich an der Spitze eines internationalen Hotelkonzerns stehen würde, würde es ihr besser gehen.«

»Ich meinte, nach dem Tod ihres Mannes.«

»Du kennst sie doch. Sie hat Ludwig senior beerdigt und schon auf dem Leichenschmaus das nächste Projekt an Land gezogen. Wir Lindners lassen uns durch nichts umwerfen. Wir Lindners sind zum Leiten geboren. Wir Lindners machen keine Fehler. Ich bin wohl eher eine Thornton. Entschuldigung, ich wollte jetzt nicht sagen, also, nein … du weißt schon.«

»Ich hoffe doch.« Er zögerte. »Was ist letztes Wochenende passiert?«

»Jetzt nicht, Dad. Ich erzähle es dir – irgendwann.« Sie nahm sich noch ein Shortbread und begann mit dem Finger die herausquellende Karamellfüllung unter den Rand des Schokoladendeckels zu drücken. »Und bei dir? Das mit Mona. Warum seid ihr nicht mehr zusammen?«

»Es hat funktioniert, und dann hat es nicht mehr so funktioniert. Mach dir meinetwegen keine Gedanken. Niemand mosert mehr, dass ich nie daheim bin, und ich kann hier tun und lassen, was ich will.«

Er rührte Kakaopulver in die heiße Milch und goss die Flüssigkeit in eine Tasse, auf der ein verwaschenes Schneewittchen und die sieben Zwerge zu erkennen waren. Dann platzierte er acht Minimarshmallows darauf. Lily musste lächeln, das hatte er früher immer so gemacht. Eines für Schneewittchen, je eines für die Zwerge. Er legte ihr die Packung auf den Tisch, sodass Lily auch noch ihr eigenes Marshmallow in die Tasse werfen konnte. Dann goss er sich einen Tee ein und setzte sich ihr gegenüber hin.

»Jetzt rück schon mit deiner Geschichte heraus. Ich verurteile dich nicht und du kannst hier so lange bleiben, wie du möchtest – immer vorausgesetzt, du wirst nicht international gesucht …«

Sie begann die Schaumzylinder unter die Milch zu drücken. Sobald sie den Löffel wegnahm, ploppten sie an die Oberfläche zurück und tanzten dort herum.

»Ich bin entlassen worden, weil sich die Mitarbeiter über mich beschwert haben. Und mein Freund hat mich verlassen und ist … Er ist zu seiner Frau zurück. Eigentlich war er dort nie weg.« Sie schielte hoch, um seine Reaktion abschätzen zu können. Sein Gesicht war ernst, wirkte aber eher konzentriert als vorwurfsvoll. »Und ich weiß gerade gar nichts mehr. Ach ja und Louise hat jetzt einen Job in New York.«

Lily griff in die Packung und nahm sich noch eine Handvoll Marshmallows, sortierte die rosafarbenen aus und ließ die weißen in den Kakao plumpsen. »Wäre es dir jetzt lieber, dass ich international gesucht würde?«

»Das wäre in jedem Fall einfacher gewesen. Wir hätten dich in Margarets Haus verstecken können. Dort hätte dich so schnell niemand vermutet. Aber so …« Er drückte ihre Hand. »Was brauchst du jetzt?«

»Erst einmal eine Auszeit und dann einen Plan. Ich habe aber keine Ahnung, wie der aussehen soll.« Sie trank einen Schluck Kakao. »Ich will dir übrigens nicht auf der Tasche liegen. Ich habe eine Abfindung.«

»Deswegen mache ich mir keine Gedanken. Du hast hier alle Zeit der Welt. Ich bin aber oft unterwegs.«

Er stellte seine eigene Tasse in die Spüle. »Eigentlich hatte ich für heute Abend etwas geplant, aber ich bin mir jetzt nicht mehr sicher, ob das so eine gute Idee ist. Ich habe im *Nineteen* einen Tisch ergattern können. In unserem neuen Sternelokal. Du musst sagen, wenn es dir nicht recht ist.«

Beim Wort Sternelokal hatte sich in Lily alles verkrampft. Aber dann sah sie ihn an, dachte an Mona und an Margaret und zwang sich zu einem neutralen Gesichtsausdruck: »Gut essen kann man immer.«

SIEBEN

Dublin, Church Street, am gleichen Abend.

Collum Sullivan stand immer noch vor der Tür. Fünfzehn Minuten wartete er schon dort. Pünktlichkeit war noch nie ihre Stärke gewesen. Ein paar Minuten wollte er noch ausharren, dann würde er hineingehen. Hinter dem auf die Glasscheibe aufgebrachten Schriftzug *Nineteen* lächelte ihn die Servicekraft an. Er erwiderte das Lächeln. Dann zog er sein Mobiltelefon heraus und checkte seinen Posteingang. Die meisten Sachen hatten bis morgen Zeit, aber die Mail seiner Deutschland-Chefin interessierte ihn. Sie informierte ihn, dass die erste Wahl die Restaurantsoftware betreffend zu ihrem großen Bedauern abgesprungen war. Allerdings hatte sie sich bereits an deren Souschef gewandt, der sich aufgeschlossen zeigte, sie bei der Programmentwicklung mit seinem Know-how zu unterstützen.

Er merkte, dass ihn die Servicekraft hinter der Scheibe anstarrte. Sie hatte blonde Haare und eine weibliche Figur. Als er den Blick erwiderte, drehte sie rasch den Kopf weg, offenbar fühlte sie sich ertappt. Dann sah sie hoch und lachte ihn an, lachte die Peinlichkeit einfach weg. Auch er musste schmunzeln. Anstarren war in Ordnung, wenn es charmant erfolgte.

Sein Handy meldete einen Anruf.

»Collum, es tut mir leid. Ich stehe im Feierabendverkehr.

Geh doch schon einmal hinein. Ich komme so schnell wie möglich.«

»Alles klar. Fahr vorsichtig«, sagte er.

»Ich lasse mich fahren.«

»Okay. Soll ich dir etwas bestellen?«

»Nein danke, ich muss erst einmal sehen, was sie haben.«

»Gut. Bis gleich.«

Eine Gruppe Studenten lief lärmend und lachend vorbei und blockierte für kurze Zeit den Eingang. Er wartete, bis sie vorbeigepilgert waren, und betrat das Lokal. Die Mitarbeiterin – Michelle stand auf ihrem Namensschild – lächelte und hakte seinen Namen ab. »Guten Abend, Mr Sullivan. Herzlich willkommen im *Nineteen*, ich bringe Sie zu Ihrem Platz.«

Er folgte ihr. Drei Stufen führten von dem Stehpult am Empfang in den großzügig gehaltenen Hauptraum des Restaurants. Gedämpfte Beleuchtung, zurückhaltendes Interieur, weiße Wände, an der Decke eine Farbenexplosion. Er blieb stehen und legte den Kopf in den Nacken, um das Fresko zu betrachten: Spärlich bekleidete Menschen, die eingerahmt von Putten ihr Leben bei Wein, Wild und Lustbarkeiten genossen.

Michelle schien von seinem Interesse offensichtlich angetan. Sie stellte sich neben ihn. »Im 18. Jahrhundert gehörte dieses Haus einem Kaufmann«, erklärte sie. »Er hatte auf einer seiner Reisen einen italienischen Maler kennengelernt und ihn nach Dublin eingeladen. Der Künstler war auf Fresken spezialisiert, die Fortuna, sein Lieblingsmotiv. Und da der Kaufmann seine Frau über alles liebte, überlegte er nicht lange und ließ seine Gemahlin als sinnliche Göttin an der Decke darstellen. Das Handelshaus stieg innerhalb weniger Jahre zu einem der erfolgreichsten Unternehmen Irlands auf. Man erzählt sich, dass die Geschäftspartner ihren Blick nicht von der Fortuna lassen konnten, und dass er so alle Verhandlungen zu seinen Gunsten wenden konnte.«

Er runzelte die Stirn und betrachtete die dargestellten Figuren noch einmal genauer. »Und welche der Damen soll jetzt die Fortuna darstellen?«

Sie sah ebenfalls nach oben. »Die … äh … zweite von links. Sie hat übrigens bis heute nichts von ihrer Schicksalskraft eingebüßt«, sagte sie mit einem filmpreisverdächtigen Augenaufschlag.

Noch einmal richtete er seinen Blick nach oben. »Das haben Sie sich gerade ausgedacht, oder? Ich hoffe das zumindest, denn, was auch immer diese Frau da oben tut, ich möchte nicht hineingezogen werden.«

»Vielleicht war es auch die dritte von rechts.«

»Das macht es nicht besser!«

Sie sah ihm in die Augen. »Die Hauptsache ist doch, dass die Geschichte gut ist.«

Er lachte. »Dagegen kann ich natürlich nichts sagen.« Sie führte ihn zu seinem Tisch. Dieser befand sich zwar nicht am Fenster, hatte aber den Vorteil, dass man das ganze Restaurant im Blick hatte, während man selbst kaum beäugt werden konnte. Das gefiel ihm.

Die für diesen Bereich zuständige Servicekraft näherte sich. Gestärkte Bluse, exakt gebundene schwarze Schürze und lange, im Nacken zusammengesteckte dunkle Haare. Michelle nahm ihr die Speisekarten aus der Hand. »Ich mache das schon!«

»Soll ich nicht …?«, fragte die andere Frau. Ihre Verwirrung zeigte, dass diese Umverteilung der Aufgaben nicht üblich war. »Nein, alles in Ordnung. Dankeschön, Talia.« Die Angesprochene sah Collum noch einmal an und wandte sich dann dem Nebentisch zu.

»Mr Sullivan, das ist unsere Getränkekarte«, sagte Michelle. »Wir führen nur Weine von zertifizierten Bioweingütern auf dem Kontinent. Unser Bier stammt aus kleinen Brauereien in Irland. Darf ich Ihnen einen Aperitif empfehlen?«

»Nein danke«, sagte er. »Aber Sie dürfen mir bitte ein ...« Er scannte die Liste. »Knockmealdown Pale Ale bringen. Dankeschön.«

»Selbstverständlich. Sehr gerne.« Sie entfernte sich.

Er blickte auf seine Uhr. Eine halbe Stunde zu spät.

Am Nebentisch saßen ein älterer Mann und eine junge Frau. Er redete unablässig, sie sah angespannt aus. Den Mann hatte er schon einmal gesehen. Er stöberte in seinem Gedächtnis, fand aber keinen Anknüpfungspunkt.

Suzanne wurde an den Tisch gebracht. Ihre blonden Haare wirkten heller als sonst, ihr Gesicht zeigte eine gesunde Bräune. Wie immer trug sie Hosenanzug, Schuhe und Handtasche farblich abgestimmt. Er stand auf und umarmte sie. Sie drückte ihn fest an sich und gab ihm einen Kuss auf die Wange.

»Du siehst erholt aus«, sagte er. »Gar nicht wie jemand, der Neuseeland gerade zu Fuß durchquert hat.«

»Du bist aber auch viel draußen gewesen.« Sie strahlte ihn an. Die Sommersprossen auf seiner Nase hatten sich nach der Segeltour letztes Wochenende verdreifacht. Suzannes Hände lagen immer noch auf seinem Rücken. Als sie diese wegnahm, kniff sie ihn kurz in die Seite. »Dir hätte es allerdings gutgetan, zu Fuß irgendwohin zu gehen. Was ist das denn?«

»Ich jogge jeden ... ähm ... regelmäßig«, sagte er.

»Du musst dich nicht entschuldigen«, sagte sie. »Du siehst gut aus. Der Anzug steht dir. Hast du den neu machen lassen?«

Er schob den Stuhl zurück, damit sie sich setzen konnte.

»Eigentlich nicht. Aber es kann sein, dass du den nicht kennst. Wir haben uns jetzt … wie lange … zwölf Wochen nicht gesehen.« Er merkte, wie sehr er sie vermisst hatte.

»Das stimmt«, sagte sie. »Und es ist etwas Schreckliches passiert.« Sie senkte ihre Stimme. »Ich habe einen grauen Ansatz bekommen. In Wellington musste ich mich gleich in professionelle Hände begeben und tönen lassen. Auf der Tour hat es mich nicht gestört, aber dann im Hotel.«

Kritisch betrachtete sie seine Haare. »Du hast immer noch keines, das ist gemein. Und eigentlich müsste man es bei dir viel deutlicher sehen.« Sie musste lachen, versuchte aber ihre Mimik unter Kontrolle zu bringen.

»Sag es bitte nicht!« Collum legte den Kopf schief und verzog den Mund.

»Was soll ich denn nicht sagen?« Sie blickte ihn scheinbar unschuldig an. »Dass ich mich sehr geehrt fühle, mit dem frischgebackenen Unternehmer des Jahres dinieren zu dürfen? Und das gleich nach meiner Rückkehr.«

»Gut gerettet«, sagte er. »Allerdings gehst du nur mit einem der Preisträger aus. Die Hälfte gehört schließlich Aidan. Und ehrlich gesagt hatte ich zunächst kein gutes Gefühl, als ich erfahren habe, was die *Association of Business Women in Ireland* mit uns vorhat. Findest du nicht, dass es nach Vetternwirtschaft aussieht, wenn ich einen Preis von einer Vereinigung bekomme, bei der du im Vorstand sitzt?«

»Also, einmal ruht mein Sitz während meines Sabbatjahres, weshalb ich keinen Einfluss auf die diesjährige Auswahlliste hatte, und dann sag mir ehrlich, wer hätte den denn mehr verdient als ihr?«

Er fühlte sich geschmeichelt und genoss das Lob. Gleichzeitig wusste er nicht, was er sagen sollte, weswegen er die kunstvoll gefaltete Stoffserviette nahm und zur Seite legte. Die vorher von Michelle verscheuchte Servicekraft trat lächelnd an den Tisch. Die großen Speisekarten vor sich haltend, die Hüfte leicht eingeknickt, stellte sie sich als Talia vor und kündigte an, an diesem Abend für die beiden zuständig zu sein. Anscheinend hatte sie sich ihr Serviceterritorium zurückerkämpft.

»Darf ich …« Ihre Stimme war eine Oktave hochgerutscht. Collum hörte es und versuchte, sein Grinsen zu verbergen. Suzannes Augenbrauen schossen ebenfalls in die Höhe.

Talia räusperte sich. »Das ist … Entschuldigung. Darf ich Ihnen unser heutiges Menü vorstellen?«

Sie überreichte ihnen die Karten und schaffte es, die Gänge ohne zu stottern und in einer Tonlage vorzustellen, die zumindest annähernd bei ihrer natürlichen zu liegen schien. Danach atmete sie tief durch, nahm Suzannes Getränkebestellung auf und ließ die Gäste allein.

»Ich möchte einmal mit dir essen gehen, ohne dass sich das weibliche Personal benimmt wie Teenager beim Boygroup-Konzert«, sagte sie.

»So schlimm war die doch gar nicht. Ich finde die Mitarbeiter hier sehr zurückhaltend.«

Sie sah ihn von unten an, als würde sie über einen nicht vorhandenen Brillenrand schielen, und konzentrierte sich wieder auf die Speisenauswahl.

Nach einer Weile erschien Talia, um mit wiedererlangter Professionalität die Bestellung aufzunehmen. Suzanne bat Collum anzufangen. Die Servicekraft wandte sich ihm zu und notierte seine Wahl. Zum Abschluss berührte sie ihn leicht am Arm. Er blickte zu Suzanne, die kopfschüttelnd darauf wartete, dass auch sie ihre Bestellung abgeben konnte. Talia nahm diese auf, verzichtete bei ihr aber auf Körperkontakt. »Und dann hätte ich gerne noch eine Flasche Wasser. Still!«

»Sehr gern, gnädige Frau!«

Talia entfernte sich.

»Ich weiß wirklich nicht, was du mit den Frauen machst. Und das …« Sie gluckste. »… obwohl du eichhörnchenfarbene Haare hast.«

»Sie waren und sind braun«, sagte er und betonte dabei jede einzelne Silbe. Dann musste er lachen. So hatten sie sich kennengelernt, in der Merrion Childcare Academy. Er hatte mit seinen Freunden eine Piratenhöhle gebaut, sie hatte plötzlich vor ihm gestanden und den Haarfarben-Nagetier-Vergleich angestellt. Er hatte gemeint, sie habe Zähne wie ein Pony. Am nächsten Morgen hatte er sich entschuldigt und ihr ein Saft-Trinkpäckchen mit Strohhalm geschenkt. Das hatte ihm Marjorie, sein Kindermädchen, aufgetragen. Von da an waren sie Freunde gewesen.

»Die Getränkefirma ist übrigens letzten Monat pleitegegangen«, sagte Suzanne, als könne sie seine Gedanken lesen. »Eigentlich hätten wir sie aus Sentimentalitätsgründen kaufen sollen. Wie sollen sich Kinder sonst heutzutage vertragen?«

Sie nippte an ihrem Aperitif und sah ihn forschend an. »Gibt es eigentlich irgendwelche Überraschungen, die du mir mitteilen möchtest? Als wir vor einem knappen Jahr essen waren, hast du mir eine Hochzeitseinladung überreicht. Zu dem Zeitpunkt wusste ich noch nicht einmal, dass du jemanden datest. Muss ich mich heute auf Ähnliches einstellen? Eine Kindstaufe vielleicht?«

Er schüttelte den Kopf. »Nichts dergleichen. Auch ich lerne dazu.«

»Heißt das, du suchst dir endlich jemanden aus deinen

Kreisen und fällst nicht wieder auf die Ich-hab-gar-nicht-gewusst-dass-ich-Dublins-begehrtesten-Junggesellen-an-der-Angel-habe-Masche herein?«

»Das soll heißen, dass ich mir gar niemanden mehr suche. Zwei geplatzte Verlobungen reichen mir. Und das war keine Masche – sie hat wirklich nicht gewusst, wer ich bin.«

»Wie du meinst.« Sie rollte ungläubig mit den Augen. »Es würde allerdings schon genügen, wenn du der Nächsten nicht nach drei Monaten einen Heiratsantrag machst.«

»Bei Shannon habe ich mir vier Jahre Zeit gelassen.«

»Und dann hat sie dich mit ihrem Filmpartner betrogen.«

»Mit dem sie inzwischen verheiratet ist.«

»Ich lese auch ab und zu Klatschblätter, vielen Dank.« Sie trank einen weiteren Schluck und spielte mit dem Stil ihres Glases. »Collum, ich liebe dich von ganzem Herzen – als wärst du mein eigener Bruder. Ich wünsche dir nichts mehr, als dass du eine Frau findest, die zu dir passt und die dich glücklich macht und die bereit ist, sich all dem zu stellen, was dein Leben mit sich bringt. Aber bitte, lass dir das nächste Mal mehr Zeit. Mit deiner kleinen Miss Perfect, die sich dann als kleine Miss Untreu herausgestellt hat, hattest du doch nie richtigen Alltag. Ihr wart viel zu hormongesteuert für einen solchen Schritt.« Sie ließ sich gegen die Stuhllehne fallen.

Er lehnte sich ebenfalls zurück und verschränkte die Arme vor der Brust. »Danke für die Beziehungstipps. Nachdem du seit Ewigkeiten keinen Partner hast, bist du in dieser Hinsicht wirklich kompetent.«

»Und wenn ich mir dich so ansehe, merke ich, wie gut es mir damit geht.« Sie strich über die Stoffserviette. »Außerdem kann ich mich gar nicht in Liebesabenteuer stürzen, weil irgendjemand immer die Teile deines Herzens zusammensammeln und kitten muss, wenn deine Frauen wieder mit voller Wucht draufgeschlagen haben.«

Als der Gruß aus der Küche an den Tisch kam, lenkte Collum das Gespräch in weniger emotionale Bahnen und ließ sie von ihrer Backpackertour durch Neuseeland erzählen. Er mochte es, wie sie von Berggipfeln, Wäldern und weiten Landschaften schwärmte, und bewunderte, wie sie es genoss, alleine zu reisen und in Zimmern zu schlafen, die wildfremde Leuten auf Übernachtungsplattformen anboten. Er war froh, dass es Hotels mit bequemen Betten und Zimmerservice gab.

Beim Dessert hatte er wirklich jeden Tag ihres Urlaubs miterlebt und sich auch nach ihrer anstehenden Andentour – der zweiten innerhalb von zwölf Monaten – erkundigt.

»Du verzeihst mir nie, dass ich dir den Andentrip im Herbst verdorben habe.« Er nahm Augenkontakt mit Talia auf und deutete auf die Flasche. Sie kam zum Tisch. »Darf ich Ihnen noch einen Blaufränkischen bringen?«

Er sah Suzanne an. »Noch einmal das Gleiche oder möchtest du etwas anderes trinken?«

Sie schüttelte den Kopf.

»Wir bleiben beim Wein«, sagte er. »Und noch ein Bier für mich, bitte.«

Sie wartete, bis Talia außer Hörweite war. »Das verzeihe ich dir in der Tat nie. Und ich werde dich auch nie wieder auf eine Tour mitnehmen, die Ausdauer oder Offenheit für die Schönheit der Natur erfordert.«

»Und ich werde nie wieder Urlaubstage darauf verschwenden, mir den ganzen Tag Blasen zu laufen und dann auf Bergen bei eisiger Kälte im Schlafsack zu übernachten.«

»Vorsicht! Schließlich lagst du neben mir. Es gibt Männer, die träumen davon.« Sie sah ihm in die Augen.

Er lächelte. »Im Ernst, ich bin dir unendlich dankbar, dass du mich nach der geplatzten Hochzeit einfach eingepackt und mich in der schlimmsten Phase meines Lebens nicht allein gelassen hast. Und es tut mir aufrichtig leid, dass ich dir durch meine Maulerei deinen Urlaub verdorben habe.«

»Durch deine Maulerei, deine mangelnde Kondition, die nicht vorhandene Bergerfahrung, die Jammerei, deine Verwöhntheit.«

»Ich bekenne mich in allen Punkten schuldig, und ich verspreche dir, dass ich nie wieder mit dir in irgendeinen Urlaub fahre, der Berge und Zelte beinhaltet.«

»Da bestehe ich darauf.«

Er griff über den Tisch und nahm ihre beiden Hände. »Ich bin mir durchaus bewusst, was du immer für mich tust, und ich weiß es wirklich zu schätzen.«

»Was war das noch einmal, was ich für dich getan habe, ich kann mich gar nicht erinnern?«

»Bei meinen vergangenen zwei Liebeskatastrophen bist du meine große Stütze gewesen.«

»Kann man meine Hilfe wirklich nur als ›groß‹ bezeichnen?«

»Du warst meine gigantische Stütze.«

»Das klingt besser. Nicht zu vergessen, dass ich dich nachts betrunken aus dem Pub geholt habe, dich auf Veranstaltungen begleitet habe, dich meinen Urlaub habe ruinieren lassen. Es tut mir leid, aber ich muss dich von nun an den Andenruinierer nennen.«

»Ich dachte zwar nicht, dass ich das irgendwann einmal sage, aber ich bevorzuge Eichhörnchenhaar.«

»Das darfst du dir leider nicht aussuchen.«

Die Frau am Nebentisch stand so abrupt auf, dass sie mit ihrer Handtasche, die sie sich hastig über den Arm streifte, fast die Weinflasche umgeworfen hätte. Geistesgegenwärtig hielt Collum die Flasche fest. Sie starrten der Frau nach und erwiderten das Lächeln ihres Begleiters, der verwirrt und unglücklich wirkte. Dann versuchten sie diskret zu ignorieren, wie er der Servicekraft signalisierte, dass er zahlen wollte.

»Familienstreit?«, flüsterte Collum.

»Beziehungsende«, sagte Suzanne. Sie beugte sich noch ein Stück weiter nach vorne. »Ich werde immer für dich da sein. Keine Katastrophe kann so groß sein, dass ich dich nicht retten werde. Aber ich würde gerne einmal für dich da sein, wenn es dir gut geht und wenn du glücklich und zufrieden bist.«

Er drückte ihre Hände. »Ich bin unglaublich froh, dass ich dich habe, und ich sage dir das wahrscheinlich viel zu selten, aber du bist ein wundervoller und einzigartiger Mensch.« Ihr Blick wurde weich. »Und ich weiß nicht, was ich ohne dich tun würde. Aber mein Elend hat jetzt ein Ende. Und ich will natürlich nicht, dass es dir schlecht geht, aber ich hoffe, dass ich dir alles einmal zurückgeben kann, dass ich dir so ein guter Kumpel sein kann, wie du es mir seit Jahren bist.«

»Es würde mir schon genügen, wenn du mir meinen Urlaub nicht verdirbst.«

»Dann lassen wir es doch einfach dabei. Wenn du mich nicht mehr auf Berge zwingst, kommen wir gut aus.«

»Du bist die schlechteste Tourenbegleitung der ganzen Welt.«

»Du bist der nachtragendste beste Kumpel.«

Suzanne nippte an ihrem Aperitif und sah Collum lange an.

ACHT

Dublin, gleicher Ort, etwas früher.

Lily saß im *Nineteen* und musste die ganze Zeit in die offene Küche blicken. Es herrschte zu viel Betrieb, als dass sie die Ansagen des Chefkochs hören konnte. Sie quälte sich durch die Vorspeise und versuchte sich mit ihrem Vater zu unterhalten. Als der kurz aufstand, um eine Geschäftspartnerin zu begrüßen, versank sie wieder in die Beobachtung des Küchenteams. Sie registrierte kompetente Mitarbeiter, eine klare Hierarchie, saubere Abläufe – und sie fühlte sich mies. Sie studierte die Gesichter der Köche und bemühte sich zu erkennen, wie sie den Umgang mit ihrem Chef empfanden. Dabei sah sie aber nur konzentriertes Zubereiten, Abschmecken und Anrichten. Während des Hauptgangs erzählte Niall von seinen Projekten. Gemeinsam mit Fionulla, seinem Arbeits-Alter-Ego, entwickelte er alternative Energiekonzepte für Unternehmen, kümmerte sich um Genehmigungen und sorgte für Fördermittel. Sie wollte wirklich zuhören, doch die Frage, ob sie jemals wieder Mitarbeiter finden würde, die es mit ihr aushielten, beherrschte ihre Gedanken. Lily sah, wie sich die Servicekraft auf ihren Tisch zubewegte. Gleich würde sie fragen, ob sie das Dessert bringen dürfe.

»Dad«, sagte Lily. »Können wir bitte gehen? Ich glaube, ich kann nicht mehr.«

Er nickte. »Ich warte draußen«, sagte sie und nahm ihre Handtasche hoch. Sie stürzte so schnell aus dem Lokal, dass sie fast die Weinflasche am Nebentisch umwarf.

Niall strich Restaurantbesuche von der Liste seiner Vater-Tochter-Aktivitäten. Lily strich jegliche Aktivität. Die nächsten Tage verbrachte sie im Schlafanzug vor dem Fernseher. Vielleicht sollte sie wirklich nach New York gehen? Sie vermisste das Kochen jeden Tag mehr, und die Mitarbeiter dort waren härter im Nehmen. Lily überlegte, welcher ihrer ehemaligen Kommilitonen oder Dozenten einen Job für sie haben könnte. Sie wusste allerdings, dass sie es nicht über sich bringen würde, einen von ihnen zu kontaktieren. Am Culinary Institute hatte sie als Streberin gegolten, dabei hatte sie nicht annähernd so viel gelernt, wie es ihr hinter ihrem Rücken nachgesagt worden war. Doch nicht einmal der Neid der Mitstudenten hatte ihr die Faszination für die Produkte und deren Zubereitung vergällen können. Top-Jobs hatten sie alle, aber Lily wollte ihnen nun nicht die Genugtuung geben, dass sie, die Jahrgangsbeste, auf der Straße stand.

Nach stundenlangem Serien-, Film- und Dokumentationssehen, ungezählten Packungen Chips, Shortbread und Schokolade hatte Lily das Gefühl, eine Speckfalte an ihrem Bauch zu spüren. Am nächsten Morgen raffte sie sich dazu auf, eine Stunde durch die Nachbarschaft zu joggen. Obwohl sie nach zehn Minuten das Gefühl hatte, gleich umzufallen, und noch nie mit derartigem Seitenstechen kämpfen musste, fühlte sie sich in der Dubliner Luft zum ersten Mal wieder lebendig.

Sie hatte gedacht, der Sport würde sich positiv auf ihre Gemütsverfassung auswirken, doch als sie sich geduscht hatte, holte sie ihr Trauma bald ein. Sie hatte keine Aufgabe, vermisste Torsten und hasste sich dafür. Da sich ihr Vater auf einer Tagung befand, konnte sie sich ungehemmt ihrem Schmerz hingeben.

Nach einem weiteren Tag begann Lily ihre Untätigkeit auf die Nerven zu gehen. In einem kleinen Buchladen hatte sie einen Stapel Bücher über erfolgreiche Kommunikation erstanden. Die Beschäftigung mit diesen brachte sie allerdings nicht weiter, sondern löste nur noch mehr Lust auf Frustessen aus. Ein Blick in die Vorratsschränke ihres Vaters offenbarte, dass die Küche einer dringenden Grundreinigung bedurfte. Die Borde waren schmutzig und auf dem Boden knirschte es. Lily tastete mit der Hand unter das Regal, dabei griff sie in ein Staub-Krümel-Nest, das sich um die hinteren Regalfüße gebildet hatte. Sie zog sich ihre Jogginghose an, borgte sich ein altes T-Shirt ihres Vaters und machte sich ans Werk. Fünf Stunden lang wischte sie Schrankböden mit Seifenlauge ab, ordnete Küchengeräte neu ein und sortierte Gewürze aus, die ihr Aroma vor langer Zeit verloren hatten. Angeschlagene Teller landeten ebenso in einer Kiste wie die zerkratzte Pfanne und die löchrigen Geschirrtücher. Am Abend zog sie sich an und ging in den Supermarkt, wo sie frische Vorräte und neue Abtrockentücher erstand. In einem Fachgeschäft kaufte sie eine Profipfanne.

Die Aktion hinterließ in ihr eine lange nicht gekannte Zufriedenheit. Am nächsten Tag nahm sie sich das Badezimmer sowie die Kleiderschränke und Kommoden ihres Vaters vor. Als dieser am Freitagabend die Haustür aufschloss, warteten nicht nur Schweinemedaillons, Rotweinfeigen und Thymiankartoffeln auf ihn, sondern auch eine Tochter, die ihn erwartungsvoll anstrahlte und Lob für ihre Haushaltsaktion erwartete. Er zeigte sich tatsächlich beeindruckt von ihrer Aufräumleistung und war – entgegen ihrer

Befürchtungen – keineswegs erbost, dass sie seine Wohnung komplett auf den Kopf gestellt hatte. Die militärisch korrekt gestapelten T-Shirts, Pullover und Schals befremdeten ihn zwar, aber er fand es rührend, dass Lily keine radikalen Wegwerforgien gefeiert, sondern seine Kleidungsstücke auf der Kommode sortiert hatte, damit er entscheiden konnte, welche er behalten und welche er einer Wohlfahrtsorganisation spenden wollte. Lilys Eifer brachte ihn dazu, sich beim Abendessen auf ein bisher nicht betretenes Terrain zu begeben.

»Brauchst du einen Therapeuten?«

»Ich denke nicht«, sagte sie. »Aber ich habe immer noch keinen Plan.«

»Ich hätte eine Idee.« Lily blickte ihn an.

NEUN

Dublin, am nächsten Morgen.

Lily verstaute Mülltüten und Putzutensilien im Wagen ihres Vaters, warf vorsichtshalber noch einen alten Schlafsack auf den Rücksitz. Was sie trotz kreativer Raumnutzungsversuche nicht in dem kleinem Auto unterbrachte, war ihr Surfboard. Dies löste in ihr eine nervöse Unruhe aus, denn auch nur eine gute Welle im Westen auszulassen, kam für sie einer Todsünde gleich. Sie nötigte Niall das Versprechen ab, das Brett heute noch einem Paketdienst anzuvertrauen und startete in Richtung Atlantikküste. Ihre Mission bestand darin, das Haus von Nialls Eltern, in dem seine Schwester Margaret ein lebenslanges Wohnrecht genossen hatte, feriengästetauglich zu machen. Lily empfand diese Aufgabe als Geschenk. Bevor sie zu ihrem Projekt fuhr, kaufte sie einen großen Blumenstrauß und besuchte das Grab ihrer Tante auf dem Friedhof in Castlemaine. Sie versicherte sich, dass kein Mensch in Hörweite war, dann kniete sie sich hin und begann zu erzählen.

»Tante Margaret, hier ist Lily. Es tut mir leid, dass ich nicht auf deiner Beerdigung war. Ich soll mich um dein Haus kümmern. Aber ich verspreche dir, dass ich es in deinem Sinne herrichte. Wahrscheinlich muss ich sowieso nur ein bisschen putzen und die Wände neu streichen. Dad hat mir ein ziemlich großes Budget für die Renovierung gegeben.

Das werde ich bestimmt nicht brauchen. Er hat einen Vertrag mit einem Ferienwohnungsportal abgeschlossen. Die ersten Buchungen sind sogar schon eingetroffen. Allerdings hatte er keine Zeit, das Haus in einen vermietungswürdigen Zustand zu versetzen. Eigentlich denke ich, er hat es nicht übers Herz gebracht, deine Sachen auszusortieren. Das bleibt aber bitte unter uns. Ich besuche dich wieder, wenn ich fertig bin, und erzähle dir, was sich verändert hat. Oder vielleicht siehst du sowieso, was ich gemacht habe.«

Auf dem Weg zurück zum Auto fragte sich Lily, ob sie sich eventuell doch in die Hände eines Therapeuten begeben sollte, und nahm sich vor, Gespräche mit verstorbenen Angehörigen auf ein Minimum zu beschränken.

Nach einer halben Stunde kurvenreicher Fahrt über enge Landstraßen erreichte sie schließlich Margarets Haus. Es lag neben zwei anderen Cottages auf einer Anhöhe direkt über der Bucht zwischen den Halbinseln Dingle und Iveragh. Lily parkte vor dem Eingang und trat an den Zaun oder vielmehr an das, was von diesem übrig war. Sie blickte hinunter auf den breiten Strand von Inch: Spaziergänger mit und ohne Hund, Unerschrockene, die sich im Badeanzug in die Atlantikkälte wagten, Surfer, die sich von den Wellen gen Ufer tragen ließen, weiter draußen ein Boot. Margaret hatte – Wind und Salz zum Trotz – ein Gartenkleinod geschaffen, nun hatten dort Unkräuter die Regentschaft übernommen, die hochaufgeschossen, teilweise vertrocknet, von der Grundstücksgrenze bis an die Hausmauer reichten. Lily rechnete mindestens zwei Tage ein, bis sie den Garten zumindest halbwegs in einen annehmbaren Zustand versetzt hatte. In einen neuen Fassadenanstrich musste man ebenso investieren. Sie rüttelte mehrmals am Griff der Haustür, bis sich das verzogene Holz öffnen ließ. Abgesehen vom abgestandenen Geruch machte der Flur einen ordentlichen Eindruck. Die eitergelben Tapeten und die biederen Garderobenhaken konnte man beim besten Willen nicht behalten, aber das waren lediglich kosmetische Korrekturen. Dann betrat sie das Wohnzimmer.

Tante Margaret war eine Leseratte gewesen; ihr Interessensschwerpunkt Zeitungen und Zeitschriften. Darauf ließen die Stapel schließen, die sich auf Tischen, Stühlen und dem Fußboden türmten. Neben der *Irish Times* und dem *Irish Examiner* hatte sie die *Vogue* und *Hello* abonniert, dafür sprachen die Aufkleber mit ihrem Namen. Darüber hinaus hatte sie wohl noch Magazine zugekauft und sich, wie es schien, von keinem Exemplar trennen können. Allein durch diese Papierwüste zu kommen würde einen Tag kosten. Porzellanpuppen nahmen das Sofa und einen Sessel ein. Die braune Vitrine mit den goldenen Metallverzierungen war mit Häkeldeckchen und Porzellanfiguren vollgestopft. Gerahmte Fotos auf einem Beistelltisch legten nahe, dass ihre Tante mehr als eine Katze besessen hatte. Der Geruch im Wohnzimmer deutete darauf hin, dass die Vierbeiner die Benutzung einer Katzentoilette eher als Option denn als Verpflichtung ausgelegt hatten. Lily schob die Fenster auf. Farbe rieselte auf den Boden. Sie blickte an die Zimmerdecke, als ob sie darüber eine direkte Verbindung zum neuen Aufenthaltsort der Vorbesitzerin herstellen könnte. »Tante Margaret, was meine Pläne bezüglich deines Hauses betrifft, ich denke, wir müssen da noch einmal reden.«

Die Küche befand sich hinter einer Sperrholz-Plexiglas-Trennwand. Lilys Turnschuhe blieben kleben, als sie über das Linoleum lief. Sie zog ihren Ärmel über die Hand und öffnete eine Schublade: Plastikeierbecher lagen neben kleinen Messern, deren Spitze abgebrochen und deren Holzgriffe größtenteils gesprungen waren. Kerzen, allesamt bereits benutzt, aber wohl noch zu gut zum Wegwerfen, vervollständigten das Chaos. Mit spitzen Fingern hob Lily etwas an, das wohl einmal ein Waschlappen gewesen sein musste – jedenfalls bevor die Mäuse entdeckt hatten, dass sich der Stoff hervorragend zum Nestbau eignete. Gehäkelte orangegrüne Topflappen hingen über dem Herd, bei dem es sich – und das war der erste Lichtblick in diesem Haus – um ein altes, holzbefeuertes Exemplar handelte. Wenn der noch funktionierte … Vor Lilys geistigem Auge drängelten sich sofort etliche Gerichte, die sie gerne einmal auf diesem Ofen ausprobiert hätte. Bestimmt könnte man darin hervorragend Brot backen. Zärtlich strich sie über die Oberfläche, öffnete Holzzufuhr, Luftklappe und Aschekasten.

Im ersten Stock befand sich ein Schlafzimmer, dessen Bett und Schrankungetüm ein ähnlich dunkles Holz aufwiesen wie der Wohnzimmerschrank. Kein Lack der Welt würde diese Möbel in etwas annähernd Geschmackvolles verwandeln können. Lily fiel auf, dass die Matratze blank auf dem Rost lag und das Bettzeug fehlte. Ob Margaret hier gestorben war? Da sie ihren Vater nicht danach fragen wollte, beschloss sie, die Nacht im Schlafsack auf der Couch zu verbringen. Das Bad war alt, aber sauber. Die letzte Tür hatte einen Glaseinsatz, durch den die Sonnenstrahlen in den Flur drangen. Lily drückte die Klinke hinunter und musste sich mit ihrem ganzen Gewicht gegen die Tür stemmen. Eine Haushaltsleiter war umgefallen und verhinderte, dass man den Spalt weiter als zwanzig Zentimeter öffnen konnte. Lily angelte mit der Hand nach den Seitenstreben und schubste die Leiter an die Wand, sodass sie sich in den Raum hineinzwängen konnte. Den ursprünglichen Zweck dieses Zimmers konnte sie allenfalls erraten. Neben einem Schrank, diesmal in weiß-grauem Furnier und ohne linke Tür, standen ein Bügelbrett, Wäschekörbe mit undefinierbarer Füllung und weitere Druckerzeugnisse. Als sie versuchte, über das Zeitschriftengebirge zu steigen, kam einer der Stapel ins Rutschen, was wiederum die ausgehängte Kleiderschranktür zum Umfallen brachte. Krachend fiel sie gegen das Fenster. Die Scheibe zerbarst, die Tür blieb im Fensterrahmen stecken, sodass ein Teil nach außen ragte. »Das auch noch!«, seufzte sie und setzte einen Anruf beim Glaser auf die sowieso schon recht umfangreiche Liste der Erledigungen, die sie sich für morgen vorgenommen hatte. Nun ja, nach Regen sah es nicht aus, und so würde das Obergeschoss wenigstens gründlich durchlüften.

Lily ging zu einem Stapel und zog willkürlich eine Zeitschrift heraus. Charles und Diana auf dem Cover. Auf dem Arm den neugeborenen Prinz Harry. Gab es Leute, die so etwas erforschten? Konnte man vielleicht eine Universität fragen, ob sie dieses Archiv der Unterhaltungsreportagen übernehmen wollte? Hinter der noch intakten Schranktür fanden sich Fotoalben, darunter Briefe in gleichmäßigen Stapeln mit roten Bändern zusammengehalten. *An Margaret, meine geliebte Rose* stand auf den Umschlägen, auf allen Umschlägen, wie sie nach kurzer Durchsicht feststellte. Lily fröstelte. Sie zog eines der rot-grünen Alben heraus. Das Hochzeitsalbum von Margaret und ihrem Mann Duncan. Ein weiteres Album: Eine junge Margaret verliebt mit Duncan am Strand, an Weihnachten, bei einer Feier. Das letzte Fotoalbum wies zur Hälfte leere Seiten auf. Der Mode nach zu urteilen musste das letzte Foto vor etwa fünfzehn Jahren entstanden sein. Danach hatte sich Duncan seiner Bankberaterin zugewandt und mit ihr auf einer der Kanalinseln ein neues Leben begonnen. Frau für ihn, Krebs für sie – ein gemeiner Tausch. Lily verließ die traurige Sammlung, setzte sich auf den Treppenabsatz, suchte nach einem Entsorgungsunternehmen und orderte zwei Container, ohne sich sicher zu sein, ob diese reichen würden. Ihr Magen meldete sich, seit Stunden hatte sie nichts gegessen. Die süßlich-stickige Luft tat ihr Übriges. Sie musste erst einmal hier raus.

Das Café am Strand servierte Roastbeefsandwiches und einen erstaunlich guten Cappuccino. Lily beobachtete die Surfer und bekam mit einem Mal unbändige Lust, es ihnen gleichzutun. Ihr Board befand sich auf dem Transportweg. Das konnte sie nicht aufhalten. Sie brachte ihr Geschirr weg und lief zu dem einstöckigen Gebäude mit den zwei großen Garagentoren hin, auf dem *Surf School* zu lesen war. Davor saß ein dürrer Mann in ein zerlesenes Buch vertieft, das sich beim Näherkommen als Ausgabe von Charles Dickens' *Oliver Twist* entpuppte. Innen lehnte ein Junge lässig an einer Theke und trug die Zeitpunkte von Hoch- und Niedrigwasser sowie die aktuellen Kurszeiten auf einer Tafel ein. Lily erkundigte sich bei ihm nach einem Neoprenanzug und einem Surfbrett. Er musterte sie herablassend von oben bis unten und gab ihr schließlich ein Anfängerboard, ohne sich nach ihrem Können zu erkundigen. Da sie keine Lust hatte, sich mit einem höchstens Sechzehnjährigen zu streiten, legte sie die Gebühr auf den Tisch und nahm sich ihre Ausrüstung.

Der feuchte Sand unter ihren nackten Füßen gab ihr das Gefühl, losjubeln zu müssen. Die Tränen in ihren Augen kamen nicht vom Seewind. Sie schnallte die Rückholleine mit dem Klettverschluss um ihren Knöchel, lief ein paar Schritte ins Meer und warf sich auf das Board. Sie genoss die Kühle, wenn sie ihre Hände rhythmisch ins Wasser tauchte, und spuckte eine Portion Atlantik aus, die sich in ihren Mund verirrt hatte. Anfängerfehler. Egal. Sie wendete das Brett, spürte, wie es sich unter ihr hob und senkte, sah die Welle kommen, fing an zu paddeln und drückte sich hoch.

Eineinhalb Stunden später trug sie das Surfbrett müde zum Verleih zurück, streifte sich den oberen Teil des Neoprenanzugs ab und ließ sich auf die Bank vor dem Gebäude fallen. Der Mann mit dem Dickens-Band in der Hand kam auf sie zu.

»Beachtlich«, sagte er.

»Geht schon«, sagte Lily.

Er verschwand in der Surfschule und sie begann, sich den Anzug vom Körper zu zerren. Als sie dabei war, die umgestülpten Beine ihres Kälteschutzes nach innen zu drehen, kam er wieder und hielt ihr eine gekühlte Wasserflasche hin, die er, da sie diese nicht ergriff, auf der Bank abstellte.

»Ich soll dir von den Wellen einen schönen Gruß ausrichten, es war ihnen eine Ehre, dich an Land zu tragen.«

»Und ich soll dir von Dickens einen schönen Gruß ausrichten: Er will, dass du weiterhin so tust, als würdest du sein Werk lesen.«

Das Wort Abfuhr schien in seinem Wortschatz zu fehlen.

»Ich kenne keine Surferin, die ans Meer fährt, ohne ihr eigenes Brett dabeizuhaben. Machst du hier Urlaub, oder bist du beruflich hier?«

»Bist du vom Amt für Statistik?«

»Wer will das wissen? Die Kollegen von der Sarkasmusbehörde?«

Sie richtete sich auf. »Ich kümmere mich um das blaue Haus da oben.«

Er wirkte beeindruckt. »Hast du es gekauft? Das hat 'nen

krassen Blick! Auch wenn es das Haus der irren Katzenlady ist.«

»Entschuldigung?« Sie riss die Augen auf.

»Weißt du das gar nicht? Die vorherige Besitzerin war so eine Chaoskatzenlady. Eigenbrötlerin. Über die gibt es wilde Geschichten. Wir feiern morgen hier in der Surfschule. Wenn du kommst, erzähle ich dir ein paar davon.«

»Die ehemalige Besitzerin, meine Tante, hat das Haus in einem gepflegten Zustand hinterlassen. Sie lebte sehr zurückgezogen. Und nur, weil sie gerne gelesen hat, anstatt sich am Dorftratsch zu beteiligen, würde ich nicht so weit gehen, ihr hässliche Namen zu geben. Ich frage dich schließlich auch nicht, ob du den Dickens nur herumträgst, um Weiber aufzureißen, oder ob du nur den Mann mit Bart so lustig findest.« Sie legte den Anzug auf die Bank.

»Jetzt habe ich es verkackt, oder?«

»Gut erkannt.«

»Falls du morgen trotzdem zu der Feier kommen willst, bist du herzlich willkommen.«

»Nein danke. Ich sitze lieber in meinem Chaoskatzenhaus und überlasse es euch, euch wilde Geschichten über mich auszudenken.«

»Viel Spaß. Übrigens reiße ich keine Weiber auf. Die kommen von selbst.«

»Herzlichen Glückwunsch!«

Lily stapfte davon. Sie hastete den Hügel zum Haus hoch und schlug außer Atem die Tür hinter sich zu.

»Tante Margaret, du hättest dich wirklich ein wenig umgänglicher zeigen können! Kaum komme ich an, bin ich als die Nichte der seltsamen Frau verschrien! Ich habe dich verteidigt, aber wollen wir doch mal ehrlich sein: Der Katzengestank ist unerträglich! Und: Man kann sich von Zeitungen trennen! Man denkt immer nur, dass man alte Ausgaben noch einmal liest, aber man tut es nie!« Sie riss die Fenster auf und nutzte ihren Unmut, um den Inhalt von Schränken und Schubladen großzügig in Müllsäcke zu verfrachten. Als es dämmerte, sprühte sie noch immer vor Entrümpelungseifer. Lily stellte fest, dass die Glühbirne im Wohnzimmer durchgebrannt war. Auch die Küchenlampe versagte ihren Dienst, sooft sie den Schalter auch betätigte. Sie suchte einen Sicherungskasten und musste schließlich feststellen, dass der Strom abgestellt war. Eine Taschenlampe hatte sie weder mitgenommen noch in dem Chaos gefunden. Sie holte die Kerzen aus der Küche und platzierte sie auf den Fensterbrettern und auf dem Wohnzimmertisch. Zum Weiterarbeiten reichte das Licht kaum, außerdem weckte der Kerzenschein unangenehme Erinnerungen an Torsten. Sie schob die Porzellanpuppen beiseite, setzte sich in deren Mitte und klopfte unruhig mit den Füßen auf den Boden. In der Dunkelheit waren nur die Porzellangesichter zu erkennen. Puppenaugen starrten ausdruckslos nach vorne. Lily beobachtete ihre Mitbewohnerinnen aus den Augenwinkeln. Alleine mit den Gruselpuppen. War das ihre Zukunft? Würden Charlotte und Nicolai in ein paar Jahrzehnten auch ihre Wohnung entmüllen und mit Geschichten über ihre verrückte Tante konfrontiert werden? Lily verspürte zu viel Energie, um herumzusitzen. Sie stand auf und sah aus dem Fenster. Das Café am Strand war noch gut besucht. Zu gerne hätte sie etwas Warmes gegessen. Sie verwarf den Gedanken aber wieder, da sie keine Lust hatte, alleine zwischen Touristen an einem Tisch oder neben Einheimischen an der Bar zu sitzen und einsam ihr Abendessen in sich hineinzulöffeln. Vermutlich saßen auch die Surfleute an der Bar. Auf diese wollte sie nun wirklich nicht treffen.

Sie ging zum Sofa, breitete ihre Arme aus, umschlang die Puppen und tastete sich hoch zum Schlafzimmer, wo sie die staubige Last auf das Bett fallen ließ. »Heute dürft ihr hier schlafen. Morgen sehen wir, was wir mit euch tun.«

Ohne Strom erwiesen sich die Möglichkeiten der Abendgestaltung als begrenzt. Der Akku ihres Notebooks war fast leer. Ihr Mobiltelefon offenbarte aufgrund der permanenten Netzsuche einen Ladestand von neun Prozent. Dabei hätte sie mit Louise zu gerne über den Surftypen gelästert. So verbrachte sie den Abend in ihren Schlafsack gehüllt mit dem Lesen ein Jahr alter Klatschmagazine. Zwischen den einzelnen Ausgaben fand sie Ausschnitte aus irischen Tageszeitungen, bisweilen ganze Zeitungsteile. Die ersten legte sie beiseite, bis ihr auf dem dritten ihr Vater entgegenlächelte. Bei der Eröffnung eines Windparks im County Donegal stand er neben dem EU-Kommissar für Energie. Sie holte die anderen Zeitungsausschnitte hervor. Tante Margaret hatte akribisch alles gesammelt, was über ihren Bruder berichtet worden war. Teilweise fand Lily dasselbe Foto in unterschiedlichen Zeitungen mit ähnlichen Texten. Im Wirtschaftsteil der *Irish Times* stieß sie auf ein weiteres bekanntes Gesicht. Felicitas Vereda lächelte ihr entgegen, umringt von der Geschäftsleitung von S&G Solutions, die ihr viel Erfolg bei der Übernahme der Deutschlandvertretung des Unternehmens wünschte. In ihrem Verlassens- und Arbeitslosigkeitsschock hatte Lily deren Angebot abgelehnt. Nun ärgerte sie sich über ihr unbedachtes Handeln. Sie hätte sich zumindest indirekt mit Kochen beschäftigen können. Vor allem wäre bei dieser Tätigkeit die Gefahr des Mitarbeiteranbrüllens gering gewesen. Ob sie noch einmal schreiben sollte? Bestimmt hatten die schon jemand anderen gefunden. Außerdem widerstrebte es ihr, einen Bettelbrief zu verfassen.

Sie vertiefte sich in die Artikel über ihren Vater, bis sie keine weiteren Zeitungsausschnitte mehr finden konnte. Dann wandte sie sich wieder der Glitzerwelt zu. Später lag Lily auf den Sofaauflagen und hoffte, dass die Mäuse im Sommer ihr Quartier außerhalb des Cottages aufgeschlagen hatten und sich nachts nicht zu ihr in den Schlafsack begeben würden. Sie dachte an die Liebesbriefe und Alben, an ihren Onkel, der sein Liebesglück mit einer anderen gefunden hatte und an Margaret, die es bis zuletzt nicht übers Herz gebracht hatte, sich von den Erinnerungsstücken zu trennen. Sie dachte an Torsten. Auch er hatte ihr immer von irgendwelchen Inseln vorgeschwärmt. In der Dunkelheit tastete sie nach ihrem Mobiltelefon und nutzte die verbleibende Akkuleistung, um alle Fotos aus ihrer gemeinsamen Zeit zu löschen.

Am nächsten Morgen lief Lily durch das Haus und öffnete alle Fenster und Türen. Neben dem Eingang lehnte ein schwarzer Gegenstand, der gestern noch nicht dort gestanden hatte. Eine Surfboardtasche, die – Lily klopfte dagegen – auch den zu erwartenden Inhalt vorwies. Eine Nachricht klebte an der Rückseite. *»(Wellen)Reitende soll man nicht aufhalten.«* Ein Philosophensurfer mit Buchhalterqualitäten, ging es ihr durch den Kopf, während sie die Klarsichthülle betrachtete, aus der sie das schlichte weiße Blatt gezogen hatte.

Sie war dabei, Margarets Kleidung für den Secondhandladen zusammenzupacken, als sie lautes Klopfen an der Eingangstür hörte. Lily öffnete das Flurfenster im ersten Stock und sah hinunter auf die drei Männer in kurzen Hosen und bunten Shirts, die neugierig durch die Fenster im Erdgeschoss schauten. Der Dickensfan, der arrogante Sechzehnjährige und der Mann, der Lily gestern den Cappuccino zubereitet hatte.

»Ich würde mich nicht so ohne Weiteres auf das Grundstück trauen. Was, wenn die Katzen im Angriffsmodus sind?«

»Wir kommen in Frieden und bieten unsere Dienste an«, antwortete der Surfschulbesitzer. »Das ist Steven, den kennst du schon, Carrick gehört das Café, und ich bin Dean.«

»Ich kann mir keine Arbeiter leisten.«

Der junge Mann, der Lily im Verleih abschätzig taxiert hatte, blickte nach oben zu Lily und dann zu Dean. Dieser meldete sich wieder zu Wort. »Ich hätte einen Deal für dich. Wir helfen dir beim Entrümpeln. Im Gegenzug übernimmst du morgen Nachmittag den Anfängerkurs um drei und die Privatstunde um fünf.«

»Dafür habe ich keine Zeit, ich möchte hier weiterkommen.«

»Drei Stunden am Tag wirst du erübrigen können. Abgemacht?«

»Bei der ersten blöden Katzenladybemerkung kannst du deine Zusatzstunde selbst halten.«

»Das riskiere ich.«

»Einen Moment. Ich komme herunter.«

Als Lily die Haustür öffnete, verkündeten Anfahr- und Bremsgeräusche die Ankunft des Containerlastwagens. Ihre Helfer betätigten sich als Einweiser, was anhand der steilen Anfahrt und der Enge des Grundstücks einige Zeit in Anspruch nahm. Lily griff sich eine Flasche Textilerfrischer und versprühte diese großzügig im Wohnzimmer. Auch wenn die Stunden der Möbel gezählt waren, das Ansehen ihrer Tante wollte sie verteidigen.

Mit der unerwarteten Hilfe war das Haus schnell entrümpelt. Lily konnte demnach auch die Handwerker früher zum Zuge kommen lassen. Dabei erwies es sich als hilfreich, dass es sich durchwegs um alte Schulfreunde ihres Vaters handelte, die auch nach Feierabend im Küstenhaus vorbeikamen und dort für den heiß ersehnten Strom sorgten oder Fließen von den Wänden klopften.

Ein paar Tage später lud Dean Lily in seine Wohnung ein. Nachdem er ihr öfter geschrieben hatte und sich auch nach Feierabend sehr interessiert an den Renovierungsarbeiten gezeigt hatte, überraschte es sie nicht besonders, dass sie der einzige Gast war. Die Einrichtung erwies sich als erstaunlich spießig. Dean erklärte, er habe diese von den Vorbesitzern übernommen. Angesichts des dunkelgrünen Samtsofas mit der hohen Lehne und der breiten Holzstühle mit den gelb-orange gemusterten Stoffsitzflächen vermutete Lily ein Rentnerehepaar. In einem leeren Aquarium saßen Buddhas und kleine Statuen, die sie nicht erkannte, die aber bestimmt irgendwelche Gottheiten darstellten. Kristalle, Rosenquarz und diverse Steine ergänzten das seltsame Arrangement.

»Was ist das denn?«, fragte sie belustigt.

»Der Versuch meiner Großmutter, mich hier gut beschützt zu sehen, und ein paar Mitbringsel.« Er schien nicht weiter darüber reden zu wollen.

Zwei Gedecke auf dem Tisch, gedämpfte Beleuchtung und Smooth-Jazz-Musik im Hintergrund gaben Lily einen Hinweis darauf, wie Dean sich den Verlauf des Abends vorstellte. Auf dem Herd kochte ein Topf mit Wasser, die Tortiglioni lagen einsatzbereit auf der Arbeitsplatte. In einer Kasserolle wartete ein Pesto darauf, über die Nudeln gegeben zu werden. Ihr Gastgeber pries dieses als sein Geheimrezept an. Als er sich umdrehte, um den Kühlschrank zu öffnen, steckte Lily schnell ihren kleinen Finger in die grüne Sauce, und schob ihn sich zwischen die Lippen. Ihre Geschmacksnerven vermeldeten das, was ein kurzer Blick in den Mülleimer bestätigte: Pesto aus dem Glas. Eine der besseren Sorten, aber keineswegs die selbst gemachte Köstlichkeit, die er ihr in Aussicht gestellt hatte. Zumindest stand ein Topf Basilikum auf der Arbeitsplatte, an dem er ein wenig herumgezupft hatte. Sie vermerkte dies auf der Negativseite der Soll-ich-oder-soll-ich-nicht-Liste.

Beim Essen erzählte er von seinem Jurastudium, das er nie angetreten, von seiner Schreinerlehre, die ihm auch nicht das gegeben hatte, was er sich erwartet hatte, und von seiner Reise durch Asien, auf der er sich schließlich dazu entschieden hatte, das Surfen zu seinem Lebensmittelpunkt zu machen. In den Sommermonaten arbeitete er mit seinem Kumpel Carrick in Irland, ab Herbst unterhielt er eine Surfschule in Lombok, was, wie Lily bei einer als Toilettenbesuch getarnten Internetrecherche herausfand, in Indonesien lag. Seine Eltern und seine Schwester waren als Berater tätig, und Lily fand es sympathisch, dass er sich dem familiären Leistungsdruck entzogen hatte. Zumindest vermutete sie, dass er das getan hatte, denn er redete nicht viel über seine Verwandtschaft, was Lily davor bewahrte, über Eleonore und ihre Erfolgsgeschwister zu sprechen.

Nach dem Abendessen brachte Dean Lily bis vor die Tür des blauen Küstenhauses. Dort standen sie sich gegenüber. Zum Abschied umarmten sie sich. Es war eine dieser Umarmungen mit Mittelteil, bei der beide kurz innehalten, die Nähe des anderen spüren, und sich dann schnell wieder lösen, damit der andere nicht merkte, dass man einen Kuss in Erwägung gezogen hatte.

In den darauffolgenden Tagen hielt es Lily für besser, ihre Treffen mit Dean an öffentliche Orten zu verlegen. Sie mochte ihn, aber sie hatte Angst, ihr mühsam erarbeitetes Gleichgewicht zu verlieren. Sie wusste inzwischen, dass seine Aussage über seine Wirkung auf Frauen durchaus der Wahrheit entsprach und die Tatsache, dass Lily sich anders als erwartet verhielt, hatte in ihm offenbar Ehrgeiz geweckt.

»Na, hast du inzwischen Neuanfangssex gehabt?« – Louise, 8.05 Uhr.

»Nein! Ich will nicht, dass er sich Hoffnungen macht und dann enttäuscht wird.« – Lily, 13.17 Uhr.

»Ach, Lily, ich bitte dich! Erstens scheint er ein Aufreißer zu sein, und zweitens kann man das doch abklären. Sag ihm, dass für dich nur Freundschaft plus infrage kommt. Den Rest muss er für sich regeln. Er ist alt genug.« – Louise 8.20 Uhr.

»Sagt man das einfach so? *Willst du eine Freundschaft plus mit mir?* Das kann ich nicht.« – Lily, 13.21 Uhr.

»Ach komm, stell dich nicht so an. Wo ist das Problem? Heiß ist er, nett ist er. Gegen etwas Unverbindliches hat er nichts einzuwenden. Denk doch mal an dich.« – Louise 8.22 Uhr.

Drei Tage später zog sie nach erledigter Unterrichtseinheit ihr Bord aus dem Wasser und brachte es hoch in die Surfschule, wo Dean darauf wartete, dass seine Schüler eintrudelten. Über ihm drehte sich das neue Mobile, das seit gestern den Eingangsbereich schmückte. Porzellanpuppenköpfe schaukelten im Seewind.

»Hast du Lust auf Kino?«, wollte sie wissen.

»Sicher. Ich hol dich ab.«

Lily hatte den Kinovorschlag nicht ohne Hintergedanken gemacht. In den letzten Tagen hatte sie immer wieder beiläufig fallen lassen, dass sie sich im Moment keine Beziehung vorstellen konnte. Sie hoffte, informationstechnisch für faire Ausgangsbedingungen gesorgt zu haben. Dean hatte eine Familienpackung Popcorn besorgt und schien peinlich genau darauf zu achten, dass sich ihre Hände nicht zufällig in der Tüte trafen. Auch die Armlehne zwischen ihren Sitzen überließ er seiner Begleitung. Die Handlung des Films erwies sich als so verwirrend, dass Lily irgendwann ihren Gedanken nachhing. Nicht erst beim Abspann machte sich Frustration in ihr breit, weil der Film so unfassbar schlecht gewesen war und weil Dean nicht versucht hatte, ihr in irgendeiner Weise näherzukommen. Zwar war sie sich nach wie vor nicht sicher, ob sie das wollte, aber jetzt, da nicht einmal der Versuch einer Annäherung erfolgt war, fühlte es sich auch nicht gut an.

Auf dem Weg zum Auto machte Dean immer noch keine Anstalten, ihre Hand zu nehmen oder ihr den Arm umzulegen. Stattdessen begann er ihr zu erläutern, dass es die krude Machart des Films war, der ihm zu Kultstatus verholfen hatte, und dass im letzten Jahr sogar ein Film herausgekommen war, der sich mit der chaotischen Produktion beschäftigte. In Lily hatte das in jeglicher Hinsicht unbefriedigende Kinoerlebnis Appetit auf ungesund fettige Küche geweckt, so schlug sie vor in den Ort zu fahren, um etwas essen zu gehen.

Am Hafenparkplatz in Dingle mussten sie lange warten, bis sie endlich eine Touristenfamilie fanden, die ihren Mietwagen mit viel Mühe aus der engen Parkbucht chauffierte.

Während Dean neue Surfschul-Broschüren in die Unterkünfte am Hafen brachte, bummelte Lily die Straße entlang. Zwischen dem Kingfisherpub und dem Andenkengeschäft drang der Geruch von frittiertem Fisch und Pommes frites zu ihr herüber. Eine lange Schlange von Urlaubern wie Einheimischen stand an der Holzhütte an, um eine Portion zu ergattern. In einem Wagen daneben briet ein Mann vegane Burger, während der andere Salat, Tomaten und Sprossen auf einem Dinkelbrötchen verteilte und eine großzügige Menge Barbecue-Sauce darüber verteilte. Auf den Stapelstühlen vor einem weiteren Foodtruck biss eine Studentin, die Lily am Nachmittag in Deans Kurs gesehen hatte, in ihren Crêpe. Lily starrte auf das Szenario.

»Ich bin ja so blöd«, sagte sie.

ZEHN

Inch, ein paar Tage später.

Im Ferienhaus übernahmen die Handwerker das Regiment. Boden abschleifend und Fließen verlegend verwandelten sie Margarets altes Heim langsam in ein Schmuckstück. Wenn Lily nicht im Garten stand und das Unkraut büschelweise ausrupfte oder Möbel mit einem neuen Anstrich versah, brütete sie über dem Notebook an ihrer Idee. Sie hatte, während Dean an seinen Pommes gekaut und mit vollem Mund weiter über den Film doziert hatte, die Leute in den Ständen beobachtet und einen Plan gefasst: Sie wollte einen Foodtruck aufmachen. Je länger sie darüber nachdachte, umso begeisterter zeigte sie sich von diesem Vorhaben. Sie recherchierte, was sie alles benötigte und rechnete durch, was sie sich leisten konnte. Louise fand das Projekt gut, auch wenn sie Lily immer noch New York als Alternative anpries. Dean zeigte sich grundsätzlich interessiert, auch wenn er nicht die Begeisterung an den Tag legte, die Lily sich erhofft hatte. Er hatte seine Leute zum Grillen an der Surfschule eingeladen und war nach dem Einkaufen kurz bei Lily vorbeigefahren, um ihr ebenfalls Bescheid zu sagen.

»Wenn du kochen willst, kannst du doch auch bei Carrick in der Küche aushelfen«, schlug er vor, während er vor Lily im Gras lümmelte und Halme um seine Finger zwirbelte.

»Das ist doch nicht das Gleiche.«

»Wieso nicht? Ob du da in der Küche stehst oder in einem Truck, macht doch keinen großen Unterschied.«

Ihre Augen verengten sich. »Carrick kocht mit Convenience-Produkten. Mit guten Convenience-Produkten. Aber trotzdem ist es nicht das, was mir vorschwebt. Ich will den Leuten etwas Besonderes bieten.«

»Die meisten können das doch gar nicht schätzen. Und der Kartoffel ist es auch egal, ob sie in einer Fabrik oder bei dir in der Küche geschält wird. Außerdem bist du bei Carrick unabhängiger, sparst dir den ganzen Verwaltungskram.«

»Auf den bin ich wirklich nicht scharf, aber … Dean, weißt du eigentlich, was für eine Köchin ich bin?«

»Eine sehr süße!« Er beugte sich vor, und seine Lippen landeten auf ihren.

Der Fliesenleger kam aus dem Haus. Dean saß so schnell wieder auf seinem Platz ihr gegenüber, als wäre der Kuss nie passiert. Der Handwerker wischte sich die Hände an seiner Hose ab und wandte sich Lily zu, die sich immer noch fragte, ob das gerade wirklich geschehen war.

»Das wär's!«, sagte er. »Den Boden bitte die nächsten Stunden nicht betreten und schwere Möbel erst in ein paar Tagen draufstellen.«

Lily schlug sich mit der Hand an die Stirn. »Ach du meine Güte, das hab ich ganz vergessen.«

»Rechnung hierher oder an Niall?«

»Ganz egal. Schicken Sie sie an Niall, das ist sicherer.«

Der Handwerker tippte sich zum Abschied an seine Kappe und stieg in seinen Lieferwagen.

»Kannst bei mir duschen«, sagte Dean beiläufig. »Um halb acht geht's los. Komm, wann du denkst.«

Eineinhalb Stunden später stand Lily vor dem Küchenwaschbecken und versuchte ihre Füße vom Gartendreck zu befreien. Sie fügte »barfuß Unkraut jäten« zu der Gedanken-Liste »Dinge, die man nicht tut« hinzu. Glücklicherweise würde die neue Küche erst morgen eingebaut werden. Lily hätte es nicht mit ihrer Köchinnen-Ehre vereinbaren können, in einem unberührten Spülbecken Körperteilpflege zu betreiben. Es widerstrebte ihr hinlänglich, dieses alte Becken zu entheiligen. Wie verhielt sich das eigentlich mit Spülbecken in einem Foodtruck? Sie konnte sich kaum vorstellen, dass man den Wasserbedarf mit einem Tank decken konnte. Was das betraf, musste sie sich noch einmal genauer erkundigen. Vorhin hatte sie in Sligo einen Händler entdeckt, der zwei Wagen anbot. Sie hatte bereits angerufen und ihr Interesse bekundet. Übermorgen würde sie sich diese ansehen.

Nachdem sie ihre Füße trotz wildester Verrenkungen nicht sauber bekommen hatte, schnappte sie sich ihren Waschbeutel und frische Kleidung und fuhr zu Dean. Vielleicht war es wirklich an der Zeit, einiges lockerer zu sehen. Und der kurze Kuss hatte sich eigentlich nicht schlecht angefühlt.

Dean grinste, als Lily mit ihrer Tasche vor seiner Tür auftauchte, bot ihr einen Eistee an und ließ sie dann sein Badezimmer benutzen.

Auch wenn das Küchenwaschbecken für Körperpflege eher ungeeignet war, die Beine hatte sie sich darin noch rasiert. Sie hatte keine Ahnung, wie sich der Abend entwickeln würde. Vorstellen konnte sie sich vieles, aber sie war sich nach wie vor unschlüssig, welche Entwicklung sie herbeiführen wollte oder erhoffte. Nach zwanzig Minuten trat sie mit gewaschenen Haaren und frisch angezogen aus dem Bad. Betont gleichgültig legte Dean die Steaks auf eine Platte. Er sah sie an, als fiele ihm gerade erst wieder ein, dass sie sich in der Wohnung befand. Ach, so ist das, dachte Lily. Fast war sie enttäuscht gewesen, dass er nicht ins Bad gekommen war. Nun verstand sie. Das war das Spiel. Gleichzeitig war sie von sich selbst und den eigenen Erwartungen überrascht. Denk nicht so viel nach, sagte sie sich.

Der Grillabend verlief lustig, zumindest hörte Lily die Leute um sich herum häufig lachen. Sie bemühte sich, am Gespräch teilzunehmen, dennoch schweiften ihre Gedanken unentwegt zu ihrer Truckidee, die immer mehr Gestalt annahm. Überwiegend regionale Produkte wollte sie verarbeiten. Sie hatte bereits einige Bauernhöfe und Gärtnereien ausgemacht, die sie besuchen wollte, um die Erzeugnisse zu testen und herauszufinden, ob sie an einer Geschäftsbeziehung interessiert seien. Im Bad musste sie sich dazu zwingen, sich dort nicht länger aufzuhalten und Foodtruckrecherche zu betreiben.

Gegen halb eins verabschiedeten sich die letzten Gäste. Lily blieb auf dem Klappstuhl sitzen und sah Dean an, als er mit einem großen Tablett aus seiner Wohnung kam.

Lily wusste, dass es in ihrem Kopf Vorbehalte gegenüber dem gab, was sie im Begriff war zu tun. Sie ließ diesen aber keinen Raum. Dean stellte das Servierbrett auf dem Tisch ab und begann Gläser daraufzustellen. Lily kam auf ihn zu und stieß mit der Hüfte gegen die seine.

»Brauchst du also morgen früh auch ein Bad?«, fragte er sie.

Später lag Lily im Bett. Dean hatte den Schlaf gefunden, der ihr auch in dieser Nacht weitgehend verwehrt blieb. Sie forschte in sich hinein. Wie fühlte sich das an? Okay, war die Antwort ihres Körpers. Ausbaufähig, befand Lily die Situation. Sie legte sich ein bisschen näher zu Dean hin, um seinen warmen Körper zu spüren. Nach etwa einer Stunde stand sie auf, zog sich an und lief hinauf zum Ferienhaus.

Dean war auf dem Weg nach Dingle kurz am Ferienhaus vorbeigefahren – seine tägliche Stippvisite. »Kannst du heute 'ne Stunde übernehmen?«

»Klar, ich muss nur auf die Küchenmenschen warten und ihnen eine Brotzeit hinstellen. Dann brauchen die mich nicht. Garten kann ich auch am Nachmittag weitermachen.«

»Cool.«

»Ich wollte mir morgen zwei Trucks in Sligo anschauen.« Lily lehnte sich an den erneuerten Zaunpfahl gegenüber der Fahrertür des Surfschul-Pick-up-Trucks. »Hast du Zeit und Lust, mitzufahren?«

»Och, mit so etwas kenne ich mich nicht so aus. Aber du kannst Carrick fragen, der ist da recht fit. Wir sehen uns später. Halb drei geht deine Stunde los.«

Lily sagte nichts. Was hast du denn erwartet?, fragte sie sich, als sie sich wieder dem Wildwuchs hinter dem Haus zuwandte. Das ist keine Beziehung, sondern nur Spaß. Er schien ihre Ansagen verstanden zu haben, und offenbar hatten sie nun so ein Friends-with-Benefits-Ding. Denk nicht so viel nach, schalt sie sich selbst. Aber dennoch war sie der Ansicht, dass Dean zumindest in seiner Funktion als Kumpel hätte mitgehen können. Sie rupfte eine verdorrte Blume samt Wurzeln aus der Erde. Wenn sie ehrlich war, war sie nur in einen Automatismus hereingerutscht: Wer mit mir schläft, begleitet mich auch bei sonstigen Aktivitäten. Wollte sie wirklich ihn dabeihaben? Eigentlich wollte sie nur von irgendjemandem begleitet werden. Lily dachte über Deans Carrick-Vorschlag nach. Sie fand den Cafébesitzer zwar nett, für eine mehrstündige Autofahrt samt Wagenbegutachtung reichte ihre Sympathie eindeutig nicht. Ihr Vater betreute gerade ein Projekt in Donegal und zeigte sich äußerst erfreut, in Lilys Zukunftspläne eingebunden zu werden. Er sagte zu, sie in Sligo bei der Besichtigung zu unterstützen.

Die Erleichterung, jemand gefunden zu haben, ließ sie den verbleibenden Vormittag nutzen, um eine Standortgenehmigung bei den Behörden zu beantragen und andere offizielle Angelegenheiten zu regeln. Ihr fiel ein, dass sie sich auch nach einer Unterkunft umsehen musste. Denn zur Haupturlaubszeit – und diese hoffte sie auch bei erforderlichen Umbauten mitnehmen zu können – war das blaue Haus bereits vermietet.

Der Foodtruck in Sligo erwies sich als nicht finanzierbar, und so fuhr Lily mit ihrem Vater zurück nach Dublin. Sie war wagen-, aber nicht ideenlos. Morgen wollte sie mehrere Bauernhöfe besuchen, die sie bei Internetrecherchen gefunden und die sie als mögliche Lieferanten für ihr kleines Unternehmen auserkoren hatte. Die Handwerkerarbeiten waren erledigt, Lily musste putzen und einrichten, dann könnten die Feriengäste kommen. Aus diesem Grund stand auch ein Großeinkauf bei einem schwedischen Möbelhaus auf ihrer To-do-Liste. Als sie ihrem Vater von ihren weiteren Plänen berichtete, sparte sie Letzteren aus: Sie wollte ihn durch ein gemütlich eingerichtetes Endprodukt überzeugen und sie war nicht sicher, ob er Möbel, die man selbst zusammenschrauben musste, für geeignet ansehen würde. Außerdem waren die Gespräche über ihre Farmausflüge und Nialls Projekte zu gemütlich, um sie mit vorbehaltsbeladenen Diskussionen zu belasten. Lily erzählte gerade von einem Kräuterhof, der außergewöhnliche Pflanzen züchtete, während ihr Vater Eis mit karamellisierten Walnüssen löffelte, da klingelte das Telefon.

Niall lauschte, nickte und übergab den Hörer dann an seine Tochter. »Es ist Fionulla und so wie es sich anhört, hat sie einen Foodtruck für dich.«

Lily bat Dean, die Möbellieferung entgegenzunehmen und verschob ihre Rückkehr nach Inch um einen Tag. Der Truck, der bei einem Händler im County Meath stand, erwies sich als kleiner, als sie sich dies vorgestellt hatte. Mit seinem abgerundeten weißen Dach und der türkisen Lackierung sicherte er sich direkt einen Platz in ihrem Neuunternehmerinnenherz. Der Preis war nicht niedrig, aber vernünftig, darüber hinaus konnte sie der Händler an einen Kollegen vermitteln, der den Truck nach ihren Vorstellungen umbaute und ausstattete.

Voller Energie und Tatendrang fuhr Lily wieder nach Inch. Sie hatte ihre gewünschten Standorte rund um die Halbinsel Dingle noch einmal optimiert und hoffte, dass ihr die Behörden bei dieser nachträglichen Änderung keine Schwierigkeiten bereiten würden.

Dean hatte zwar foodtrucktechnisch kein Interesse gezeigt, aber beim Aufbau der Möbel bewies er großen Eifer. Auch wenn es darum ging, mit Lily ins Bett zu gehen, ließ sein Engagement nichts zu wünschen übrig. Sie verbrachte die Tage Surfschul unterrichtend, Ferienhaus fertigstellend und die Behördenzusagen erwartend. Sie hatte das Gefühl, dass Dean sich freute oder es zumindest nicht als störend empfand, dass sie sich länger auf der Halbinsel niederlassen würde. Er bot ihr an, in das ungenutzte Zimmer in seiner Wohnung zu ziehen. »Ich habe mir schon immer gedacht, dass es cool wäre, mit einem Kumpel zusammenzuwohnen«, sagte er. Lily nickte nur und sagte nichts. Das war ein Arrangement, über das sie nachdenken musste. Mit der Freundschaft plus hatte sie sich ganz gut eingerichtet. Allerdings war sie sich nicht sicher, was sie von einer Wohngemeinschaft plus halten sollte.

Mitte Juli feierten Niall und Lily Ferienwohnungseinweihung. Sie lud alle Helfer ein, ihr Vater bat die Handwerker und seine Kollegin Fionulla dazu. Als Lily den Garten am Nachmittag mit Lampions schmückte und ihr Vater und Fionulla Tische eindeckten, traf endlich auch der langersehnte Bescheid der Behörden ein. Aufgeregt öffnete Lily die Mail.

Die Enttäuschung zwang sie dazu, sich hinzusetzen.

Sie hielt ihrem Vater das Handy hin: »... müssen wir Ihnen leider mitteilen, dass wir für das laufende Jahr keine weiteren Genehmigungen zur Eröffnung eines Imbisswagens erteilen können.«

»Und wenn du es ein paar Kilometer weiter versuchst?« Fionulla legte ihr die Hand auf die Schulter.

»Das gilt für den gesamten County Kerry«, sagte Niall und ließ das Mobiltelefon sinken.

»Und jetzt? Ich habe mir alles so gut ausgemalt«, sagte Lily. »Mein Foodtruck an der Küste. Touristen und Einheimische mit meinem Essen verwöhnen. Küche und Meer ganz nahe beieinander. Surfen und Kochen. Alles, was ich liebe, vereint.« Lily starrte ratlos auf die Wellen, die sich unten am Strand von Inch brachen.

Ihr Vater legte den Arm um sie und lächelte. »Darf ich dich daran erinnern, dass Irland nicht nur eine Küste hat?«

ELF

Dublin, wenige Wochen später.

Graue Wolken schoben sich träge über den Grand Canal. Wind drängte vom Meer her in die Stadt und ließ die Dubliner frösteln. Am Hanover Quay schirmten die Gebäudewürfel rund um das Hafenbecken die Kälte ab.

In der Kantine der S&G Solutions machte das warme Licht der Designerlampen das Sommergrau fast vergessen. Marlene Sullivan stellte eine Schale mit Mangostücken auf ihr Tablett. Ihr Bruder nahm sich einen Schokoladenpudding. Sie seufzte. »Tust du dir so leid, dass du deine Endorphinzufuhr erhöhen musst?«

Er sah nicht zu ihr hinüber und griff nach einer zweiten Portion. »Das ist uneigennütziges Puddingessen. Ich unterstütze nicht nur die heimischen Milchbauern, sondern auch fairen Handel mit Kakao.« Er schob sein Tablett weiter.

Sie lächelte spöttisch. »Wären nur alle Leute so selbstlos wie du!«

»Das wünsche ich mir oft, aber ich scheitere ja bereits an meiner eigenen Schwester.«

»Wenn du schon wieder damit anfängst, lasse ich mir meine Nudeln einpacken und esse am Schreibtisch.«

»Ein Jahr, Marlene, mehr verlange ich doch nicht.« Er ließ sich von ihrem genervten Stöhnen nicht irritieren. »Alles was es dich kostet, ist eine Unterredung mit Mum und Dad.«

»Sprich du doch mit ihnen! Geh hin und sag: Dad, Mum, was die Firma angeht, es macht euch bestimmt nichts aus, wenn ihr die noch ein wenig alleine schmeißt. Ihr geht ja erst auf die 70 zu. Marlene hat mir zwar diesen begabten Assistenten besorgt. Den arbeitet sie auch seit einem halben Jahr ein. Aber hey, ich bin so unflexibel, ich will mich nicht auf einen neuen Mitarbeiter einstellen. Und Dad, diesen ersten Bandscheibenvorfall hast du so gut verkraftet. Da steckst du einen zweiten doch auch locker weg.«

»Das war jetzt nicht nötig! Ich sage ja nicht, dass du gar nicht zu Hause einsteigen sollst. Aber es muss doch noch nicht sein.«

Sie stützte ihren linken Arm in die Hüfte. »Wieso überträgst du deinen Anteil nicht an Aidan und gehst mit mir mit?« Er schwieg. »Ach, stimmt ja. Du bist ja das Aushängeschild von ›www.ichscheissauffamilientradition.ie.‹

»Wolltest du nicht am Schreibtisch essen?« Es klang scherzhaft und dennoch hatte sie einen wunden Punkt getroffen. Seine Entscheidung, die elterliche Firma nicht zu übernehmen, hatte zu unschönen Auseinandersetzungen geführt. S&G-Computer waren vom Geheimtipp der Kreativen zum Lifestyleobjekt avanciert. Daneben hatte die Firma die Datenverarbeitung in vielen Branchen revolutioniert. Seinen Eltern war das herzlich egal. Seit Generationen war er der erste, der sich der Tradition verweigerte. Als Sullivan arbeitete man in der Firma mit, um sie später zu übernehmen.

Marlene entschied sich für die vegetarische Lasagne und suchte einen freien Tisch. Collum, der sich Pommes frites für seinen Fisch gewünscht hatte, wurde von Amanda Bird, der Kantinenchefin, in ein Gespräch verwickelt, bis die heißen Kartoffelstäbchen auf seinen Teller glitten. Er setzte sich zu seiner Schwester.

»Was wollte sie denn?«, fragte sie, während sie die Käsekruste mit der Gabel von dem Lasagneviereck zog und ihrem Bruder auf den Teller legte.

»Sie macht sich Sorgen, weil die Kantine donnerstags und freitags so schlecht angenommen wird.« Er gab ihr eine Gabel voll Pommes frites auf den Teller und schnitt sich ein Stück von der Kruste ab. »Ich habe versucht, sie zu beruhigen. Schließlich muss sie keinen Profit erwirtschaften, allerdings scheint es da mehr um Köchinnenehre zu gehen.«

»Manchmal weiß ich nicht, ob es deine beste oder deine schlechteste Eigenschaft ist, dass du dir jede Sorge deiner Mitarbeiter anhörst.«

Er zuckte mit den Schultern und widmete sich weiterhin der Kruste.

Marlene nahm einen Schluck Wasser und beugte sich zu ihrem Bruder vor. »Nachher im Meeting wirst du Wainwright einbeziehen. Du wirst seine Vorschläge ernst nehmen und ihm zeigen, dass du ihn schätzt – am besten, indem du ihm ein verantwortungsvolles Projekt überträgst.« Collum verzog das Gesicht. »Wainwright hat nicht nur zwei Abschlüsse in …«

»Ich kenne seinen Lebenslauf. Was ich mich immer frage, ist, wer nennt sein Kind Wainwright?«

»Jemand, der stolz darauf ist, dass sein Sohn als Jahrgangsbester abgeschlossen hat und Praktika in London, Brüssel und Palo Alto absolviert hat.«

Er kniff die Augen zusammen, als denke er intensiv nach. »Wir könnten eine Westernkampagne starten oder ein Programm für Rinderzüchter auf den Weg bringen.«

»Du kannst echt froh sein, dass ich unsere Gespräche nicht heimlich aufnehme. Dein Antidiskriminierungs-Gleichstellungs… Was war das neulich? … Preis-Ding. Die holen ihren

Staubfänger sofort wieder ab, wenn die hören, wie du Mitarbeiter wegen ihres Vornamens verspottest.«

»Das würden sie bestimmt nicht. Aidan hat ja niemanden diskriminiert. Der dürfte also seine Hälfte bestimmt behalten.«

»Aidan verlässt auch die Software-Entwicklungsgewölbe kaum. Und wenn er sich dort unten über jemanden lustig macht, kriegt das kein Mensch mit. Er könnte dort auch Leichen zerstückeln.«

»Die Idee ist ausbaufähig. S&G Solutions – Wenn der PC streikt oder der Nachbar nervt – Wir lösen jedes Problem. Möchtest du das zu deinem Projekt machen und ein paar Auftragskiller anstellen?« Sie konnte augenscheinlich nicht darüber lachen. »Soll ich mit Dad reden?«, sagte er schließlich.

»Jetzt mach es mir doch nicht noch schwerer. Glaubst du, es fällt mir leicht, meine Freiheit hier aufzugeben? Mum oder Dad, irgendeiner findet schon einen Vorwand, mir über die Schulter zu schauen.«

»Er hat gesagt, dass er sich zurückhalten will.«

»Was auch immer er darunter versteht!«

Collum wollte das Thema wechseln. Er sah sich in der Kantine um, die in der Tat ein wenig ausgestorben wirkte. Ein Blick nach draußen offenbarte, wo die Mitarbeiter stattdessen ihre Mittagspause verbrachten. Trotz der kühlen Temperaturen saßen Menschen in Bürokleidung auf den Bänken am Wasser und löffelten Suppen aus hohen Bechern oder balancierten Salate auf den Knien.

»Falls du dich fragst, was an Amandas Köchinnen-Selbstbewusstsein nagt: Es ist die Foodtruck-Sache am Quay. Die scheint echt gut zu laufen!« Marlene deutete auf die vollen Bänke vor dem Fenster. »Lily nimmt Amanda die Kundschaft weg!«

»Ist Lily die Foodtruck-Frau? Woher kennst du die denn? Hast du dort auch schon gegessen?«

»Klar. Ich hole mir da oft mein Frühstück.«

»Das ist irgendwie komplett an mir vorbeigegangen.«

»Du musst deine Häschen nur ein wenig früher aus dem Bett werfen, dann hast du auch Augen für deine Umgebung und musst nicht ins Büro hetzen.«

»Sehr freundlich. Dankeschön. Bring mir doch etwas mit!«

»Damit ich Amandas Zorn auf mich ziehe?« Sie verzog das Gesicht. »Hol dir doch selbst was.«

»Du bist ja sowieso nicht mehr lange hier«, sagte er.

Marlene verdrehte die Augen.

Eine Viertelstunde später stand Collum im Foyer und wartete auf seine Schwester, die noch einmal kurz auf die Damentoilette verschwunden war. Er wollte es vermeiden, allein mit Wainwright im Konferenzraum zu sitzen. Noch sechs Wochen. Dann würde Marlene ihn sitzen lassen. Mit dem unliebsamen Assistenten.

Er hörte, wie hinter ihm die Tür geöffnet wurde. Doch es war nicht seine Schwester, die aus dem Waschraum trat. Die Frau in dem schwarzen Hemd und der schwarzen Schürze mit den weißen Nadelstreifen hatte er noch nie gesehen. Sie gehörte offenbar nicht zur Firma. Er trat einen Schritt auf sie zu.

»Guten Tag. Kann ich Ihnen helfen?«

»Nein, danke. Ich komme zurecht.« Sie wollte weitergehen, er hielt sie auf.

»Wie sind Sie denn hereingekommen?«

Sie lachte. »Über die Mülltonnen hinter dem Gebäude. Ich klettere darauf und schlängle mich dann durch das Fenster. Nur rückwärts ist das ein bisschen zu mühsam, da nehme ich lieber die Tür.« Sie grinste schelmisch. Er fand das nicht amüsant.

»Keine Angst, ich bin nicht hier, um Firmengeheimnisse zu stehlen.« Collum blickte zu den Sicherheitsleuten am Eingang. Offenbar hatte sie das nicht registriert. Sie sah ihn verschwörerisch an und flüsterte: »Unter uns, ich schaue mich um, präge mir alles gut ein und verkaufe dann mein Wissen meistbietend. Meine Kunden übernehmen dann das Stehlen der Firmengeheimnisse.«

Das war eindeutig zu viel des schlechten Humors. Collum winkte einen Sicherheitsmann her. Sie nahm seinen Arm. »Stop! Bitte nicht die Security rufen! Das war doch ein Scherz und ich will nicht, dass jemand Ärger kriegt.« Sie trat einen Schritt näher an ihn heran. Er hatte Küchendunst erwartet, seine Nase meldete Parfüm. Sie sah sich um und sagte leise: »Hören Sie, ich habe einen Deal mit ...« Sie hielt kurz inne, dann lächelte sie. »Mit einer unbestimmten Zahl an Mitarbeitern am Empfang. Ich packe ihnen extra viel Belag auf das Sandwich und gebe ab und zu einen Kaffee umsonst raus. Dafür lassen sie mich hier die Toilette benutzen.« In Gedanken begann er die Liste der infrage kommenden Mitarbeiter durchzugehen.

»Bitte, Sie dürfen jetzt niemandem Ärger machen. Mein Essen ist so gut. Ich habe sie praktisch willenlos gemacht. Sie können den Leuten also auf gar keinen Fall die Schuld geben.«

Die Frau sah ihn so besorgt an, dass er schmunzeln musste, obwohl er das nicht wollte. »Eine unbestimmte Anzahl an Mitarbeitern?« Sie nickte. Ihr Blick heftete sich an seinen. Wahrscheinlich versuchte sie abzuschätzen, ob er sie mit dieser offensichtlichen Lüge durchkommen ließ.

»Wissen Sie, die ersten drei Wochen hier musste ich mir

immer so einen furchtbaren Muffin im Coffeeshop kaufen, damit ich den Toilettencode bekommen habe. Da bin ich schon froh, dass wir ein Arrangement haben.«

»Soso, ein Arrangement haben wir.« Sie ergriff so schnell wieder das Wort, dass er nicht weitersprechen konnte.

»Sie müssen auch einmal zu mir kommen. Ich bin mir sicher, dass ich Sie noch nie bei mir gesehen habe.« Ihr Lächeln ließ den letzten Gedanken an eine Verfolgung der Angelegenheit schwinden.

»Heute bin ich leider schon ziemlich ausverkauft, aber morgen reserviere ich Ihnen das schönste Kuchenstück, weil Sie mich nicht verraten haben.« Aus ihrer Schürze zog sie einen Flyer und drückte ihm diesen in die Hand. »Und ich garantiere Ihnen, dass Sie nie wieder etwas anderes essen wollen. Unsere wichtigste Zutat ist Liebe. Deswegen heißen wir …«

»Habe ich es doch gewusst!« Amanda Bird walzte auf die beiden zu. »Sie wollen doch der das Catering übertragen. Nur, weil plötzlich alle lieber bei der essen und die Kantine schlecht läuft.«

Die Frau drehte sich verwundert um.

»Amanda, bitte beruhigen Sie sich«, sagte Collum. »Sie haben die Situation völlig missverstanden.«

»Verkaufen Sie mich nicht für dumm. Ich habe doch gesehen, wie sie Ihnen ein Angebot zugesteckt hat.«

»Amanda, ich befinde mich hier in einer Unterhaltung …«

Aber seine Kantinenchefin war nicht zu bremsen. »Mr Sullivan, ich will gar nicht wissen, was sie in ihr Essen gibt. Das lässt sich ja gar nicht überprüfen! Meine Mahlzeiten sind frei von Pülverchen und künstlichen Zusatzstoffen.«

»Und frei von Geschmack.« Die Frau hatte das vor sich hingemurmelt. Amanda Bird entging nichts.

»Von einer dahergelaufenen Weißbrotbestreicherin muss ich mir das nicht sagen lassen.«

»Da haben Sie völlig recht«, sagte sie. »Von so einer würde ich mich auch nicht belehren lassen.« Der Mund der Frau nahm einen spöttischen Zug an.

»Nächsten Donnerstag gibt es meine Pasta mit Käse. Da werden wir sehen, wo die Leute ihr Mittagessen kaufen.«

»Wenn Sie statt Pasta weiterhin Brei in Schleifchenform verkaufen, nehme ich an, bei mir. Pasta muss Biss haben. Das weiß sogar ich als ... Weißbrotbestreicherin.«

Marlene war wieder aufgetaucht, an ihrer Seite Wainwright. Sie redete kurz auf ihn ein und schob ihn dann in Richtung der diskussionsfreudigen Frauen.

»Mr Sullivan, ich regle das.« Collum war tatsächlich dankbar für Wainwrights Intervention. Er drehte sich um und ging zum Aufzug, den Marlene bereits gerufen hatte. Hinter ihm hörte er noch, wie Amanda Bird rief: »Ich will, dass sie verschwindet, mitsamt ihrem Foodtruck. Ein für alle Mal.« Dann schloss sich die Aufzugtür.

»Siehst du, jetzt hast du Lily kennengelernt«, sagte Marlene und zog ihr Handy aus ihrer Tasche.

ZWÖLF

Dublin, Hanover Quay, zur selben Zeit.

Lily lief zurück zu ihrem Foodtruck. Wütende Kantinenköchinnen vermochten sie nicht aus der Bahn zu werfen. Es fühlte sich so gut an, endlich wieder frische Lebensmittel zu verarbeiten, Aromen zu kombinieren, einfach wieder zu kochen. Ihre Abfindung, die kleine Erbschaft von Ludwig senior und ein Gründerkredit hatten gereicht, um den Truck her- und nach ihren Vorstellungen einrichten zu lassen. Zwar war sie verwöhnt, was Küchenausstattung anging und hatte Abstriche machen müssen. Nach stundenlangem Planen, Putzen und Einräumen fühlte sie sich dem alten Gefährt aber so verbunden, dass sie es Richard getauft hatte. Offiziell hieß ihr kleines Unternehmen »Liebe zum Mitnehmen«. Niall hatte ihr ein altes Holz-Surfboard geschenkt, das nun neben ihrer Theke lehnte und als Kunden-Feedbackboard diente. Bis jetzt hatte außer Fionulla noch niemand darauf geschrieben – und deren Kommentar (Great Food!) zählte nicht wirklich, denn sie hatte ihn am Einweihungsabend hinterlassen.

Lily litt immer noch unter Schlaflosigkeit, aber die übermüdeten Tage fühlten sich besser an. Zufriedenheit erfüllte sie, wenn sie wieder am Herd stand und das tat, wofür sie geboren war. Amelia Thornton stand als Inhaberin an der Tür. Amelia Thornton L. hatte doof ausgesehen, und irgendwie fühlte es sich besser an, alles Lindnersche erst einmal hinter sich zu lassen. Außerdem sah sie es als ausgleichende Gerechtigkeit an, da sie das Thornton bisher immer auf unangemessene Weise unberücksichtigt gelassen hatte. Ihre Lieferanten hatte sie sorgfältig ausgewählt. Auf ihren kulinarischen Recherchefahrten hatte sie kleine Käsereien, Biobauernhöfe und Fischer aus der Region aufgetan und verpflichtet. Giovanni, der südlich von Dublin eine Gemüsegärtnerei betrieb, war schnell zu ihrem Lieblingslieferant avanciert. In ihm hatte sie eine verwandte Seele gefunden, der in puncto Tomatensüße und Gurkenknackigkeit Lilys Sprache verstand.

Mit ihren hochwertigen Produkten und ihren raffinierten Rezepten hatte Lily die Leute an der Ostküste schnell für sich einnehmen können. Besonders stolz war sie auf die Tafel, die ihre Kreationen in immer neuen Redewendungen anpries.

Am Dienstag startete sie am Küstenmarkt in Malahide in die Woche. Am Mittwoch stand sie abwechselnd auf dem Bauernmarkt am Hafen in Howth und in einer Nebenstraße der Henry Street im Stadtzentrum. Als absatztechnisch beste Tage zeichneten sich Donnerstag und Freitag ab, wenn sie an zwei unterschiedlichen Standorten in den neuen Docklands Station machte. Die Mitarbeiter der Banken, Technologieunternehmen und der sozialen Netzwerkbetreiber rund um den Hanover Quay begeisterten sich für Lilys nachhaltige Küche. Nach den Spätfrühstückern und ihrem Hauptgeschäft – dem Mittagessen – versorgte sie nachmittags spielplatzbesuchende Eltern und Großeltern mit Kaffee und Snacks, bevor sie abends den Hunger der Theaterbesucher stillte. Der Freitag, an dem sie nur einen Block entfernt am Ufer der Liffey stand, war gleichermaßen einträglich. Nur das Samstagsgeschäft bereitete ihr Bauchschmerzen. Die

Besucher des Bauernmarktes in Blackrock erledigten einzig und allein ihren Lebensmitteleinkauf und wollten sich nur selten für einen Snack erwärmen. Lily hatte bereits überlegt, sich einen Standplatz weiter südlich an einem der Ausflugsziele wie Bray oder vielleicht sogar Brittas Bay zu suchen.

Mit seiner Aussage hatte Niall recht behalten. Irland hatte durchaus nicht nur eine Küste zu bieten, und die Standorte direkt am Meer erwiesen sich als gute Wahl. Einmal gab es dort noch wenig Konkurrenz, zudem konnte sie sich entweder vor oder nach der Arbeit in die Wellen stürzen, auch wenn das Surfen an der Ostküste nicht mit der Euphorie mithalten konnte, welche die Atlantikwellen auslösten.

Diese versuchte sie, so oft es ging, sonntags und montags zu genießen, denn da blieb der Foodtruck geschlossen. Die Sechs-Tage-Woche aus dem Miller Grand, aus der sie torstenbedingt zu oft eine Sieben-Tage-Woche hatte werden lassen, gehörte endgültig der Vergangenheit an. Stattdessen fuhr sie nach Inch und nutzte die Zeit, um sich den richtig guten Wellen und damit auch Dean zu widmen. Wenn es nicht vermietet war, logierte sie im Ferienhaus, ansonsten schlief sie bei und, wenn es sich ergab, auch mit Dean.

Lilys Truck stand neben der Kunstinstallation aus roten Stangen, die wie Mikadostäbchen aus dem Boden ragten. Von Weitem heftete sich ihr Blick an ihre heiß geliebte Tafel. Heute stand dort:

*For the love of SOUP
Linsen-Karotte – Potato Farl
*Smitten with SALAD
*Makrele – Kartoffel – Spinat – Rote Beete –
Crème fraîche – Meerrettich-Dressing*

*Bury your Head in the SANDWICH
Spinat – Baby Kale – Honey Mustard Chicken – Bacon – Karotte – Frühlingszwiebel
*Have the HOTs for
Butternut-Lamm-Lasagne
*Sealed with a SWEET kiss
Aprikosenkuchen

Was ihre Verliebtheit in die eigene Art der Produktpräsentation dämpfte, war ihre einzige Mitarbeiterin, die sich rauchend zwischen Schild und Foodtruck platziert hatte.

»Gerdie, Sie wissen doch, dass Sie hinter den Wagen gehen sollen! Denken Sie an unsere Kundschaft! Wie sieht denn das aus?«

Die Angesprochene sah Lily unwillig an und nahm noch einen tiefen Zug. Sie warf die Zigarette auf den Boden und trat sie aus. Wenn ihr etwas nicht passte, und dies kam häufig vor, verzog sie ihr Gesicht und ihre Wutfalten traten heraus. »Ich geh dann mal, hab noch ’nen Termin. Geputzt hab ich. Bis morgen.«

»Bis morgen.« Lily verkniff sich auszusprechen, was ihr gerade durch den Kopf ging.

Sie registrierte Krümel in den Ecken und am Rand der Arbeitsplatte, noch bevor sie ihren zweiten Fuß in den Foodtruck gesetzt hatte. Die Schüsseln waren allenfalls abgebraust, aber keinesfalls ordnungsgemäß gereinigt worden. An einigen Messerklingen klebten Gemüsereste. Lily biss die Zähne zusammen und ließ heißes Wasser in das Spülbecken ein.

Louises Name leuchtete auf dem Display ihres Handys auf. »Hey Süße, wir haben heute ein U-Bahn-Shooting mit einer irischen Band, da musste ich gleich an dich denken. Wie läuft's?«

Lily stellte den Lautsprecher an und platzierte das Handy auf der Ablage über dem Becken. »Ich muss spülen. Gerdie hatte 'nen Termin. Wieder mal.«

»Lily! Such dir jemand anderen. Das kann doch kein Mensch aushalten.«

»Aber sie hält mich aus! Ich habe keine Lust, mir alle paar Wochen jemand Neuen zu suchen, weil die Leute mit meiner Art nicht zurechtkommen. Außerdem ist sie doch nur an drei Tagen die Woche da. Da geht das schon.«

»Das ist Bullshit!«

»Sie arbeitet flink und bleibt gelassen, wenn es hektisch zugeht«, sagte Lily. »Da merkst du die Erfahrung aus dem Fastfoodrestaurant.«

»Du musst endlich dieses Miller-Grand-Trauma aufarbeiten. Du bist nicht so fürchterlich. Glaube es mir doch, bitte.«

»Das Schlimme ist, sie hatten recht. Es mag sein, dass Terstegen und der Anwalt des Grauens übertrieben haben, aber es ist schon was dran. Mir sind noch mehr Situationen eingefallen, in denen ich blöd reagiert habe.« Louises lautstarke Proteste ignorierend fuhr sie fort. »Es gibt nichts, was hundertprozentig passt, und Gerdie ist die Kröte, die ich schlucken muss.«

DREIZEHN

Dublin, Liffeyufer, einen Tag später.

*For the love of SOUP
Kartoffel – Lauch – Sodabread-Croutons
*Smitten with SALAD
Glasnudeln – Rind – Paprikaschote – Ingwer – Zitronengras-Dressing
*Bury your Head in the SANDWICH
Getrocknete Tomate – Aubergine – Ziegenkäse
*Have the HOTs for
Kabeljauburger – Kartoffelbrioche
*Sealed with a SWEET kiss
Chocolate Cookies

Am frühen Nachmittag sah Lily, wie Riley, Mitarbeiter im Empfangsbereich von S&G Solutions, auf der anderen Straßenseite in Richtung Bushaltestelle lief. Sie winkte ihm, er hingegen hob nur leicht die Hand.

»Hi Riley. Heute gar keinen Absackerkaffee?«

Er blieb stehen, schien kurz zu überlegen und überquerte schließlich die Straße. Zögerlich schlürfte er zu dem Foodtruck hin.

»Tag. Hast es schon gehört, was?« Er klang schuldbewusst.

»Nein, was denn?« Lily sah ihn neugierig an.

»Ich dachte nur, weil du heute gar nicht gekommen bist.«

»Von hier vorne ist es fast zu weit, um bei euch auf die Toilette zu gehen. Ich hüpfe hinüber ins Kongresszentrum, wenn es dringend wird.« Sie nahm seinen Thermosbecher und füllte ihn mit Kaffee. »Was soll ich denn schön gehört haben? Bagel oder Kuchen?«

»Bagel, aber ich zahl heute.«

»Das fangen wir gar nicht an«, sagte Lily, während sie eine extragroße Portion Ziegenkäse auf dem Bagel verteilte.

»Das Klo …«

»Ja?« Lily hatte etwas zu stark auf die Spritztüte mit der hausgemachten Chilicreme gedrückt. Die Tüte machte ein unanständiges Geräusch und die doppelte Menge der scharfen Paste legte sich auf den Antipastiberg. »Magst du es heute mal sehr scharf?«

»Kann ich schon vertragen.« Riley fixierte seine Schuhspitzen. »Ich darf dich nicht mehr bei uns aufs Klo lassen. Tut mir leid. Das kommt von ganz oben.«

»Ich verstehe.« Lily spürte, wie die Wut in ihr hochkroch.

»Sicherheitsrichtlinien. Weißt schon …«

Das ist also seine Art der Problemlösung, dachte sie.

»Ich hab mich auch gewundert, dass eine so strenge Linie gefahren wird. Normalerweise ist Mr Sullivan echt locker. Hätte doch gar nichts passieren können, warst ja immer nur im Erdgeschoss.«

»Mach dir keinen Kopf, Riley. Ich finde schon eine Alternative.«

»Liegt nicht an mir. Echt.«

»Das weiß ich doch.« Sie reichte ihm seinen Bagel und seinen Kaffee. Er legte ihr einen Schein und einige Münzen auf die Theke.

»Das passt schon«, sagte sie.

»Aber wir haben doch keinen Deal mehr.«

Lily schob das Geld zurück. »Ist mein Abschlussdankeschön.«

Riley lief deutlich leichteren Schrittes zur Bushaltestelle. Im Van hingegen bekam Lily einen Wutanfall, den die noch nicht geschnittenen Tomaten und Gurken abbekamen.

Der Brief lag am darauffolgenden Montag auf der Fußmatte. Ein Möbelkatalog hatte ihn zusammen mit Rechnungen und der Karte eines Pizzalieferdienstes unter sich begraben. Fast hätte ihn Lily mit der Post ihres Vaters auf den Küchentisch gelegt, als sie bemerkte, dass einer der Umschläge an sie adressiert war.

Die Stadtverwaltung teilte ihr mit, dass ihr mit sofortiger Wirkung ein neuer Standort zugeteilt würde, da die Nutzungsordnung der Piazza am Hanover Quay keinen mobilen Essensverkauf vorsah.

»So ein blöder Dreckskerl.« Lily holte laut schimpfend ihr Notebook hervor, um die Lage und die genauen Öffnungszeiten der zuständigen Behörde zu eruieren. Fluchend zog sie sich an. Sie hatte nur einen Tag an der Westküste verbracht und war früh nach Dublin aufgebrochen. Heute war der Geburtstag ihres Vaters, und sie hatte ein kleines Essen geplant. Statt einzukaufen und die Dankbarkeit, die sie für Niall empfand, in eine liebevolle Mahlzeit fließen zu lassen, musste sie sich jetzt mit Behördengängen herumschlagen. Kurze Zeit später radelte sie in die Innenstadt. Sie trat wie wild in die Pedale und bedachte Collum Sullivan innerlich mit englischen und deutschen Schimpfworten.

Der Behördenbesuch verlief nicht wie geplant. Nach zweieinhalb Stunden stieß Lily die Tür der Dubliner Stadtverwaltung auf. Der Griff krachte gegen die Wand. Das Glas wackelte in der Türfassung.

»Das darf nicht wahr sein!«, polterte sie. Die Frau im blauen Kostüm, die neben der Eingangstür rauchte, starrte sie mit weit aufgerissenen Augen an. Lily stürmte an ihr vorbei nach draußen und brüllte in ihr Handy.

»Riley, Lily hier. Du musst mich zu deinem Chef durchstellen. Doch, ich hab ein Hühnchen mit ihm zu rupfen. Kannst du nicht für mich eine Ausnahme machen? Ich will dir keinen Ärger bereiten. Natürlich nicht. Dann stelle mich zum Empfang durch und sage, du hast die Irlandvertretung von Apple dran.«

Sie benötigte drei Anrufe, bis Riley sie zwar nicht weitervermittelte, ihr stattdessen eine Handynummer durchgab, die sie auf die Rückseite des offiziellen Bescheides kritzelte, den sie heute Vormittag in der Post vorgefunden hatte. Dann wählte sie die Nummer.

»Sie sind ja wohl das Allerletzte! Haben Sie nichts anderes zu tun, als Kleinunternehmern, die gerade versuchen, sich einen Kundenstamm aufzubauen, das Geschäft zu vermiesen. Es mag ja sein, dass Sie nicht einmal mehr merken, ob Sie eine Million mehr oder weniger verdienen. Aber bei mir kommt es noch auf jeden einzelnen Cent an. Haben Sie sich überhaupt mal eine Sekunde überlegt, was es für mich heißt, meinen besten Standplatz zu verlieren? Bestimmt nicht! Ich finde Ihre Reaktion absolut überzogen. So etwas Unbedachtes und Egoistisches ist mir noch nie untergekommen. Wenn Ihre Kantinenchefin will, dass die Leute bei ihr essen, soll sie besser kochen. Sie sind der mieseste Typ, den ich je getroffen habe. Ach ja, hier ist Lily Thornton. Und mit Liebe würde ich für Sie …« Sie hatte die maximale Mailboxnachrichtenzeit erreicht.

Lily lehnte sich gegen den schwarzen Metallzaun der Dubliner Stadtverwaltung. Die einzelnen Streben sahen aus wie Speere. Zu gerne hätte sie dem Chef von S&G Solutions einen solchen in die Brust gerammt. Dieser arrogante, selbstgerechte Idiot!

Lily radelte in die Docklands, um ihren neuen Stellplatz in Augenschein zu nehmen. Dieser lag vor einem Wohnblock, zehn Minuten Fußmarsch und eine schmale Brücke von ihrem ursprünglichen Standort entfernt. Eine deutliche Verschlechterung im Vergleich zu dem Premiumplatz mitten auf der Piazza. Diesen konnte sie erst nach eingehender Prüfung des Sachverhalts zurückerhalten. Zudem durfte ein Wechsel des Standplatzes nur einmal innerhalb eines Monats erfolgen. Vier Wochen ohne ihren besten Verkaufstag. Lily bekam Bauchschmerzen.

Sie brauchte ein wenig Mitgefühl, deswegen fuhr sie zu ihrem Vater ins Büro und schüttete ihr verletztes Foodtruckerinnenherz aus. Fionulla kochte ihr einen Tee und stellte ein Stück Geburtstagstorte vor sie hin. Obwohl ihr Magen negativ auf Teig-Sahne-Frucht-Kombinationen reagierte, stopfte sie sich eine große Gabel in den Mund.

»Ist Juliane O'Connell noch im City Council?« Niall rührte in seinem Kaffee und überlegte.

»Die ist seit einem halben Jahr im Pressereferat.« Fionulla tat sich ebenfalls ein Stück Torte auf. »Aber Michael O'Shehan könnte unser Mann sein.«

Ihr Vater benötigte zwei Anrufe, um in Erfahrung zu bringen, dass die Verlegung tatsächlich durch die Chefetage von S&G Solutions erwirkt worden war.

»Ich weiß ja immer noch nicht, was ich von diesem Sullivan halten soll«, sinnierte Fionulla. »Meine Schwester arbeitet im Leary's Inn. Hinter Dundalk«, fügte sie für Lily hinzu. »Dort taucht er regelmäßig mit irgendwelchen jungen Dingern auf. Jedes Mal eine andere. Ein Hallodri ist das, wenn du mich fragst. Insofern passt das, was er mit dir macht, ins Bild.«

»Sein Privatleben geht uns nichts an«, warf Niall ein. »Von seiner Firma hört man jedenfalls nur Gutes. Was Geschäftliches angeht, scheint er wirklich integer zu sein.«

»Nennst du das, was er mit deiner Tochter gemacht hat, etwa integer?« Fionullas Parteinahme war Balsam für Lilys Seele.

Niall bot an, bei der Wiedererlangung des Standplatzes behilflich zu sein. Lily dachte an Torsten und das Miller Grand und lehnte ab. Sie wollte sich ihr Recht selbst erkämpfen. Fionullas Vorschlag, noch einmal in Ruhe das Gespräch mit S&G Solutions zu suchen, klang sinnvoll. Nach der Brüllattacke, die Lily lieber für sich behielt, glaubte sie allerdings, diesen Weg nicht mehr beschreiten zu können. Wie sollte sie auch wissen, dass Riley ihr die Durchwahl des Hausmeistertelefons gegeben hatte und ihre Schimpftirade zwischen der Meldung einer kaputten Toilettenspülung und einer schlecht schließenden Tür gelandet war?

VIERZEHN

Dublin, wenige Tage später.

Collum Sullivan saß auf dem Rücksitz seines Wagens. Er ließ seinen Kopf in den Nacken fallen und rollte ihn nach links und nach rechts. 10.00 Uhr Treffen mit den Produktentwicklern, 10.45 Uhr Vorstellen der neuen Werbestrategie, 12.30 Uhr Lunch mit dem Staatssekretär. Sein gesamter Tag war bis 21.30 Uhr verplant. Er kam aus Asien und sehnte sich danach, sich heute Abend in seinem eigenen Bett ausstrecken zu können.

Dermott beobachtete seinen Chef durch den Rückspiegel. »Wollen Sie vor Ihrem ersten Termin noch eine halbe Stunde untertauchen, Sir?«

»Sie können Gedanken lesen.« Collum seufzte und massierte seine Schläfen. »Was haben Sie denn heute für einen Tipp für mich?« Collum sah, wie sein Chauffeur den Blinker setzte und von der Hauptstraße abfuhr.

»Ich denke, ich habe das Richtige für Sie. Zehn Minuten zur Firma, aber weit genug weg, dass Sie Ihre Ruhe haben.«

Dermotts Geheimtipp entpuppte sich als winziges Café neben einem alten Einkaufszentrum, das demnächst seine Pforten schließen würde. Das Mobiliar hatte bereits die Eröffnung im Jahr 1987 erlebt. Die Stühle ächzten, wenn man sich daraufsetzte, die Tische waren an den Kanten abgeschlagen. Aber sauber war es. Dermott führte ihn immer in Lokale, die er selbst nie gefunden oder nie betreten hätte. Geschmeckt hatte es immer. Die Besitzerin trug einen schwarzen Rock und ein schwarzes T-Shirt mit einer weißen Schürze. Das hatte man ihr vermutlich beigebracht, als sie vor vielen Jahren begonnen hatte, in der Gastronomie zu arbeiten. Collum und Dermott bestellten ein traditionell irisches Frühstück, frisches Porridge und selbst gebackene Scones.

Das Café war so klein, dass es nicht über eine Toilette verfügte. Collum entschuldigte sich kurz und lief in Richtung Einkaufszentrum.

*For the love of SOUP
Blumenkohl – Schafskäsepralinen
*Smitten with SALAD
Frisches Grün – Gurke – Olive – getrocknete Tomate – Räucherlachs – Weißwein-Senfdressing
*Bury your Head in the SANDWICH
Schinken – Kohl – Frühlingszwiebel – Karotte – Süßkartoffel
*Have the HOTs for
Knusprige Chicken Strips – Honey-Mustard-Dip
*Sealed with a SWEET kiss
Beerenmuffins

Mit dem Messer schob Lily die letzten Karottenstreifen in die Schale und deckte diese ab. Gerdie war eine halbe Stunde zu spät gekommen, was Lily zähneknirschend zur Kenntnis genommen hatte. Sie trug ihrer Hilfskraft auf, Salat zu waschen und Gurken zu hobeln. Dann machte sie sich auf den Weg zur Toilette. Sie litt schon seit einer halben Stunde Höllenqualen und war kurz davor gewesen, die

Theke wieder einzuklappen, obwohl dies Kunden sicher abschrecken würde.

Die Benutzung des WCs im Einkaufszentrum bedurfte keiner Sandwichbestechung. Lily eilte durch die Gänge, in denen rote Sale-Schilder Kunden anlocken sollten. Die Damentoilette im Erdgeschoss war wegen eines Wasserschadens gesperrt. Es wurde auf die Örtlichkeit im dritten Stock verwiesen – eine unüberwindbare Distanz in Lilys Situation. Zu dieser frühen Stunde herrschte noch wenig Betrieb. Sie stieß die Tür zur Herrentoilette auf.

Minuten später betätigte Lily die Spülung und schob den Riegel zur Seite. Sie zog mehrmals fest an der Klinke. Die Tür tat ihr nicht den Gefallen, sich zu bewegen. Sie rüttelte. Weiterhin nichts. Das Holz musste sich verzogen haben. Mehrmals ließ Lily den Riegel einrasten, um ihn wieder zurückzuziehen. Um Hilfe schreien wollte sie nicht. Wer hätte ihr außerdem zu Hilfe eilen sollen? So wie der Vorraum ausgesehen hatte, war mit einem Auftauchen des Putzpersonals nicht zu rechnen. Lily stieg auf den Rand der Toilette, stellte den anderen Fuß auf die Türklinke und zog sich mit den Händen an der Kabinenwand hoch. Dabei hatte sie Angst, dass der Griff unter ihrem Gewicht abbrechen würde. Sie drückte sich hoch, bis sie rittlings auf der Trennwand zum Sitzen kam.

Es war das Geräusch von Schuhen, die gegen Sperrholz polterten, die Collum Sullivan aufblicken ließen. Im Spiegel sah er einen Oberkörper, der sich hochdrückte, dann ein Bein, das über die Trennwand geschoben wurde. Ein weiterer Blick offenbarte, dass es tatsächlich eine Frau war, die aus der Kabine kletterte.

»So verlässt man die also. Und ich dachte, man schiebt

den Riegel zurück und geht durch die Tür.« Er zog ein Papierhandtuch aus dem Spender und trocknete seine Hände ab. »Das tun alle einfallslosen Leute«, sagte die Frau, ohne ihn anzusehen. Sie tastete mit ihrem Fuß nach der Türklinke und verlagerte etwas mehr Gewicht auf diesen. Er sah zu, wie sie vorsichtig ihr zweites Bein nachzog, ging zwei Schritte auf die Kabinen zu und streckte seine Hände aus, um sie gegebenenfalls abzustützen. »Ich helfe Ihnen.«

»Ich schaffe das schon allein.«

Sie sprang ab, landete, geriet ins Straucheln. Mit ihrer linken Hand suchte sie an der Nachbarkabine Halt. Die Tür gab nach, da sie nur angelehnt war. Sie fiel, Collum fasste ihren Arm und verhinderte dadurch, dass sie auf dem Boden landete. Er zog sie zurück in den Stand.

»Danke.« Sie rieb sich den Arm und rollte die rechte Schulter ein paarmal nach hinten, als wolle sie sehen, ob alles in Ordnung war.

»Wir kennen uns.«

Sie sah verwundert hoch. Er lächelte sie an. Sie schien sich zu erinnern. Das Lächeln erwiderte sie nicht. »Tun wir das?«

Sie ging zum Waschbecken. Dort drehte sie den Hahn auf, ließ Wasser über ihre Hände laufen und betätigte viermal den Seifenspender.

»Sie stehen am Donnerstag am Grand Canal vor unserer Firma.« Er trat hinter sie, immer noch lächelnd.

»Das tue ich jetzt ja nicht mehr.« Sie bearbeitete ihre Finger so aggressiv mit Seife, dass sich eine weiße Schaumschicht auf ihrer Haut bildete.

»Oh, dann kann ich Ihre Kreationen gar nicht probieren. Wo kann ich Sie denn jetzt finden?« Er betrachtete sie von hinten. Ihr Hemd war gestärkt und gebügelt, es steckte in einer schmalen schwarzen Hose. Offenbar machte sie viel Sport, das ließ die Figur, die sich unter der Uniform abzeichnete, erahnen. Leute, die in einem Foodtruck arbeiten, hatte er sich anders vorgestellt.

Sie drehte sich abrupt um. »Finden Sie das witzig?« Zwischen ihren Augenbrauen bildete sich eine Falte.

Warum war sie so aufgebracht? Er legte den Kopf schief. »Ich kann Ihnen nicht ganz folgen.«

»Wollen Sie sich über mich lustig machen?« Sie blickte ihn feindselig an.

»Nichts liegt mir ferner.« Er konnte ihre Reaktion überhaupt nicht einordnen. »Wollen Sie mir vielleicht erklären, weshalb Sie verstimmt sind?«

»Verstimmt?« Sie lachte spöttisch. »Ich bin außer mir.«

»Aber was habe ich denn getan, um Sie derart zu erzürnen?« Anscheinend konnte er bei dieser Frau nie die richtige Wortwahl treffen, denn auch der letzte Versuch, ihre Stimmung zu artikulieren, ließ ihre Augenbrauen in die Höhe schnellen.

»Sind Sie so ignorant oder so desinteressiert? Ach, halt, nein, Sie haben Assistenten, die für Sie die miesen Jobs erledigen.«

»Ich habe *einen* Assistenten, und wenn ich ehrlich bin … Bis jetzt war ich mir nicht darüber im Klaren, dass wir überhaupt schmutzige Angelegenheiten haben, um die wir uns kümmern müssen.« Er stellte sich Wainwright vor, wie er eine in Müllsäcke geschnürte Leiche aus dem Firmengebäude schleifte und sie in den Kofferraum hievte, um sie dann in den Wicklow Mountains zu verscharren. Der Gedanke amüsierte ihn. Er wollte sie aber nicht noch wütender machen und versuchte seine Mimik zu kontrollieren. Sie musste das Zucken seiner Mundwinkel gesehen haben.

»Wissen Sie was? Sie können mich mal.«

Sie betätigte den Wasserhahnhebel etwas zu heftig und der Wasserstrahl traf nicht nur ihre Hände, sondern auch ihr Shirt und ihre Schürze und sein Hemd. Sie fluchte, riss drei Tücher aus dem Spender, trocknete sich notdürftig ab und stürmte ohne Antwort hinaus.

Collum war überrascht, welche Gefühlsausbrüche er in dieser Frau ausgelöst hatte. Er wusste immer noch nicht, was er verbrochen hatte, aber er würde es herausfinden.

Lily lief im Stechschritt durch die Gänge. So ein ignoranter Kerl. Widerlicher, blöder Schnösel! Der gesamte Freundeskreis ihres Bruders bestand aus Typen wie ihm. Sie hatte immer schnell das Weite gesucht, wenn Ludwig mit seinen »Was-kostet-die-Welt«-Kumpels zu Hause eingefallen war. Sie hätte Sullivan deutlich ins Gesicht sagen sollen, was sie dachte. Das Kommunikationsbuchwissen kam ihr in den Sinn. Sie blieb stehen und überlegte kurz. War er es überhaupt wert zu erfahren, was er falsch gemacht hatte? Eigentlich konnte ihr das egal sein. Ihr selbst würde es in jedem Fall guttun, sich zu entlasten. Sonst würde sie den ganzen Tag an den Vorfall denken und sich darüber ärgern, dass sie ihn nicht damit konfrontiert hatte.

Sie atmete tief ein und ging zurück, doch sie fand den Toilettenraum verlassen vor. Viele Möglichkeiten gab es nicht. Auf ihrem Weg zurück war sie ihm nicht begegnet, die östliche Mall war bereits abgesperrt, also konnte er nur Richtung Südausgang gelaufen sein. Lily rannte die Treppen hinunter und an den beschmierten Metalljalousien der leeren Geschäftseinheiten entlang. Da vorne lief er. Mit dieser selbstbewussten Haltung, die man nur hatte, wenn einem die Eltern von vornherein und ohne Unterlass die eigene

Einzigartigkeit vor Augen gehalten hatten. Der Du-bist-geboren-um-Großes-zu-tun-Gang. Lily beschleunigte ihre Schritte und rief nach ihm.

»Mr Sullivan! Mr Sullivan! Einen Moment noch!«

Er sah sich um, blieb stehen. Lily verlangsamte ihr Tempo, versuchte, Atem zu holen. Sie schloss zu ihm auf. Er sah sie gespannt an.

»Kann ich noch etwas für Sie tun?« Er wirkte amüsiert.

»Mr Sullivan, es ist für mich wichtig, mit meinen ›Geschäftsnachbarn‹ gut auszukommen. Es ist für ein kleines Unternehmen wie meines sehr schwer, in einer Stadt wie Dublin Fuß zu fassen und über die Runden … ich meine, einen Kundenstamm aufzubauen. Durch Ihre Aktion ist es noch einmal schwerer geworden. Ich finde es unmöglich …« Sie holte noch einmal Luft. »Ich finde es … in höchstem Maße bedenklich, dass Sie Ihre privilegierte Stellung ausnutzen, um Konflikte zu lösen.« Was kam jetzt noch einmal? Ach ja, ein Verbesserungsvorschlag. »Für die Zukunft wünsche ich mir, dass Sie an Ihre eigenen Anfänge denken und nicht zu brachialen Mitteln greifen, wenn es Schwierigkeiten mit Nachbarn gibt, die nicht in Ihrer Liga spielen.«

Er sah sie ernst an. Für ein paar Sekunden sagte keiner ein Wort. »Danke«, sagte er schließlich.

»Was? Äh … Wie bitte?« Lily riss Mund und Augen auf. War das alles, was ihm dazu einfiel?

»Danke.« Er studierte ihre Mimik. »Sie haben mir dargelegt, was sie stört, und ich bedanke mich für das Feedback.«

»Okay. Dann … schönen Tag.«

»Den wünsche ich Ihnen auch.«

Er drehte sich um und ging. Lily wählte den Weg durch das Einkaufszentrum, um zu ihrem Truck zu kommen.

Andersherum wäre es kürzer gewesen, aber dann hätte sie hinter Collum Sullivan laufen müssen und in diese unangenehme Situation wollte sie sich nicht begeben. So schlecht war es doch gar nicht gelaufen. Was er sich wohl dachte? Das konnte ihr egal sein. Über ihren Fehler am Schluss ärgerte sie sich trotzdem. Sie hatte doch gelesen, dass man sich keinesfalls rechtfertigen und ein Feedback einfach entgegennehmen sollte. Aber sie war zu aufgeregt gewesen, um seine Reaktion richtig zu deuten. Unterm Strich war es aber gut gelaufen. Sie verbuchte die Konfrontation als Erfolg. Daran konnte noch nicht einmal Gerdie etwas ändern, die ihre Zigarette wieder vor dem Truck rauchte. Mit der würde Lily auch noch fertigwerden.

Sie schrieb an Dean, um ihm von ihrem Erfolg zu berichten. Die Antwort ließ auf sich warten. Louise reagierte umgehend und fand, dass sich Lily grandios geschlagen hatte.

Als sie ihre Tafel einklappte und das Dekoboard verstaute, vibrierte ihr Mobiltelefon.

»Stress dich in so etwas doch nicht so rein.« – Dean, 16.46 Uhr.

Damit hatte er sicher recht, dennoch hätte sich Lily etwas mehr Verständnis für ihren Gerechtigkeitsfeldzug erhofft.

FÜNFZEHN

Dublin, Anfang der Woche.

Am darauffolgenden Montag saß Lily erneut im Dublin City Council. Sie würde hier nicht eher weggehen, bis ihr Truck Richard am Donnerstag wieder vor dem Grand Canal Theater am Hanover Quay stand. Niall hatte wiederholt angeboten, sich um die Angelegenheit zu kümmern, jedes Mal hatte sie abgelehnt. Sie hatte das dringende Bedürfnis, sich ihr Recht selbst zu erkämpfen. Nun hockte sie mit der Wartenummer 73 in der Hand auf den Plastikschalensesseln und wartete darauf, dass die rote 61 an der Wand endlich in eine 62 übergehen würde. Sie schrieb kurz mit Dean. Er hatte sich nicht begeistert gezeigt, dass sie abermals nur eine Nacht in Inch verbracht hatte, und kündigte an, dass er am kommenden Wochenende eine Freundin besuchen würde, die in Frankreich an einem Surfwettbewerb teilnahm. Darüber hatte er gestern kein Wort verloren. Lily durchstöberte die sozialen Netzwerke und fand eine Australierin, deren Fotos von einem unangestrengt erfolgreichen Alltag kündeten. Zumindest inszenierte sie sich so. Etliche Bilder zeigten Dean in enger Umarmung mit der blonden Sportschönheit. Lily machte Screenshots und schickte diese samt Erläuterung an Louise.

»Was soll ich denn davon halten?« – Lily, 10.24 Uhr.

»Er will dich eifersüchtig machen. Das ist doch wohl eindeutig!« – Louise, 16.37 Uhr.

»Er kann machen, was er möchte. Schließlich sind wir nicht zusammen.« – Lily, 11.40 Uhr.

»Aber es beschäftigt dich. Stimmt's?« – Louise, 16.52 Uhr

»Vielleicht ein bisschen …« – Lily, 11.58 Uhr.

»Bist du doch ein bisschen verknallt? Ein klitzekleines bisschen?« – Louise, 17.04 Uhr.

»Weiß nicht. Ich wär's ja gern. Wirklich! Aber ich kann es nicht herzaubern.« – Lily 12.27 Uhr.

»Es muss nicht immer die große Liebe sein. Genieß doch einfach, dass es mit ihm schön ist.« – Louise, 17.32 Uhr.

Der Akku ihres Mobiltelefon zeigte einen geringen Ladestand. Sie ärgerte sich darüber, dass sie vergessen hatte, es aufzuladen, darüber, dass ihr Ladekabel irgendwo bei Niall im Wohnzimmer lag, und darüber, dass sie nichts zu lesen mitgenommen hatte. Einen Ausflug in das Buchgeschäft an der Ecke wollte sie nicht riskieren: Wer wusste denn, wie schnell es hier mit einem Mal gehen konnte.

Nach zweieinviertel Stunden Wartezeit wurde ihre Nummer endlich aufgerufen. Die Mitvierzigerin mit den strähnigen Haaren und der selbstgehäkelten Brosche aus fusseliger Wolle sah nicht einmal auf, als Lily ihr Anliegen vortrug. Vielmehr tippte die Frau gelangweilt auf ihrer Tastatur herum, stand dann auf und kam mit einem dicken Ordner zurück.

»Warum kommen Sie noch einmal?«

Lily seufzte unhörbar. »Weil Ihre Kollegin letzte Woche meinte, eine Verlegung sei nur einmal alle vier Wochen möglich. Ich habe mich aber inzwischen kundig gemacht. Bei dieser Vorschrift ist ein neuer Kalendermonat gemeint. Gestern war der Erste. Deswegen möchte ich eine Verlegung des Standplatzes an den Hanover Quay beantragen.«

»Das ist bereits veranlasst worden.«

»Ach so?«

»Wenn man gute Beziehungen zum Amtschef hat, kann das hilfreich sein.« Abneigung lag in jedem Wort. Lily verschwendete die Zeit der Frau, das hatte die soeben deutlich gemacht.

»Okay, dann vielen Dank. Auf Wiedersehen.«

Ihr Gruß erfuhr keine Erwiderung.

Diesmal fluchte Lily nicht, als sie das Councilgebäude verließ. Obwohl sie es alleine hatte schaffen wollen, fand sie Nialls Geste lieb. Sie besorgte ein Stück abgehangenes Rindfleisch, lilafarbene Kartoffeln und Pilze. Montags kam ihr Vater immer gleich nach der Arbeit nach Hause.

»Das ist mein Dankeschön für dich. Du scheinst dem City Council ganz schön Dampf gemacht zu haben.«

Niall blickte verzückt auf das Steak, das Lily auf seinen Teller gleiten ließ.

»Ich habe mich zurückgehalten. So wie du es gesagt hast.«

Lily öffnete die Folie der Ofenkartoffeln und legte sie neben das Fleisch.

»Dad! Es ist gut, ich bin dir nicht böse. Im Gegenteil, ich bin dir sogar dankbar!«

»Aber Lily! Du hast so nachdrücklich darauf bestanden, die Angelegenheit selbst zu regeln, dass ich deinen Wunsch respektiert habe. Ich habe nichts in die Wege geleitet.«

*For the love of SOUP

Pastinake – Blackpuddingcrunch

*Smitten with SALAD

Spinat – Zuckererbsen – Rind – Terryaki-Dressing

*Bury your Head in the SANDWICH

Roher Schinken aus Kildare – eingelegte Gurken –
Tomaten – rote Zwiebeln – Apfel
*Have the HOTs for
Bobotie (Irisches Rind trifft südafrikanische Gewürze)
*Sealed with a SWEET kiss
Apfel

Drei Tage später kniete Lily vor ihrem Richard und war gerade dabei, ihre Tafel für den Tag zu beschriften. Die halbe Nachspeise fehlte noch.

»Guten Morgen und willkommen zurück.«

Sie blickte auf handgenähte Schuhe und graue Anzughosenbeine. Lily musste nicht hochsehen, um zu wissen, wer da den Weg zu ihrem Truck gefunden hatte.

»Morgen«, sagte sie kühl. »Wenn Sie meine Verlegung nicht veranlasst hätten, könnten Sie sich die Begrüßung sparen.«

»Ich habe etwas für Sie.«

Lily hielt inne, legte die Kreide weg und drückte sich hoch. Sie wusste, dass Gerdie, die sich gleich nach dem Ende der Vorbereitungen rauchend hinter den Wagen zurückgezogen hatte, dem Gespräch lauschte. Der Grand-Canal-Wind blies Eau de Toilette in ihre Richtung. Wäre Collum Sullivan nicht der Träger gewesen, sie hätte den Duft als angenehm empfunden.

Er hielt ihr eine Plastikkarte hin. »Wir freuen uns, wenn Sie unsere Waschräume bei S&G Solutions benutzen.«

Lily starrte zögernd auf die silberfarbene Karte.

»Danke, aber ich habe eine alternative Möglichkeit gefunden.« Sie sah ihn entschieden an.

»Ich bedauere, was geschehen ist. Mein Assistent hat sich

bei der Regelung dieser Angelegenheit etwas übereifrig gezeigt.« Er studierte das Kopfsteinpflaster unter seinen Füßen und sah dann auf. Jungenhaft wirkte das, charmant. Lily fragte sich, ob er eine Rolle spielte.

»Ach, der Assistent … so so.«

»Ich kann Sie nur noch einmal offiziell um Verzeihung für die Umstände bitten.« Der Unternehmer war wieder da.

Nun streckte sie doch ihre Hand aus. »Okay.«

»Wirklich okay? Oder sagen Sie das nur, um das Gespräch zu beenden?«

Hör auf, mich nett anzusehen, dachte sie. Seine Aufrichtigkeit ging ihr auf die Nerven. Gerdie betrat den Wagen, nahm einen Lappen und wischte die Arbeitsfläche ab. Lily ahnte, dass Neugier die Triebfeder für diesen neu entdeckten Arbeitseifer war.

»Das ist doch letztendlich egal. Sie haben sich entschuldigt. Ich nehme das zur Kenntnis, und jetzt müssen Sie mich entschuldigen, denn ich muss heute noch Geld verdienen.«

Sie kniete sich vor die Tafel und fügte kunstvoll die noch fehlenden Buchstaben der Apfeltarte hinzu. Bis zum zweiten T stand Collum Sullivan noch neben ihr.

»Viel Erfolg heute«, sagte er.

»Danke.« Lily bemühte sich, dass es nicht zu freundlich klang.

Sie ging zurück in den Wagen. Gerdie legte den Lappen neben die Spüle. »Also wie Sie mit dem gesprochen haben. Hätte ich nicht gedacht. Respekt Chefin!« Sie starrte Collum Sullivan hinterher. »Aber ein Schnittchen ist er schon!«

Lily zuckte mit den Schultern. »Wem's gefällt. Sie müssen den Lappen sauber ausspülen, nachdem sie ihn verwendet haben.« Gerdie drehte sich weg, Lily war sich sicher, dass sie mit den Augen rollte.

SECHZEHN

Dublin, eine Woche später.

Die nächsten Tage brachten schlechteres Wetter und damit für Lily schlechte Geschäfte. Für die Jahreszeit war es ungewöhnlich frisch. Der häufig einsetzende Regen trieb die Menschen nach drinnen, kaum jemand hatte Lust, zu ihrem Foodtruck zu pilgern, geschweige denn draußen zu essen. Wenn sie die Zeit nicht mit Putzen totschlug – es gab keine Ecke in ihrem Truck, die nicht vor Sauberkeit blitzte –, las sie oder beobachtete die Leute, die an ihrem Stellplatz vorbeiliefen. Sie hätte sich ein Zubrot als Privatermittlerin verdienen können. Sie wusste inzwischen, dass die Rothaarige aus der Bankfiliale in Malahide ein Verhältnis mit ihrem jüngeren Kollegen hatte, die S&G-Empfangsdame schlief offenbar mit dem Besitzer des italienischen Lokals. In Howth trank der Vater mit den blonden Wuschelhaaren und dem schwarzen Kinderwagen zuerst Kaffee mit seiner Partnerin, und schäkerte dann mit einem Fischer, der immer genau dann Pause machte, wenn die Frau wieder in Richtung Bürohaus verschwunden war.

*For the love of SOUP
Erbse – Apfel – Speck
*Smitten with SALAD
Frisches Grün – Gurke – Pute – Sprossen – Tomaten-Dressing

*Bury your Head in the SANDWICH
Fleischbällchen – geröstete Paprikaschoten – Tomaten – rote Zwiebeln
*Have the HOTs for
Kichererbsencurry
*Sealed with a SWEET kiss
Quittencrumble

Auch der Donnerstagmorgen verhieß keine guten Geschäfte. Es war Ebbe. Die Liffey strömte gemächlich stadteinwärts, als Lily ihren Richard in Richtung Hanover Quay steuerte. Der Wind pfiff um die Häuser. Gerdie hatte sich krank gemeldet. Lily vermutete, dass sie nur keine Lust hatte, sich bei dieser Kälte in den Truck zu stellen.

Zwei Stunden später rührte Lily das Curry um. Collum Sullivan trat aus dem Gebäude und kam direkt auf ihren Richard zu. Würde das der zweite Versuch werden, den Grundstein für eine gute Nachbarschaft zu legen? Die Zugangskarte lag noch immer ungenutzt in der Schublade neben dem Hefter mit den Rechnungen, und dort sollte sie auch bleiben. Sie beobachtete, wie er über die Piazza lief, stehen blieb und winkte. Von der anderen Seite tauchte eine elegante Frau auf. Sie trug ihr blondes Haar kinnlang und war so gekleidet, wie es Eleonore bei ihren Töchtern gerne gesehen hätte. Wenigstens in dieser Hinsicht stellte auch Katharina eine Enttäuschung dar.

Es war nicht das erste Mal, dass Lily Collum Sullivan mit dieser Frau sah. Die Häufigkeit der Begegnungen fand auch teilweise Eingang in die Mittagsgespräche der S&G-Mitarbeiter, die ihre Pause vor Lilys Truck verbrachten. Je nach Dauer der Firmenzugehörigkeit existierten drei Versionen.

Version eins (die der langjährigen Mitarbeiter): Die Frau war Sullivans langjährige Freundin und wahre Liebe, zu der er immer zurückfand, wenn ihn eine andere Frau verlassen hatte.

Version zwei (die derjenigen Mitarbeiter, die erst wenige Monate der Firma angehörten): Die Frau war seine Verlobte, die er – Version zwei a bereits heimlich geheiratet hatte – oder – Version zwei b – bald heiraten würde.

Version drei beinhaltete, dass es sich um seine Psychotherapeutin handelte, die ihn durch außergewöhnliche Praktiken geheilt, aber auch hörig gemacht hatte, was Lily doch als eher unwahrscheinliche Deutung abtat. Sie fragte sich allerdings, wie die Freundin-Ehefrau-Verlobte damit umging, dass er sich regelmäßig mit anderen Frauen im Hotel von Fionullas Schwester traf. Man konnte die Kollegin ihres Vaters als leidenschaftlich und redselig bezeichnen, sie war aber weit davon entfernt als klatschsüchtig zu gelten. Deswegen hielt Lily die Schilderung auch für vertrauenswürdig.

Vielleicht würde sie in den nächsten Minuten herausfinden, welcher Art die Beziehung der beiden war, denn sie nahmen Kurs auf ihren Truck. Zunächst zumindest, denn die Frau verschwand in der Trattoria hinter ihrem Wagen.

»Guten Tag!« Collum Sullivan blieb vor der Tafel stehen und studierte die Angebote.

»Tag!« Lily stützte sich mit beiden Händen auf ihrer Theke ab und beobachtete seine Lesetätigkeit.

»Ich bin gleich so weit«, sagte er. »Normalerweise würde ich fragen, was Sie mir empfehlen können. Aber ich nehme stark an, dass Sie mir dann erklären, dass alles hervorragend schmeckt, und dies mit einem schneidenden Kommentar versehen. Deswegen nehme ich das Sandwich, denn davon hat meine Sekretärin heute geschwärmt. Außerdem eine Basilikumlimonade und den Crumble bitte.«

Lily konnte nichts erwidern, weil sie noch überlegte, ob der Kompliment- oder der Beleidigungsanteil seines Redeschwalls überwogen hatte. Wortlos reichte sie ihm das Getränk und das Dessert. Dann machte sie sich daran, das Sandwich zu belegen.

»Meinen Sie, wir kommen noch an den Punkt, an dem Sie mich freundlich mit Essen versorgen können?« Er grinste süffisant. Lily bedauerte, dass sie grundsätzlich nicht mit Lebensmitteln warf.

»Ich denke nicht, dass wir beide das je erleben werden.«

»Dann schlage ich vor, dass wir die Rückseite der kleinen Tafel im Truckfenster mit ›Verachtung zum Mitnehmen‹ beschriften und Sie diese immer umdrehen, wenn ich komme.«

»Probieren Sie mein Essen doch erst einmal, bevor Sie sich in meine Stammkundschaft einreihen.«

»Oh, ich bin mir sicher, dass es hervorragend schmeckt. Jedenfalls habe ich noch nichts Gegenteiliges gehört.«

Seine Begleitung kam mit einem Panini aus der Trattoria zurück. Lily beobachtete, wie die Frau auf Collum zulief, und überlegte, wie sie reagieren sollte, wenn diese einen ihrer Stehtische mit fremdem Essen mit Beschlag belegen würde. Aber das war nicht nötig. Die Frau breitete ihren Mantel auf der Steinbank gegenüber aus und wartete, bis ihr Freund-Ehemann-Verlobter sich zu ihr gesellte.

Lily schielte in Richtung seiner Hand und fand keinen Ring, der auf eine feste Verbindung hindeutete. Sie hatte das Hauptgericht auf dem Bambusteller arrangiert und stellte diesen auf die Theke. Dort lag bereits ein Zwanzig-Euro-Schein. Als sie begann das Wechselgeld herauszuzählen, winkte er ab.

»Das ist der Schlecht-Wetter-Zuschlag.«

»Ich lege es beiseite, dann kann ich in naher Zukunft in die ›Verachtungstafel‹ investieren.« Sie drehte die ›Liebe zum Mitnehmen‹-Tafel in seine Richtung, dass er die Holzrückseite erkennen konnte. Er verabschiedete sich lachend.

Erfreulicherweise kamen nun ein paar Kunden, sodass Collum Sullivan und seine Begleitung ihr nicht beim Nichtstun beiwohnen mussten. Lily beobachtete, wie die beiden aßen, sich dabei angeregt unterhielten und sehr nahe beieinandersaßen, was für Version zwei der Mitarbeiterdeutungen sprach. Nach dem Essen hielten sie für lange Zeit ihre Mobiltelefone in der Hand. Aus den Gesprächsfetzen, die zu ihrem Truck herübergetragen wurden, konnte Lily schließen, dass sie Termine absprachen, die teilweise familiärer Natur zu sein schienen. Die lange Umarmung zur Verabschiedung, die Art, wie sie ihm über die Wange strich und das Flüstern in sein Ohr ließen die Beziehung als wahrscheinliche Option übrig. Lily fragte sich, wie Fionullas Geschichte zu der gerade erlebten Szene passte.

Lily hatte aber dennoch keine Zeit, sich ausführlicher mit Collum Sullivans Privatleben auseinanderzusetzen, schließlich musste sie sehen, wie sie trotz der eher schlechten Geschäfte halbwegs ordentlich über den Monat kam. Niall würde sicher Verständnis haben, wenn sie ihren monatlichen Beitrag einmal nicht in vollem Umfang beisteuerte, er hielt diesen ohnehin für unnötig. Lily allerdings war es sehr wichtig, sie empfand es als unwürdig, wenn eine fast Dreißigjährige mietfrei bei ihrem Vater wohnte.

SIEBZEHN

Dublin, Wochenende.

»Hey Süße, läuft das Geschäft besser? Was machst du?« – Louise, 13.17 Uhr.

»War 'ne Nullrunde diese Woche, aber zumindest habe ich keinen Verlust gemacht.« – 18.31 Uhr.

»Wie läuft es mit dem heißen Surfer?« – Louise, 13.37 Uhr.

»Passt schon. Aber ich weiß immer noch nicht, was wir da genau haben. Ich kann ihn überhaupt nicht einschätzen.« – Lily, 18.39 Uhr.

»Hör auf, dem Ganzen immer ein Label geben zu müssen.« – Louise, 13.44 Uhr.

»Wollte ich auch nicht. Allerdings lerne ich dieses Wochenende seine Schwester kennen.« – Lily, 18.47 Uhr.

»Ui, die Schwester. Das muss nichts heißen. Eltern wäre schlimmer. Finden wir Familienkennenlernen jetzt gut oder schlecht?« – Louise, 13.53 Uhr.

»Wenn ich das bloß wüsste! Es ist eigentlich schön mit ihm, aber es fühlt sich nach wie vor nicht an wie hundert Prozent.« – Lily, 18.56 Uhr.

»Müssen es denn hundert Prozent sein? Was muss denn passieren, dass es nicht nur eigentlich schön ist?« – Louise, 13.48 Uhr.

»Vielleicht finde ich das dieses Wochenende heraus.« – Lily, 18.59 Uhr.

Lily stopfte noch eine schwarze Hose und ein Top in derselben Farbe in ihre Tasche. Sie stellte sich Deans beratend tätige Schwester als eine Art Mini-Eleonore vor, deswegen hatte sie bei jedem Kleidungsstück, das sie einpackte, aufgepasst, dass sie neben der erfolgreichen Unternehmensberaterin nicht aussehen würde, wie die »arme Verwandtschaft«. Dean hatte erwähnt, dass die Kurse, die seine Schwester an diesem Wochenende anbot, seit Monaten ausgebucht seien und sie deswegen sogar Zusatztermine angeboten habe. Ihr fiel ein, dass sie dieses Erfolgswesen eigentlich hätte googeln können, dafür war es jetzt zu spät, denn Deans Auto hielt vor dem Haus.

Misstrauisch beäugt von Niall aß Dean die von Lily mitgebrachten Reste ihres Tagesmenüs. Lily nippte an einem Tee und hörte zu, was er über seine Woche zu berichten hatte. Sie hoffte, dass ihr Vater nicht den gesamten Ein-Mann-interessiert-sich-für-meine-Tochter-Argwohn, den er während ihrer Teenagerzeit an Ludwig senior hatte abtreten müssen, innerhalb einer Mahlzeit an einem Kandidaten auslebte.

Die Fahrt in das Dorf in der Nähe von Drogheda verlief weitgehend schweigend, beide waren müde vom Tag. Dean nahm Lilys Hand, küsste sie und hielt sie fest, während er den Wagen über die Landstraße nach Norden lenkte. Lily saß auf dem Beifahrersitz und starrte hinaus auf das Meer. Vielleicht verlangte sie zu viel, hatte überzogene Erwartungen an das Leben. Aus den Augenwinkeln beobachtete sie Dean. Eigentlich sah er echt gut aus. Unterhalten konnte man sich, und im Bett lief es, ehrlich gesagt, auch nicht schlecht. Wahrscheinlich hatte Louise recht und es mussten nicht immer hundert Prozent sein. Sie bemaß ihre Beziehungszufriedenheitsoption mit Dean auf fünfundsiebzig Prozent. Wenn sie selbst ein wenig mehr investierte, könnten sie es bestimmt auf über achtzig Prozent schaffen. Das würde jedoch bedeuten, dass sie mit ihm eine Beziehung begann. Hatte sie das vielleicht schon? Louise hatte ihr gesagt, dass Freundschaft plus nur dann funktionierte, wenn man vor jedem Mal Sex deutlich aussprach, dass man sich in keiner Beziehung befand. Diese Regel hatte sie klar missachtet, in der Hoffnung, dass ihre Ich-bin-nicht-bereit-für-eine-Beziehung-Vorreden für sich gesprochen hätten. Allerdings nahm er sie jetzt mit, um seine Schwester zu treffen. Lily musste zugeben, dass ihre Annahme, er würde sie dort als Kumpel vorstellen, ziemlich naiv war.

Sie kamen gegen halb zehn am Hotel an. Deans Schwester befand sich mit ihren Kursteilnehmern auf irgendeiner Außenaktion. Lily nahm an, dass es sich um nächtliches Teambuilding handelte. Sie war froh, dass das Kennenlernen erst am nächsten Morgen erfolgen würde, und fragte sich gleichzeitig, ob sie sich nicht zu viele Gedanken darüber machte, ob seine Schwester sie mochte.

Lily spürte Deans Hand an ihrer Schulter und seine Lippen auf ihrer Wange. Sowohl die Lichtverhältnisse als auch ihr Körper signalisierten ihr, dass es zu früh war. Zu früh für Sonntag, zu früh für Schwesternkennenlernen, zu früh für alles.

»Was ist denn los?«

Dean beugte sich über ihre Reisetasche. »Du hast keine bequemen Sachen mitgenommen!«

»Brauch ich die denn? Und … äh … Finger weg, von meiner Tasche!«

»Ich wollte dir doch nur etwas zum Anziehen geben.« Er

sah sie so schuldbewusst an, dass ihr die harsche Reaktion leidtat. »Warte, das haben wir gleich!«

Er verschwand und kehrte kurz darauf mit einem orangefarbenen T-Shirt und einer buntgemusterten Hose wieder. »Ist von meiner Schwester«, sagte er.

Lily blinzelte. Zweifelsohne erwartete Dean, dass sie dieses Hippiezeug anzog. Sie fragte sich, weshalb sie das tun sollte und was sie erwarten würde, wenn sie die Sachen erst einmal übergezogen hatte.

Er hatte ihre Unsicherheit registriert. »Wir gehen jetzt den Morgen begrüßen. Das wird dir bestimmt gefallen.«

Die Antwort verwirrte sie noch mehr, indessen war sie froh, dass er den Hoffentlich-sind-die-Sachen-frisch-gewaschen-Blick nicht richtig gedeutet hatte.

Sie lief hinter Dean her in den Garten des Hotels. Dieser war mit hohen Büschen eingefasst, welche die Neugier der Spaziergänger abschirmten. Offenbar wollten sehr viele Hotelgäste dem Morgen Hallo sagen, denn ungefähr dreißig Leute standen barfüßig, sich leise unterhaltend oder die Hände andächtig verschränkt auf der Wiese. Alle hatten weite Kleidung an, die teilweise so aussah, als hätten sie die Nacht darin verbracht. Dann begannen sie sich aufzustellen. Lily ließ sich von Dean in die mittlere Reihe schieben. Eine blonde Frau mit lockigen Haaren stand in der Mitte der Wiese. Sie trug einen lilafarbenen Sari und verbeugte sich mit vor dem Körper zusammengeführten Händen kurz vor der Gruppe. Dann begann sie ihre Arme auszubreiten und sie immer wieder vor ihrer Brust zusammenzubringen. Sie hatte die Augen geschlossen und ließ die Luft hörbar aus- und einströmen. Alle Leute um Lily herum, auch Dean, taten es ihr gleich und so bewegte auch Lily ihre Arme im Rhythmus, um nicht aufzufallen.

Nach zehn Minuten beendete die Leiterin dieses Ritual. Lily beobachtete befremdet, wie beseelt die Leute aussahen, die nun leise zurück ins Hotel gingen.

»Da seid ihr ja!« Die Sarifrau lief auf sie zu. Sie war rundlich, aber nicht dick und strahlte. Sie umarmte Dean und küsste ihn auf den Mund, was Lily sonderbar fand.

Dann wandte sich die Frau Lily zu, umarmte sie fest, nahm sie dann bei den Schultern und küsste sie auf die Stirn. »Freut mich, dich kennenzulernen. Ich bin Jaynati.« Sie musterte Lilys Outfit. »Steht dir gut. Dinesha hat mir schon viel von dir erzählt.«

Lily zuckte zusammen. »Dankeschön. Die Sachen sind sehr bequem«, sagte sie. Das hörte sich besser an als »Wie hast du deinen Bruder eben genannt?«

»Wollen wir hineingehen?« Jaynati hakte sich bei den beiden unter und führte sie nach drinnen. Hoffentlich gab es dort Frühstück. Lily hatte seit gestern Nachmittag nichts mehr gegessen. Ihre Hoffnung auf ein Full Irish Breakfast glaubte sie, angesichts des Publikums allerdings begraben zu müssen. Die Geschwister unterhielten sich angeregt. Zu viele Gedanken buhlten in Lilys Kopf um Aufmerksamkeit. Wie hatte sie Dean gerade genannt? War das ein Kosename, oder hieß er wirklich so? Welche Art Veranstaltung hatte gestern Nacht stattgefunden? Drogheda lag in der Nähe von Hügelgräbern, Klosterruinen und anderen mythisch aufgeladenen Orten. Lily wollte sich nicht vorstellen, was da im Dunkeln geschehen war, obwohl … eigentlich wollte sie das schon.

Im Speiseraum hatten sich die Gäste versammelt. Große Porridgeschüsseln standen auf den Tischen, flankiert von Schalen mit frischem Obst, daneben ungesäuertes Brot und irgendeine Paste. Lily nahm sich vor, bei der ersten sich bietenden Gelegenheit, einen Ausflug in den Ort zu machen und dort Fish&Chips oder was auch immer sie an fettigen und lang sättigenden Speisen finden konnte, zu sich zu nehmen.

Zu ihrer Überraschung durchquerten sie gemeinsam den Speisesaal, bis sie sich in einer großen Küche wiederfanden. »Morgen, Jay«, sagte eine Frau, die eine Blümchenschürze über ihrem roten Häkelpullover trug. Lily schätzte sie auf Mitte fünfzig. »Kannst du deinen Teilnehmern mal sagen, sie sollen sich Schuhe anziehen, wenn sie zum Frühstück gehen. Ich muss meiner Putzfrau immer Überstunden bezahlen, damit sie die Grasflecken aus dem Teppich kriegt.«

»Ach Sheenagh, sie haben endlich wieder Zugang zu Mutter Erde und den Elementen gefunden. Da wollen wir das doch nicht durch Kleidungsregeln wieder zerstören.«

Lily fragte sich, ob bei ihr das Morgenritual deswegen nicht funktioniert hatte, weil sie es in Turnschuhen absolviert hatte. Sie musste schmunzeln, wenn sie an ihre Tasche dachte, in die sie kaum unpassendere Kleidung hätte packen können.

Auf dem großen Holztisch fand sich die Frühstückskombination aus dem Speiseraum wieder. Dean setzte sich und bediente sich am Porridge. Lily hatte sich auf ein gutes Hotel mit Frühstücksbüfett oder zumindest mit herzhafter Speisenauswahl eingestellt. Sie versuchte sich nichts von ihrer Enttäuschung anmerken zu lassen und löffelte ebenfalls Getreidebrei in ihre Schüssel. Jay war die Einzige, die sich noch nicht gesetzt hatte. Sie schloss die Tür zum Gästeraum und nickte Sheenagh zu. Die holte eine Auflaufform aus dem Ofen und stellte sie auf den Tisch.

»Jay meinte, Sie würden es eher herzhaft lieben«, strahlte sie Dean an und hob den Deckel ab. Der Duft von Würstchen, Black Pudding, gebackenen Bohnen, Rührei, gegrillten Tomaten und Speckstreifen erfüllte den Raum. Als Dean einen Teller mit den traditionellen Frühstückszutaten füllte und vor Lily hinstellte, musste sie vor Rührung fast weinen.

»Welche Art Beraterin bist du eigentlich?«, fragte sie, nachdem die ersten Gabeln Rührei ihre Stimmung aufgehellt hatten.

»Dinesha redet nicht so viel über unser Familienunternehmen«, lachte Jay. »Und wenn, dann nennt er es meistens Beraterfirma. Ma, Grandma und ich beraten Menschen in ihren unterschiedlichen Lebenssituationen. Dad ist Druide.« Sie sagte das so, als sei er Maurer oder Versicherungsangestellter. »Wir helfen ihnen körperliche, mentale und karmisch-systemische Störungen aufzuspüren und alte Verhaltens- und Denkmuster zu durchbrechen.« Lily nickte. Sie spürte Jays Blick auf sich und war sich sicher, als körperlich-mentale Großbaustelle wahrgenommen zu werden. Deans Schwester erzählte von Aurafotografie und Energiepunktdiagnose. Am liebsten spürte sie Dysbalancen psychischer, viraler, genetischer, beruflicher oder familiärer Art auf und brachte Menschen wieder ins Gleichgewicht.

»Verträgt sich ein solches Essen nicht mit deiner Therapie?«, fragte Lily schließlich und nahm sich ein weiteres Würstchen aus der Form.

»Die Leute, die zu mir kommen, erwarten eine tiefgreifende Veränderung. Die Erfahrung hier soll sich von ihrem Alltag unterscheiden. Ich kann die Menschen auch analysieren, wenn sie Speck und Würstchen gegessen haben. Aber einmal schadet es ihnen nicht, wenn sie sich früh einfacher ernähren, und dann bedienen wir zugleich die Erwartungen, die unsere Gäste mitbringen. Ich könnte die

Atemübung auch in einem schicken Nike-Anzug halten, aber wenn ich im Sari auftrete, wirke ich glaubwürdiger.« Sie nahm sich von den Weintrauben. »Wann bist du geboren, Liebes?«

»Am 22. Februar.«

Jay nickte und sah Lily versonnen an.

»Stopp!« Dean legte geräuschvoll sein Besteck auf den Teller. »Du wirst Lily weder analysieren noch harmonisieren. Du darfst sie ganz normal kennenlernen, das ist es aber auch.« Lily fand es süß, dass er sie so verteidigte. »Es endet grundsätzlich in einer Katastrophe, wenn sie das mit einer meiner Freundinnen tut«, sagte er in Sheenaghs Richtung.

Er hat Freundin gesagt, schoss es Lily durch den Kopf.

»Ihre Verspannungen darf ich doch lösen«, meinte Jaynati.

»Wenn sie das möchte. Aber du wirst sie weder fotografieren noch irgendetwas anderes mit ihr machen!«

»Jetzt lass mich doch mal«, warf Lily ein. »Vielleicht finde ich das ja ganz spannend, *Dinesha*!«

Er grinste. »Tu, was du willst, ich habe dich gewarnt.«

Nach dem Essen nahm Jay Einzeltermine wahr, um dann das Seminar mit einer weiteren Meditation zu beschließen. Dean und Lily nutzten die Zeit, um sich noch ein wenig auszuruhen.

Am Nachmittag fuhren sie mit Jay an den Strand, um zu surfen. Dean war aufmerksam. Er umsorgte Lily, ohne sie einzuengen. Dabei kümmerte er sich in einer Art um sie, wie sie es sich von Torsten immer gewünscht hätte. Nicht erst beim Abendessen stellte Lily fest, dass sie sich im Kreis dieser ungewöhnlichen Geschwister durchaus wohlfühlte.

Später, als sie sich vor dem Kamin im Foyer zusammenfanden, setzte sich Dean auf den Hocker vor Lilys Sessel und platzierte ihre Beine auf seinem Schoß. Jay und er erzählten Geschichten aus dem Lebensberatungszentrum, das die Eltern in Glastonbury betrieben. Sie berichteten von Seminaren für gestresste Paare, auf denen die Menschen wieder zueinanderfanden, teilweise sogar in neuen Mann-Frau-Kombinationen, was außer Lily jeder als Erfolg verbuchte, und von Hochzeiten im Namen der Lady of Avalon, die auf dem nahegelegenen Hügel abgehalten wurden. Alle Familienmitglieder bis hin zur Großmutter teilten die Surfleidenschaft. Lily konnte sich weder Eleonore noch ihre Geschwister wellenreitend vorstellen, abgesehen davon, dass diese nie über die Macht der Gedanken, die Beeinflussung der Seelen und die Wirkung von Kristallen diskutiert hätten.

»Oh, hier ist schon besetzt!« Eine junge Frau war hinter Jays Lehne aufgetaucht. Figur und Kleidung deuteten eher auf ein Model hin als auf eine Kursteilnehmerin. Dean starrte ihr hinterher, als sie einen Platz in den Sesseln fand, die am Rande standen. Jay beobachtete ihren Bruder und sah dann Lily an. Die überlegte, ob von ihr eine eifersüchtige Reaktion erwartet wurde. Angesichts der Eheseminargeschichte hielt sie dies für unwahrscheinlich.

»Weißt du jetzt schon, was du machen wirst?«, wandte sich Jay an ihren Bruder.

»Ich bin mir noch nicht sicher«, sagte Dean. »Ich bin ab November sowieso in Lombok, dann müsste ich ja noch eher aus Irland weg.«

»Worum geht es denn?«, erkundigte sich Lily.

»Wir begeben uns jedes Jahr für mehrere Wochen nach Indonesien«, erläuterte Jay. »Dort füllen wir unsere Energiereserven wieder auf. Nur wer selbst im Gleichgewicht ist, kann wirkungsvoll heilen. Eigentlich fährt die ganze Familie. Nur Dinesha scheint von einer geheimen Macht an Irland gefesselt zu werden.« Sie lächelte und zog die linke Augenbraue hoch.

Dean grinste verlegen und strich mit seinen Händen über Lilys Unterschenkel. »Du kannst ruhig fahren«, sagte Lily.

Eine Pause entstand.

»Du könntest mitfahren«, sagte er. »Das würde dir bestimmt guttun.«

»Ich bin ja nicht in der Heilbranche tätig«, meinte Lily. Um nicht allzu abweisend zu wirken, legte sie ihre Hand auf Deans. Sie bemerkte Jays Blick, und sie wusste, dass diese jetzt nicht ihre Aura analysiert hatte.

Sheenagh brachte eine frische Kanne Tee und Lily war froh, dass sie Jay für eine Weile in ein Gespräch verwickelte. Die Modelfrau hatte sich aus ihrem Sessel erhoben. Gerade war ihr Begleiter aufgetaucht. Sie umarmte ihn und küsste ihn auf eine Art, die die weitere Abendgestaltung recht eindeutig darlegte.

»Ich finde dich viel schöner als die Frau da drüben«, flüsterte Dean. Es dauerte eine Weile, bis Lily darauf reagierte, denn soeben war die Knutscherei gegenüber beendet worden und sie hatte Collum Sullivan als männlichen Part erkannt.

Später im Bett kuschelte sie sich an Dean und schlief mit ihm. Danach lag sie wach und dachte an all das, was sie gerne für ihn empfinden würde, was sie aber in sich nicht fand.

ACHTZEHN

Dublin, Hanover Quay, vier Tage später.

*For the love of SOUP
Rind – Kartoffel – geröstete Karotte
*Smitten with SALAD
Frisches Grün – Heidelbeeren – Ziegenkäse – Maronen – Limonendressing
*Bury your Head in the SANDWICH
Bacon – Rucola – Tomate – Paprika
*Have the HOTs for
Spinat-Schafskäse-Pinien-Teigtaschen
*Sealed with a SWEET kiss
Schokokuchen

Lily war mit ihrer Tagesabschlussroutine beschäftigt. Die meisten Utensilien hatte Gerdie gespült. Seit sie mit ihr ein ernstes Gespräch zum Thema Hygiene geführt hatte, stufte Lily ihre Geschirrreinigungsleistung als zufriedenstellend ein und musste nicht jeden Tag nacharbeiten.

Sie gab ihre Gemüsebestellung für die nächste Woche auf. Ihr Lieferant Giovanni hatte seit zwei Wochen eine Bestell-App, bei der sie nur das Bild des Gemüses anwählen und dann die gewünschte Anzahl aus einem Dropdown-Menü auswählen musste. Salat – 5 Köpfe, täglich. Eine Limousine hielt auf dem Platz.

Karotten – 2 Kilogramm.

Collum Sullivans blonde Freundin stieg aus.

Koriander – 4 Töpfe.

Ein Wagen parkte hinter der Limousine.

Mangold – 3 Stauden.

Collum Sullivan stieg aus dem nächsten Wagen.

Montag Tomaten – 10 Kilogramm; Dienstag Tomaten – 10 Kilogramm, Mittwoch Tomaten – 10 Kilogramm, Donnerstag …

Die Frau lachte. Er umarmte sie und gab ihr einen Kuss auf die Wange.

»Idiot!«, sagte Lily. »Na ja, sie ist ja selbst schuld, wenn sie sich mit ihm einlässt.«

Auf dem Display erschien eine Nachricht von Dean.

»Willst du nicht wenigstens für zwei Wochen mit uns wegfahren? Ich weiß, dass es dir gefallen würde.« – Dean, 17.47 Uhr.

Sie wusste nicht, was sie antworten sollte.

Dublin, eine Woche später.

*For the love of SOUP

Bloody Mary – Sellerie – Bacon

*Smitten with SALAD

Kale – Tabbouleh – Joghurt

*Bury your Head in the SANDWICH

Falafel – Minze – Linsen – Paprika

*Have the HOTs for

Spinat-Schafskäse-Teigtaschen

*Sealed with a SWEET kiss

Pflaumenkuchen (bayerisch: Zwetschgendatschi)

Vogelradau drang durch das halb geöffnete Fenster. Durch die Lücken im Rouleau malte die Sonne unförmige Punkte an die Tapete. Nach einer warmen Dusche und einem Croissant – ein Vater, der früh zur Bäckerei ging, war unbezahlbar – fühlte sich Lily bereit für den Tag. Die Vögel zwitscherten immer noch wild, als sie sich auf den Weg zu ihrem Foodtruck machte. Sie spürte einen kleinen Schlag, führte instinktiv die Hand an den Kopf. Sie bemerkte etwas Feuchtes; weißer Schleim an ihrem Finger. Offenbar hatte sich die Freude über den sonnigen Morgen direkt auf die Verdauung eines überempfindlichen Vogels ausgewirkt. Noch einmal Haarewaschen erschien unumgänglich.

Eine halbe Stunde zu spät parkte Lily Richard vor dem Grand Canal Theater, sperrte gehetzt ihre Küche auf. Giovanni stand mit seinem Lieferwagen auf dem Platz und knallte ihr die Gemüsekisten vor den Truck.

»Noch eine Minute und ich wäre gefahren!« Sie entschuldigte sich, er nuschelte etwas davon, dass die Tomaten nachgeliefert würden. Lilys Protest ignorierte er. Die Bloody-Mary-Suppe musste ausfallen.

Lily hatte gerade mit der Zubereitung des heutigen Menüs begonnen, als Gerdie mit einem Hund auf dem Arm auftauchte.

»Hallo! Ich weiß, dass dir das nicht recht ist, aber heute geht es nicht anders, Gigi musste einfach mitkommen.«

Lily schaute resigniert auf den Zwergpinscher.

»Aber der Hund kann nicht in die Küche.«

»Ach, so klein wie sie ist.«

»Nein, Gerdie, es gibt Vorschriften. Außerdem ist das unhygienisch.«

»Ich passe schon auf.«

»Dann setz ihn von mir aus in die Fahrerkabine.«

»*Sie*, meine Gigi ist eine *Sie.*«

Lily konzentrierte sich auf das Zwiebelschneiden und versuchte all das, was ihr durch den Kopf ging, nicht laut zu äußern. Nun, da Gerdie gekommen war, konnte sie sich um das geänderte Menü kümmern. Sie ließ ihre Mitarbeiterin allein, um im Sparmarkt am Hanover Quay rote Linsen und zusätzlich Karotten zu erstehen. Eine indisch inspirierte Suppe würde die Tomatensuppe ersetzen.

Das Mittagsgeschäft lief gut, obwohl Gigi aus der Fahrerkabine heraus die Kunden ankläffte. Lily schluckte ihre Kritik hinunter und stellte den Hund mit dem Schinken vom Vortag ruhig.

Als sie am Nachmittag von einem Toilettenbesuch im Grand Canal Theater wiederkam, fand sie Gerdie rauchend ins Gespräch mit einem Bekannten vertieft. Gigi spazierte die Arbeitsplatte auf und ab und leckte hingebungsvoll an allen Stellen, die einmal mit Bacon in Berührung gekommen waren.

»Gerdie!«

Sie drehte sich um und sah Lily an, als habe sie eine Irre vor sich. »Das wische ich gleich ab.«

»So geht das nicht.«

»Ich mach das ganz gründlich. Hat doch keiner gesehen.« Gerdies genervter Gesichtsausdruck machte Lily noch wütender.

»*Ich* habe es gesehen und wer weiß, wer noch! Hast du eine Ahnung, aus wie vielen Bürofenstern man direkt in unseren Wagen schauen kann? Wenn jemand ein Foto oder – Gott bewahre – ein Video gemacht hat! Davon erholen wir uns nie!« Lily fühlte, wie sich Verzweiflung zu ihrer Wut gesellte.

»Die ist doch süß, die Gigi!«, mischte sich der Bekannte ein.

Lily atmete tief durch. Die Wut ließ Tränen in ihre Augen treten. »Gerdie, es tut mir leid, wir können so nicht weiterarbeiten. Das funktioniert einfach nicht.«

»Wie jetzt?« Gerdie tauschte einen Blick mit ihrem Bekannten aus.

»Unsere Wege trennen sich hier und jetzt.« Lily bemühte sich, ihre Stimme fest klingen zu lassen.

Sie ging zur Kasse, öffnete sie und zählte Scheine heraus. »Hier hast du den Lohn für heute und morgen.«

»Wie du meinst!« Gerdie hob ihren Hund von der Arbeitsplatte und zerrte sich ihre Handtasche über die Schulter.

Lily begann die Arbeitsflächen einzusprühen und versuchte zu ignorieren, dass ihre ehemalige Mitarbeiterin wild gestikulierend und schimpfend über den Platz lief. Sie fühlte sich so schwach und so hilflos. Mühe- und hingebungsvoll hatte sie sich alles aufgebaut, war dabei, sich einen Namen zu machen, hatte für kommenden Samstag einen Auftrag für ein Firmenfest, bei dem sie catern sollte. Das alles konnte vorbei sein.

»Blöde Töle. Blöde Kuh!« Sie musste den Ärger herauslassen. Wieder ein Mitarbeiterdesaster. Sie überlegte, wie sie es schaffen konnte, den Truck alleine zu bewirtschaften.

Giovannis Lieferwagen hielt neben dem Foodtruck. Die Tomaten konnte sie jetzt nicht mehr gebrauchen! Egal, sie würde sie morgen verwenden. Giovanni lief um den Wagen herum und öffnete dramatisch die Doppeltür.

»So, die Sonderlieferung, Signorina.«

Lily hörte nicht richtig hin. In ihrem Kopf regierte die

Panik. Wann würde sie morgen aufstehen müssen? Wie sollte sie am Samstag ohne Unterstützung catern? Ob ihr Dad einspringen könnte? Dann eher Fionulla, aber ob die Zeit hätte? War das das Ende von »Liebe zum Mitnehmen«?

Giovanni begann Kartons neben den Foodtruck zu stapeln. »Wo willst du sie denn hinhaben?«

»Stell sie auf die Arbeitsplatte?«, sagte sie abwesend.

»Und den Rest?«

»Wie?«

Erst jetzt sah Lily, dass sich in all den Kisten, die Giovanni aus dem Lieferwagen geholte hatte, Tomaten befanden.

»Um Himmels willen! Was soll ich denn mit denen?«

»Das habe ich mich auch gefragt.«

»Aber Giovanni! Du weißt doch, dass ich jeden Tag die gleiche Menge bestelle.«

»Ab und zu ist das schon mal mehr.«

»Ja, aber doch nicht … wie viele sind das denn?«

»Einhundert Kilo, wie bestellt.«

»Einhu… Warum hast du denn nicht nachgefragt? Was soll ich denn mit so vielen Tomaten?«

Giovanni holte großtuerisch einen Bestellschein aus einer Mappe, die er vom Beifahrersitz angelte.

Da stand es. Einhundert Kisten Tomaten.

»Gibt es kein Hotel oder einen anderen Großabnehmer, dem du das anbieten kannst? Ich nehme dir einen Teil ab, aber so viel …«

»Wie stellst du dir das vor? Bestellt ist bestellt.«

Damit stieg er in seinen Lieferwagen und brauste davon.

Lily stand neben dem Turm aus Tomatenkisten und hoffte immer noch, dass sie sich dies alles nur einbildete. Sie hob eine Kiste hoch, hatte aber keine Idee, wo sie diese eigentlich hinbringen wollte und stellte sie wieder ab. Sie musste den Wagen putzen, abbauen, sich etwas überlegen. Ihr Gehirn war müde. Sie würde die ganze Nacht brauchen, um diese Menge Tomaten zu verarbeiten. Sie musste den morgigen Tag alleine bewältigen. Sie musste einen neuen Mitarbeiter finden. Sie musste … Sie bekam leichte Panik, bei dem, was sie nun alles umstellen musste. Wieder war sie gescheitert.

Collum Sullivan hatte einen Meetingmarathon hinter sich gebracht. Er stellte sich an die Glasfront in seinem Büro und blickte auf den Hanover Quay. Auf dem Grand Canal hinterließ die Sonne rot-goldene Tupfen auf den Wellen. Sein Magen meldete sich. Unten sah er den Foodtruck der widerspenstigen Köchin. Seine Mitarbeiter hatten auch heute wieder von deren Kreationen geschwärmt. Der Aufzug brachte ihn nach unten.

Die Besitzerin stand in ihrem Truck und hatte ihm den Rücken zugewandt. Er blickte auf die Tafel mit den liebevoll aufgemalten Gerichten.

»Guten Abend. Hätten Sie vielleicht noch ein Falafelsandwich für mich?«

Sie drehte sich um. Er fand, dass sie angeschlagen aussah. »Wir sind ausverkauft.«

»Ich nehme auch ein Tomatensandwich.« Er fixierte die Schachtelstapel. »Nur Tomaten, nichts weiter. Vielleicht ein bisschen Majo, Käse, was auch immer …«

Sie nickte, drehte sich um. »Weißbrot, Körnerbrot, Bagel?«

»Weißbrot«, sagte er.

Sie nahm zwei Tomaten aus der Kiste auf der Theke, wusch sie und schnitt sie in Würfel. Dann belegte sie das Brot, teilte es und wickelte es in Papier.

»Was bekommen Sie denn?«

Sie überlegte kurz und seufzte. »Das geht heute aufs Haus.«

»Das möchte ich nicht.« Er holte einen Fünf-Euro-Schein aus seiner Hosentasche und legte ihn auf die Theke. Dort blieb er liegen, denn sie starrte auf die Tomatenkisten.

»Entschuldigen Sie, dass ich so neugierig bin, aber wofür brauchen Sie denn so viele Tomaten?«

Ohne ihren Blick von den Schachteltürmen zu nehmen, sagte sie leise: »Das würde ich auch gerne wissen.« Sie drehte sich weg, legte ihre Hand auf ihren Mund. Ihr Oberkörper bebte. Sie schien das Zucken kontrollieren zu wollen. Collum überlegte kurz, ob er etwas sagen sollte. Er wollte ihr nicht zu nahe treten, nahm dann sein Sandwich von der Theke und ging in Richtung S&G Solutions.

War er weg? Lily wischte sich mit dem Handrücken über die Augen und blickte hinter sich. Sie war allein. Das Gefühl der Ohnmacht übernahm die Kontrolle, ließ die Tränen strömen, zwang sie in die Knie. Sie saß an die Metalltür des Kühlschranks gelehnt auf dem Boden ihres Richards und presste ihre Hand vor ihren Mund. Das konnte doch alles nicht wahr sein.

Jemand war gekommen, stand vor der Tür ihres Trucks.

»Kann ich Ihnen irgendwie helfen?« Lily erkannte Collum Sullivan. Seine Stimme klang ruhig und besorgt.

»Ich komme zurecht.« Sie wollte sich nicht umdrehen.

»Sie sehen nicht so aus.«

»Gehen Sie weg.« Mit ihrer Hand unterdrückte sie das Schluchzen. Ein Taschentuch wurde ihr hingehalten. Sie griff danach und putzte sich die Nase. Während sie ihr Gesicht noch in dem Stoff vergraben hatte, setzte er sich neben sie in den Truck. Es war ihr peinlich, dass er sie so sah. »Wollen wir uns draußen auf die Bank setzen und Sie erzählen mir, was passiert ist?« Er hörte sich fürsorglich an, trotzdem schüttelte sie den Kopf. »Ich bleibe hier sitzen, und wenn Sie etwas loswerden wollen, tun Sie das einfach.«

Ihr fiel nichts dazu ein. Sie schnäuzte sich noch einmal. Er setzte sich so hin, dass er sie nicht mit Anstarren belästigte. Sein Rücken lehnte am zweiten Kühlschrank, die Beine hatte er aufgestellt. Seine Strümpfe passten farblich zu den Anzughosen. Es waren elegante Strümpfe und elegante Hosen und trotzdem saß er auf dem Foodtruckboden und Lily war ihm dankbar, dass er da war, dass er weit genug weg saß, dass sie sich nicht zufällig berührten und dass er nicht sprach. »Haben Sie noch ein Taschentuch?«

»Nein. Tut mir leid.« Er drückte sich ein Stück hoch, griff nach den Papierservietten und reichte sie Lily.

»Wer um alles in der Welt benutzt heute noch Stofftaschentücher?«

»Wenn Sie sich noch über mich lustig machen können, scheint es nicht so schlimm zu sein.« Seine Augen waren grün. Er hatte Sommersprossen, und er saß auf dem Boden des Foodtrucks. »Ich bin eigentlich nicht so. So weinerlich und verzweifelt.«

»Ab und zu ist das jeder.«

»Normalerweise kann mir nichts zu stressig oder zu anstrengend sein, ganz im Gegenteil, da laufe ich zu Hochform auf. Und jetzt reicht eine Tomatenlieferung aus, um mich aus dem Gleichgewicht zu bringen.«

»Es ist auch eine umfangreiche Menge.« Er blickte auf die Kisten auf dem Tresen. »Wie kommt es, dass Sie so viele haben?« Er fragte das ganz ruhig und sachlich.

»Ich habe sie bestellt. Aus Versehen. Also, ich wollte

Tomaten. Aber nicht so viele. Und der Händler ist ein Idiot. Statt nachzufragen, hat er einfach geliefert.« Ihre Augen brannten, sie legte die Hände über die Lider, um das Licht auszusperren.

Er überlegte. »Sie könnten sie an ›Food for all‹ spenden.«

»Das wäre schön, aber das kann ich mir nicht leisten.«

»Ich könnte …«

»Nein.« Sie schüttelte energisch den Kopf.

»Sie wissen doch gar nicht, was ich sagen wollte.«

»Doch, Sie wollen mir die Tomaten abkaufen und sie stiften. Das kommt nicht infrage.«

Er lächelte. »Soll ich in unserer Küche nachfragen, ob man Ihnen einen Teil abnimmt?«

Lily dachte an die Kantinenchefin, die sie Weißbrotbestreicherin genannt hatte. »Nein, das möchte ich in keinem Fall.«

»Oder möchten Sie sie bei uns kühlstellen?«

»Tomaten dürfen nicht in die Kühlung. Da kann ich sie genauso gleich in den Grand Canal kippen.«

»Dabei kann ich Ihnen helfen!« Er hatte es tatsächlich geschafft, sie zum Lächeln zu bringen.

»Das wäre aber schade, es sind nämlich tolle Tomaten«, sagte sie. »Ich kann Tomatenmarmelade machen, aber mit dem Truck muss ich um neun hier weg sein. Da brauche ich nicht anzufangen. Und in der Küche daheim … Ich habe keine so großen Töpfe. Das wird mich die ganze Nacht kosten. Aber vielleicht koche ich heute einen Teil ein und dann morgen Nacht und dann übermorgen Nacht, und dann geht das schon.«

»Und nächste Woche brechen Sie vor Erschöpfung zusammen.«

»Ich schlafe sowieso wenig.«

Er sah sie forschend an, als ob er etwas fragen wollte, schien es sich dann aber anders zu überlegen.

»Haben Sie Einmachgläser oder was auch immer man braucht, um die Sauce aufzubewahren?«

»Nein, darum muss ich mich kümmern.« Sie nahm ihr Handy heraus.

»Wie viele?« Auch er hatte sein Mobiltelefon aus der Tasche gezogen.

»Ich komme schon zurecht.«

Er blickte ihr in die Augen. »Sagen Sie an.«

»Ich muss rechnen. Kommt auf die Größe an. 150? Oder mehr? Ich bin gerade total blockiert. Ach egal, ich krieg die schon weg.«

Er rief die Seite eines Gläserherstellers auf und hielt Lily das Display hin.

»So etwas? Oder lieber diese hier?«

»Die sind zu klein. Darf ich …?« Sie scrollte die Seite hinunter. »Die wären gut. In der Größe. Ist die Firma in der Nähe, dass ich die abholen kann? Oder haben die einen Expresslieferservice?«

»Lassen Sie mich einmal machen. Brauchen Sie sonst noch etwas?«

»Ich überlege.«

Er begann zu telefonieren. »Guten Tag, Collum Sullivan von S&G Solutions. Wir benötigen 200 ihrer Schraubgläser, 350 Milliliter. … Sofort! Ja, heute noch! … Nein, das ist zu spät. Dann beauftragen Sie bitte einen Paketdienst! Ich bin mir sicher, dass das geht … Dann verbinden Sie mich bitte mit jemandem, der das möglich macht.«

Lily hörte, wie er verhandelte. Dabei merkte sie, wie sie wieder anfing zu zittern. Sie presste ihre Zeigefinger in die inneren Augenwinkel, die Tränen flossen trotzdem. Offenbar hatte man ihn in die Warteschleife gelegt. Mit dem Mobiltelefon am Ohr sagte er leise: »Sie müssen nicht mehr traurig sein. Wir sind doch dabei, das Problem zu lösen.«

»Das ist es ja gerade. Ich bin diejenige, die Probleme löst. Die will ich wieder sein … Und jetzt … eigentlich bin ich gut in Stresssituationen.«

»Ab und zu darf man sich den Luxus gönnen, sich etwas abnehmen zu lassen.« Die Ruhe, die von seinen Worten ausging, übertrug sich auf Lily. »Was benötigen wir noch?«

»Das kann ich selbst besorgen. Drüben im Markt.«

»Gut.« Er legte ihr kurz seine flache Hand auf das Bein. Sie mochte diese Geste. »Nein, Moment«, sagte er. »Es ist nicht gut. Ich fühle mich miserabel, wenn ich weiß, dass Sie drei Nächte nicht schlafen werden, weil Sie diesen Berg einkochen müssen.«

»Wie gesagt, ich schlafe ohnehin wenig, dann kann ich auch kochen.«

»Aber eine große Küche würde Ihnen helfen?«

Sie nickte.

»Moment …«, sagte er.

»Sie müssen wirklich nicht …«

»Ich möchte aber«, sagte er mit sanftem Nachdruck. »Finden Sie sich in Großküchen zurecht?«

»Ob ich …?« Ihr fiel ein, dass er nichts über ihren Werdegang wusste und die Frage deswegen gar nicht so bescheuert war.

»Foodtruck – Großküche … So groß wird der Unterschied schon nicht sein«, sagte sie.

Für einen Moment sah er aus, als ob er seinen eigenen Vorschlag doch nicht so grandios fand. Er nahm sein Mobiltelefon und tippte auf dem Display.

»Hallo Ellen. Sind noch Praktikanten im Haus? … Wunderbar. Schicken Sie mir bitte zwei nach draußen zu dem Foodtruck vor dem Theater und sagen Sie, sie sollen zwei Aktenwagen mitbringen. Dann geben Sie bitte in der Kantine Bescheid, dass diese heute Abend einer Gastköchin überlassen wird. Vielen Dank!«

Lily schniefte. »Ihre Küchenchefin bringt Sie um.«

»Das lassen Sie meine Sorge sein.«

»Wissen Sie, wie lange es dauert, bis ein Chutney fertig ist?« Sie legte ihren Kopf schief.

»Bestimmt keine drei Nächte.«

Lily richtete sich auf. »Ich muss hier noch ein bisschen klar Schiff machen.«

»Kann ich Ihnen helfen?« Er stand auf.

»Eigentlich nicht.« Sie blickte auf sein Sandwich, das unberührt neben ihm lag. »Kann ich Ihnen wenigstens etwas zu trinken anbieten?«

Er ließ sich eine Bio-Holunder-Limonade geben und aß im Stehen. Nach ein paar Minuten kamen die Praktikanten vom S&G-Gebäude her auf den Truck zu. Die Aktenwagen ratterten über das Pflaster. Den Herbeigerufenen entgleisten kurzfristig die Gesichtszüge, als sie hörten, dass sie für den Tomatenkistentransport eingesetzt werden sollten. Sie bissen jedoch die Zähne zusammen, und zu viert luden sie die Wagen voll. Dann schoben die Praktikanten die erste Fuhre in Richtung Kantine.

»Die waren begeistert«, sagte Lily.

»Wer später eine Führungsposition einnehmen will, muss ganz unten anfangen.«

»Haben Sie das getan? Unten angefangen?«

Er sah den Praktikanten hinterher. »Ich habe bei dreißig Grad Hitze in der Textilfabrik meiner Eltern arbeiten müssen. Stoffballen schleppen, Maschinen putzen, Hof kehren.

Und denken Sie nicht, dass meine Eltern mich tarifgemäß bezahlt hätten.«

»Hof gekehrt habe ich auch«, sagte sie. »Daheim. Im Sägewerk.«

Er grinste. »Da kommt also das Robuste her. Von Ihrem Vater?«

»Sie haben keine Ahnung. Robust ist meine Mutter. Mein Stiefvater war eine Seele von einem Menschen.«

»Apropos ›robust‹. Sie müssen keine Angst haben, die Küchenchefin befindet sich auf einer Fortbildung und die Nummer zwei ist sehr umgänglich.« In der Abendsonne hatten seine braunen Haare einen rötlichen Schimmer.

»Ich fürchte mich nicht vor Ihrer Küchenchefin.«

»Ich dachte nur, für heute hatten Sie genug Aufregung.« Er zwinkerte. »Möchten Sie Ihre restlichen Zutaten holen? Ich bewache inzwischen die Tomaten vor marodierenden Touristen und Senioren.«

Lily nickte, holte ihr Portemonnaie aus dem Truck und lief zum Sparmarkt.

Eine halbe Stunde später stand sie in der Kantinenküche und suchte sich ihre Utensilien zusammen. Durch die Glaswand sah sie Mitarbeiter nach draußen strömen. Feierabend würde für Lily heute ausfallen.

Collum Sullivan war soeben von seiner blonden Freundin abgeholt worden. Sie hatte ihn auf die Wange geküsst, er hatte den Arm um sie gelegt und sie waren in Richtung Innenstadt verschwunden. Lily hatte zu viel zu tun, um sich über ihn und sein Privatleben Gedanken zu machen. Sie begann, die Tomaten zu waschen.

Zwei Stunden später hatte Lily ein Drittel der Tomaten gehäutet und den Strunk entfernt. Sie karamellisierte Zwiebeln und gab die Früchte dazu. Bald köchelte die Tomatenmarmelade in großen Töpfen vor sich hin. Sie gab eine Ladung Gläser in die Spülmaschine und bereitete den Mixer vor.

»Das sieht ja schon sehr gut aus.«

Lily erschrak. Sie war so vertieft gewesen, dass sie nicht gemerkt hatte, dass Collum Sullivan in die Küche gekommen war. »Was machen Sie denn hier?«

Sein Anzug sah immer noch makellos aus, er hatte gearbeitet, auf einem Foodtruckboden gesessen, war ausgegangen und wirkte immer noch frisch.

»Ich muss arbeiten. Wie lange brauchen Sie noch?« Er fragte das ganz geschäftsmäßig.

»Zwei Stunden werden es schon noch sein. Oder ein bisschen länger.« Sie sah ihn forschend an und fühlte sich, als ob sie seine Gastfreundschaft überstrapazierte.

Sein »Alles klar« wirkte, als habe er damit gerechnet.

Collum verschwand für eine Weile und setzte sich dann mit einem Notebook an einen der Kantinentische. Lily packte weitere Gläser aus, entfernte eine Ladung aus der Spülmaschine, um diese wieder zu bestücken.

Er blickte auf. »Haben Sie immer noch nicht alle Tomaten verarbeitet, Sie Arme?«

»Nein, aber aus dem Rest mache ich eine Tomatenessenz. Da kann ich mir ziemlich viele Vorarbeiten sparen.«

Er stand auf.

»Zeigen Sie mir, wie das geht?«

»Es ist Ihre Küche. Da kann ich Sie wohl nicht daran hindern.«

»Vielleicht sollten Sie nicht Ihre gesamte Liebe zum Mitnehmen bereitstellen und sich ein bisschen davon für Ihre persönlichen Beziehungen aufheben.«

Lily atmete tief durch. »Wenn ich Ihnen gegenüber nicht eine gewisse Grunddankbarkeit empfinden würde, würde ich Sie jetzt bitten zu gehen.«

»Sie vergessen, dass das meine Küche ist.«

»Nein, dessen bin ich mir durchaus bewusst, deswegen sind sie ja noch hier.«

Sie gab Tomaten, Salz, Pfeffer, Zucker, Knoblauch und frisches Basilikum in einen großen Mixer.

»Tomatenessenz ... Lernt man das am Culinary Institute?« Er legte den Kopf zur Seite, und sein Mund verzog sich zu einem schelmischen Grinsen.

»Haben Sie selbst recherchiert oder hat Ihr Assistent ein Dossier über mich anlegen müssen?«

Er ignorierte die Frage. »Sie sind keine Amerikanerin, obwohl Sie so klingen. Und Irin sind Sie auch nicht«, sagte er.

»Lassen Sie das mal nicht meinen Vater hören. Ich bin halb Irin, halb Deutsche.«

»Wie lange waren Sie in den Staaten?«

»Ihre Recherchefähigkeiten scheinen etwas eingeschränkt.«

»Ich betreibe Konversation.«

»Wenn es Ihnen Spaß macht.«

»Das tut es. Einmal heißen Sie Amelia T. Lindner, dann nur Amelia Thornton und es gibt noch nicht einmal ein L. Zufall oder eine spannende Geschichte?«

»Warum gehen Sie nicht an Ihr Notebook und finden es heraus?«

»Ich weiß, dass Ihr Vater eine Beratungsfirma in der Bow Street hat und Sie am Tegernsee Abitur gemacht haben und dass oberbayerische Bauprojekte gerne mit Lindner Bau durchgeführt werden. Und dass die Firma vor einigen Jahren aus einem kleinen Sägewerk hervorgegangen ist. Ihre Hofkehrtätigkeit hat es gleichwohl nicht auf die Homepage geschafft.«

Lily wusste nicht, was sie von seinen Nachforschungen halten sollte. »Ich dachte, Sie müssen arbeiten!«, sagte sie.

»Später.« Er kam in die Küche. »Lassen Sie mich probieren?« Er zeigte auf die Töpfe. »Ich muss schließlich wissen, ob es sich gelohnt hat, wenn Amanda morgen erfährt, dass Sie ihr Reich entheiligt haben und der Sturm der Entrüstung über mich hereinbricht.«

Lily wunderte sich über das Verhältnis zu seiner Kantinenköchin, aber sie traute sich nicht nachzufragen. Sie holte eine Untertasse, gab etwas Chutney darauf und reichte ihm dieses mit einem kleinen Löffel.

»Und?« Sie sah ihn erwartungsvoll an.

»Nicht schlecht.«

Sie verzog ihr Gesicht. Das Chutney schmeckte außergewöhnlich gut, nicht nur angesichts der Umstände, unter denen sie es zubereitet hatte. Sie sah sein Grinsen und nahm an, dass er es nur nicht mehr gelobt hatte, um sie erneut aufzuziehen.

»Was macht man damit?«, fragte er schließlich.

Sie beäugte ihn kritisch und war sich nicht sicher, ob er sie nicht einfach wieder ärgern wollte. »Das können Sie im Grunde genommen zu allem essen. Zu Gegrilltem, zu indischen Gerichten, zum oder eher aufs Sandwich und nur zu Ihrer Information: Um ein Chutney vergleichbarer Qualität zu bekommen, müssen Sie weit fahren. Diese Sauce ist überragend.«

»Ein bisschen eingebildet sind Sie schon.«

»Sie dürfen arbeiten gehen.«

»Ich dachte, Sie wollten mir zeigen, wie man eine Essenz macht.«

»Das Wesentliche haben Sie bereits gesehen: Tomaten, Salz, Pfeffer, Knoblauch, Zucker, Basilikum in den Mixer und zerkleinern. Wenn Sie nicht kistenweise Tomaten zu verarbeiten haben, können Sie eine flotte Lotte … Das ist ein … Vergessen Sie das …«

»Ich weiß, was eine flotte Lotte ist.«

Sie sah ihn erstaunt an. Er hatte die deutschen Worte für das Passiergerät nahezu akzentfrei in den englischen Satz eingebaut. »Woher wissen Sie das?«

»Meine Oma hatte so eine. Meine Hamburger Oma. Und falls sie vorhatten, mich mit deutschen Schimpfwörtern zu bedenken, ich kann Sie ziemlich gut verstehen.«

»Ich nehme an, Sie sprechen es auch noch flüssig, Sie Wunderkind.«

»Finden Sie es heraus«, sagte er auf Deutsch.

Lily fielen so einige Bezeichnungen für Collum Sullivan ein, allerdings eher solche, die seine Spitzbübigkeit auf urbayerische Art umschrieben, sodass er diese wahrscheinlich trotzdem nicht verstanden hätte.

»Dafür habe ich jetzt keine Zeit. Jedenfalls pürieren Sie das Ganze und geben es dann in ein Passiertuch. Falls Sie welche benötigen, der Sparmarkt hat sie überraschenderweise im Sortiment. Also jetzt nicht mehr. Aber ich bin mir sicher, die stocken wieder auf. Fangen Sie die Essenz auf, und das war's schon.«

»Kann ich Ihnen etwas helfen?«

»Sie haben gekostet, das reicht vollkommen.«

»Es ist interessant, dass Sie mich schon zum zweiten Mal aus meiner Küche werfen. Ich denke, ich muss die Miete anheben.«

Er setzte sich an sein Notebook und begann zu arbeiten.

Nach einer Weile stand er wieder neben ihr, öffnete die

Spülmaschine und machte sich daran, Weckgläser auszuräumen und auf der Arbeitsplatte aufzureihen. Lily beobachtete ihn und stellte fest, dass er wesentlich schneller und akkurater arbeitete, als sie das von ihren Lehrlingen gewöhnt war. Sie ging hin und schob einige Gläser zurecht.

»Ich habe sehr genau gearbeitet«, sagte er.

»Ihre Arbeit war in Ordnung, aber man kann sich immer steigern.«

»Sie sind eine strenge Chefin.«

»Hmm.« Miller-Grand-Erinnerungen schossen hoch. Keine Tränen, Lily, sagte sie sich. »Sie sind heute mit Ihren Praktikanten auch nicht zimperlich umgegangen.«

»Sie sind mit drei Hauben dekoriert. Wieso haben Sie einen Foodtruck?«

Sie hielt inne, rückte weitere Gläser zurecht, spürte seinen Blick. »Weil ich da kochen kann, ohne dass ich viel Personal brauche.« Sie fand ihre Antwort gut, weil sie aufrichtig war, ahnte aber, dass er sich damit nicht zufriedengeben würde.

»Meine Freundin Louise musste beruflich nach New York und dementsprechend hat mich auch nichts mehr in München gehalten.«

»New York hat sie nicht gereizt?«

»Sie haben nicht sauber recherchiert.«

»Ich weiß, dass Sie dort bereits gearbeitet haben. Keine Lust zurückzukehren?«

»Ich suche neue Herausforderungen.« Das klang besser, als »Ich kann mir diese Stadt beim besten Willen nicht leisten«.

Ihr fiel ein, dass er jetzt bestimmt glaubte, dass sie mit Louise in einer Beziehung sei. Bei seinem Frauenverschleiß war das womöglich nicht das Schlechteste.

Als Lily das Chutney in die Weckgläser füllte, sah ihr Collum zu, krempelte die Ärmel seines Hemdes hoch und begann, Utensilien in die Spülmaschine zu räumen und Arbeitsplatten zu wischen.

»Warum machen Sie das?«

»Weil Sie mich die Sauce bestimmt nicht umfüllen lassen.«

»Das stimmt«, sagte sie. »Ich meinte allerdings, das alles. Warum helfen Sie mir?«

»Weil ich es kann.«

Sie fand seine Antwort toll, sagte das aber nicht, und so arbeiteten sie schweigend nebeneinander her. Später setzte er sich wieder an sein Notebook.

Als das Chutney und die Essenz umgefüllt und mit einem großen Blatt, das darauf hinwies, dass die Gläser morgen abgeholt würden, in einem Kühlraum verstaut waren, wischte Lily die Arbeitsflächen noch ein weiteres Mal. Sie wollte sich von Mrs Bird nicht nachsagen lassen, sie hinterließe den Arbeitsplatz unordentlich. Eigentlich hätte die Essenz mehrere Stunden abtropfen müssen, Lily hatte sie mehrmals durch ein Tuch gedrückt. Not erforderte Kompromisslösungen. Müde lehnte sie sich gegen die Theke und gähnte.

»Wollen Sie sich das einmal kurz ansehen?«, rief Collum von seinem Platz her.

Lilys Arme und Beine fühlten sich schwer an. Sie hatte das Gefühl vor Müdigkeit gleich umzufallen. Sie atmete tief ein, rieb sich die Augen und stolperte in die Kantine.

»Setzen Sie sich!«, sagte er. »Was meinen Sie?«

Collum drehte den Bildschirm in ihre Richtung. Sie sah runde und eckige Aufkleber. Einige nüchtern, manche verspielt gestaltet. *Thorntons Chutney. Zum Fleisch, zum Sandwich, zu Käse. Liebe zum Mitnehmen.*

»Sagen Sie mir, welcher Entwurf Ihnen am besten gefällt. Dann lasse ich sie drucken und Sie können Ihre Kunstwerke loswerden.«

Lily konnte ihre Augen nicht von dem Bildschirm nehmen.

»Welches also?«

»Das hier.« Sie zeigte auf eine schlichte, rechteckige Variante.

»Die passt zu Ihnen. Morgen haben Sie sie.«

Sie sah ihn an und suchte nach Worten. »Ich weiß, dass ich nicht muss«, sagte er. »Gehört zum Service, wenn Sie hier Räumlichkeiten mieten. Es wird Zeit, dass wir ins Bett kommen.«

Sie sah auf die Uhr. Es war Viertel nach zwei.

»Schlaf wird überbewertet. Ich gehe unter die Dusche, und dann muss ich meine Gerichte zubereiten.«

Ihr war wieder eingefallen, dass sie morgen ohne Hilfe arbeitete.

»Sollten Sie sich nicht ausschlafen? Nach diesem Tag?« Er sah sie besorgt an.

Sie zuckte mit den Schultern. »Machen Sie denn morgen blau?« Er schüttelte den Kopf. »Sehen Sie!«

Als er mit ihr die Firma verließ, blieb er kurz stehen.

»Ich wollte Ihnen nur sagen, dass ich in den nächsten Tagen nicht da bin. Nur falls Sie wieder vorhaben, Gemüse für Legionen zu bestellen.«

»Das wird bestimmt nicht passieren.«

*For the love of SOUP

Brokkoli – Crunch

*Smitten with SALAD

Frisches Grün – Pfirsich – Backpflaume – Bacon – Schafskäse – Croutons

*Bury your Head in the SANDWICH
Hummus – Aubergine – Mandeln
*Have the HOTs for
Shepherd goes Crazy-Pie
*Sealed with a SWEET kiss
Buttermilch-Kokos-Kuchen

Am Tag nach dem Tomatenvorfall brachte einer der Praktikanten einen Briefumschlag und einen Karton zu ihrem Standort an der Liffey.

»Ich soll warten. Es hieß, Sie geben mir etwas mit.« Seine Mimik und seine Körperhaltung ließen keinen Zweifel daran, dass er sich für diese Art der Verrichtung für überqualifiziert hielt.

»Moment!« Lily öffnete den Karton und warf einen Blick auf die Etiketten. Sie waren perfekt. Trotz ihrer Müdigkeit verspürte sie so etwas wie Freude. Sie riss den Umschlag auf.

Sehr geehrte Miss Thornton,
für die Nutzung unserer Küche samt Lagerräumen erlauben wir uns, Ihnen heute die Rechnung zu präsentieren.
Die Nutzungsgebühr entspricht der Bereitstellung von einem Stück Kuchen samt Sandwich, Bagel oder vergleichbarem Teigerzeugnis, belegt.
Die Auswahl des Belags obliegt der Inhaberin. Fleisch wird bevorzugt.
Die Lieferung erfolgt für vier Wochen von Dienstag bis Samstag durch die Inhaberin persönlich.
Mit freundlichen Grüßen
Collum Sullivan
CEO, S&G Solutions

So kriegst du also die Frauen rum, dachte sich Lily. Charmant war er – das stand zweifelsfrei fest. Er hatte sich am gestrigen Abend keineswegs so verhalten, als sei er an ihr interessiert. Auch dann nicht, als er noch nicht annahm, dass sie Louises Freundin war. Lily fand das entspannend.

Sie schnitt ein Stück von dem Buttermilch-Kokos-Kuchen ab. Den Hummusaufstrich des Bagels begrub sie unter einer Antipastidecke, mit der sie drei dieser Brötchen hätte belegen können. Auf eine Serviette schrieb sie: *Danke für die Lieferung. Die Etiketten sehen großartig aus! Erste Rate anbei!*

Mit freundlichen Grüßen Amelia Thornton

CEO, Liebe zum Mitnehmen

NEUNZEHN

Dublin, Hanover Quay, zwei Wochen später.

*For the love of SOUP
Rüben – Kerbel – Petersilienwurzel
*Smitten with SALAD
Frisches Grün – Trauben – Dubliner Schinken – Nüsse – Käse aus Cashel – Joghurtdressing
*Bury your Head in the SANDWICH
Kürbis – Spinat – Ziegenkäse
*Have the HOTs for
Kohl – Tomaten – Peperoni – Schafssalami – Fenchel
*Sealed with a SWEET kiss
Zimt-Karotten-Kuchen

Lilys neuer Mitarbeiter hieß Tomaso. Er kam aus Spanien und sprach nur sehr schlecht Englisch. Das war zwar nicht ideal für den Verkauf, aber sehr gut für die Zusammenarbeit. Lily musste nur auf ihren Ton achten, nicht auf das, was sie sagte. Tomaso arbeitete schnell und putzte gründlich, vor allem besaß er kein Haustier, das er zur Arbeit mitbrachte.

Vor dem Eingang des S&G-Solutions-Gebäudes stand Dermott mit seinem Wagen. Lily sah Collum Sullivan durch die

Glastür treten. Es gab einen kurzen Wortwechsel, dann schlug der CEO den Kragen seines Mantels hoch und lief über die Piazza. Lily winkte. Er nickte ihr nur kurz zu und ging schnell in Richtung Theater weiter. Dermott holte sein Handy aus der Tasche, aber sein Gesprächspartner war offenbar nicht erreichbar, denn er nahm das Telefon immer wieder vom Ohr und strich mit seinem Finger über das Display. Dann kam er zu ihr herüber.

»Abend, Lily. Hast du noch etwas zu essen für mich?«

»Hallo Dermott! Suppe kann ich dir noch anbieten. Und mit viel gutem Willen eine Portion Eintopf.«

Er entschied sich für das Kohl-Tomaten-Fenchel-Gericht. Lily kratzte auf dem Boden des Topfes herum, befüllte eine Schüssel und schnitt eine frische Salami an, die sie eigentlich für Niall hatte aufheben wollen. Während sie putzte, fiel ihr auf, wie geistesabwesend der Chauffeur sein Abendessen löffelte und dabei unablässig auf sein Handy starrte. »Ist alles okay?«

»Alles in Ordnung.«

Sein Mobiltelefon klingelte. Er drehte sich um und ging ein paar Schritte zur Seite.

»Vielen Dank, dass Sie zurückrufen, Miss Sullivan. Haben Sie meine Nachricht abgehört? Ich wollte Sie fragen, ob Sie vielleicht ... Ach so, in Hongkong sind Sie ... Nein ... Er ist ins *Seamus Heaney's* gegangen.« Er senkte seine Stimme. »Aufgewühlt. Sogar sehr ... Das wollte er unter keinen Umständen.« Er sprach noch leiser. »Es ist fast wie damals. Sie wissen schon ... Danke. Mach ich.«

Dermott sah nach dem Telefonat noch besorgter aus. Lily rang mit sich. Sollte sie nachfragen?

»Entschuldige bitte, es war nicht meine Absicht zu lauschen, aber ... Kann ich dir irgendwie helfen?«

Er schüttelte den Kopf. Nach einer Weile verabschiedete er sich und ging.

Lily machte Richard abfahrbereit und checkte ihr Handy.

»Kommst du am Wochenende?« – Dean, 17.58 Uhr.

Er hatte Fotos von den Orten angehängt, die seine Familie im Herbst bereisen wollte. »Überleg's dir, es ist wirklich schön dort« hatte er daruntergeschrieben. Lily seufzte und stieg in ihren Truck.

Eine Dreiviertelstunde später ließ sie sich im Schlafanzug, mit nassen Haaren und einer Packung Chips auf die Couch fallen. Ihr Vater hatte eine Konferenz in Belfast und würde erst morgen wiederkommen. Sie entschied sich für eine amerikanische Serie, die sie sich mit Niall nicht ansehen wollte, da er ihr permanent erklärte, welche Handlungselemente er für unrealistisch erachtete. Politikdrama ohne Störung. Konzentrieren konnte sie sich trotzdem nicht. Sie stand auf, streifte sich ein altes Karohemd und eine Jeans über, band ihre Haare zu einem losen Knoten am Oberkopf zusammen und setzte sich aufs Rad.

Die Front des *Seamus Heaney's* zierte noch immer die Holzfassade des Eisenwarenladens, der sich bis vor zehn Jahren dort befunden hatte. Seitdem waren Bars und Restaurants in diesem Viertel eingezogen. Pralinenmanufakturen fanden sich neben Läden mit veganen Haarprodukten und Geschäften mit übersichtlich arrangiertem Schuh- oder Vintagekleidersortiment.

Lily schloss ihr Fahrrad an einer Laterne ab und betrat den Pub. An der Bar saßen Leute, die zur Dubliner Kreativenszene gehörten und die sich die hochpreisigen Getränke leisten konnten. Collum war nicht zu sehen. Im hinteren Teil der Bar standen Ledersitzbänke, deren Lehnen so hoch waren, dass sie kaum einen Blick auf die darin sitzenden Gäste erhaschen konnte. Sie nahm Kurs auf diese Kojen, als sich einer der Kellner ihr in den Weg stellte. »Entschuldigung, dieser Teil ist nur für Mitglieder.«

»Ich werde erwartet«, sagte Lily und versuchte so zu wirken, als wäre sie von seinen Kollegen noch nie zurückgehalten worden.

»Davon ist mir nichts bekannt.« Sie realisierte, dass er im Abweisen von Leuten mehr Erfahrung hatte, als sie im Vordringen in VIP-Bereiche. Aber sie nahm die Herausforderung an.

»Das ist nicht mein Problem«, sagte sie. »Aber es wird zu Ihrem werden, wenn Sie mich nicht durchlassen. Ich bin mit Mr Sullivan verabredet.«

Er taxierte sie von oben bis unten. Sie wusste, dass sie aufgeflogen war. Sie war völlig anders gekleidet als die Frauen, die Collum Sullivan sonst begleiteten.

»Ist okay, Simon.« Collums Kopf erschien aus einer Koje, um gleich wieder darin zu verschwinden. Lily schob sich an dem Kellner vorbei und schlüpfte gegenüber ihrem Tomatenretter auf die Couch. Er sah derangiert aus. Das Hemd stand zwei Knöpfe weit offen. Sein Haar war verstrubbelt. »Sie lügen ja wie gedruckt«, sagte er. »Und einen Ton schlagen Sie an. Ich bin beeindruckt.«

»Den Ton wollte ich mir eigentlich abgewöhnen.«

»Tun Sie das nicht, der gibt Ihnen etwas Autoritäres.« Auf dem Tisch stand eine Flasche Whiskey. Halb leer. 42 Jahre. Mit dem, was wahrscheinlich heute in Collum Sullivans Glas geflossen war, hätte sie Tomaso zwei Monate lang beschäftigen können. Seine Augen wirkten leer. »Was machen Sie denn hier?«

»Meine Stammbar besuchen«, sagte sie.

»So sehen Sie aus.«

»Hören Sie, ich wäre gerade auch lieber mit meiner Tüte Chips auf dem Sofa.« Sie rutschte auf der Bank hin und her. Das Leder unter ihr quietschte.

»Dann gehen Sie doch.«

Er sah fertig, sein Hemd zerknittert aus. »Sie haben eine Viertelstunde«, sagte sie. »So lange bleibe ich hier und warte, dass Sie mir Ihr Herz ausschütten, und ich werde Ihnen entweder zuhören oder, wenn gewünscht, meinen Senf dazugeben. Nach genau fünfzehn Minuten stehe ich auf und verschwinde.«

»Warum tun Sie uns nicht beiden einen Gefallen und gehen sofort wieder?«

Sie lehnte sich zurück, verschränkte die Arme vor dem Körper und sah ihn unbeeindruckt an. Er schenkte sich ein weiteres Glas ein, ohne jedoch davon zu trinken, und starrte vor sich hin. Lily schaute hinüber zu der hohen Theke, hinter der drei Bartender mit Flaschen und Gläsern hantierten, und betrachtete die Gäste, die im vorderen Teil der Bar standen, redeten und tranken. Irgendwann blickte sie auf ihre Armbanduhr.

»Letzte Chance.« Im Kopf zählte sie von zehn herunter. Sie wollte sich zu Hause nichts vorwerfen müssen. »Sagen Sie später nicht, es hat Ihnen niemand helfen wollen.« Er sah sie nicht an. Sie erhob sich.

»Es geht um Suzanne. Meine Freundin Suzanne.«

Lily drehte sich um und ließ sich wieder auf die Bank fallen. Sie suchte die Stelle auf dem Leder, die noch warm von ihrem vorherigen Sitzen war, legte ihre Arme auf den Tisch und stützte ihren Kopf auf. »Dann mal los.«

»Sie hat mir gesagt, dass sie mich liebt.«

Das ist in der Tat hart, dachte Lily. Sie versuchte ihre Mimik unter Kontrolle zu bringen und keine sarkastische Bemerkung zu machen. »Ich habe damit nicht gerechnet«, fügte er hinzu.

Jetzt konnte sie sich nicht zurückhalten. »Ich bitte Sie. Sie sind mit ihr zusammen. Da sollte Sie ein solches Geständnis nicht aus heiterem Himmel treffen.«

»Machen Sie sich über mich lustig?«

»Niemals«, sagte sie. »Ich warte nur noch darauf, dass wir zu dem Problem kommen.«

»Ich bin nicht mit Suzanne zusammen.«

»Das sieht sie offenbar anders.«

Er nahm einen weiteren Schluck. »Sie haben vorhin angeboten, dass Sie nur zuhören. Könnte ich bitte darauf zurückgreifen?«

»Wie Sie möchten.« Lily hatte Durst. Sie überlegte, ob sie Simon herrufen sollte. Collum schien denselben Gedanken gehabt zu haben. »Wollen Sie etwas trinken?«

»Wird wahrscheinlich besser sein.«

Ohne dass Collum sich bei dem Mitarbeiter bemerkbar gemacht hatte, erschien dieser am Tisch. Sie bestellte einen trockenen Weißwein. Simon empfahl einen Chardonnay aus dem Languedoc. Fein rauchig, Walnuss. Butternote.

»Den nehme ich. Würden Sie die bitte mitnehmen und dem Herrn einen Kaffee und ein Wasser bringen?« Sie reichte Simon die Whiskeyflasche. Collum wartete, bis er sich außer Hörweite befand. »Ich sagte zuhören, nicht bevormunden.«

»Ab jetzt schweige ich.«

Er lehnte sich zurück, hing mehr auf der Bank, als er saß. »Sie hatte Geburtstag, und sie lud mich ein. Ich hätte es mir denken können, als keine weiteren Gäste kamen. Schön gedeckter Tisch. Die Kerzen. Ich habe die Kerzen angesprochen, und sie meinte, sie habe sich noch nie so gut mit jemandem verstanden wie mit mir, und dass wir nach Jahren der Irrungen endlich erkennen sollten, dass wir füreinander bestimmt sind. Ich war wie vor den Kopf gestoßen. Sie ist meine Freundin, mein Kumpel, aber das … Was sagt man in so einem Moment? Ich wollte sie nicht verletzen. Aber mit Suzanne. Das wäre die Ehe meiner Eltern. Geld heiratet Geld mit Herkunft. Nein! Jedenfalls habe ich versucht, ihr zu sagen, dass sie für mich einer der wertvollsten Menschen überhaupt ist, aber eben nicht dieser Mensch. Dann ist sie … Ich habe sie so noch nie erlebt. Sie war so außer sich. Sie sagte, sie wolle mich nicht mehr sehen. Nie wieder.«

Der Kaffee und der Wein wurden an den Tisch gebracht, Lily trank einen Schluck und sah Collum aufmerksam an.

»Ich will sie nicht verlieren. Als Kumpel. Nachdem mich Hannah verlassen hat – das war meine Verlobte –, war Suzanne einfach großartig. Sie nahm mich mit auf ihren Südamerikatrip. Sie ertrug meine furchtbare Laune. Sie war da. Ich muss unausstehlich gewesen sein. Auch als Shannon mich verlassen hat – mein Ex-ex-Verlobte – und diesen Schauspielschönling geheiratet hat, war sie da. Sie war einfach immer da. Ich brauche sie als Kumpel. Ich brauche etwas Konstantes. Ich kann mit ihr nichts anfangen und sie dann verlieren. Das ist bei mir immer so. In meinem Leben läuft es nur, wenn ich Freundschaft und Sex trenne.« Er ließ sich zurückfallen. »Sie dürfen jetzt Ihren Senf dazu geben«, sagte er.

Ach so ist das, getrennte Sphären, dachte Lily und konnte endlich einen Sinn in ihre Beobachtungen bringen. »Sind Sie sich sicher, dass sie nicht doch die Richtige ist?«

»Ganz sicher.«

»Kann es sein, dass Sie aus Angst, so wie Ihre Eltern zu sein, Ihre Gefühle verleugnen?«

»Das habe ich auch überlegt. Klares Nein.«

»Glauben Sie nicht, dass sie sich wieder einkriegt, wenn die erste Verletzung vorbei ist?«

»Das kann ich mir nicht vorstellen, dafür ist sie zu stolz.«

»Jedenfalls muss sie Sie ganz schön geliebt haben, wenn sie das alles mitgemacht hat.«

»Was meinen Sie?«

»Na, ich kenne kaum jemanden, der es so lange aushalten würde, wenn jemand jede Woche Frauen abschleppt.« Lily überlegte, ob sie vielleicht etwas zu unsensibel mit ihm umging. Andererseits hatte ihr es bei der Torstensache am meisten geholfen, wenn Louise ihre Sicht der Dinge unmissverständlich mitgeteilt hatte.

»Ich bin doch nicht davon ausgegangen, dass sie … Ich dachte, das wäre in Ordnung. Ich habe doch nicht im Traum damit gerechnet … Sie hat nie etwas gesagt.« Lily sah, dass ihn die Eröffnung tatsächlich ohne Vorbereitung getroffen hatte.

»Natürlich hat sie nichts gesagt. Sie wollte doch den coolen Kumpel geben, so lange, bis Sie eben Ihre Vögelphase überwunden haben und erkennen, dass sie die einzig Wahre ist. Und nachdem Sie keine Anstalten gemacht haben, hat sie eben die Initiative übernommen. So schaut's aus.«

Er sagte eine Weile nichts. »Ich hätte das nie erwartet. Ich dachte wirklich, es lief alles super zwischen uns.«

»Für Sie vielleicht. Aber für Suzanne nicht. Und für die anderen Frauen wahrscheinlich auch nicht.«

»Frauen können auch einfach nur Sex aus Spaß haben«, sagte er mit Nachdruck.

»Das bestreitet auch kein Mensch«, sagte sie. »Aber ich gebe Ihnen Brief und Siegel, dass nicht alle Frauen, mit denen Sie einfach mal ins Bett gehen, so denken.«

Er sah sie aufmerksam an. »Das ist nicht Ihr Ernst.«

»Sicher. Die strengen sich an ohne Ende, weil sie hoffen, dass sie nach dieser Nacht die Einzige für Sie sind. Ob die das tun, weil sie hoffnungslos romantisch sind oder weil sie hinter Ihrem Geld her sind, kann ich Ihnen nicht sagen. Aber so wird es sein.«

Er wiegte den Kopf hin und her und trank einen Schluck.

»Darf ich Sie fragen, wie man das macht? Also, das mit den vielen Frauen. Haben Sie keine Angst, irgendwann einmal hereingelegt zu werden?« Er zog die Stirn in Falten. »Es interessiert mich wirklich«, schob sie nach.

Er umfasste das Glas mit beiden Händen. »Gehen Sie immer in ein Hotel, ihr Handy kommt in den Safe, nehmen Sie nur Kondome, die Sie selbst gekauft haben, und lassen Sie eine Geheimhaltungsvereinbarung unterzeichnen. Normalerweise gibt es dann keine Probleme.«

»Hatten Sie schon welche?«

Er schüttelte den Kopf.

»Darf ich so eine einmal sehen?«

Er zog einen Umschlag aus seinem Jackett und übergab ihn Lily. Sie nahm das Dokument heraus und überflog die Zeilen.

»Suzanne muss Sie wirklich sehr lieben«, sagte sie noch einmal. »Wollen Sie sich nicht bei ihr melden?«

»Sie öffnet die Tür nicht und ignoriert meine Anrufe.«

»Da gibt es so wunderbare Erfindungen, mit denen man Nachrichten hinterlassen kann. Messenger, Mail. Wenn Sie in einer Branche arbeiten würden, die sich mit Technologie beschäftigt, hätten Sie sicher davon gehört.«

»Ich wollte schon immer einmal von jemandem aus dem ›Brot-und-Butter-Business‹ über die technischen Errungenschaften des 21. Jahrhunderts aufgeklärt werden.«

»Das wird nicht vielen zuteil. Übrigens verwahre ich mich gegen ›Brot-und-Butter-Business‹. Das schmälert mein Oeuvre. Ich bin im ›Bagel-Aufstrich-Business‹ oder im ›Heißgericht-Dessert-Business‹.«

»Was das andere betrifft, ich habe ihr einen Brief geschrieben, und sie hat sich nicht gemeldet.« Das beeindruckte Lily, weil sie so etwas von ihm nicht erwartet hatte. Auf der anderen Seite passte es wiederum, schließlich verwendete er auch Stofftaschentücher.

»Lassen Sie uns über Ihr verkorkstes Leben reden, damit ich mich nicht ganz so schlecht fühle«, sagte er.

»Mein Leben ist ganz wunderbar.« Sie nippte an ihrem Wein und versuchte, zufrieden zu wirken.

»Warum haben Sie den Foodtruck?«

»Das haben Sie mich schon einmal gefragt.«

»Und ich habe keine zufriedenstellende Antwort erhalten.«

»Wir sind nicht hier, um über mich zu sprechen.«

»Ich bin hier, um mich zu betrinken. Die Geschichte Ihres persönlichen Scheiterns würde mich durchaus aufheitern.«

»Sie stehen also darauf, wenn sich andere erniedrigen.«

»Eigentlich nicht, aber in Ihrem Fall verspreche ich mir einiges. Ich finde Sie unterhaltsam.«

»Ich finde Sie überheblich und herablassend.«

Er rührte in seinem Kaffee und musterte sie. »Wenn Sie mir erzählen, warum Sie Ihre hochdekorierte Küche verlassen haben, erzähle ich Ihnen, weshalb ich vor einem Jahr unmittelbar vor meiner Hochzeit sitzengelassen wurde.«

»Weil Ihre Ex offenbar eine intelligente Frau ist, die erkannt hat, dass Sie ein arroganter Schnösel sind.«

»Nur wenige Leute trauen sich, so mit mir zu sprechen.«

»Es täte Ihnen gut, wenn es mehr wären.«

»Wollen Sie noch einen Wein?« Simon, der Gästeflüsterer, brachte eine große Karaffe und frische Weingläser.

»Gestatten Sie mir, dass ich auch einen trinke?« Collum hatte offenbar seine Ironie wiedergefunden.

»Sie müssen morgen mit dem Kopf herumlaufen, also machen Sie nur.«

Er füllte ihr Glas und dann das seine. »So, Frau Beste-Ihres-Jahrgangs-am-Culinary-Institute, erzählen Sie!«

»Sie wissen doch sowieso schon alles.«

»Die interessanten Details hat das Internet nicht preisgegeben. Aber ich bin mir sicher, dass Sie den Foodtruck nicht haben, weil er Ihr Mittel zur Selbstverwirklichung ist.«

»Irgendwie ist er das schon. Dort kann ich …« Sie nahm einen Schluck Wein. Mit Daumen und Zeigefinger fuhr sie den Rand des Glasfußes nach. »Ich kann dort kochen, ohne dass ich mit Personal interagieren muss.« Er sagte nichts, gab ihr Zeit. »Ich scheine eine furchtbare Art zu haben, mit Mitarbeitern umzugehen. Offenbar habe ich eine Kündigungswelle ausgelöst, deswegen bin ich geflogen.«

»Das tut mir leid«, sagte er. »Aber das ist nicht die ganze Geschichte, oder?«

Lily legte den Kopf zur Seite. »Ich war mit dem Geschäftsführer zusammen.« Sie wappnete sich für einen Trauerschub und musste feststellen, dass er ausblieb.

»Und er hat Sie ganz abgedroschen mit seiner Assistentin betrogen, und jetzt ist sie von ihm schwanger.«

»Fast. Ich war die Affäre, und er ist zu seiner Frau zurückgegangen. Schwanger ist niemand, obwohl ich mir nicht sicher bin, ob er nicht ein Versöhnungskind produziert hat.« Auch das hatte sie erstaunlich leicht über die Lippen gebracht. »Er sagte immer, er sei verliebt, und versprach, seine Frau zu verlassen und mit mir neu anzufangen.« Collum öffnete den Mund. Sie hielt inne und sah ihn an. »Jetzt sagen Sie schon!«, forderte sie ihn auf.

»Nein, nein .... Oder warten Sie: Er wollte das nur aufschieben, bis die Kinder etwas älter sind, habe ich recht?« Er sah sie so lange an, bis sie nickte, schüttelte dann den Kopf und lehnte sich zurück. »Und darauf sind Sie hereingefallen? Das ist nicht Ihr Ernst.« Sie hob die Hände, signalisierte, dass sie aufgab. »Lassen Sie mich raten«, sagte er. »Der Konzern gehört seiner Frau.«

»Sie sind wie meine Mutter.« Lily trank ihr Glas aus und schenkte sich wieder ein.

»Ist das ein Kompliment?«

»Nein!«

Er grinste breit. »Heißt das, Sie können mich auch noch mit einer Mutter-Geschichte erfreuen?«

»Heute nicht.«

»Stimmt. Ihr Liebesleben ist schon bemitleidenswert genug.« Er drehte sich um und ließ den Whiskey mit zwei Gläsern an den Tisch zurückbringen. Sie stießen auf gescheiterte Beziehungen an. Lily stürzte das Glas hinunter, als könne sie Torsten und seine Frau und das Miller-Grand-Küchenteam damit wegspülen. Der Whiskey brannte auf dem Weg in ihren Bauch. Sie kniff die Augen zusammen. »So! Sie sind dran. Zeigen Sie mir, dass ich nicht der einzige mitleiderregende Mensch hier bin. Jetzt will ich mich an Ihrem Scheitern ergötzen.«

»Suzanne führt nur eine Serie fort. Meine Frau, also Fast-Frau, meine Schwester, meine beste Freundin. Es ist kein gutes Jahr für mich.«

Lily hörte zu, wie er von seiner deutschen Verlobten sprach, die wieder zu ihrem Exfreund zurückgekehrt war. Sie stellte fest, dass ihre Geschichten sich durchaus ähnelten.

»Was hatte der, was Sie nicht hatten?«, fragte sie.
»Das frage ich mich auch.«
»Hatte er noch mehr Geld? Sah er so gut aus?«
»Das eine weiß ich nicht, und darauf war sie auch gar nicht aus und das Zweite kann ich nicht beurteilen. Aber vielleicht hat die Rockband das Ihrige beigetragen.«
»Das kann natürlich sein. Bandmitgliedschaft ist cool. Keine Frau kann Liebeserklärungen widerstehen, wenn sie von der Bühne aus getätigt werden.«
»Vielen Dank für Ihr Mitgefühl und Ihre aufbauenden Worte.«
»Entschuldigung. Aber so ist das nun mal.«
Collum nahm einen großen Schluck Whiskey und sah sie an.

Am nächsten Morgen erwachte Collum mit Kopfschmerzen. Er fröstelte ein wenig und zog die Decke über sich. Das war nicht seine Decke. Es war auch nicht seine Couch. Wieso lag er eigentlich auf einer Couch? Wo war er überhaupt? Angezogen war er. Er tastete nach seinem Telefon. Es befand sich nicht in seiner Tasche. Niemand war zu hören. Er richtete sich auf, ihm war schwindelig. Auf dem Fußboden lag ein Zettel. Er griff nach dem Papier.

Guten Morgen. Du bist in der Thornmanby Road bei mir zu Hause (eigentlich bei meinem Vater). Ich wollte dir ein Taxi rufen, aber du hast mir deine Adresse nicht verraten. Und du hast mir verboten, Dermott zu verständigen. Abgesehen davon, hast du dich sehr gentlemanlike verhalten.
Etwas zum essen findest du in der Küche. Ich bin bei der Arbeit. Einen schönen Tag, Lily.

Er sah auf die Uhr. Vor fünf Minuten hatte das Morgenmeeting der Geschäftsführung angefangen. Niemand wusste, wo er sich befand. Er sah, dass sein Mobiltelefon auf dem Tisch gegenüber lag, rief seine Sekretärin an und teilte ihr mit, dass er sich verspäten würde, dann informierte er Dermott.

Er sah sich um. Die Zusammenstellung der Möbelstücke erinnerte an ein Junggesellendomizil. Die Suche nach Mineralwasser ließ ihn den Kühlschrank öffnen. Rechteckige Tupperdosen mit Karotten, Paprikaschoten in Streifen, Putenbrust, Salat, allesamt ordentlich gestapelt, Senf und Saucen in Reih und Glied, darunter die Flaschen, der Größe nach arrangiert.

Hallo Dad, ich hoffe, die Konferenz war erfolgreich. Ich bin mir sicher, das Klima freut sich und die Erde auch. Wenn du dir Eier und Speck brätst, kannst du dir ein Clubsandwich machen. Dein Herz (und deine Tochter) wünschen sich Salat als Beilage. Bis heute Abend, Lily.

Neben ihren Namen hatte sie ein Herz gemalt. Er überlegte, wann er zum letzten Mal eine Nachricht mit Herz bekommen hatte. Suzanne war gegen Herzen. Wahrscheinlich hatte er deswegen nichts geahnt. Er trank die halbe Flasche Mineralwasser in einem Zug leer. Dann sah er durch das Küchenfenster Dermott vorfahren. Seine Jacke hing über einem Stuhl im Wohnzimmer – auf ihr lag – die unterschriebene Verschwiegenheitserklärung.

ZWANZIG

Dublin, Liffeyufer, am nächsten Tag.

*For the love of SOUP
Seeweed Chicken
*Smitten with SALAD
Truthahn – Brokkoli – geröstete Karotte – Pesto
*Bury your Head in the SANDWICH
Fleischbällchen – Gürkchen – Schmand
*Have the HOTs for
Grüne Bohnen – Knusprige Zwiebeln – Lamm
*Sealed with a SWEET kiss
Strawberry Cheesecake

Der Sparmarkt führte nur Kopfschmerztabletten zum Auflösen. Lily hasste alle Medikamente, die nicht in Pillenform daherkamen, aber die Nachwirkungen des vergangenen Abends ließen den bitter-salzigen Geschmack als erträgliches Übel erscheinen. Sie war froh, dass sie weder heute noch morgen einen Cateringjob hatte. Die Sonne schien ekelhaft hell und brachte unangenehm viele Hungrige zum Wagen. Den Kundenkontakt hatte sie Tomaso überlassen. Sie hatte genug damit zu tun, stehen zu bleiben und sich nicht zu übergeben. Am Nachmittag stand sie gegen die rückwärtige Arbeitsplatte gelehnt und wartete darauf, dass es Abend wurde.

»Du siehst furchtbar aus.« Collum hatte sich dem Foodtruck genähert, ohne dass sie es mitbekommen hatte.

»Dankeschön. Du …« Lily kniff die Augen zusammen. »Wie machst du das? Du wirkst frisch wie der Frühling.«

»In der Firma haben sie heute von diesem Hackbällchen-Baguette geschwärmt. Du hast nicht zufällig noch eines für mich?«

»Da hättest du viel eher kommen müssen. Die sind ausverkauft.«

»Heute Mittag habe ich brav in der Kantine gegessen. Ich habe das Gefühl, dass Mrs Bird heimlich eine Anwesenheitsliste führt.«

»Salat oder Lamm kann ich dir anbieten.«

»Lamm klingt gut, aber könntest du mir schon einmal ein Stück Kuchen geben. Ich sterbe vor Hunger.«

Sie reichte ihm ein großes Stück Strawberry Cheesecake über die Theke, während Tomaso Lamm auf einen Teller schöpfte.

»Oh Gott, ist der gut. So einen exzellenten Kuchen habe ich …« Er überlegte kurz. »Zumindest noch nicht oft gegessen. Wie kannst du die ganze Zeit neben so einer Verführung stehen und so eine Figur haben? Disziplin?«

Lächelnd schüttelte sie den Kopf und beugte sich verschwörerisch über die Theke. »Du darfst das aber niemandem verraten. Ich mag keinen Kuchen. Im Culinary Institute haben mich alle im Kurs gehasst, weil ich die Patisserieprüfung als Zweitbeste abgeschlossen habe, obwohl ich die Zutaten zusammengerührt habe, ohne einmal zu probieren.«

Er nickte anerkennend. »Ich verstehe trotzdem nicht, wie man so etwas nicht mögen kann.« Er nahm einen weiteren Bissen und schloss genussvoll die Augen.

»Wenn ich Stress oder Frust habe oder nichts anderes da ist, geht auch mal ein Kuchen zur Kompensation.«

»Das lasse ich gelten.« Er wischte sich mit der Serviette den Mund ab. »Hast du am Samstag schon etwas vor?«

»Klar: ausruhen, einen großen Bogen um Alkohol machen, Schlaf nachholen.«

»Ich dachte, du kannst nicht schlafen.«

»Man darf die Hoffnung nie aufgeben.«

Er stellte den leeren Teller zurück auf die Theke. »Hast du Lust, mit mir ins Ballett zu gehen? Es ist ein Benefizabend für die Irish Cancer Society.«

»Sind deine Wäschemodels beschäftigt?«

»Das weiß ich nicht. Bei dir muss ich mich nicht anstrengen.« Er hielt kurz inne. »Ich meine, mit dir ist es entspannter.«

»Ich habe dich schon richtig verstanden, keine Angst.« Sie freute sich, dass der Restalkohol wenigstens seine Kommunikationsfähigkeit beeinträchtigte.

»Heißt das, ich kann auf dich zählen?«

Lily dachte an Deans Asienpläne, an Niall, der am Wochenende zu einem Klassentreffen fuhr, und an das leere Haus. »Wieso nicht?«

Sie reichte ihm seinen Snack. »Es wundert mich, dass du essen kannst. Ich habe noch nichts runterbekommen.«

Er legte das Brötchen zurück auf die Theke.

»Hast du einen Stift für mich?«

Sie nickte und holte einen Plakatstift aus der Schublade. Er nahm sich eine Serviette, malte zwei Sonnen darauf und schob sie ihr hin.

»Das ist meine Bewertung des Essens heute. Da ich mich mit dem Gault Millau nicht anlegen will, verlege ich mich auf andere Himmelskörper. Du erhältst zwei Sonnen auf der Sullivanskala.«

Sie lachte. »Du hast noch gar nicht probiert.«

»Der Kuchen alleine ist das schon wert.«

Er nahm die Serviette noch einmal und gab der linken Sonne ein lachendes Gesicht.

»Eigentlich ist das Surfboard für das Kundenfeedback gedacht«, sagte sie.

Ein weiteres Mal ergriff er den Stift und malte die Sonnen auf das Board. »Ich hole dich am Samstag um Viertel nach sieben ab.«

Collum schien es zu genießen, dass er Lily nicht erobern musste, dass er mit ihr ganz entspannt einfach nur Zeit verbringen konnte. Am Dienstag nahm er sie mit zu einer Ausstellung mit anschließendem Besuch eines thailändischen Restaurants. Der Kinobesuch endete mit einem Take-Away-Sushi in seiner Küche. Einige Tage später lud er sie zu Pizza und Serien bei sich im Wohnzimmer ein. Seine Hoteltreffen mit sensationell aussehenden Frauen liefen weiter, und Lily begann, die Vorteile dieses Lebenswandels zu begreifen und ihn darum zu beneiden, dass er es schaffte unverbindlichen Sex ohne Ballast und Freundschaft ohne Beziehung zu leben. Sie schien an diesem Konzept zu scheitern.

Bei einem frühen Abendessen – es hatte sie wieder zum Thailänder verschlagen – sprach Lily endlich an, was sie seit dem Abend im *Heaney's* beschäftigte.

»Ich habe nachgedacht«, sagte Lily. »Du solltest mit Suzanne noch einmal reden.«

»Ich habe dir doch gesagt, dass ich bereits alles versucht habe. Sie ist zu stolz.«

»Wenn man so lange und so intensiv befreundet war, gibt es immer einen Anknüpfungspunkt. Man hat zu viel miteinander erlebt, als dass man sich nicht wieder zusammenraufen könnte.«

Er fixierte seine Reisnudeln. »Was schlägst du vor?«

»Schonungslose Ehrlichkeit. Kein Brief, kein Geschenk, keine Nachricht. Geh zu ihr, sag ihr, dass du ihre Freundschaft vermisst, genauso wie die gemeinsamen Unternehmungen und die Gespräche. Ich bin mir sicher, dass sie das gleiche Vakuum in ihrem Leben fühlt wie du.«

Er atmete tief durch und sah sie fragend an. »Absolut sicher«, sagte sie. »Ist sie noch wach?«

»Du meinst, ich soll jetzt hingehen?«

»Klar. Warum solltest du es aufschieben?«

Kurze Zeit später nahmen sie ein Taxi zu Suzannes Haus in Sandymount.

»Ich bleibe eine Viertelstunde hier draußen. Dann gehe ich nach Hause. Melde dich, wie es gelaufen ist.«

Er nickte.

»Viel Glück«, rief sie ihm zu, als er die Steintreppen zu der massiven Eingangstür hinauflief. Von der gegenüberliegenden Straßenseite aus beobachtete Lily, wie die Haustür geöffnet wurde. Sie sah, dass Collum etwas sagte und dann tatsächlich hineingelassen wurde.

Na also, dachte Lily. Nach fünfzehn Minuten lief sie in Richtung DART-Station. Sie würde einige Zeit warten müssen. Spätabends fuhren die Züge nur noch halbstündlich.

Als sie den Bahnsteig betrat, fühlte sie die Vibration ihres Handys.

»Wo bist du?« – Collum, 22.17 Uhr.

»Sandymount DART-Station. Was ist los?« – Lily, 22.17 Uhr.

»Ist nicht gut gelaufen.« – Collum, 22.18 Uhr.

»Ich komme. Wo bist du?« – Lily, 22.18 Uhr.

»Nein, bleib, wo du bist, ich bin gleich da.« – Collum, 22.19 Uhr.

Lily wartete auf dem Bahnsteig. Unruhig von einem Fuß auf den anderen tretend fixierte sie den Eingang. Seine Gesichtsfarbe offenbarte, dass er schnell gelaufen war.

»Offenbar ist sie anderer Meinung, was die Bedeutung unserer Freundschaft angeht«, sagte er. Seine hängenden Schultern und sein gequälter Gesichtsausdruck ließen in Lily Schuldgefühle ungeahnten Ausmaßes hochkommen.

Sie nahm ihn in den Arm. »Das hätte ich nie im Leben gedacht. Es tut mir so leid. Ich fühle mich so schlecht, dass ich dir vorgeschlagen habe, es noch einmal zu versuchen.« Er schloss seine Arme fest um sie. »Es tut mir so leid«, wiederholte sie.

Der Zug fuhr ein. Sie nahm ihn an der Hand und führte ihn in den Wagen, der auf ihrer Höhe anhielt. In ihm saßen nur ein alter Mann und ein musikvertiefter Teenager. Schweigend fuhren sie in Richtung Howth. Ein paar Stationen weiter fiel Lily ein, dass sie für ihn kein Ticket gelöst hatten. Sie vermutete, dass Collum nicht über eine Monatskarte oder Ähnliches verfügte. Sie wollte jetzt aber keinesfalls anfangen, nach einem Onlineticket zu suchen. Nun gut, sollten sie kontrolliert werden, würde sie die Strafe auf sich nehmen.

Collum saß ihr gegenüber und wirkte irgendwie verloren. Sie setzte sich neben ihn, nahm seine Hand und drückte sie.

»Können wir noch ein wenig draußen bleiben? Ich kann jetzt nicht in geschlossenen Räumen sein«, sagte er, als sie an der Endstation ausstiegen.

»Sicher«, meinte sie.

Schweigend liefen sie nebeneinander her, bis sie auf einer Anhöhe über die Dublin Bay blicken konnten. Sie setzten sich. Das Meer lag schwarz unter ihnen, die Lichter der Häuser zeichneten die Küstenlinie nach und vermittelten den Anschein, dies sei ein guter Abend.

»Wir hätten etwas zu trinken mitnehmen sollen«, sagte sie.

»Ist schon okay«, sagte er.

»Wenn irgendetwas rausmuss, sag es bitte. Du darfst mich auch beschimpfen oder anschreien oder weinen oder was auch immer.«

Er nickte. Lily saß neben ihm. Gemeinsam schwiegen sie. In guten Freundschaften gab es offenbar Grenzen, die man nicht überschreiten durfte, dachte Lily.

EINUNDZWANZIG

Inch, am Wochenende.

Dean hatte nichts mehr zu Asien gesagt, und sie hatten eher über Belanglosigkeiten hin- und hergeschrieben. Demnach sah Lily dem Wochenendbesuch im Westen relativ gelassen entgegen. Auf der Fahrt nach Inch besuchte sie eine Käserei und eine kleine Metzgerei, die sich auf Wildprodukte spezialisiert hatte. Dort verwickelte sie der Inhaber in ein so angenehmes Fach- und Probiergespräch, dass sie sich viel zu spät wieder in Nialls kleines Auto setzte und prompt in den Ausflugsheimreiseverkehr geriet. Als sie bei Dean ankam, stand der Mond schon über der Bucht und der Abend unter keinem guten Stern.

»Ich habe gekocht.« Deans Begrüßung klang wie ein Vorwurf.

»Tut mir leid, ich habe nicht mit so viel Verkehr gerechnet.« Lily sah ihn schuldbewusst an. »Aber ich habe dir etwas mitgebracht.« Sie holte eine Hirschsalami aus der Kühltasche und drückte sie ihm in die Hand. »Wir können das Essen doch aufwärmen«, sagte sie versöhnlich und legte ihm den Arm um.

»Es ist Salat«, meinte er, und Lily verkniff sich ihre übliche Bemerkung, dass Salatmachen nicht im eigentlichen Sinne als Kochen bezeichnet werden konnte.

Später saßen sie auf dem Sofa. Dean legte sich Lilys Beine auf den Schoß und begann ihre Füße zu massieren. Sie hatte das Gefühl, dass diese Situation auf ein Gespräch über die Asienreise hinauslaufen würde. Ihr Bauch teilte ihr nach wie vor mit, dass dies keine gute Idee wäre. Sex würde für eine vorübergehende Kommunikationsarmut sorgen, wenn Dean einschlief, sogar für eine konfliktfreie Nacht. Die unvermeidliche Urlaubsfrage würde zwar nicht zu einer direkten Auseinandersetzung, aber zu schlechter Stimmung führen und dafür fehlte Lily die Energie. Die Arbeit war anstrengend, und das Freizeitprogramm mit Collum reduzierte ihre Sofazeit. Andererseits genoss sie es so sehr, endlich wieder jemanden zu haben, mit dem sie über Götter und Welten reden konnte, dass sie dies keinesfalls missen wollte.

Deans Energie schien an diesem Abend unerschöpflich zu sein. Lily legte sich verausgabt neben ihn und schloss die Augen.

»Hast du dir schon überlegt, ob du mitfahren willst?«, fragte er. Sie hatte es geahnt.

»Das wäre schön, aber jetzt, wo es langsam anläuft, wäre das unverantwortlich.«

»Du sollst ja nicht monatelang mitfahren. Aber zehn Tage wären bestimmt drin. Viel länger bleibe ich auch nicht.«

»In einem Jahr würde ich etwas anderes sagen, aber jetzt kann ich mir eigentlich nicht einmal leisten, auch nur einen Tag zuzumachen.«

»Es würde dir guttun, deine Energie aufzufüllen.«

»Du redest wie deine Schwester, *Dinesha*«, lachte sie. Es klang gezwungen. Er verzog sein Gesicht. »Ich hatte im Sommer schon eine unfreiwillige Auszeit. Als selbstständige Unternehmerin kann ich mir das nicht leisten. Ich muss harte Arbeit reinstecken, wenn der Truck laufen soll. Außerdem, meinst du nicht, dass ich euch zur Last falle. Immerhin ist das doch ein Familiending, und als Skeptikerin störe ich bestimmt den Energiefluss.«

»Machst du dich über uns lustig?«

Lily zog ihre Beine zurück und setzte sich auf.

»Also hör mal, wer macht denn dauernd Scherze über keltische Gottheiten und seine Energiefeldfamilie? Darf ich dich daran erinnern, dass du die Steine und Statuen in einem Aquarium hältst?«

»Das heißt nicht, dass ich das Ganze nicht ernst nehme.«

»Dean, fahr mit deiner Familie. Genieß die Zeit. Ich denke nicht, dass es das Richtige für mich ist.«

»Weißt du, wie lange wir uns nicht sehen?«

Lily sah ihn mit großen Augen an. Unpassende Worte bahnten sich einen Weg in ihren Mund. Sie verschluckte sie.

»Du kommst doch wieder. Außerdem ist Indonesien nicht aus der Welt.«

»Für jemanden, der seinen Truck nicht schließen kann, ist es das.«

Für eine Weile sagte keiner ein Wort. Die Statuen im Aquarium starrten Lily an. Sie hatte das Gefühl, als würde Deans gesamte Familie der Auseinandersetzung beiwohnen. Vielleicht gab es so eine Art Abhörenergiestrom, der direkt in das Beratungszentrum in Glastonbury führte.

»Es ist toll mit dir, und ich mag es, mit dir Zeit zu verbringen. Aber mit deiner Familie in den Urlaub zu fahren, das fühlt sich einfach nicht richtig an.«

Sie wollte etwas Versöhnliches sagen, aber alles, was sie ihm jetzt an ehrlicher Zuneigung entgegenbringen konnte, wäre ihm nicht genug und würde ihn nur noch mehr treffen.

Er stand auf und ging zum Fenster. Sie überlegte, ob sie gehen sollte. Doch wo könnte sie hingehen? Das blaue Haus war an diesem Wochenende vermietet, und in den B&Bs würde zu dieser Zeit bestimmt niemand mehr öffnen.

»Es ist Vollmond. Lass uns die Boards holen«, sagte er unvermittelt.

Jetzt wollte er mit ihr surfen gehen? In dieser angespannten Situation? Den Wunsch, allein wellenzureiten, hätte sie noch nachvollziehen können. Aber gemeinsam? Vielleicht war das ein Reinigungsritual und das Salzwasser sollte die schlechte Energie wegspülen. Je länger sie darüber nachdachte, desto eigentümlicher fand Lily den Vorschlag. Allerdings wollte sie ihn nicht noch mehr vor den Kopf stoßen.

Sie paddelten hinaus auf den Atlantik. Am Strand konnten sie die Lichter von Carricks Café erkennen. Schweigend saßen sie auf ihren Surfbrettern und warteten.

»Ich muss nach Lombok«, sagte er schließlich. »Ich kann nicht anders. Und ich will die Zeit mit meiner Familie verbringen. Ich kann nicht hierbleiben, auch nicht für dich. Ich möchte, aber ich kann nicht. Kannst du das verstehen?«

»Ich verstehe dich sehr gut. Und genauso, wie du der Welle hinterhermusst, muss ich wieder kochen. Ich muss das jetzt durchziehen.« Er paddelte zu ihr hin, nahm ihre Hand und drückte sie.

Das Wasser unter ihnen hob sich.

»Jetzt kommt eine gute«, sagte er und machte sich bereit.

ZWEIUNDZWANZIG

Dublin, drei Tage später.

Fish & Chips und Schach bei mir?« – Collum, 17.23 Uhr.

»Brauchst du ein Erfolgserlebnis?« – Lily, 17.52 Uhr.

»Ist das so offensichtlich?« – Collum, 18.03 Uhr.

»Ich bringe den Truck heim, springe unter die Dusche und nehme dann die DART.« – Lily, 18.17 Uhr.

Als Lily nach ihrer Pendelei in den Vorort und der Rückfahrt ins Zentrum bei Collum ankam, wartete bereits Heilbutt in knusprig-goldener Panade auf dem Tisch.

»Das brauche ich jetzt«, sagte sie und gab eine Ladung Malzessig über die dicken Pommes frites.

Collum schüttelte den Kopf, als sie nach dem Salzstreuer griff, um die Körnchen großzügig über Fisch und Kartoffeln zu verteilen. »Tötet das nicht dein Gourmetgeschmacksempfinden?«

»Ganz im Gegenteil! Das wirkt wie eine Entgiftungskur. Erzähl mir von deinem Tag!«

Sie lauschte, wie er von anstrengenden Zuliefererverhandlungen und den Allüren der Werbeträger erzählte. Er erkundigte sich nach ihrem Wochenende, worauf sie nur knapp einging, und ihren Geschäften, worüber sie ausführlicher berichtete. Später machten sie es sich in den Großvatersesseln bequem und bauten das Schachbrett auf.

Ludwig senior hatte oft mit Lily gespielt, und sie hatte passable Kenntnisse. Gegen Collum hatte sie keine Chance, und das gefiel ihr. Als sie einmal länger über ihrem nächsten Zug brütete, schob er ihr eine Broschüre neben das Brett.

»Du musst mich nicht ablenken, um zu gewinnen.« Lily hatte gerade ihren zweiten Läufer eingebüßt, der sich zu den anderen Figuren auf Collums Seite gesellte. Sie stellte den Springer schützend vor ihre Dame.

»Das habe ich wirklich nicht nötig.« Collum bewegte seinen Turm und kassierte Lilys Dame ein. »Denkst du, du kannst deinem Truck einmal für zwei Tage eine Auszeit gönnen?«

»Wieso sollte ich das tun?«

Er klappte den Prospekt auf. »Erfolgreiches Kommunizieren für Führungskräfte.«

»Das ist ja reizend von dir, aber mit wem soll ich denn kommunizieren? Für Tomaso reichen meine Kenntnisse.«

»Du wirst deine Wirkungsstätte nicht ewig im Foodtruck sehen.«

»Wieso denn nicht? Ich kann mich nicht erinnern, wann es mir das letzte Mal so gut gegangen ist. Auf absehbare Zeit ist das also durchaus mein Plan.« Sie schob das Heft von sich weg.

»Dafür redest du zu oft von deinem Stern. Der ist dein Traum, auch wenn du es vielleicht nicht zugeben willst.«

»Man kann auch in einem Foodtruck einen Stern erringen. Ist neulich erst geschehen. Und was das andere betrifft, ich denke, ich arbeite am besten so weiter. Mit Tomaso läuft es gut. Und sollte er woanders hingehen, werde ich mir wieder jemanden mit miserablen Englischkenntnissen suchen, das hat sich bewährt.«

»Lily, nur weil dir irgendwann einmal jemand erzählt hat,

dass du angeblich dürftig mit Mitarbeitern kommunizierst, kannst du nicht ewig auf Leute setzen, die kein Englisch sprechen oder dich von nikotinsüchtigen Mitarbeiterinnen mit dämlichen Schoßhunden in den Wahnsinn treiben lassen. Du musst dich dem stellen.«

»Selbst wenn ich wollte, ich kann am Freitag nicht nicht arbeiten. Tomaso allein lassen, geht schon gar nicht. Und das Seminar.« Sie holte tief Luft. »Das kann ich mir nicht leisten … Glaubst du, ich wohne zum Spaß mit fast dreißig bei meinem Vater?«

»Sieh es als Investition in die Zukunft! Es kostet außerdem nur 300 Euro. S&G kriegt Sonderkonditionen.«

»Hältst du mich für bescheuert? Ich weiß, dass du gerade eine Null unterschlagen hast. So etwas fangen wir gar nicht an.«

»Jetzt sieh es dir doch noch einmal an.«

Sie nahm die Broschüre in die Hand und überflog das Angebot. Interessant klang es, das musste sie zugeben. »Wie stehe ich denn da, wenn alle aus großen Firmen kommen, und ich stelle mich als Foodtruckchefin vor. Nicht, dass ich mich schäme, aber du weißt schon.« Sie legte den Kopf schief. »Außerdem kenne ich da niemanden.«

»Mich kennst du. Den anderen Seminarteilnehmern wirst du dich als Küchenchefin vorstellen, mit deiner Vita musst du dich nicht verstecken. Und was das Wichtigste ist: Ich will nicht alleine hingehen. Mit dir wird das viel lustiger. Sieh es als Freundschaftsdienst, und wenn du dann dein Sterne-Etablissement eröffnest, komme ich mit meinen Führungskräften vorbei und schädige dich in Höhe der Kursgebühr. Ein Nein wird nicht akzeptiert.«

»Ich überlege es mir.«

Er übergab ihr einen Umschlag. »Ich habe noch etwas für

dich.« Sie öffnete ihn und fand die Verschwiegenheitserklärung zerrissen vor. Sie hielt die Teile hoch. »Das ist unvernünftig.«

»Ab und zu muss ich mir einen Luxus gönnen.« Er sah ihr in die Augen.

»Das ist schmeichelhaft, aber woher willst du denn wissen, dass mich nicht die amerikanische Konkurrenz ganz gezielt vor deiner Firma abgestellt hat, um dich auszuforschen.«

Er lachte. »Meinst du nicht, dann würdest du dich etwas zugänglicher geben?«

»Das könnte meine Strategie sein.«

»Du hast kein Pokerface.«

»Habe ich doch. Und jetzt nimm das Teil wieder.«

Er nahm das Papier entgegen und zerriss es in winzige Stücke. »Du hast sie unaufgefordert unterschrieben.«

»Ich wollte dir zeigen, dass ich vertrauenswürdig bin.«

»Das bist du auch ohne Vertrag.«

»Ab einem gewissen Kontostand kann man sich Vertrauen nicht leisten«, sagte sie.

»Wo hast du das denn her?«

»Tut nichts zur Sache.«

»Das hat dir bestimmt deine Mutter gesagt, über die du dich so bedeckt hältst.«

Lily ließ diese Bemerkung unkommentiert und wandte sich wieder dem Schachbrett zu.

Sie verbrachte die Nacht damit, das Für und Wider abzuwägen und Louises Meinung einzuholen.

»Ich gehe mit.« – Lily, 4.36 Uhr.

Um 6.56 Uhr schickte er das Daumen-nach-oben-Emoji.

»Unter zwei Bedingungen. Ich bringe dir das Surfen bei, mein Kurs gegen den anderen Kurs.« – Lily, 7.08 Uhr.

»Du musst mir das Surfen nicht beibringen.« – Collum, 7.09 Uhr.

»Ich brauche das aber für mich.« – Lily, 7.09 Uhr.

»Dann machen wir das.« – Collum, 7.10 Uhr.

Am Sonntag vor dem Seminarbeginn fuhr Collum mit Lily am Strand von Inch ein. Wenige Minuten später trug sie ein Surfbrett über den Sand. Dean hatte gleichgültig reagiert, als sie angekündigt hatte, dass sie mit einem Bekannten zum Surfen kommen würde.

Er stand vor einer Gruppe Jugendlicher und erklärte ihnen, worauf sie später im Wasser achten sollten. Als er Lily kommen sah, überließ er es seinem Assistenten, die Jungen und Mädchen anzuleiten, und ging auf Lily zu.

»Ein seltener Gast an diesem Strand.«

»Jetzt tu nicht so. Ich war erst vorletztes Wochenende da, und zum Saisonabschluss wollte ich auch kommen. Geht das klar mit dem Board?«

»Hab ich dir doch geschrieben. Was ist das für ein Typ, für den du deinen Foodtruck unter der Woche zu lässt?«

»Ein sehr netter Freund, der mich intensiv unterstützt.«

»Schon klar.« Dean verzog ungläubig den Mund.

»Gar nichts ist klar. Er ist nur ein Kumpel.« Lily blickte zum Surfshop. Collum kam im Neoprenanzug aus den Umkleiden. Deans Blick hatte sich von Lily gelöst. Ein Mädchen aus seinem Kurs hatte sich nicht wie die anderen auf das Brett gelegt, um Paddelbewegungen zu üben, sondern starrte unverhohlen auf den Mann, der auf ihren Surflehrer und die Frau zulief.

»Hey, Augen aufs Board!« Deans Ermahnung ließ das Gesicht der etwa Fünfzehnjährigen pink anlaufen. Schnell ließ sie sich auf das Surfbrett fallen und begann die Übung auszuführen. Er sah zu Collum hin und musterte ihn von oben bis unten. »Den kriegst du nicht dazu, auf dem Board zu stehen.«

»Jede Wette, dass er bis heute Abend mindestens zehn Sekunden steht.«

»Der wird es nicht einmal schaffen sich aufzurichten. Was ist der Einsatz? Kino und Abendessen, selbst gekocht.«

»Kauf schon mal frische Kräuter. Mit Pesto aus dem Glas oder Salat lasse ich dich diesmal nicht durchkommen.«

Statt einer Antwort zog Dean die Ärmel von Lilys Neoprenanzug, die sie vor ihrem Bauchnabel verknotet hatte, nach vorne und ließ sie gegen ihre Körpermitte zurückschnalzen. Lily lachte und schlug ihm auf die Finger, bevor er die Aktion noch einmal wiederholen konnte. Dean wandte sich wieder seiner Gruppe zu.

»Freund von dir?« Collum sah den Mann an, der sich nun vor den Schülern aufbaute und letzte Anweisungen gab, bevor er sich dramatisch in die Fluten stürzte. Die Anfänger versuchten hinterherzukommen, was nicht so einfach war, da der Atlantik mit dem Brett spielte und sie reihenweise ins Wasser kullern ließ.

»Das ist der Kumpel, dem die Surfschule gehört.«

Collum legte seine Hände an Lilys Schultern. »Wollen wir uns nicht einfach einen schönen Tag am Strand machen? Du musst mir das Surfen nicht beibringen.«

»Surfunterricht bei mir ist die Definition von ›schöner Tag am Strand‹. Der Ausspruch ›schöner Tag am Strand‹ ist nach einer Surfstunde mit mir erst entstanden. Außerdem, du weißt ja, Privatstunden …«

»… plus freie Sandwiches für die nächsten zweitausenddreihundertfünfundsechzig Tage und irgendwann ein Gelage mit meinen Führungskräften in deinem Lokal.«

»Wir werden sehen.«

Lily sah, dass Dean sie vom Wasser aus beobachtete. Ein Glück, dass sie dies »auf eigene Rechnung« machte. Für seinen Geschmack redete sie zu viel mit ihrem Schüler und begann zu spät mit dem Wesentlichen. Lily legte sich auf das Board und zeigte Collum, wie er sich mit beiden Armen hochdrücken musste, um dann mit einer Sprungbewegung auf die Füße zu kommen. Ihr Schüler ließ sich das zweimal zeigen, bevor sie ihn dann aufforderte, sich seinerseits auf das Brett niederzulassen und ohne nachzudenken aufzuspringen. So konnte sie herausfinden, mit welchem Bein er vorne stand.

Er tat, wie ihm geheißen, kam mit dem linken Bein vorne zum Stehen, wackelte ein wenig, konnte aber das Gleichgewicht halten. Er wiederholte dies einige Male und versuchte Lilys Verbesserungsvorschläge umzusetzen.

»Sag mal, bist du dir sicher, dass du auf dem richtigen Bein stehst? Mit welchem Bein spielst du Fußball?«

»Mit keinem.«

»Das ist nicht hilfreich. Du wackelst immer noch so. Möchtest du es nicht einmal andersherum probieren?«

Er grinste.

»Was?« Sie sah ihn fragend an. »Genieß den Moment. Diesen Satz wirst du nie wieder von mir hören. Weder in dieser noch in anderen Situationen.«

»Ich weiß gar nicht, was du meinst.«

»Tu nicht so unschuldig.«

»Ich bin ein stilles Wasser.«

»Ich habe noch nie ein stilleres gesehen! So! Jetzt begeben wir uns in dein verwandtes Element und sehen, wie du dich darin machst.«

Dies stellte sich allerdings als sehr kräftezehrende Angelegenheit heraus. Obwohl sich Collum wirklich anstrengte, schaffte er es zunächst kaum, sich auf dem Brett hochzudrücken. Als er dies nach unzähligen Versuchen vollbrachte, vermochte er kaum die Balance zu halten und kippte seitlich vom Brett. Immer wieder wurde er von der Brandung in Richtung Strand getragen und musste mühsam zu Lily zurückpaddeln. Zweimal tauchte er so lange nicht wieder auf, dass Lily Angst hatte, das Board habe ihn getroffen und er treibe bewusstlos unter der Oberfläche. Sie sah, dass Dean das Schauspiel mit Genugtuung beobachtete.

Collum paddelte tapfer gegen die Wellen an, bis er sich wieder auf Lilys Höhe befand. »Das war doch jetzt schon gar nicht schlecht!«, lächelte er und sie fragte sich, wo er bei einer derart miserablen Leistung die Motivation hernahm, es immer noch einmal zu versuchen. Sie hatte selten jemanden gesehen, der sich ungeschickter anstellte. Von den zahlreichen Malen, bei denen sie die Nase des Surfboards nach unten drückte und das Brett samt daraufliegendem Collum unter Wellen durchtauchte, die für einen Anfänger zu schwer waren, taten ihr bereits die Arme weh. Ihn schien das nicht zu stören.

»Die letzte Welle stehe ich.«

Sie schüttelte den Kopf und musste lachen. »Wir probieren es.«

»Das ist mein Ernst.«

»Was immer du sagst.« Ihre Beine fühlten sich müde an.

»Nein, wirklich. Wenn ich die nächste Welle stehe, habe ich einen Wunsch frei.«

Sie lachte. »In Ordnung.« Langsam konnte sie sich erklären, warum er ein erfolgreiches Unternehmen führte. Die Welle kam.

»Okay, Collum, fang an. Paddeln, paddeln, paddeln!«

Sie sah, wie das Board von der Welle erfasst wurde, wie Collum sich hochdrückte, stand – sicher stand – und vom Wasser gen Strand getragen wurde.

Lily starrte ihm nach. »Das darf ja wohl nicht wahr sein!«, rief sie.

Er hatte die Leine bereits von seinem Knöchel entfernt und sich neben seinem Board in den Sand gesetzt. Triumphierend lachte er Lily an, die sich aus der Brandung kämpfte.

Sie baute sich vor ihm auf, die Hände in die Hüften gestützt. »Ich fasse es nicht!«. Sie schüttelte tadelnd den Kopf. Dann ließ sie sich neben ihn in den Sand fallen. »Ich habe doch gleich gemerkt, dass du falsch herum stehst.«

»Aber ich konnte dich täuschen, gib es zu!«

Lily verzog das Gesicht zu einer Grimasse.

»Jaaa ... gut, ja. Du bist ganz schön raffiniert, mich so auszutricksen. Was sollte das Theater?«

»Du hast das bekommen, was du dir gewünscht hast.«

»Lahme Arme? Totale Erschöpfung?«

»Du wolltest mir das Surfen beibringen.«

Sie lächelte.

Sie hatten sich im Café am Strand Suppe und Wraps einpacken lassen und waren dann zum Cottage gefahren, um zu duschen. Später wollten sie zum Tagungshotel Faiteach Fair Manor in der Nähe von Limerick fahren und dort einen Bekannten Collums treffen, der in der Nähe einen Termin hatte.

Im Strandhaus schritt Collum andächtig über den Holzfußboden und strich mit seinen nackten Fußsohlen immer wieder über die warmen Dielen. Nachdem die Trennwand zwischen Küche und Wohnzimmer bei der Renovierungsaktion entfernt worden war, bestand das Erdgeschoss nur noch aus einem einzigen Raum. Er betrachtete die modernen Küchenschränke und die Kücheninsel, deren Grau mit den weißen Möbel mit den tiefblauen Kissen und Decken harmonierte.

»Das hätte ich nicht erwartet«, sagte er nun schon zum zweiten Mal.

»Was hast du denn gedacht? Dass ich hier in einem Trailer hause, mit Kordelvorhängen und Batikbettwäsche und Gras in den Küchenschränken?«

»Eher als das hier. Am liebsten würde ich hierbleiben und gar nicht erst ins Hotel gehen.«

»Das können wir gerne tun. Platz ist genug«, sagte sie.

»Nein, im Faiteach Fair Manor gibt es ein überwältigendes Frühstück. Das lassen wir uns keinesfalls entgehen. Aber wir können wiederkommen. Es ist so gemütlich hier. Für die nächste Surfstunde, zum Beispiel.« Er strich mit der Hand über das Kissen. »Ich mag das Blau.«

»Das heißt Isarblau. Ich denke, der Verkäufer hat gar nicht gewusst, was das bedeutet.«

»Hast du Heimweh?«

Sie stützte sich auf die Eichenplatte der Kochinsel. »Ich denke nicht.«

Sie dachte über seine Frage noch nach, als sie die Dusche im Obergeschoss rauschen hörte. Wo war sie eigentlich daheim? Während sie die Suppe in einen Topf goss, fiel ihr ein, wie lange sie schon nicht mehr an München gedacht hatte. Sie horchte in sich hinein und stellte fest, dass Torsten keine Gefühle in ihr auslöste. Stattdessen fühlte sie eine tiefe Zufriedenheit. Sie hatte schon lange nicht mehr so gerne gearbeitet. Auch die Aufregung, was das Kommunikationsseminar aufdecken oder vielleicht bestätigen würde, simmerte auf kleiner Flamme. Oben duschte ein Mensch, der das Zeug dazu hatte, eine irische Louise zu werden. Überhaupt Louise, der musste sie dringend vom heutigen Tag erzählen. Sie holte ihr Mobiltelefon aus der Tasche. Das Display zeigt einen Anruf.

DREIUNDZWANZIG

Inch, etwas später.

Collum lief frisch angezogen die Treppe hinunter. Er war immer noch barfuß. Die Suppe auf dem Herd bäumte sich zu großen Blasen auf. Diese zerplatzten und befleckten den Herd sowie die Kacheln an der Wand. Er zog den Topf beiseite und schaltete die Platte aus. Erst jetzt bemerkte er die offene Seitentür. Lily stand neben der Tür, den Rücken gegen die Wand gedrückt.

»Geht es dir nicht gut?«

Sie war so blass, dass er Angst hatte, sie würde jeden Moment zusammenbrechen.

»Was ist denn passiert?«

»Meine Mutter ist passiert.« Sie hob ihre Hand, mit der sie immer noch ihr Mobiltelefon umklammert hielt, rief die Mailbox auf und hielt ihm das Telefon hin.

Er zögerte zunächst, nahm das Handy dann doch und hielt es an sein Ohr, um es gleich darauf wieder wegzuhalten. Lilys Tränen liefen, auch wenn nur die Worte »Enttäuschung«, »Wie tief willst du noch sinken?« und »Imbissverkäuferin« an ihr Ohr drangen.

»Was war das denn?«, fragte er, als der Wutsturm an seinem Ohr vorübergezogen war.

»Du hast soeben meine Mutter kennengelernt.« Sie schniefte. »Offenbar hat sie meinen Vater kontaktiert, weil ich mich kaum melde. Ich habe gewusst, warum ich ihr das nicht erzähle, und sie findet es doch heraus. Es kotzt mich so an.«

»Das kann ich verstehen.« Er überlegte, ob er sie in den Arm nehmen sollte.

»Das meine ich nicht. Mich kotzt an, dass ich immer vor dir rumheule und du denkst, ich sei so nah am Wasser gebaut.«

»Wäre das denn so schlimm?«, fragte er sanft.

»Ja«, sagte sie. »Weil du einen völlig falschen Eindruck bekommst.«

»Den habe ich nicht.« Er machte einen Schritt auf sie zu und strich ihr vorsichtig mit den Fingerspitzen über den Haaransatz. Sie schluchzte kaum hörbar. Er ließ seine Finger über ihre Wange gleiten – immer gefasst, dass sie sich wegdrehen würde. Als sie sich gar nicht bewegte, legte er seine Hände vorsichtig an ihre Schultern und zog sie an sich. Er merkte, wie sie sich verspannte. Dennoch spürte er ihre Hände an seinem Rücken.

»Möchtest du mir erzählen, was zwischen dir und deiner Mutter vorgefallen ist?«

»Dann denkst du noch schlechter von mir.«

»Ich kann dir versichern, dass dem nicht so sein wird. Eltern sind immer schwierig.«

»Meine sind extrem. Meiner Mutter kann man nie etwas recht machen und mein Vater weiß nichts mit mir anzufangen.«

»Für mich klingt das ziemlich durchschnittlich.« Er zog sie noch einmal zu sich hin. »Jedenfalls stellen wir dich jetzt wieder her. Du gehst duschen. Dann essen wir.«

»Ich krieg nichts runter. Iss du bitte.«

»Ich esse, du ziehst dich an, und dann starten wir ein

›Lily-Trost-Programm‹. Und später lernst du Jasper kennen, das wird gut.«

»Ich weiß nicht, ob ich in der Stimmung bin, deinen Freund kennenzulernen. Außerdem bin ich heute keine gute Gesellschaft.«

»Das wird sich zeigen.«

Er schickte sie nach oben und holte sein Telefon heraus.

Eine knappe Stunde später bog Collums Sportwagen in einen Bauernhof ein. An die Front des zweigeschossigen Gebäudes war ein breiter Wintergarten vorgesetzt. Man sah, dass bei diesem Anbau in erster Linie Funktionalität und nicht etwa Ästhetik im Vordergrund gestanden hatte.

»Was tun wir denn hier?«

»Lass dich überraschen.«

»Dafür bin ich gerade nicht in der richtigen Stimmung. Kannst du mir bitte sagen, was wir hier wollen?«

»Was fällt dir zum Stichwort ›Lamm‹ ein?«

»Stelzen, Filet, Rücken, Karree.« Sie sah, wie er die Stirn runzelte. »Ach, du meinst Gerichte. Ungewöhnlich wäre Lammkarree, Schokoladen-Olivenöl-Sauce. Stelzen mit Artischocken waren der Favorit im letzten Restaurant, ich kann aber auch …«

»Du sollst sie streicheln.«

»Ich soll … Was? Bin ich fünf? Bist du verrückt?«

»Laut einer Studie reduziert das Streicheln von Tieren Stresshormone und stellt Ausgeglichenheit her.«

»Ich hatte Streit mit meiner Mutter. Eigentlich hatte ich den noch nicht einmal. Meine Mutter hat mir eine bescheuerte Nachricht auf dem Anrufbeantworter hinterlassen. Ich bin nicht depressiv oder dement.«

»Zwei Dinge, die du bitte nicht äußern wirst, wenn wir

jetzt aussteigen. Der Hof hier beteiligt sich an einer Studie zur Arbeitnehmergesundheit, und ich wollte mir das ohnehin einmal ansehen. Vielleicht ist das für meine Mitarbeiter geeignet. Somit kam dein Zusammenbruch heute Nachmittag …«

»Ich bin nicht zusammengebrochen.«

»Deine Unpässlichkeit kam sehr gelegen.« Er hob den Kopf. »Das wird sie sein!«

Aus dem großen modernen Stallgebäude war eine junge Frau getreten. Ihre engen Jeans steckten in signalroten Gummistiefeln. Sie lächelte und ging auf Collum zu, der bereits ausgestiegen war. Lily schälte sich in einer Mischung aus Neugier und Widerwillen aus dem Beifahrersitz.

Nach einer kurzen Begrüßung führte die Bäuerin, die sich als Roisin vorstellte, ihre Besucher durch die Anlagen. Die Ställe waren hell und groß, in der Rückwand standen breite Türen weit offen, sodass es den Tieren selbst überlassen war, ob sie sich auf der Wiese oder im Stall aufhalten wollten. Letzteres schien die heute populäre Alternative zu sein. Roisin erklärte, dass die Lämmer nach der Säugezeit »abgesetzt« und mit Ersatzmilch gefüttert würden. Die Milch der Mutterschafe komme als Frischmilch, Joghurt oder Käse auf den Markt.

»Was machen Sie mit den Lämmern, wenn sie nicht mehr für Studien gestreichelt werden?«, fragte Lily.

»Die verkaufen wir an die Restaurants und Metzgereien«, sagte Roisin und verschwand im Nebenraum. Lily warf Collum einen Blick zu. Die Bäuerin kehrte mit einer Schubkarre zurück, auf der mehrere Milcheimer standen, an der unteren Hälfte waren Saugschnuller befestigt. Kaum hatte sie einen der Eimer in die mit Strohballen separierten Stallabteile gehängt, drängten sich die Lämmer um diese und tranken gierig. Roisin erschien mit einer einzelnen Milchflasche. »Die ist für Matan, unser kleines Sorgenkind. Er trinkt immer zu viel und bekommt dann Durchfall.« Sie drückte Lily die Flasche in die Hand und schob sie in ein Abteil, in das sie ein Lamm holte. Lily wollte protestieren, fing dann aber Collums Blick ein. Na gut, dann spiele ich eben mit, dachte sie. Sie kniete sich hin und ließ sich das Lämmchen auf den Schoß setzen. Gierig streckte es seinen Kopf nach dem Sauger hin.

»Am besten trinkt er, wenn er seine Ruhe hat«, hörte sie Roisin leise sagen. »Ich zeige Ihnen inzwischen die größeren Tiere und unsere Außenanlagen.« Die Bäuerin fasste Collum am Arm und führte ihn aus dem Stall. Lily verdrehte die Augen. Die Tür knackte. Sie hörte nur mehr das Saugen der Tiere unterbrochen von gelegentlichen Rempellauten, wenn sie versuchten, sich gegenseitig von den Eimern wegzuschubsen.

Lily spürte das weiche Fell und sog den Stallgeruch ein. Das Lammjunge hatte sich auf ihrem Schoß niedergelassen und trank gelassen. Ruhe breitete sich in Lily aus. Sie roch das Stroh und die Tiere und fühlte die Wärme auf ihren Beinen. Nachdem es die Flasche geleert hatte, sprang es herunter, blieb aber vor ihr stehen und ließ sich das Fell kraulen. Es wirkt doch, dachte sie.

Nachdem sie genug Lämmchen gekost hatte, stand sie auf, klopfte sich Stroh von der Kleidung und ging nach draußen, um die beiden anderen zu suchen. Dies stellte sich als schwierig heraus und Lily, die keine Lust hatte, noch einmal durch die Anlage zu laufen, beschloss, beim Wagen zu warten.

Es dauerte, bis Collum und Roisin wieder auftauchten. Sie kamen aus einer Scheune. Offenbar hatte er einen Witz gemacht, den die Schaffarmerin so lustig fand, dass sie sich den Bauch halten musste. Collum schien es zu gefallen, dass sein Humor bei ihr so gut ankam. Lily sah den beiden zu, wie sie über den Hof liefen. Ihr Magen krampfte sich verärgert zusammen, als die Bäuerin zum wiederholten Mal Collum berührte und er ihr nun sogar die Hand auf den Rücken legte.

Auch bei der Verabschiedung flirtete Roisin ungeniert mit Collum und parierte seine Scherze gekonnt. Lily hätte auch gerne frech und geistreich reagiert, aber ihr Gehirn war komplett blockiert. Sie trat ungeduldig von einem Fuß auf den anderen, bis er sich endlich bequemte ins Auto einzusteigen.

»Und? Muss ich demnächst meinen Richard neben dem S&G-Schafspferch abstellen, den du vor dem Hafenbecken einrichtest?«, fragte Lily, als der Wagen vom Hof rollte.

Collum prustete los. »Hast du deinem Truck einen Namen gegeben? Das passt zu dir!« Er lachte laut. »Wie heißt das Teil nochmal?«

»Das weiß fast niemand, und du hast das Wissenserwerbsrecht gerade verwirkt. Erzähl von den Schafen.«

»Roisin hat mir die Ergebnisse umfassend dargelegt. Ich finde die Studie sehr interessant und die Ideen ausbaufähig.«

»Das ist mir nicht verborgen geblieben. Waren es die Forschungsergebnisse oder die Schaffarmerin, die dein Wohlgefallen gefunden haben?«

»Du sagst das so seltsam. Höre ich da etwa Eifersucht?«

Lily bemühte sich, ihr Lachen überrascht klingen zu lassen. »Fühlst du dich denn besser?«, fragte er dann.

»Ich gebe es ungern zu, aber Lämmchenstreicheln beruhigt tatsächlich die Nerven.«

»Ich bin so froh, dass du Streicheln sagst.«

»Hattest du Angst, ich würde ihm den Hals herumdrehen und es heimlich ins Auto verfrachten?«

»Ein wenig schon. Ich hoffe, du hast wenigstens eine Folie daruntergelegt, bevor du es in den Kofferraum gelegt hast.«

»Ich habe an alles gedacht. Wollen wir es im Hotelzimmer zerlegen oder sollen wir fragen, ob sie uns die Küche überlassen?«

»Du hast einen skurrilen Humor.«

»Gib zu, dass du darauf stehst.«

»Ein wenig.« Er zwinkerte.

Im Hotel angekommen, zog sich Lily kurz in ihr Zimmer zurück. Die Schäfchen hatten sie tatsächlich ein wenig beruhigt. Nichtsdestoweniger würde sie Tage benötigen, um Wut und Tränen – die Auswirkungen von Eleonores Ausbruch – hinter sich zu lassen. Mit jedem Wort hatte sie ein Stück aus der mühsam aufgebauten Gleichgewichtsmauer gehackt. Ihre Mutter hatte eine solche Macht über sie.

Sie erschien zur verabredeten Zeit im Restaurant. Collums Freund hatte ausrichten lassen, dass er sich verspäten werde, weshalb Collum und Lily allein zu Abend aßen.

Nach dem Dessert verkündete Collum, dass sie Jasper in der Bar treffen würden. »Er wird dir gefallen!«, sagte er. »Wir haben gemeinsam studiert. Er leitet einen Hotelkonzern. Sie haben Hotels überall auf der Welt. Er sucht immer neue Inspirationen. Gerade hat er eine kleine Kette in Europa gekauft und möchte sie zu Wellness- und Gourmettempeln umbauen.« Er sah sie kritisch an. »Was ist los?«

Lily hatte sich während des ganzen Essens zusammengenommen. Sie wollte nicht, dass Eleonore gewann und ihr den Abend verdarb. Gleichzeitig wusste sie, dass sie selbst daran Schuld hatte, dass sie das Zusammensein nicht genießen konnte. Was nun aber definitiv über ihre Kräfte ging, war ein Arbeitsplatzanbahnungsgespräch mit dem Hotel-Konzern-Kumpel. Zumindest vermutete sie das hinter diesem Treffen.

»Sei mir nicht böse«, sagte sie. »Aber der Tag war anstrengend. Vielleicht ist es besser, wenn du dich mit deinem Kumpel alleine triffst. Ich bin zu müde und würde eure Wiedersehensfreude nur stören.«

»Das tust du nicht. Du solltest Jasper unbedingt kennenlernen. Er ist kein arrogantes Erbensöhnchen, wenn du das befürchtest.«

»Das ist es nicht. Aber ich bin heute einfach nicht gesellschaftsfähig. Ich lerne ihn doch bestimmt morgen kennen.«

»Er ist kein Seminarteilnehmer. Er kommt unseretwegen her.«

»Dann solltest du dich umso mehr ihm widmen.«

Sie sah, dass Collum ihre Entscheidung nicht guthieß, ging aber dennoch zum Aufzug.

Im Hotelzimmer ließ sich Lily auf das Bett fallen. Sie zog ihre Knie an den Oberkörper und schlang ihre Arme um ihre Beine. Sie hatte keine Kraft mehr. Endlich konnte sie die Tränen fließen lassen. Sie wollte ihn nicht enttäuschen. Die Idee mit den Lämmchen war so lieb gewesen. Ein vergnügliches Wiedersehen zwischen Studienfreunden plus eventuellem Jobcasting überstieg hingegen ihre Leistungsfähigkeit. Sie holte ihr Mobiltelefon heraus und sah auf die Uhr. Eleonore müsste bereits im Schlafzimmer sein. Dorthin nahm sie ihr Handy nie mit. Lily konnte sich sicher sein, dass sie zum jetzigen Zeitpunkt nur die Mailbox erreichen würde. Sie rief die Nummer ihrer Mutter auf, brachte es aber nicht über sich, auf »Wählen« zu drücken.

Es klopfte an der Tür. Lily rührte sich nicht. Sie hatte

vergessen, das Bitte-nicht-stören-Schild hinauszuhängen. Ein Zimmermädchen, das kam, um das Bett aufzudecken, war das Letzte, was sie jetzt brauchen konnte. Sie angelte einen Schein aus ihrem Geldbeutel und öffnete die Tür.

Collum stand davor, sein mitfühlender Blick zeigte ihr, wie gerötet ihre Wangen und wie geschwollen ihre Augen sein mussten. »So ungefähr habe ich mir das gedacht«, sagte er.

Lily wischte sich mit dem Ärmel über das Gesicht. »Was ist mit deinem Freund?«

»Dem habe ich abgesagt. Darf ich hereinkommen?«

Sie trat zur Seite. Er ging an ihr vorbei, sie ließ sich wieder auf das Bett fallen.

»Ist die Minibar brauchbar?«, fragte er. Sie zuckte mit den Schultern. Er kniete sich hin, zog die kleine Tür auf, sah sich die Fläschchen an und zog die Stirn in Falten. »Ich bin gleich wieder da.« Er nahm die Schlüsselkarte vom Schreibtisch und fragte, ob er diese kurz nehmen dürfe. Sie nickte abwesend.

Als er zurückkam, lag sie zusammengekauert am Fußende des Bettes. Er stellte die Flasche Irish Cream auf den Nachttisch, streifte seine Schuhe ab und setzte sich an die Kopfseite.

»Collum, du musst nicht hier sein. Geh runter an die Bar und amüsier dich. Ich komme zurecht. Familie ist manchmal einfach …« Er beugte sich nach vorne, legte seine Hände an ihre Taille und zog sie zu sich her, bis ihr Oberkörper auf seinem Schoß ruhte. Er nahm sie in den Arm.

»Heute Abend bin ich deine Familie«, sagte er leise.

VIERUNDZWANZIG

Faiteach Fair Manor, nachts.

Lily war eingeschlafen. Sie atmete so ruhig und entspannt, dass Collum sie nicht von seinem Schoß schob, auch wenn sich alles unterhalb seiner Taille taub anfühlte. Was Eltern ihren Kindern antaten! Sie bewegte sich, rollte sich von ihm herunter und blieb nahe neben ihm liegen. Er setzte sich auf und lockerte vorsichtig seine Beine aus. Als er aufstand, hörte er ein schläfriges »Gehst du?« aus der Dunkelheit.

»Soll ich bleiben?«, sagte er.

»Ja.«

Er zog Hemd und Hose aus, löste behutsam die Bettdecke unter ihrem Körper und schlüpfte hinter sie. Sie kuschelte sich an ihn, und er spürte, wie ihre Wärme auf seinen Körper überging.

Lily öffnete die Augen. Sie fühlte Collums Hand auf ihrer Hüfte und seinen Körper an ihrem Rücken. Eine Weile brauchte sie, bis das Mobiliar im Hotelzimmer erkennbare Formen annahm. Draußen hörte sie die Möwen. Sie schielte auf den Wecker. 6.53 Uhr. Sie hatte durchgeschlafen. Es fühlte sich gut an, so nahe bei Collum zu liegen. Sie schloss die Augen, bis sie den Wecker hörte.

»Guten Morgen«, sagte sie.

»Guten Morgen.« Er stand auf und holte seine Hose,

die er ordentlich über den Sessel gelegt hatte. »Hast du gut geschlafen?«

Sie nickte. »Und du?«

»Auch. Ich hatte das schon lange nicht mehr.«

Sie grinste. »Die ungewohnte Ich-schlaf-neben-einer-Frau-ohne-dass-etwas-läuft-Erfahrung?«

Er grinste. »Es war wirklich schön.«

»Wenn du mal wieder nicht mit einer Frau schlafen willst, bist du mir herzlich willkommen.« Hätte sie das Letzte lieber nicht sagen sollen? Sie überlegte, auf welche Weise er das auffassen könnte.

Er ging nicht darauf ein. »Sehen wir uns beim Frühstück? Ich hole dich in einer halben Stunde ab.«

Der erste Seminartag brachte die Erkenntnis, dass Lily zwar weit davon entfernt war, begnadet mit Mitarbeitern zu kommunizieren, ihre Gesprächsfähigkeit aber dennoch bei Weitem besser war, als sie es selbst vermutete. Die Kompetenzen der anderen Teilnehmer wiesen ebenfalls deutliche Defizite auf, abgesehen von Collum und der Chefin eines weltweit operierenden Mobilfunkunternehmens.

Nach dem Abendessen zog sich Collum mit der Entschuldigung, er müsse noch etwas tun, zurück. Lily unterhielt sich noch eine Weile mit den anderen und beschloss dann, dass Arbeiten keine wirkliche Option für einen Seminarabend darstellte. Ein Blick auf die Minibarpreisliste offenbarte, dass sie zu wenig verdiente, um den Abend mit den Snacks und Spirituosen aus dem Bestand des Hotels zu gestalten. Zwei Straßen weiter fand sie einen 24-Stunden-Supermarkt, in dem sie Knabbereien, Süßigkeiten und eine Flasche Tequila erwarb.

Mit ihrer Ausrüstung machte sie sich auf und klopfte an

die Tür von Zimmer 508. Einen Moment lang nahm sie an, er habe es sich anders überlegt und sich entgegen seiner Ankündigung doch an die Bar begeben. Dann öffnete sich die Tür, und ein deutlich derangierter Collum blickte durch den Spalt. Seine Haare waren verwuschelt, das Hemd halb aufgeknöpft.

»Oh, Entschuldigung, hast du geschlafen?« Lily war es unangenehm, ihn gestört zu haben.

»Nein. Alles klar bei dir?«

»Sicher! Ich wollte dich nur vom Arbeiten abhalten und mit dir einen entspannten Abend verbringen. Ich hab Snacks besorgt und ich dachte, wir könnten diese Anwaltsserie anfangen. Außerdem müssen wir noch über die Seminarteilnehmer lästern. Hast du …«

»Ist das der Zimmerservice?«

Lily brauchte ein paar Sekunden, bis sie die Stimme der Schaffarmerin zuordnen konnte. »Oh, ich sehe, du hast schon Ablenkung. Ähm … Viel Spaß noch.« Lily drehte sich um und marschierte im Stechschritt in Richtung Aufzug. War das peinlich! Sie hätte sich denken können, dass die Flirterei auf dem Hof gestern zu einem Treffen führen würde. Warum war sie nicht in der Bar geblieben? Sie hörte Schritte im Gang. Hoffentlich niemand vom Hotel. Die sahen es garantiert nicht gerne, wenn sie hier mit dem halben Sparmarkt auf dem Arm herumstand. Im Miller Grand hätte sich dies sofort auf der Zimmerrechnung bemerkbar gemacht. Wo befand sich nochmal das Treppenhaus? Die Chips und die Schokolade lösten sich aus Lilys Umklammerung und fielen zu Boden. Sie kniete sich hin, stellte die Flasche ab und sortierte sich ihre Einkäufe wieder auf den Arm.

Collum kam um die Ecke. Er war barfuß. »Ist alles okay bei dir?« Er ging neben ihr in die Knie.

»Ja, sicher. Ich dachte nur tatsächlich, dass du arbeitest.«

Er nahm die Nüsse im Barbecuemantel und legte sie in ihren Arm. »Zuerst habe ich das auch. Wir können das ein anderes Mal nachholen.«

»Ist nicht so wichtig.«

»Doch. Geht es dir wirklich gut?«

»Collum, im Ernst. Ich hatte gestern einen schlechten Tag. Das heißt nicht, dass ich bis ans Ende der Zeit traurig herumhänge. Ich dachte, du freust dich über ein bisschen Ablenkung.«

Sie schwiegen. Der Aufzug trug nicht dazu bei, die Situation abzukürzen.

»Wollen wir das morgen machen?«, fragte er. »Also die Ablenkung.«

»Schauen wir mal«, sagte sie. »Geh mal zurück zu deiner Eroberung.«

»Was machst du denn jetzt?«

»Ich gehe an die Bar. Also, vorher bringe ich die Sachen weg.«

»Ich hol dich morgen früh ab. Okay?«, sagte er.

»Oder wir sehen uns beim Frühstück.« Der Aufzug kam, und Lily trat in die Kabine.

»Tut mir leid«, sagte er und trat von einem Fuß auf den anderen.

»Wieso denn? Es ist alles in Ordnung.«

Im Aufzug drehte sich Lily vom Spiegel weg. Sie wollte die Peinlichkeit, die sie empfand, nicht auch noch gezeigt bekommen. Mit dem Ellbogen drückte sie die Drei. Wieso war sie bloß auf diese dämliche Idee gekommen? Es war offensichtlich gewesen, dass mit der Schaffarmerin etwas laufen würde. Eigentlich hatte sie vermutet, dass gestern auf dem

Hof schon etwas gelaufen sei. Trotz allem hatte sie die Situation vor dem Fahrstuhl ganz gut hinbekommen. Das gestern war eine einmalige, rein freundschaftliche Tröstungsangelegenheit gewesen. Nichts weiter. Ja, wirklich nichts weiter!

In ihrem Zimmer ließ sie ihre Schätze auf das Bett fallen, kickte ihre Schuhe vom Fuß, schaltete den Fernseher ein und machte sich über die Tortillachips her. Die Sauce schmeckte nach Karton. Heute war es ihr recht. Es passte zu ihrer Stimmung. Immer wieder rief sie sich die Situation vor der Tür und vor dem Aufzug in Erinnerung. Sie ging die Gespräche noch einmal durch und versuchte das Peinlichkeitspotenzial zu ermessen. Schließlich rief sie Louise an.

»Nein, dir muss gar nichts peinlich sein. Niemandem muss etwas peinlich sein«, versicherte die von der anderen Seite des Atlantiks.

»Ja, aber meinst du nicht, dass er denkt, ich stehe auf ihn?«

»Überhaupt nicht … Moment … Tust du das denn?«

»Nein, nein, nein! Gar nicht.«

Louise atmete tief ein. »Aber es beschäftigt dich. Dafür, dass er vor ein paar Wochen noch der ›privilegierte Vollpfosten, der dir deinen Standplatz weggenommen hat‹ gewesen ist und – wie war das gleich? Ach ja, ›der Typ, der so arrogant und abgehoben ist, dass er in der wirklichen Welt nichts mehr überreißt‹ – ich zitiere dich nur –, bist du ziemlich sauer. Was stört dich denn jetzt konkret?«

»Dass er mich auf das Seminar zerrt, weil er meint, mit mir sei es lustiger, und dann schleppt er die blöde Kuh ab. Er soll gefälligst mit mir den Abend verbringen und nicht mit der Schafsfrau.«

»Du bist eifersüchtig.«

»Nein, ich fühle mich vernachlässigt – auf kumpelhafte Weise.«

»Soso. Dann geh doch in die Bar und hab dort Spaß.«

»Keine Lust, die sind eher doof. Ich esse mein Zeug jetzt alleine und seh mir diese Serie mit den gruseligen Kindern an, die hasst er.«

Lilys Handy vibrierte. Nachricht von Collum. Sie strich mit dem Finger über das Display, sodass sie die Mitteilung lesen konnte, ohne dass diese als gelesen markiert wurde.

»Schläfst du schon?« – Collum, 1.34 Uhr.

Vier Stunden Sex mit der Schäferin. Sie beschloss, erst einmal nicht zu antworten.

Am nächsten Morgen stand Lily halb angezogen im Bad und putzte sich die Zähne, als es an der Tür klopfte. Sie spuckte aus und rief »Ja bitte?« mit Restschaum zwischen den Zähnen.

»Ich wollte dich zum Frühstück abholen.« Collum klang verunsichert, aber vielleicht bildete sie sich das nur ein. Sie öffnete die Tür einen Spalt. Er hatte die Hände in den Hosentaschen und sah sie von unten an. Schuldbewusstsein gemischt mit Charme. Sie zog die Tür auf und ließ ihn herein.

»Ich bin gleich so weit«, sagte sie.

Er sah ihr hinterher, wie sie nur mit Top und Unterhose bekleidet ins Bad ging. Als sie sich ihren Mund ausspülte und mit dem Handtuch abtrocknete, fiel ihr ein, dass sich auf ihrem Hinterteil türkise Blümchen auf schwarzem Stoff tummelten. Offenbar war ihm das auch aufgefallen, denn als sie sich umdrehte, blickte er auf den Boden und versuchte sein Lächeln zu verbergen. Sie ging zum Schrank und holte die Hose vom Bügel.

»Das ist das Nonplusultra an Unterhose. Sie ist bequem, und macht gleich beim Anziehen fröhlich. Ich nehme an, die Schäferin hatte Heißeres zu bieten.«

Er überging die Bemerkung, was Lily einerseits störte, denn es hätte sie durchaus interessiert, wie tief Roisin in die Verführungskiste gegriffen hatte, andererseits beeindruckte sie die Diskretion, mit der er die Angelegenheit behandelte.

Sie zerrte ein T-Shirt aus ihrer Tasche und streifte es über ihren Kopf. »Wenn der nächste Monat gut läuft, werde ich mein Gehalt in neue Wäsche investieren. Dann bin ich vorbereitet, falls wir demnächst zur Abwechslung Ferkelchen oder Geißlein oder Kälbchen streicheln gehen. Vielleicht fällt dann ein Ziegenhirte für mich ab.« Sie sah ihn an und prustete los. »Oh mein Gott! Ein Schäferstündchen! Du hattest ein Schäferstündchen!«

Er lachte kurz, aber augenscheinlich fand er das Wortspiel nicht halb so witzig wie sie.

»Führen wir jetzt eigentlich Gespräche unter Kumpeln über deine vergangene Nacht?« Er blickte sie unbehaglich an. »Erzählst du mir, wie, wo und wie oft ihr es getan habt, und gibst dann deine Bewertung ab?«

»Nein! Das werde ich selbstverständlich nicht tun.«

Sein entgeisterter Blick amüsierte sie. »Schade. Später auf der Heimfahrt vielleicht?«

»Nein. Überhaupt nicht.« Er stand auf. »Lass uns frühstücken gehen!«

Lily war froh, dass sie über das Geschehene so unbefangen plaudern konnte. Eingeübt unbefangen, denn sie hatte sich fast alles, was sie zu ihm gesagt hatte, vorher zurechtgelegt. Sie wollte in keinem Fall, dass er dachte, sie sei an ihm interessiert. Unter gar keinen Umständen. Eine Wiederholung des Suzanne-Vorfalls durfte es nicht geben. Sie wollte nicht, dass er wieder jemanden verlor. Und sie wollte ihn auch nicht verlieren, dafür hatte sie ihn schon viel zu gern.

Auf der Heimfahrt kuschelte sich Lily müde auf den Beifahrersitz. Sie genoss das Gefühl der Ruhe. Das Seminar war positiv verlaufen, die befremdliche Situation von gestern Abend so gut wie vergessen.

Collum blickte lächelnd zu ihr herüber.

»Was ist?«, fragte sie.

»Geht's dir gut? Du siehst sehr zufrieden aus.«

»Das bin ich auch. Es war gut, dass du mich mitgenommen hast. Vielen Dank.« Sie legte ihre Hand auf seinen Oberschenkel und zog sie wieder zurück, weil sie nicht wollte, dass er dies falsch verstünde. In der Ferne tauchte der Rock of Cashel auf und zeichnete sich dunkel gegen den Himmel ab.

Zwei Stunden später fuhren sie über die M7 nach Dublin ein.

»Möchtest du mit zu mir kommen? Wir könnten Essen bestellen und Serien schauen.« Collum konzentrierte sich auf den Verkehr.

»Ich muss morgen früh raus, und mein Vater hat ausnahmsweise keine Tagung. Den würde ich auch gern mal wieder sehen.«

»Okay. Dann fahre ich dich heim.«

Sie schwiegen, bis er den Wagen vor Nialls Haus zum Stehen brachte. Er stellte den Motor ab und drehte sich zum Beifahrersitz hin.

Sie löste den Gurt. »Danke fürs Mitnehmen, fürs Fahren, fürs Seminar. Darauf, mich mit einem Geschäftsessen schädigen zu können, wirst du zwar noch eine ganze Weile warten müssen …«

»Hast du immer noch keine Lust auf ein Lokal?«

»Ein Schritt nach dem anderen.«

Er sah in ihre Augen und strich ihr über die Wange. »Es war sehr schön, dass du dabei warst.« Sie erwiderte seinen Blick. Sollte er sagen, dass es ihm leidtat, dass er auf Roisins Nachricht reagiert hatte?

»Viel Erfolg nächste Woche«, sagte Lily. »Meld dich mal und sag Bescheid, wie es gelaufen ist.«

»Ich schreib dir.«

»Wann bist du wieder da? Freitag?«

»Freitagnacht.«

»Oh! Dann sehen wir uns erst nächste Woche wieder. Ich fahre am Samstag gleich nach Inch und bin erst am Montag wieder da.«

»Ich hole dir noch deine Tasche.«

»Das schaffe ich schon alleine.«

Sie beugte sich vor, umarmte ihn, küsste ihn zum Abschied auf die Wange und stieg aus. Durch den Spiegel beobachtete er, wie sie die Reisetasche aus dem Kofferraum nahm und zweimal vorsichtig auf die Heckklappe klopfte, um zu signalisieren, dass er fahren konnte. Er sah ihr nach, wie sie auf die Haustür zulief, und wartete, bis sie aufgeschlossen hatte. Sie winkte ihm zu.

Auf der Fahrt nach Hause dachte er über die vergangenen zwei Nächte nach.

FÜNFUNDZWANZIG

Dublin, Hanover Quay, einige Tage später.

Collum stand an der großen Glasfassade in seinem Büro und betrachtete die roten Mikadostäbe neben dem Hafenbecken. In drei Tagen würde dort wieder Lilys Van stehen. Während seiner Geschäftsreise hatte er sie oft kontaktiert. Er hatte ihr abends Nachrichten geschickt, wenn er müde ins Hotelzimmer kam. In Brüssel hatte er einen außergewöhnlichen Foodtruck fotografiert und ihr die Bilder zugesandt. »Konkurrenzanalyse«, hatte er daruntergeschrieben und ein zwinkerndes Emoji dahintergesetzt. Immer wieder sah er Lily vor sich, wie sie mit dem Arm voller Naschereien vor seiner Tür gestanden hatte. Sie hatte ihn angesehen und auf dem Absatz kehrtgemacht. Diese Szene ging ihm nicht aus dem Kopf. Vielleicht hatte er deswegen ein Kochbuch in einem Brüsseler Antiquariat erstanden – und ein weiteres altes Exemplar in einem Buchgeschäft in Talinn. Er hoffte, dass sie den Titel »Die sich selbst belehrende Köchin« witzig fand. Vielleicht würde sie sogar Anregungen finden oder eines der Rezepte wiederbeleben können. Seine Sekretärin erinnerte ihn an sein Meeting mit den Entwicklern in wenigen Minuten. Auf dem Weg zum Aufzug nahm er sein Mobiltelefon heraus und öffnete den Messenger.

»Wollen wir heute Abend essen gehen?« – Collum, 10.24 Uhr.

Die Antwort kam umgehend. Instinktiv kippte er das Display seines Mobiltelefons in Richtung seines Körpers, was unnötig war, da sich außer ihm niemand in der Kabine befand.

»Cool. Soll ich im *Nineteen* reservieren?« – Lily, 10.25 Uhr.

»Gerne. Fünf vor halb acht an der Molly Malone.« – Collum, 10.26 Uhr.

»Gute Idee. Ich freu mich.« – Lily, 10.27 Uhr.

Collum hatte immer Kleidung zum Wechseln im Wandschrank in seinem Büro. Heute entschied er sich aber dafür, noch einmal nach Hause zu fahren und sich dort frisch zu machen. Seine Haushälterin kam in den ersten Stock.

»Fühlst du dich nicht gut?«, fragte Marjorie.

»Doch, ich will mich nur noch einmal umziehen.«

Sie beäugte ihn kritisch, während er Hemd und Hose auf das Bett legte. »Du kommst nie nach Hause, um dich frisch zu machen, wenn du noch einen Geschäftstermin hast.«

»Wer sagt denn, dass ich noch geschäftlich unterwegs bin?«

Er lächelte sie an. Seine Wangen röteten sich.

»Ich kann manchmal gar nicht glauben, dass du schon über dreißig bist«, sagte sie.

Er sah sie an und erinnerte sich an die vielen Male, an denen er sich nachts aus seinem Elternhaus gestohlen hatte, um bis in die Morgenstunden zu feiern. Morgens fand er immer die Tür zum Hauswirtschaftsraum unverschlossen vor, damit er sich vor dem Frühstück zurückschleichen konnte. Er hatte das Gefühl, dass sie das Gleiche dachte.

»Weißt du noch, wie Patricks Auto gestreikt hat, und ich zurücklaufen musste und du meinen Eltern erzählt hast, ich habe einen Infekt.«

»Du warst erkrankt, glücklicherweise hast du doch noch am Gottesdienst teilnehmen können.«

»Und statt einem Tadel habe ich einen anerkennenden Blick von meinem Vater geerntet.«

»Ins Internat hätte er dich ja nicht mehr stecken können.«

Er wischte seine Hände an seinen Hosen ab. Ihre Augen ruhten auf ihm.

»Ich mache keinen Blödsinn.«

»Das habe ich nie gesagt. Aber du schenkst dein Herz immer so schnell her.«

»Das tue ich nicht. Shannon war besonders, und Hannah war es auch.«

»Und beide haben dich wegen anderer Männer sitzen lassen.«

Er lächelte.

»Ich muss mich jetzt duschen. Sonst komme ich zu spät.«

Er wählte den Weg über den Parliament Square durch das Trinity College. Sein Herz schlug gegen seine Rippen und sein Atem ging schnell, als er aus dem Eingangstor trat und vorbei an den Standbildern von Oliver Goldsmith und Edmund Burke hoch zur Grafton Street lief. Die Bronzestatue der Molly Malone war wie so oft umringt von jungen Männern, die ihre Hände am oder im tiefen Ausschnitt der Fischhändlerin hatten und in die Kamera eines Kumpels grölten. Collum lief um die Studentengruppe herum. Dort stand sie. Ihm den Rücken zugewandt. Unter ihrer Daunenjacke lugte ein hellblaues Kleid hervor. Die Beine steckten in Stiefeln, die Haare trug sie offen über die Schultern. Jetzt drehte sie sich um, winkte ihm fröhlich zu.

»Hallo«, begrüßte er sie.

»Hi, Collum.« Sie umarmte ihn kurz, drückte ihre Wange an die seine.

»Dean, das ist Collum Sullivan. Collum, Dean Walker. Ihr habt euch schon kurz in Inch gesehen.«

Da war ein Klingeln in seinem Ohr, das immer lauter wurde. Er hörte sich Begrüßungsformeln abspulen. Sie sah ihn an. »Ich hab dir doch geschrieben, dass er spontan vorbeigekommen ist.«

»Nein, das hast du nicht.«

»Doch ganz sicher.« Sie holte ihr Handy aus der Handtasche und rief den Messenger auf. »Doch, sieh her! Du hast es nur noch nicht gelesen.« Sie zeigte ihm die Nachricht, in der sie ihm Deans Kommen angekündigt und ihn gefragt hatte, ob es ihm etwas ausmache, wenn er mit ins Lokal gehe. Zu der Zeit hatte er sich unter der Dusche befunden. »War auch echt eine Nacht-und-Nebel-Aktion. Deans Flug geht morgen früh, und so muss er nicht mitten in der Nacht losfahren. Wir wollen noch einmal richtig feiern, bevor es für ihn nach Indonesien geht.« Zu Dean gewandt sagte sie: »Ich habe im *Nineteen* reserviert, damit ich dir endlich mal zeigen kann, was ich meine, wenn ich von richtig tollem Essen spreche.«

Dean zuckte mit den Schultern. »Ist halt überteuertes Zeug.«

»Heute werde ich dir beweisen, dass der Preis gerechtfertigt ist.« Sie blickte ihn scherzhaft streng an und streckte dozierend den Zeigefinger in die Luft. »Da steckt sehr viel Handwerk drin. Der Koch dort hat zwar eine andere Philosophie als ich, aber ich finde es sehr beeindruckend, wie er mit Texturen und Aromen spielt.« Sie wandte sich um und legte Collum die Hand auf den Oberarm. »Ist alles okay?«

»Selbstverständlich«, sagte er bemüht locker. »Das Essen dort ist ausgezeichnet. Ich freue mich.«

»Ist wirklich alles gut bei dir?« Sie sprach leise.

Er sah in ihre blauen Augen. »Alles in Ordnung.«

Dean hatte sich neben der Molly Malone aufgebaut und forderte Lily auf, sich zu ihm zu stellen. Er hielt sein Handy in die Höhe und den Moment fest. Collum beobachtete, wie der Surfer seine Hand auf das spärlich bedeckte Dekolletee der Statue legte. Er fixierte die zweite Hand und wartete auf Lilys Reaktion, sollte sich diese bei ihr in vergleichbarer Region platzieren. Die Hand stoppte auf ihren Rippen und er hörte sich »Wehe, du rutschst auch nur einen Zentimeter weiter nach oben« denken. Lily forderte ihn auf, sich mit dazuzustellen, was er höflich, aber bestimmt verneinte.

Sie liefen in Richtung Church Street. Collum machte automatisch Konversation. Das Lokal war zu gut, die Beleuchtung zu stimmungsvoll für diese Zusammenkunft. Die Bedienung brachte die Karten. So konnte er sich ein wenig sammeln. Der Surfer bestellte einen Salat als Hauptgang. An seinem Gesichtsausdruck war abzulesen, dass er alles in diesem Lokal für übertrieben hielt.

»In Temple Bar hat Gourmet Burger Grill aufgemacht«, sagte Collum.

»Oh, davon habe ich gelesen«, schwärmte Lily. »Die haben total einfallsreiche Kreationen mit Blauschimmelkäse oder mit Algen. Lass uns das einmal ausprobieren.«

»Vielleicht hätte es Ihnen dort besser gefallen, Mr Walker?« Er lächelte Dean an. Es war ein herausforderndes Lächeln.

»Wenn es Lily hier gut findet, soll es mir recht sein«, sagte Dean. Collum sah, wie er Lily die Hand auf den Oberschenkel legte. Er war keineswegs gewillt, diesem Salzwasserdompteur das Terrain zu überlassen.

Lily sah forschend von einem zu anderen. »Ach Collum, sei doch nicht so förmlich. Ihr könnt euch doch beim Vornamen nennen.«

Gut, dachte er, wenn sie das wünschte. »Dean, was machst du eigentlich in den Wintermonaten, wenn deine Surfschule geschlossen ist?« Fast hätte er »Wie hältst du dich über Wasser« gesagt, aber er wollte nicht unter die Gürtellinie gehen. Noch nicht.

Lily übernahm die Antwort. »Dean hat eine zweite oder vielmehr seine Haupt-Surfschule in Lombok. Dort verbringt er die nächsten Monate.« Sie sagte das mit Bewunderung in der Stimme. Eine Nacht also. Allerhöchstens.

»Du musst mich dort unbedingt besuchen«, sagte Dean. »Die Wellen dort wollen von dir besurft werden.« Sein Arm bewegte sich, als striche er über ihren Oberschenkel. »Außerdem bietet die Insel viel für Leute, die kochen. Die bauen dort Gewürze an, es gibt eine eigene Chilisorte. Das könnten wir uns ansehen.«

Bis zur Vorspeise beherrschte Asien das Gespräch. Collum hatte dort umfangreiche Geschäftsbeziehungen und kannte sich dementsprechend gut aus. Dean, der keinen ersten Gang bestellt hatte, saß da und beobachtete, wie sie ihre Kartoffelplätzchen mit Blutwurst und Trüffel-Sauce sowie die Austern im Speckmantel mit Stampfkartoffeln verspeisten. Collum schmuggelte eine Auster auf Lilys Teller. Sie lächelte ihn verschwörerisch an. »Mal sehen, ob sie uns das durchgehen lassen.«

Dean sah von einem zum anderen. »Das muss ich dir erklären«, sagte Lily. »Als wir das Kommunikationsseminar gemacht haben, behauptete ein Teilnehmer, es gäbe einen Zusatzvermerk auf der Rechnung. Wenn sich Gäste gegenseitig probieren lassen, müsste das Personal auf die Rechnung drucken, dass man sie in Zukunft nicht mehr hier bewirten wolle.«

Dean ließ abschätzig die Luft aus seinem Mund.

»Natürlich ist das bescheuert. Aber die Legende hielt sich hartnäckig. Es ist doch eine Auszeichnung, wenn Leute das Essen so gut finden, dass sie die anderen kosten lassen wollen. Kein Mensch macht das. Ich würde das auch nie tun, wenn ich ein Lokal hätte.«

»Hast du dich deiner Restaurantidee noch etwas angenähert?« Collum legte den Kopf zur Seite.

»Ein wenig vielleicht«, sagte Lily.

»Warum solltest du deine Freiheit aufgeben für so einen Klotz am Bein? Außerdem gibt es hier schon so viele Bonzenrestaurants.« Dean griff nach dem Brotkorb.

»Dublin würde Lily zu Füßen liegen.« Collum sah, wie sie errötete. »Und sie würde sich gegen die Konkurrenz behaupten. Da habe ich keinen Zweifel.«

»Die Frage ist, ob man sich so etwas antun muss.« Dean sprach, während er kaute.

»Sich seinen Traum zu erfüllen?« Collum hob die Augenbrauen.

Dean ließ sich nicht beirren. »Sich in diesen kapitalistischen Kampf zu stürzen. Hohe Mieten, Konkurrenz, Auflagen. Da hat sie es jetzt doch viel besser. Wenn es ihr nicht passt oder wenn ihr einer blöd kommt, ist sie weg.«

»Lily weiß sich sehr gut zu wehren, wenn sich jemand ungerecht verhält.« Sie lächelte ihn an, und er war sich sicher, dass sie auch an die Begegnung in der Shoppingmalltoilette dachte.

Dean nahm einen Schluck Bier. »Du könntest an Weihnachten kommen.«

»Ich muss gleich nach den Feiertagen an den Tegernsee.

Meine Mutter wird fünfzig. Das wird groß gefeiert.« Lily goss sich Wein nach.

»Ich weiß gar nichts von deiner Familie.« Dean sah sie an. »Hast du an diesem See surfen gelernt?«

»Dort gehst du Windsurfen«, sagte sie. »Kitesurfen geht auch.« Der Zwischengang wurde aufgetragen, und Collum hörte aufmerksam zu. Lily konnte so interessant erzählen. Darüber, dass sie mit ihrer Schwester eine Ballettschule besucht hatte. Dass sie auf dem Boot ihres Stiefvaters das Segeln gelernt hatte. Dass sie schon immer ihren eigenen Kopf gehabt hatte. Während ihre Geschwister mit dem Schlauchboot hinausgepaddelt waren, stand Lily neben den Fischern am Strand und ließ sich zeigen, wie man Renken und Saiblinge ausnahm. Unter normalen Umständen wäre dies ein schöner Abend gewesen. Aber der unangenehme Umstand saß am Tisch und hatte seine Hand auf Lilys Bein.

Während des Desserts zog Dean sein Handy heraus und begann eine Nachricht zu tippen. Collum stellte zufrieden fest, dass Lily mit einem genervten Blick reagierte.

»Einer meiner Kumpels legt heute in einem Club in Temple Bar auf. Wollen wir da hin?«

»Total gerne. Ich wollte schon ewig mal wieder tanzen gehen.«

Collum überlegte, ob er sich unter einem Vorwand verabschieden sollte. Schließlich obsiegte doch seine masochistische Ader.

Dampfige Luft, verschwitzte Leute, dröhnende Musik. Collum zählte einen Junggesellen- und zwei Junggesellinnenabschiede. Lily stand am Rand der Tanzfläche, ein Glas in der Hand. Sie strahlte ihn an, drückte ihm ihr Getränk in die Hand und verschwand mit Dean erst einmal auf der Tanzfläche. Collum ging zur Bar, um sich noch etwas zu trinken zu besorgen.

Als er zurückkam, tauchte Dean neben ihm auf. »Es ist immer das Gleiche mit den Weibern. Erst musst du sie zum Essen ausführen, dann tanzen gehen. Bei manchen musst du zwischendurch sogar noch ins Kino, bis du endlich randarfst.«

Collum hatte sich in seinem Leben selten geprügelt. Aber dieser Mensch brachte ihn zur Weißglut. Collum umklammerte seinen Whiskey und steckte die andere Hand tief in seine Hosentasche. Unvermittelt tauchte eine Frau neben ihm auf, sehr dünn, sehr groß, sehr lange Haare, Muttermal am Hals. Miriam, Medizinstudentin, meldete Collums Gehirn. Es war ein halbes Jahr her, dass er mit ihr nach einer Ausstellungseröffnung im Hotel gelandet war. Miriam kannte den DJ, eine Gemeinsamkeit mit Dean, welche die beiden ins Gespräch kommen ließ. Der DJ-Freund würde bald eine Pause einlegen, für ihn und seine geladenen Gäste war ein Bereich reserviert.

Lily kam von der Tanzfläche, flüsterte etwas nah an Deans Ohr. Collum wandte sich ab. Da fühlte er, wie jemand seine Hand nahm. Er wollte schon zu einer Ausrede ansetzen, als er in Lilys Augen sah. Sie zog ihn auf die Tanzfläche. Der neue DJ hatte »The Reason« von Hoobastank aufgelegt. Sie legte ihre Hände um seinen Hals und zog ihn nah zu sich hin. Er umschloss sie mit seinen Armen. Wann immer sie sich bewegte, stieg ein Hauch von frischen Blumen in seine Nase.

»Du riechst so gut.«

»Donna Karan. Das weißt du doch. Wer war die Frau?«

Sie musste ihren Mund ganz nah an sein Ohr bringen,

damit er sie hörte. Er spürte, wie sein ganzer Körper darauf reagierte.

»Eine alte Bekannte«, sagte er heiser.

»Hattest du was mit der?« Ihre Lippen berührten fast sein Ohr.

»Was willst du denn von diesem Dean?«

»Das müsste doch wohl offensichtlich sein.« Sie sah ihm tief in die Augen.

»Ist es nicht.« Seine Lippen waren nur Millimeter von ihren Wangen entfernt.

»Sex. Guten Sex. Viel guten Sex.« Ein Schweißtropfen glitt an ihrem Hals hinunter.

»Der ist doch bestimmt nicht gut.« Der Bass dröhnte und wummerte in seinem Bauch.

»Da irrst du dich.« Ihr Körper bewegte sich zu den Klängen der Musik. Noch nie hatte er etwas so anziehend gefunden.

»Du bist doch viel zu schade für den.«

»Ich finde es süß, dass du dir Gedanken machst. Aber du bist nicht mein großer Bruder.«

Das Lied war zu Ende. Miriam war neben ihnen aufgetaucht. Lily trat einen Schritt zur Seite, sodass Collum nicht anders konnte als mit der anderen Frau zu tanzen.

Er sah, wie Lily zu Dean ging, der ihr das nächste Getränk in die Hand drückte. Als sie es an die Lippen setzte, legte er seinen Kopf auf ihre Schulter und begann ihren Hals zu küssen. Collum drehte Miriam und damit auch sich weg von dieser Szene. Als das Lied zu Ende war, sagte er ihr, dass er gehen wolle. Sie schien das als Aufforderung zu verstehen.

Er verabschiedete sich von Dean und Lily. Lily umarmte Collum und flüsterte: »Du musst keine Angst haben, ich pass schon auf mich auf.«

Er konnte nichts erwidern. Er nickte Dean kurz zu. »Wir

gehen auch bald!«, sagte dieser mit einem dümmlichen Grinsen. Seine Hand befand sich bereits wieder auf dem Weg zu Lilys Po.

Collum lief mit Miriam durch Temple Bar. Er hatte sein Gehirn auf Small Talk gestellt und versuchte nicht an Lily zu denken.

»Deine letzte Woche war sehr anstrengend, oder?« Miriams Stimme klang hell und freundlich.

»Ja, durchaus.«

»Ich kenne das«, sagte sie. »Ich gehe übrigens nächsten Monat für ein halbes Jahr nach Malawi in eine Klinik.«

»Das ist eine tolle Sache«, sagte er. Er fragte sich, warum er sie heute nicht anziehend fand, denn ohne Zweifel war sie das. Ihr Körper, ihr Stil, ihre Stimme, ihr Humor, alles an ihr war eigentlich perfekt. Aber falsch perfekt. Nicht Lily-perfekt. Die Klarheit dieses Gedankens überraschte ihn.

Sie berührte seinen Oberarm, ließ ihre Hand dort liegen. Vor dem Hotel in der Westmoreland Street blieb sie stehen. Dort hatte der letzte Abend geendet. Erst jetzt fiel ihm auf, dass sie dieses Ziel von Anfang an angesteuert hatte. Er hatte gedacht, sie wolle ein Taxi suchen. Er musste reagieren. »Gute Nacht, Miriam.«

»So schnell werden wir uns nicht wiedersehen. Du kannst morgen wieder Gentleman sein.«

Ein verheißungsvolles Angebot. Vor nicht allzu langer Zeit hätte er Ja gesagt. Nicht plump ja. Er hätte ihre Einladung mit einer charmant-witzigen Bemerkung quittiert und dann wären sie relativ schnell zu den »Fakten« übergegangen.

»Gute Nacht, Miriam. Alles Gute in Malawi«, sagte er und lief die Straße hinunter.

SECHSUNDZWANZIG

Dublin, Fitzwilliam Square, wenige Tage später.

Gegen halb sieben Uhr parkte Lily ihren Truck in einer Seitenstraße und lief zu Collums Townhouse. Er hatte eine Einladung der *Friends of the Natural History Museum*: Vortrag und Sektempfang. Es fehlte die Zeit, nach Howth zu fahren und sich dort zurechtzumachen. Vom Auto aus schrieb sie eine Nachricht, dass sie angekommen war. Collum wartete in der Tür. Er zog sie zur Begrüßung an sich. Sie schob ihn weg. »Ich rieche nach Essen und muss dringend duschen.«

Er schloss die Tür, nahm ihr die kleine Reisetasche ab und führte sie die Treppe hinauf. Hinter einer weißen Holztür befand sich ein Gästezimmer. Die Wände waren in warmem Grau gestrichen, zusammen mit den weißen Möbeln und dem nussbraunen Fußboden sah das heimelig aus. Auf dem Bett lagen dunkelblaue Kissen und eine türkisfarbene Decke. Lily hätte sich am liebsten sofort hingelegt. Er zeigte ihr das angeschlossene Gästebad.

»Hier findest du alles, was du brauchst. Falls du mich suchst, ich bin gegenüber und dann unten im Wohnzimmer.«

Nach einer warmen Dusche klaubte Lily ihre Arbeitskleidung vom Fußboden auf und stopfte diese in ihre Tasche. Sie föhnte ihre Haare, steckte sie zusammen und schlüpfte in etwas Ausgehtaugliches.

»Kannst du bitte mal kurz schauen?«, rief Collum.

Sie überquerte den schmalen Flur. Sein Schlafzimmer war in den gleichen Farben gehalten wie das Gästezimmer. Ein Einbauschrank nahm die gesamte Wand vis-à-vis ein. Eine Tür führte in sein privates Bad. Kissen in verschiedenen Größen lehnten an der Kopfseite des Bettes. Über einem Sessel lagen ein Pullover und eine Hose. Für Collums Verhältnisse war das fast unordentlich. Collum hielt zwei Krawatten in die Höhe. Ihr Blick fiel auf den Stoff seines Hemdes, der die Linie von seinen Schultern zu seiner Taille nachzeichnete.

»Welche denn?«

Lily zeigte auf die linke. »Das Hemd steht dir gut«, fügte sie hinzu. Sie hatte das Gefühl ihr Starren erklären zu müssen.

Der Vortrag über das Viktorianische Zeitalter, in dem das Museum gebaut worden war, erwies sich als erstaunlich kurzweilig. Beim Sektempfang machte sich bei Lily die anstrengende Arbeitswoche bemerkbar. Sie stand neben Collum und bewunderte, dass er nach einem Geschäftstrip, der ihn nach Brüssel und Tel Aviv geführt hatte, noch so frisch aussah und so geistesgegenwärtig und charmant Small Talk betreiben konnte. Er warf ihr einen kurzen Blick zu und verabschiedete sich von seinen Gesprächspartnern.

»Lass uns nach Haus gehen«, sagte er und stellte sein Glas auf den Tisch.

»Ja, bitte, sonst fahr ich Richard noch irgendwo dagegen, weil ich am Steuer einschlafe.«

»Du fährst heute nicht mehr.«

»Ein Taxi nach Howth ist zu teuer und ich will nicht, dass du Dermott nachts aufweckst.«

»Du kannst auch einfach bei mir schlafen. Deine Sachen hast du doch dabei.«

Sie sah ihn an und überlegte. »Eigentlich hast du recht.«

Collums Townhouse befand sich nur einen kurzen Fußweg vom Museum entfernt. Lily ging direkt ins Gästezimmer und schlüpfte dort in ein großes T-Shirt und eine bequeme Hose, ihr Notfalloutfit. Heute würde es als Schlafanzug herhalten. Barfuß tappte sie die Treppe hinunter. Der beigefarbene Teppichboden fühlte sich weich unter ihren Füßen an. Vielleicht lag es aber auch an dem sanften Licht und dem warmen Sandton der Wände, dass sein Haus so gemütlich wirkte, oder es war ihre Müdigkeit, die sie alles flauschig finden ließ.

Collum saß auf dem Sofa im Wohnzimmer und las Zeitung. Sie mochte es, dass er so vertieft war und dass er sie anfangs gar nicht bemerkte. Auch er war barfuß und trug ein T-Shirt zu einer karierten Hose.

Er sah auf. »Du kannst dich sehr leise bewegen.«

»Du siehst süß aus mit der Brille.«

Er lächelte. »Sonst trage ich Kontaktlinsen.«

Lily setzte sich ans andere Ende der Couch und streckte die Füße in seine Richtung. »Ich hätte nicht gedacht, dass du die Papierausgabe liest.«

»Gewohnheit. Unterwegs lese ich online. Aus ökologischen Gründen sollte ich sie abbestellen. Aber ich mag den Geruch und das Gefühl.«

»Ich komme gar nicht mehr zum Zeitunglesen«, sagte Lily und gähnte. »Früh muss ich kochen und einkaufen, und abends bin ich zu müde. Und Radio mit zu vielen Wortbeiträgen ist schlecht für den Umsatz.«

Sie lehnte sich zurück in die Kissen.

Er legte die Hand auf ihren nackten Fuß. »Soll ich dir vorlesen?«

»Das wäre schön. Bist du nicht zu müde?«

Er schüttelte den Kopf. »Was willst du hören? Politik, Wirtschaft, Feuilleton …«

Sie musste wieder gähnen. »Ganz egal.«

»Dann fange ich mit Politik an, den Teil habe ich heute auch noch nicht gelesen.« Er fuhr mit der Hand über ihren Rist. Sie stützte ihren Kopf auf ihre Hand, legte sich bequem hin, hörte ihm zu und schlief ein.

Sie wachte auf, weil ihr Kopf abgesackt war.

»Oh Entschuldigung. Ich wollte … Wie lange …« Sie setzte sich auf und rieb sich verschlafen die Augen, gähnend streckte sie sich und ließ ihr Gesicht in ihre Hände fallen.

Sie spürte seinen Blick auf sich ruhen. »Ich glaube, ich muss ins Bett.« Sie drückte sich hoch, taumelte und suchte mit der Hand am Regal Halt. Er nahm die Zeitung in die eine und Lily an die andere Hand.

Schlaftrunken tapste sie hinter ihm die Treppe hinauf. Oben ging er ins Gästezimmer und schaltete das Licht an. Dort war es kühl, sie hatte nach dem Duschen das Fenster aufgemacht.

»Ich glaube, jetzt bin ich wieder wach«, verkündete sie.

»Willst du doch ein Taxi?«, fragte er.

Sie schüttelte den Kopf. »Krieg ich noch einen Artikel?«

Er nickte. »Aber drüben. Hier ist das Licht nicht gut.« Sie folgte ihm in sein Schlafzimmer. Sein Bett war aufgeschlagen. Collum schaltete die Nachttischlampe an und das Deckenlicht aus.

Er sah sie an. »Alles okay?«

Sie nickte. Collum setzte sich auf die eine Seite des Bettes, streckte die Beine aus und baute die Kissen in seinem Rücken auf. Sie kletterte auf die andere Seite. Das Laken roch frisch. Sie legte sich neben ihn und drehte sich zu ihm hin.

»Ich bin froh, dass du mich hier schlafen lässt.«

»Wenn du willst, kannst du das immer machen … Von Donnerstag auf Freitag ist es ohnehin absolut umständlich für dich, wenn du erst nach Howth fährst und wenige Stunden später wieder zurück in die Innenstadt. Und auch sonst …« Er sah sie abwartend an.

»Das stimmt eigentlich. Wenn es dich nicht stört.«

Er lächelte. »Ich habe dich gerne hier.« Er lehnte sich in die Kissen. »Wenn du näher herkommst, muss ich nicht so laut lesen.«

Sie rutschte zu ihm hin und legte den Kopf auf seinen Bauch. Sein Arm ruhte auf ihrem. »Streit im Parlament. Dáil debattiert über Immobilienpreise«, begann er. Er hatte noch nicht einmal die Hälfte gelesen, da war sie schon eingeschlafen.

SIEBENUNDZWANZIG

Dublin, Ende November.

»Am Samstag feiere ich Thanksgiving. Du bist herzlich eingeladen, 18.30 Uhr. Ich freue mich auf dich.« – Lily, 10.23 Uhr.

»Thanksgiving ist am Donnerstag. Müssen wir üben, einen Kalender zu lesen?« – Collum, 14.03 Uhr.

»An meinen unkreativen Gast! Louise kommt … und ich kann Feste feiern, wann immer mir danach ist.« – Lily, 14.04 Uhr.

»An meine Gastgeberin, die glaubt, ich sei dement: Du erzählst mir seit drei Wochen unaufhörlich, dass diese Frau, die zu gut ist, um real zu sein, dich besuchen kommt. Im Übrigen finde ich Thanksgiving am Samstag eine gute Idee. Wer will sich schon von Puritanern vorschreiben lassen, wann man zu feiern hat. Soll ich etwas mitbringen?« – Collum, 15.06 Uhr.

Sie schickte drei tränenlachende Emojis.

»Jasper ist am Wochenende in der Stadt. Wollen wir am Sonntag mit ihm brunchen? Louise könnte ja mitgehen. Oder ist dir das nicht recht?« – Collum, 15.10 Uhr.

»Frag ihn, ob er Samstag zu Thanksgiving kommen will. Den kriegen wir auch noch unter.« – Lily, 15.34 Uhr.

»Geht klar. Er freut sich.« – Collum, 16.52 Uhr.

Der Truthahn schmurgelte bei niedriger Temperatur seit nachts um 3 im Ofen und sollte heute Abend als Höhepunkt des Thanksgivingfestmahls serviert werden. Louise würde heute Nachmittag um 15.30 Uhr landen. Ihre Agentur hatte ein Shooting in Reykjavík betreut und sie wollte die relative Nähe zu Irland nutzen, um ihre Freundin zu besuchen. Lilys Vorfreude hatte bereits seit Tagen vorweihnachtliche Ausmaße angenommen. Sie würde heute nur den Bauernmarkt in Blackrock verköstigen, dann weitere Vorbereitungen für den Abend treffen und dann endlich, endlich Louise vom Flughafen abholen.

Da der Verkauf am Morgen wie immer schleppend verlief, nutzte Lily die Zeit, um online nach Alternativen zu suchen, wo sie am Samstag ihren Truck aufstellen konnte. Vielleicht musste sie ihre Tätigkeit insgesamt mehr in den Abend verlagern. Sie hatte bei Konzerten und Privatveranstaltungen gecatert und dort mehr eingenommen als an allen Bauernmarkttagen zusammen. Diesen Monat wollte sie aber noch ableisten, sie hatte die Standgebühr für drei weitere Samstage entrichtet und wollte diese nicht verlieren.

Kurz nach zwei stürmte Lily in das Haus in der Thornmanby Road. Niall kam ihr bereits im Flur entgegen und berichtete stolz, dass er den Truthahn zuverlässig gehütet hatte. Sie holte die vorbereitete Sauce aus dem Kühlschrank, fing das Geflügelklein und die Kräuter in einem Sieb auf, fügte die Cranberrys hinzu, stellte diese auf kleiner Flamme auf den

Herd. Danach bedachte sie ihren Vater mit einem regelmäßigen Umrührauftrag und wollte sich soeben zum Flughafen aufmachen, als ein Knacken und die darauffolgende Stille ankündigte, dass etwas in der Küche nicht in Ordnung war.

Lily warf einen kritischen Blick auf die Röhre, deren Fenster statt einem warm erleuchteten Truthahn nur entmutigendes Schwarz zeigte. Sie betätigte die Lichtschalter. Auch die Deckenlampe blieb finster.

»Dad, die Sicherung ist draußen.«

»Bin schon unterwegs.«

Zehn Minuten später hatten Lily und ihr Vater alle Varianten des Sicherungsein- und -ausschaltens durchprobiert und während alle anderen Elektrogeräte einwandfrei funktionierten, weigerte sich der Ofen beharrlich, irgendeine Wärmeleistung zu vollbringen.

»Ich rufe den Notdienst.« Ihr Vater verschwand im Gang und hängte sich ans Festnetztelefon. Lily überlegte, wie lange der Ofen die Hitze halten und wie viel mehr Zeit der Truthahn benötigen würde.

Lily rief Collum an.

»Die Feier findet nicht statt. Der Ofen ist kaputt.«

»Hast du den Notdienst verständigt?«

»Gut, dass du es sagst, da hätten wir ja selbst nie daran gedacht. Mein Vater versucht gerade jemanden zu erreichen. Aber sogar wenn die Techniker Zeit haben und den Ofen zum Laufen bringen, können wir das mit dem Essen bis spätnachts vergessen. Bis die hier sind, vergeht mindestens eine Stunde. Wer weiß, wie lange die brauchen, bis das Ding funktioniert. Na ja. Ich muss auflegen, Collum. Louise steht sonst am Gate.«

»Willst du bei mir kochen?«

»Ich kann deine Firmenküche nicht schon wieder mit Beschlag belegen.«

»Nicht die, die Küche zu Hause.«

Sie überlegte einen Moment. »Lässt Marjorie das zu?«

»Köchinnensolidarität wird bei ihr großgeschrieben. Außerdem ist es ja trotzdem meine Küche. Pack deinen Truthahn und die restlichen Sachen ein und komm her. Ich fahre zum Flughafen und hole deine Freundin ab.«

»Aber es ist lieblos, wenn ich nicht selbst fahre.« Sie überlegte, was Louise davon halten würde.

»Sie wird es verstehen«, beruhigte Collum sie. »Von der Firma aus bin ich ohnehin schneller beim Flughafen, als wenn du dich in Bewegung setzt. Ich gebe Marjorie Bescheid, dass sie dich hereinlassen soll.«

Die Köchin gewann in Lily die Oberhand. »Du bist mein Held der Stunde.«

»Ich werde dich zu gegebener Zeit daran erinnern.«

Als Louise von Collum in die Küche seines Stadthauses begleitet wurde, köchelte die Cranberrysauce vor sich hin. Der Truthahn garte in seinem Speckmantel, Lily war dabei, Kartoffeln zu schälen.

Die Jubelschreie der beiden Frauen und die Endlosumarmungen bewegten Collum dazu, sich erst einmal zurückzuziehen und die Freundinnen allein zu lassen.

»Du hast mir aber einen tollen Chauffeur engagiert.« Louise hielt immer noch Lilys Oberarme fest.

»Das war ehrlich gesagt eher Zufall, aber schön, dass er dir gefällt.«

»Ich habe deine Nachricht erst gelesen, als ich schon bei ihm im Auto saß«, sagte Louise. »Inzwischen hatte er mir deine Misere schon geschildert. Oh Gott, ist der toll!«

»Das ist er!«, sagte Lily. »Sieh ihn dir genau an. Vielleicht hast du dann Lust, öfter hierherzukommen.«

»Du hast doch gemeint, er hat so einen großen Frauenverschleiß.«

»Das ist Kompensation. Außerdem hat er sich in letzter Zeit dahingehend echt zurückgehalten.« Das Nächste sagte Lily ganz leise. »Ich gebe dir Brief und Siegel, dass er sich wieder binden will, wenn er nur jemanden Geeignetes findet.«

»Charmant ist er jedenfalls, und ein Gentleman durch und durch.«

»Er ist auch witzig und ein toller Kumpel. Er ist beinahe mein irisches Du.«

»Muss ich eifersüchtig werden?« Louise lachte. »Was ist mit dem Surfer? Hast du von dem was gehört?«

»Sporadisch. Falls du mal nach Lombok willst, im Winter hätten wir eine Anlaufstation.«

Collum trat in die Küche. »Ich will eure Wiedersehensfreude nicht stören, aber gibt es etwas, das ich tun kann?«

»Du kannst dich um den Tisch kümmern«, sagte Lily und rührte die Sauce um. »Wo sollen wir denn essen? Hier in der Küche oder lieber im Esszimmer?«

»Im Esszimmer. Für wie viele Leute soll ich decken?«

»Sieben. Wenn es dir recht ist, dass Marjorie mitisst.«

»Wer ist Marjorie?«, wollte Louise wissen.

»Sein Ex-Kindermädchen-Jetzt-Haushälterin.«

»Selbstverständlich isst Marjorie mit«, stellte er fest. »Und wo setzen wir die anderen zwölf Leute hin?«

»Das habe ich mich auch schon gefragt«, strahlte Louise. »Aber Lily kocht immer, als wolle sie die Fünftausend in der Wüste speisen.«

Lily verzog das Gesicht, Katharina hatte unlängst das gleiche Bild gebraucht. Sie war froh, dass dies in erster Linie ein Freundes- und kein Familienfest war. »Servietten und Blumen sind im Auto.«

»Ich hole sie und dann helfe ich Collum.« Louise schnappte sich den Autoschlüssel und tänzelte nach draußen. Lily freute sich. Das lief besser als gedacht.

Auf der Kommode im Flur lag Collums Mobiltelefon. Es zeigte drei verpasste Anrufe und neun Mitteilungen an. Nur bekam dessen Besitzer davon nichts mit, denn er holte gerade eine große Tischdecke aus dem alten Buffetschrank im Esszimmer und zählte das Silberbesteck aus der Schublade. Louise kam mit der Kiste herein, ließ sich von ihm eine Vase geben und begann die Blumen zu arrangieren.

Es klingelte. Collum ging zur Haustür, öffnete sie und riss die Augen auf.

»Mum, Dad, Marlene, hallo. Ich dachte, ihr seid im Konzert?« Im Hintergrund sah er, wie seine Schwester wild gestikulierte. Es sollte wohl eine Entschuldigung darstellen.

»Das waren wir auch, bis deine Mutter in der Pause beschlossen hat, dass wir gehen.« Sein Vater legte Diane Sullivan die Hand auf die Schulter.

»Hätte dein Vater das Programm genau gelesen, hätte er gewusst, dass nicht Mozart gegeben wird, sondern, dass der Mozart-Stipendiat sein Werk uraufführt.« Diane Sullivan ging die letzte Stufe nach oben und küsste ihren Sohn auf die Wange. »Jedenfalls war die erste Hälfte nicht auszuhalten und dann wollten wir uns die zweite gar nicht erst antun.« Sie betrat den Flur. Ihre Augen scannten die Einrichtung nach Veränderungen.

»Und dann kam deine Mutter auf die Idee, dass wir dich überraschen könnten. Und hier sind wir!« Sein Vater stand nun auch im Haus und half seiner Frau aus dem Mantel.

Im Hintergrund hob Marlene entschuldigend die Arme.

»Kommen wir ungelegen?« Diane sah von Marlene zu Collum.

»Nun ja … Ich erwarte heute Abend Gäste und stecke mitten in den Vorbereitungen.«

»Marjorie hat ihre Küche doch im Griff. Wir bleiben auch nicht ewig.« Diane rückte einen Bilderrahmen zurecht.

Sein Vater hob eine schmale Ledertasche hoch und stellte sie neben die Ablage, um auch seinen Mantel auszuziehen. »Ich habe meinen Laptop mitgebracht. Dauernd öffnen sich irgendwelche Fenster und wollen, dass ich irgendetwas tue. Kannst du einmal nachsehen, was das ist? Ist das vielleicht dieser Spam, von dem du gesprochen hast?«

Collum manövrierte seine Eltern ins Wohnzimmer. Marlene blieb im Flur stehen und flüsterte: »Es tut mir leid. Ich konnte es nicht verhindern. Sie haben auf der Fahrt zum Konzert und auch in der Pause nur von dir gesprochen und dass sie sich solche Sorgen machen, weil du dich so selten meldest.«

»Ich habe mich noch nie öfter gemeldet.«

»Das habe ich ihnen auch gesagt, aber du kennst sie ja. Wer kommt denn eigentlich?«

»Die Frage sollte vielmehr lauten: ›Wer ist schon da?‹ Lily ist unten und kocht. Wir müssen sehen, dass wir sie bald wieder rauskriegen.«

»Lily wer?«

»Lily Thornton … vom Foodtruck …« Er sah beunruhigt zur Wohnzimmertür.

»Und die kocht bei dir?« Marlene sah ihn verwirrt an. »Wieso kocht die bei dir? Hast du was mit der?«

»Nein! Aber ich will nicht, dass die Eltern das mitkriegen und die gleichen Schlüsse ziehen wie du.«

»Wenn du nichts von ihr willst, ist das doch egal.«

»Wenn ich ihnen Lily als Kumpel vorstelle, fragen sie nach Suzanne und auf dieses Gespräch habe ich wirklich keine Lust.«

»Kann ich verstehen.«

»Kinder, was macht ihr denn da draußen? Alles in Ordnung?«, erscholl die Stimme von Diane Sullivan aus dem Wohnzimmer.

»Wir sind gleich da!«, rief Collum. »Siehst du, sie hat die Witterung bereits aufgenommen. Außerdem vermuten sie hinter jeder Frau eine potenzielle Schwiegertochter und damit eine potenzielle Gefährdung ihres Vermögens. Und ich kann mich noch gut daran erinnern, was sie mit Hannah angestellt haben. Auf solche Verhörabende habe ich keine Lust. Ich versuche Dads Laptopproblem zu lösen und währenddessen lenkst du Mum ab und verhinderst, dass sie durchs Haus läuft. Schaffen wir das?«

»Kriegen wir hin. Und du willst echt nichts von Lily? Sie ist süß.«

»Nein, sie ist ein Kumpel. Ich will sie behalten.«

Collums Vater sah durch die Tür.

»Hast du eigentlich noch das Buch mit den alten Stichen von Dublin. Das von deinem Großvater?«

»Das ist im Arbeitszimmer«, sagte Collum. »Ich hole es.«

»Mach dir keine Mühe. Ich sehe nach.« Der Kopf seines Vaters verschwand aus dem Türspalt. Collum lief ihm hinterher. »Ich hole es dir doch. Wir können dein Notebook auch hier updaten.«

»Lass nur. Dann sind wir Männer mal unter uns.«

Collum warf Marlene einen Blick zu. Durch ein Nicken signalisierte sie, dass sie alles im Griff hatte.

Drei Programme verlangten nach einem Update. Sein

Vater war in Plauderlaune. Später als geplant verließen die Männer das Arbeitszimmer. Im Gang trafen sie auf Marlene. Collum wartete, bis sein Vater hinter der Wohnzimmertür verschwunden war, und stürzte sich dann auf seine Schwester.

»Du kannst sie doch nicht alleine lassen«, sagte er mit zusammengebissenen Zähnen. »Was ist, wenn sie in die Küche geht?«

»Genau deswegen bin ich hier. Ich habe es nicht verhindern können.«

»Oh, mein Gott.« Collum schloss die Augen in Erwartung der Horrorszenarien, die ihm Marlene nun schildern würde.

»Mach dir keine Gedanken. Es ist alles gut.«

»Sie hat eine … oh nein … zwei Frauen, die sie nicht kannte, in meiner Küche angetroffen. Eine davon kochend. Wie kann da alles gut sein? Wie sehr hat sie Lily bereits verhört? Ist Lily überhaupt noch da?«

»Du bist ja ganz schön besorgt, dass es Lily hier nicht gefällt.« Marlene grinste ihn an. »Keine Angst. Lily wird ganz gut mit ihr fertig.«

»Oh nein! Was hat sie gemacht? Sie kann manchmal sehr unverblümt sein.« Er drängte sich an seiner Schwester vorbei.

»Reg dich ab! Sie kochen miteinander.«

»Sie machen … was?«

Collum nahm immer drei Treppen auf einmal und schob die Tür zur Küche auf. Lily war gerade dabei, Süßkartoffeln zu einem Püree zu zerstampfen. Louise war nirgends zu sehen, und seine Mutter schnitt Maisbrot und arrangierte die Scheiben in zwei Körbchen. »Da seid ihr endlich. Collum, warum hast du uns nicht gesagt, dass du bereits Besuch hast?«

»Ich … ähm … Habe ich das nicht?«

»Lily hat mir von dem Malheur mit dem Ofen erzählt. Das ist ärgerlich. Uns ist einmal etwas Ähnliches passiert, als wir den 30. Geburtstag deines Vaters feierten. Natürlich kannst du dich daran nicht erinnern. Aber unsere Köchin hat das wunderbar hinbekommen.«

Collum fiel auf, dass die Scheiben für Lilys Ansprüche zu dick waren. Er sah Lily an, die das Maisbrot fixierte. Diane schnitt eine weitere Scheibe vom Brotlaib ab. Lily blickte auf das Brot, Collum blickte zu Lily, ihre Blicke trafen sich.

»Mrs Sullivan ... Entschuldigung ...« Collum hielt die Luft an. »Wären Sie so nett und würden mir bitte die Schüsseln reichen?« Sie grinste Collum an und zwinkerte. Es klingelte wieder.

»Das wird mein Dad mit Fionulla sein«, rief Lily.

»Ich gehe zur Tür.« Collum drehte sich um.

»Warte kurz! Schau mal in den Kofferraum. Da müssen noch die Pralinen liegen. Die gehören auf jeden Teller! Aber Vorsicht! Nicht drücken!«

»Aye aye, Madam!« Collum strebte auf die Treppe zu. »Wenn Jasper eintrifft, können wir anfangen.«

Marlene bekam große Augen. »Jasper kommt?«

»Jaha!« Er drehte sich nicht um.

»Das hättest du ja wohl früher sagen können.« Sie betrachtete sich in der Glasscheibe der Zwischentür. »Wieso habe ich nur diese alten Sachen angezogen?«

»Kannst du schnell die Pralinen aus Lilys Auto holen?« Er hielt ihr den Autoschlüssel hin.

Es klingelte noch einmal.

»Kannst du vielleicht selbst ...? Ich kann mir doch was von dir leihen?« Marlene stürmte ohne eine Antwort abzuwarten die Treppe hinauf in den ersten Stock.

Collum hieß die neu eingetroffenen Gäste willkommen

und brachte sie ins Wohnzimmer. Es klingelte erneut. Als er wiederkam, hatte er Jasper im Schlepptau. Er führte ihn direkt in die Küche. »Ich zeige dir jetzt die wichtigste Person heute. Das ist Lily Thornton, begnadete Köchin, Jahrgangsbeste am Culinary Institute. Sie hat in den besten Häusern gearbeitet und …«

Lily lachte und fiel ihm ins Wort. »Und Jasper will keinen Lebenslauf von mir, er hat sicher Hunger. Hallo Jasper, ich bin Lily und du kannst gerne Platz nehmen und dich entspannen, denn, wenn du hierbleibst, stelle ich dich zum Schüsseltragen an.« Sie sah Collum an. »Gib mir mal die Platte, damit ich den Truthahn aus dem Rohr nehmen kann.«

Collum schaltete sich ein. »Kann Jasper dir helfen? Ich sehe mal nach, wo Marlene bleibt.« Er erntete einen missbilligenden Blick von Lily.

»Marlene ist auch hier?« Jasper sah aus, als würde er sich lieber auf die Suche nach der verschollenen Schwester begeben. Aber dazu ließ ihm Collum keine Chance. Er lief die Hintertreppe hoch und fand Marlene vor dem großen Spiegel in seinem Schlafzimmer. Sie trug eines seiner weißen Hemden. Es war weit aufgeknöpft und offenbarte Haut und Spitze und eine lange Perlenkette.

»Wow! Du hast heute also noch allerhand vor!«

»Das habe ich in der Tat. Ist Jasper da?«

»Er ist unten und hilft Lily beim Servieren. Kommst du?«

»Ich bin gleich so weit.« Sie zupfte an ihrem Top. »Das ist ja eine beachtliche Kosmetikkollektion in deinem Bad. Ich wusste gar nicht, dass du so viel Wert auf Hautpflege legst.«

»Ach … ich wollte das mal ausprobieren.«

»Hättest du lieber mich vorher gefragt. Du hast trockene Haut. Die Reinigung und die Creme sind für Mischhaut.«

Sie sah ihn unschuldig an. »Darf ich sie haben? Ich besorg dir neue.«

»Du hast hoffentlich nichts aufgemacht?« Er lief panisch ins Bad und betrachtete die Tiegel und Flaschen. Allesamt fand er originalverschlossen vor. Hinter ihm tauchte seine Schwester auf.

»Wusste ich es doch … Du hast das für Lily besorgt.« Er öffnete den Mund. »Leugnen ist zwecklos. Ich habe die Kassenzettel im Mülleimer gefunden. Pyjamas und so ein Zeug hast du auch erstanden. Wieso braucht sie Schlafshirts und Kosmetik, wenn sie nichts mit dir hat?«

»Sie schläft hier. Neben mir. Und es ist schön. Und so muss sie nicht immer ihren ganzen Kram hin- und hertransportieren.«

»Wie lange geht das denn schon?«

»Ein paar Tage.«

Sie sah ihn ernst an. »Mach bitte nicht wieder so einen Blödsinn wie bei Hannah.«

»Ich mache ihr keinen Antrag. Das ist rein freundschaftlich.«

»Für mich hat noch kein Kumpel so etwas besorgt.«

»Ich bin eben besonders. Könntest du das bitte für dich behalten? Es soll eine Überraschung sein und könntest du bitte Jasper ein bisschen in Ruhe lassen, dass er Lily kennenlernen kann.«

»Wieso denn das?«

»Sie will ein Sternerestaurant und er kann ihr dazu verhelfen.«

»Aber seine Lokale sind doch weit weg. Wieso eröffnet sie keines hier?«

»Sie ist sehr eigenwillig, was das angeht. Also, ein bisschen Jasper für Lily?«

»In Ordnung. Darf ich das Hemd behalten?«

»Ja! Wenn du mich nicht verrätst und Lily ihr Jobgespräch ermöglichst. Können wir dann endlich runtergehen?«

Der Truthahn, die Pürees, das Maisbrot und die Saucen brachten die Gruppe bald zusammen. Collum beobachtete zufrieden, wie Jasper sich mit Lily unterhielt. Sein Vater und Niall waren in einen Wettstreit getreten, wer an seiner Schule die strengere Erziehung genossen hatte. Nach dem Dessert zogen sich Louise und Fionulla auf die Terrasse zurück, um zu rauchen.

Collum saß mit seinen Eltern und Niall am Tisch. Die älteren Männer überboten sich inzwischen mit Geschichten über Streiche, die sie ihren Lehrern gespielt hatten. Marjorie hatte sich erst zurückgezogen, nachdem Lily und Marlene ihr versichert hatten, es gebe so viele Helfer beim Aufräumen, dass sie der alten Dame nicht bedürften. Marlene hatte ihre ehemalige Kinderfrau dann persönlich in deren Räumlichkeiten geleitet.

Lily stand in der Küche und kratzte die Reste des Applecrumble aus der Form. Collums Schwester kam zurück, stellte sich neben sie und steckte sich ein Apfelstück, das neben die Form gefallen war, in den Mund. »Danke«, sagte Marlene.

»Ich muss mich bedanken. Dein Bruder hat mich zum zweiten Mal gerettet, indem er mir seine Küche überlassen hat.«

»Das war das Mindeste. Aber ich kann mich nicht erinnern, wann meine Familie zuletzt so entspannt zusammensaß. Die letzten Male waren immer geprägt von der Frage: Wie ist die neue Frau? Wie lange geht das diesmal? Was macht er, wenn sie wieder aus seinem Leben verschwunden ist, und dann die Sorge, dass eine von seinen ›Zufallsbekanntschaften‹ ihn hereinlegt.«

»Ich denke, er weiß genau, was er tut.«

»Das hoffe ich immer.«

»Irgendwann wird ihm schon einmal wieder jemand über den Weg laufen, bei der es dann wirklich passt.« Lily stellte die Schüssel ab. »Er ist so ein lieber Mensch, ich hoffe es.« Marlene sah sie von der Seite an. »Ich habe nichts mit ihm, wenn du das meinst.«

»Ich dachte nur …«

»Ich habe nie gedacht, dass ich das einmal sage, aber dein Bruder ist der netteste Mensch, den ich kennengelernt habe, und er ist der beste Kumpel, den ich mir vorstellen kann, und genau das würde ich nie im Leben riskieren. Ich will keine Suzanne-Erfahrung. Beruhigt dich das?«

»Ich finde das fast ein bisschen schade. Also nicht … Du verstehst mich schon.«

»Sieh es positiv, ich werde euch keine unangenehmen Familienessen verschaffen.«

»Da hast du wohl recht.« Sie beugte sich vor und gab Lily einen Kuss auf die Wange. »Du tust ihm gut.«

»Er mir auch.«

Nachts um halb eins hatte sich die Anzahl der Gäste auf fünf reduziert. Lily, Louise und Collum lagen auf dem weichen Teppichboden im Wohnzimmer und philosophierten über Gott, die Welt und ihre Mitmenschen.

»Deine Eltern sind nicht annähernd so schlimm, wie du sie beschrieben hast.« Lily nahm einen Schluck aus dem großen Weinglas.

»So umgänglich habe ich sie selten erlebt. Sie können auch anders«, sagte Collum. »Frag Marlene. Wo ist die eigentlich?«

»Die ist mit Jasper eine rauchen.« Louise hüstelte übertrieben. Dann sagte sie: »Ich weiß nicht, was ihr habt. Seid froh, dass ihr noch Eltern habt. Ich würde ziemlich viel dafür geben, wenn ich mit meinen Eltern noch einmal an einem Tisch sitzen könnte.« Sie stand auf, ging zum Tisch und leerte den Rest der Chipstüte in die Schüssel. Collum sah verunsichert zu Lily. Diese schüttelte den Kopf.

»Jetzt mach ihm mal kein schlechtes Gewissen, sondern rück mit der ganzen Geschichte heraus.«

»Das darfst du machen, während ich ebenfalls eine rauchen gehe. Danach können wir uns ja anderen Themen widmen.« Sie stopfte sich noch eine Handvoll Chips in den Mund und verließ das Wohnzimmer.

»Louises Eltern sind bei einem Autounfall ums Leben gekommen, als sie fünfzehn war. Sekundenschlaf bei einem Lastwagenfahrer. Sie hatten keine Chance. Allerdings muss man sagen, dass ihr Vater seit Jahren Verhältnisse hatte und die Mutter sich deswegen von ihm trennen und mit Louise zurück nach Frankreich wollte. Ihr Bruder wäre beim Vater geblieben. Sie hatten einen Notartermin. Der einzige Grund, warum sie zusammen im Auto saßen, war, dass der Wagen ihres Vaters gestreikt hat und sie ihn bei seinem Büro absetzen wollte.«

»Dann hat sie eben doch der Tod geschieden und nicht das Gericht.« Louise war unbemerkt hereingekommen.

»Kannst du sarkastisch sein!«, sagte Collum.

»Und vergesslich!« Louise fischte das Feuerzeug aus ihrer Handtasche. »Was Lily nicht erzählt hat, ist, dass meine Mutter eine karrieregeile Furie war, die aus ihrer Tochter das nächste internationale Topmodel machen wollte. Sie hat sogar immer davon gesprochen, meine Ohren und meine Nase korrigieren zu lassen. Paris wäre der Tod für mich gewesen.

Produktionen hinter der Kamera zu begleiten ist mehr mein Ding.«

»Ich finde deine Ohren toll«, sagte Collum. Lily vermerkte dieses Kompliment als positives Signal und stellte zufrieden fest, dass Louise leicht errötete und verlegen wurde. »Ich geh jetzt endgültig eine rauchen.«

»Ja, geh mal. Schau mal, was die zwei da unten treiben.« Collum richtete sich auf. »Ich denke, ich sehe selbst mal nach.«

Er lief die Treppe hinunter. Am Fuß kam ihm Jasper entgegen.

»Ist Louise oben?«, fragte er.

»Der müsstest du eigentlich begegnet sein. Wo ist denn meine Schwester?«

»Die wollte sich frisch machen.« Collum versuchte sich nicht vorzustellen, wieso das nötig sein könnte.

»Wie findest du Lily?«, fragte er.

»Toll. Nett. Megakompetent. Sie kocht in einer eigenen Liga. Wieso sollte ich sie besser kennenlernen?« Er klopfte Collum freundschaftlich auf die Schulter. »Meine Scheidung ist noch nicht durch.«

»Ich wollte nur, dass du an sie denkst, wenn sich einmal etwas ergibt.«

»Das ist nett, aber momentan sind wir gut aufgestellt. Und für mein neues Hotel in Singapur habe ich meine Mannschaft. Alles erstklassige Leute. Sie hätte da gut hineingepasst, aber leider zu spät.«

»Das ist in Ordnung, Es geht mir nur darum, dass du sie im Hinterkopf hast.«

Louise kam von draußen wieder. Jasper legte ihr den Arm auf die Schulter. »Hast du Lust, noch in den POD zu gehen? Du wolltest doch tanzen.«

»Total gern«, Louise sah Jasper in die Augen.

»Nehmt ihr mich mit?« Marlene strahlte Jasper an.

Er legte seinen anderen Arm um Marlene. »Sicher, wir gehen alle. Oder Collum?«

»Mal sehen, was Lily sagt. Die wird müde sein, denke ich.« Collum stieg gefolgt von den anderen die Treppen hinauf.

Lily lächelte und winkte ab. »Seid mir nicht böse, aber ich bin platt. Ich räume noch die Küche auf, und dann falle ich ins Bett.« Marlene blickte ihren Bruder wissend an.

»Ich helfe dir.« Collum legte Lily die Hand auf den Oberschenkel.

»Dann bleibe ich auch.« Louise ließ sich auf den Sessel fallen.

»Nein«, sagte Lily. »Geh, hab Spaß und wir sehen uns morgen.«

»Da habe ich ein schlechtes Gewissen.« Louise sah sie zweifelnd an.

»Geh nur«, sagte Lily.

Als sie verschwunden waren, schloss Collum die Haustür. Lily lehnte sich gegen ihn.

»Wer, glaubst du, macht heute das Rennen?« Sie gähnte gegen Collums Schulter.

»Früher hätte ich gesagt, beide. Aber ich hoffe das mal nicht, da meine Schwester dabei ist.«

»Eigentlich hatte ich gehofft, dass du dich für Louise erwärmen kannst. Dann hätte ich meine liebsten Menschen auf einem Haufen. Das scheint eher nichts geworden zu sein.«

»Sie ist nett, aber ja … Außerdem findet sie Jasper besser.«

»Hattest du mit mir und Jasper die gleichen Pläne?« Sie sah ihn verschmitzt an. »Gib es zu!«

»Das war eher Berufsdating, hat aber auch nicht geklappt.«

Sie lachten beide.

ACHTUNDZWANZIG

Dublin, 27. Dezember.

Am Tag der Abreise versuchte Lily Kleidungsstücke in ihren Koffer zu legen, die ihrer Mutter keinen Grund geben würden, sie zu kritisieren. Dies gestaltete sich als durchaus schwierig, denn sie mussten Eleonores Zustimmung nicht nur privat, sondern auch bei der großen Geburtstagsfeier finden. Collum, der Lily zum Flughafen bringen wollte, saß auf ihrem Bett und sah belustigt zu, wie sie Hosen, Kleider und Oberteile aus dem Schrank zog, sie sich vor den Körper hielt und immer wieder mit dem Kopf schüttelte.

»Eigentlich wollte ich mit dir noch essen gehen, damit du eine ordentliche Unterlage hast, bevor du deine kuriose Familie triffst. Wenn das allerdings so weitergeht, müssen wir zusehen, dass du deinen Flug bekommst.«

Er hob ein knappes Kleid auf, das am Boden lag. Lily kniff die Augen zusammen. Mit dem Siebzigerjahre-Tapetenmuster hätte sie mindestens ein entsetztes Gesicht, eher noch diverse abfällige Bemerkungen ihrer Mutter herbeigeführt. Sie zuckte mit den Schultern, und er hängte es in den Schrank.

»Vielleicht sollte ich doch auf Provokation setzen. Schade, dass ich keinen erfolglosen Freund vorzuweisen habe.«

»Ich würde deine Familie so gerne erleben.«

»Sei mir nicht böse, aber du würdest wirklich nicht für

Entsetzen sorgen.« Sie warf dunkle Strumpfhosen in den Koffer.

»Du unterschätzt meine Wandlungsfähigkeit.« Er nahm die Strumpfhosen heraus und legte sie ordentlich zusammen. »Mein Schauspieltalent unterschätzt du ebenfalls.«

»Na ja eine Chance hast du. Wenn du meiner Mutter erzählst, dass ich regelmäßig mit dir das Bett teile, ohne dass etwas zwischen uns läuft. Dann hält sie mich für den endgültigen Versager. Allerdings musst du einfließen lassen, dass du eine Firma hast.«

»Sollst du dir denn einen reichen Mann angeln?«

»Inzwischen hat sie ihre Erwartungen so weit heruntergefahren, dass sie froh wäre, wenn ich überhaupt mit einem Mann auftauchen würde.«

»Einem, der nicht verheiratet ist.« Er grinste.

»Das wäre in jedem Fall ein Fortschritt. Und da sie keine Ahnung von deinem unsteten Lebenswandel hat, würde sie dich vielleicht sogar für den idealen Schwiegersohn halten.«

»Was ich durchaus bin.« Er sah sie fest an.

»Träum weiter.«

Mit Collums Unterstützung hatte sie es nicht nur geschafft, ihren Koffer zu packen, sondern war auch noch rechtzeitig am Flughafen angelangt. Sie hatte ihn lange umarmt, wollte sich noch ein wenig Kraft abholen. Für das Familientreffen konnte sie nicht genug davon speichern.

Am Gate suchte sie das Zeitschriftenregal auf. Klatsch und Tratsch war bereits vergriffen, aber die Tageszeitungen fanden sich noch. Ihr Handy vibrierte. Das Display zeigte eine Nachricht an. Von Jasper Larsson.

Liebe Lily,
ich hätte ein Angebot für dich, und ich will keine Mafia-Film-Zitate bemühen, aber eine Ablehnung wird dir wirklich schwerfallen. Könnten wir uns treffen? Ich fliege übermorgen nach New York und könnte einen Zwischenstopp in Dublin einlegen.

Lily informierte ihn, dass sie auf dem Weg nach München war. Seine Frage, ob sie dort dringend erwartet würde, verneinte sie. Er bat sie kurz zu warten und teilte ihr mit, sie solle sich zum Gate 27 begeben. Dort sei sie auf eine Maschine nach Berlin gebucht, um den Anschlussflug nach München würde man sich kümmern.

In Berlin traf sie Jasper in einem Flughafenlokal. Er trank grünen Tee, sie orderte einen Cappuccino. Ohne Umschweife kam er auf sein Anliegen zu sprechen.

»Ich habe einen Job für dich. In drei Monaten eröffnen wir unser neues Hotel in Singapur. Ich brauche jemanden vor Ort, der dafür sorgt, dass bis zu diesem Zeitpunkt alles so läuft, dass wir unsere anspruchsvollen Gäste zufriedenstellen können. Bevor du etwas sagst, sieh dir das an.«

Er drehte den Bildschirm seines Notebooks in ihre Richtung und startete eine Präsentation. Vor Lilys Augen baute sich im Zeitraffer ein futuristischer Glasbau auf, 57 Stockwerke architektonischer Traum. Ein Infinitiypool auf dem Dach, sieben Restaurants, davon eines im obersten Stockwerk mit Blick über die Skyline und die Bucht, elegante Zimmer und Suiten, eine Shoppingmall in den unteren Etagen. Umgeben war der Hotelpalast von einer Parkanlage. Ein Haus der Extraklasse, das seinesgleichen suchte. Der Film endete. Lily sah auf. Allem Anschein nach hatte Jasper sie während des Films nicht aus den Augen gelassen, hatte versucht ihre Reaktion abzuschätzen.

»Was sagst du?« Er sah aus, wie ein Junge, der Lob für sein Legoraumschiff erwartete.

»Das ist ein beeindruckendes Projekt. Aber du suchst nicht mich, du suchst einen Generaldirektor.«

»Ich habe eine Generaldirektorin, die Beste, die ich kriegen konnte. Allerdings ist sie im fünften Monat schwanger, und ich will nicht, dass sie sich überanstrengt. Du stehst ihr zur Seite und sorgst dafür, dass unser Haus den höchsten Ansprüchen genügt.«

»Wenn du mir ein Restaurant angeboten hättest, wäre ich in Versuchung, aber für diesen Job gibt es geeignetere Leute. Ich kann gerne mal sehen, ob sich jemand aus meinem Jahrgang verändern will. In Singapur gibt es auch ein Culinary Institute. Da kannst du dir die Leute aussuchen.« Sie nahm einen Schluck von ihrem Cappuccino.

»Ich weiß.« Er beugte sich vor und legte den Kopf schief. »Ich brauche jemanden, dem ich vertrauen kann.«

Sie zog die Augenbrauen hoch. »Dazu kennst du mich zu wenig.«

»Collum vertraut dir. Das genügt mir. Bring mir das Projekt erfolgreich zum Laufen. Unsere Küchenchefs haben Jahresverträge. In einem Jahr darfst du dir aussuchen, welches Restaurant du führen willst. Es wäre schön, wenn wir dann einen Stern haben und du ihn hältst.«

Lily sah auf das Standbild auf dem Laptop und die Möglichkeiten, die sich dort zeigten. »Ich hole dir einen zweiten.«

Das Flugzeug erreichte seine endgültige Parkposition. Als Lily den Münchner Flughafen betrat, verdunkelte sich ihr Gemüt angesichts der bevorstehenden Familienzusammenkunft. Sie wuchtete ihren Koffer vom Gepäckband und schleppte sich zur S-Bahn. Der Wagen war halbleer und überheizt. Lily zerrte ihren Schal vom Hals und knöpfte ihren Mantel auf. Jasper hatte ihr Bedenkzeit gegeben. Ihr war jedoch klar, dass er ihre Reaktion mehr oder weniger als Zustimmung aufgefasst hatte. Nach Singapur zu gehen wäre ein großer Schritt, ein Schritt zu ihrem Stern. Sie dachte an ihren Vater und an Collum. Er hatte sie mit Jasper aus genau diesem Grund zusammengebracht. Dennoch war sie sich nicht sicher, ob er uneingeschränkt positiv auf diese Entwicklung reagieren würde. Sie nahm ihr Handy heraus und überlegte, brachte es aber nicht über sich, Collum von Jaspers Angebot zu erzählen. Singapur würde bedeuten, wieder alles hinter sich zu lassen, was sie sich aufgebaut hatte. Sie wollte sich jetzt nicht damit auseinandersetzen. Es genügte völlig, dass sie in knapp zwei Stunden ihre Familie wiedersehen würde. Ihr war schlecht, wie immer, wenn sie nicht wusste, was das Richtige war oder welchen Weg sie gehen sollte. Sie rief die letzte Nachricht auf, die sie von Louise erhalten hatte.

»Kopf hoch, Süße. Auch dieses Familientreffen geht vorüber. Und denk immer daran: Im Endeffekt wollen doch alle Menschen nur geliebt werden.« Das würde ihr Mantra für die nächsten Tage werden. Lily steckte ihr Mobiltelefon in die Tasche und holte ihren Notizblock heraus. Sie entwarf eine Pro- und Kontra-Liste. Es frustrierte sie, dass ihr für beide Seite gleich viele Gründe einfielen. Sie blätterte in den Unterlagen, die Jasper ihr mitgegeben hatte. Was wohl Louise sagen würde? Würde sie verärgert sein, dass ihre Freundin nicht nach New York kommen würde? Lily konnte es nicht mit Gewissheit sagen. Nun ja, sie musste es ihr nicht gleich auf die Nase binden.

Vom Bahnhof bis zum Haus ihrer Mutter in der Fontanestraße war es ein kurzer Fußweg. Niemand hatte sich die Mühe gemacht, Lily abzuholen, und sie genoss die letzten Minuten Freiheit an der frischen Luft. Der Schnee knarzte beim Gehen. Sie sog die kalte Voralpenluft tief in ihre Lungen. Am liebsten hätte sie sich sofort Skier an die Füße geschnallt. Morgen früh würde das Weißwurstfrühstück für die offiziellen Gäste stattfinden, am Abend die Feier mit Freunden und Familie. An einen Bergausflug war vorerst nicht zu denken. Eine Straßenüberquerung und wenige Meter Vorgarten trennten sie noch von Eleonore und ihren Geschwistern. Sie schloss die Tür auf.

Katharina trat aus der Gästetoilette. »Wir haben schon gedacht, du kommst nicht.«

Lily wickelte sich den Schal vom Hals. Die Jubelschreie ihrer Nichte und ihres Neffen, die aus dem Wohnzimmer gestürmt kamen, verhinderten eine Antwort. Sie öffnete ihren Koffer und förderte zwei Geschenke zutage. Charlotte und Nicolai bekamen große Augen, als sie sahen, dass nicht nur das Papier über und über mit Süßigkeiten bedruckt war. Ihre Tante hatte zwei rot-weiß gestreifte Zuckerstangen am Geschenkband befestigt. Katharina hatte dies allerdings auch bemerkt und sammelte das Naschwerk ein, bevor es die Gesundheit ihrer Kinder nachhaltig gefährden konnte. Lily stapelte die restlichen Geschenke auf ihren Arm und betrat das Wohnzimmer, um den Rest der Familie zu begrüßen. Ludwig beugte sich mit seiner Mutter über einen großen Plan, auf dem die Tischordnung für das Fest am morgigen Abend aufgezeichnet war. Larissa saß daneben und malte mit einem Kalligrafiefüller Namen auf Tischkarten. Die drei blickten auf, als Lily den Raum betrat. Viel Zeit war seit Sankt Peter-Ording vergangen. Lily konnte sehen, wie

Ludwig überlegte, ob er aufstehen sollte. Larissa beobachtete ihren Freund. Er blieb sitzen. Familienmitglieder sollten zur Begrüßung umarmt werden, dachte Lily und bedachte die Anwesenden mit kurzem Körperkontakt und den irischen Aufmerksamkeiten. Sie spürte die Wange ihrer Mutter kurz auf der ihren. »Du kannst uns bei der Tischordnung helfen.« Lily setzte sich. »Die Tatsache, dass du alleine kommst, macht das Ganze problematisch«, fügte Eleonore hinzu. »So haben wir nur sieben Leute an eurem Tisch.«

Lily verlegte sich darauf, nur innerlich zu seufzen. Außer Larissa hatte niemand sein Geschenk ausgepackt. Sie hörte ihrer Familie beim Umplanen der Tischordnung zu und spulte ihr Mantra in ihrem Kopf ab.

»Soll ich morgen etwas helfen?«, fragte sie.

»Das Essen liefert Delikatessen Graf«, sagte ihre Mutter. »Die Firma stellt uns auch Personal. Ich wusste ja nicht, ob du rechtzeitig kommst, und da wollte ich mir ein Debakel wie in Sankt Peter-Ording ersparen.«

»Das war doch nur ein Missverständnis bei Katharina. Es hat doch alles geklappt.« Lily erwartete eine Richtigstellung.

»Ich möchte mir morgen jeglichen Stress ersparen.« Mehr sagte Eleonore nicht.

»Alles klar«, sagte Lily. Ihr Ton klang schärfer als beabsichtigt. *Am Ende will jeder nur geliebt werden*, sagte sie sich. Aber warum, verdammt, machte es ihr die eigene Familie nur so schwer.

Bis zum Abendessen waren es noch zwei Stunden. Lily erbot sich, die Kinder zu baden, die im Garten ein Iglu gebaut hatten. Eine Vorleserunde verzögerte ihre Rückkehr ins Erdgeschoss. Als sie ins Bad ging, um sich vor dem Essen frisch zu machen, hörte sie ihre Mutter leise im Schlafzimmer telefonieren.

»…vor morgen Abend soll keiner etwas von der Verlobung erfahren!«

So war das also. Der Geburtstag ihrer Mutter war nicht der einzige Anlass, der morgen gefeiert werden sollte. Sie hätte sich nicht getraut, eine solche Verkündigung auf Eleonores Ehrentag zu legen. Allerdings war Ludwig schon immer das Lieblingskind gewesen, demnach verfügte er wohl auch, was die Terminierung von Lebensentscheidungen und deren Bekanntmachung anging, über Sonderrechte. Sie entfernte sich von der Tür, da sie keinesfalls von ihrer Mutter beim Lauschen erwischt werden wollte.

Lily hielt sich erst wenige Stunden am Tegernsee auf und fühlte sich mental und emotional bereits völlig ausgelaugt. Bestimmt würde sich ihre Mutter aufgrund des bevorstehenden Festes bald zurückziehen – das hoffte sie zumindest. Dann würde sie unten noch ein wenig ungestört fernsehen können. Falls dem nicht so sein würde, konnte sie immer noch Müdigkeit vortäuschen.

Im Esszimmer verbreiteten Tannenzweige und das Adventsgeschirr eine feierliche Stimmung. Charlotte und Nicolai saßen bereits an ihrem Platz – zwei dicke Kissen unter dem Po. Sie hatten ihre Teller zur Seite gerückt und bearbeiteten mit ihren Buntstiften ein altes Peter-Pan-Malbuch. Lily betrachtete fasziniert, mit welch stoischer Ruhe Charlotte ertrug, dass ihr Bruder das Bild auf der linken Seite mit wilden Strichen verzierte, während sie mit aus dem Mundwinkel heraushängender Zunge exakt innerhalb der Linien arbeitete. Wahrscheinlich gibt Katharina ihnen Tabletten, bevor sie zu Mutter fährt oder wenn diese zu Besuch kommt, dachte sie. Sie half ihrer Schwester und ihrem Schwager dabei, das Essen auf den Tisch zu tragen. Die neue Haushälterin hatte einen Kartoffelsalat im Kühlschrank bereitgestellt, der Leberkäse briet im Ofen. Dass die alte Perle, Frau Peitinger, nicht mehr für Eleonore tätig war, hatte Lily vorhin nebenbei erfahren. Sie konnte sich nicht erklären, weshalb die treue Seele, die bereits für Ludwig senior gearbeitet hatte, sich plötzlich nicht mehr um den Haushalt kümmerte. Larissa erschien mit Ludwig ebenfalls im Esszimmer. Dieser runzelte die Stirn. »Jemand muss der Neuen mal sagen, wie viele wir sind«, nörgelte er. »Sie hat für neun Leute aufgedeckt.«

»Vielleicht hat sie angenommen, Lily kommt zu zweit«, sagte Larissa. »Woher sollte sie denn wissen, dass Lily keinen Partner hat.«

Danke, du blöde Kuh, dachte Lily. Sie hätte für ihre Schwägerin in spe doch das einfallslose Duschgel-Lotion-Set kaufen sollen und nicht den tollen Schal. Larissa beugte sich über den Tisch und entfernte einen Teller samt Besteck und Serviette. Im gleichen Moment betrat Eleonore das Esszimmer. »Das hat schon seine Ordnung.« Eine weitere Erklärung blieb sie ihren Kindern schuldig. Sie hatte sich umgezogen. Über der weißen Bluse trug sie ein mit blauen Vögeln und roten Ranken bedrucktes Tuch, der Lippenstift nahm das intensive Rot des Musters auf.

»Hast du ein neues Parfüm?« Katharina beugte sich zu ihrer Mutter herüber, schnupperte und schob die Augenbrauen zusammen.

»Du findest es wohl nicht gut?« Eleonore sah ihre jüngere Tochter an.

»Doch, aber es … ist ungewohnt. Sehr sinnlich.«

Eleonores Wangen passten sich farblich ihren Lippen an.

»Wer kommt denn noch?«, wollte Ludwig wissen. Lily beobachtete die Szene und wusste nicht, wie sie das Erfahrene einordnen sollte.

»Das werdet ihr gleich sehen.«

Sie verließ das Zimmer wieder, bevor weitere Fragen gestellt werden konnten. Ungläubigkeit zeigte sich auf den Gesichtern der Geschwister.

»Habt ihr das gewusst?« Ludwig sah Katharina an.

»Nein, das ist das erste Wort«, sagte diese.

»Schaut mich nicht so an!«, sagte Lily. »Wie sollte ich denn etwas gemerkt haben?« Sie nahm den Teller aus Larissas Hand und stellte ihn wieder auf den Platz zurück. »Kann es vielleicht sein, dass deine Eltern kommen?«

Larissas Mimik spiegelte aufrichtige Ahnungslosigkeit wider. »Die soll ich morgen früh am Bahnhof abholen. Außerdem bräuchten wir dann doch zwei Teller.« Sie wandte sich an ihren Freund. »Weißt du vielleicht doch etwas?« Ludwig schüttelte den Kopf.

Das Klingeln an der Haustür ließ die Geschwister verstummen. Sie hörten ihre Mutter zur Tür eilen. Das Gespräch im Flur war so leise, dass man im Esszimmer nichts hören konnte.

»Tante Hedwig ist das nicht«, sagte Ludwig.

»Die ist bis morgen bei Foffi«, zischte Katharina.

Als Eleonore im Esszimmer erschien, saßen alle Anwesenden um den Tisch und blickten erwartungsvoll zur Tür. In ihrer Begleitung befand sich ein Mann Mitte dreißig. Seine Haare waren mit Gel an den Kopf frisiert, sein Bart akkurat gestutzt. Er war mit seinen etwa ein Meter siebzig genauso groß wie Eleonore. Mustangs galoppierten über das in Gelb und Beige gehaltene Hemd, das in einer rostroten Hose steckte. Er lächelte in die Runde und wandte sich dann der Hausherrin zu. Dies gab den Blick auf seinen Hinterkopf frei. Die Lindnerkinder hielten die Luft an, und auch Hendrik und Larissa schauten irritiert drein.

»Der Mann hat einen Pferdeschwanz!«, verkündete Nicolai.

»Wie der Joel aus dem Kindergarten«, fügte seine Schwester hinzu. Keiner reagierte.

»Das ist Silvio. Silvio, das sind meine Kinder: Katharina mit ihrem Mann Hendrik und den Kindern Charlotte und Nicolai, Lily, meine große Tochter, sie lebt in Irland, und Ludwig kennst du ja bereits. Das ist seine Freundin Larissa.«

Die Köpfe aller Erwachsenen fuhren herum. Ludwig sah ertappt aus. Er fixierte seinen Teller. Seine Arme lagen starr auf dem Tisch. Schließlich hob er den Blick.

»Hallo Silvio.«

»Hallo Ludwig. Ist das Kreuzband stabil?«

»Alles in Ordnung.« Als er die fordernden Blicke seiner Schwestern sah, erklärte er: »Silvio war letzten Winter mein Physiotherapeut, nach meinem Skiunfall.« Ludwig schaute von Silvio zu seiner Mutter zu seinen Schwestern.

»Ludwig hat mir immer vorgeschwärmt, welche Wunder Silvio vollbringt, da musste ich mich einfach selbst davon überzeugen.«

»Als sie zum ersten Mal zu mir kam, war Eleonore komplett verspannt. Aber wir haben jede einzelne Verhärtung aufgespürt und beseitigt.« Silvio lächelte Eleonore an. Lily musste sich daran erinnern, Luft zu holen. Er war noch nicht fertig. »Eure Mutter hat eine wunderbar feste Muskulatur vom Schwimmen und wenn sich dann doch noch einmal Verspannungen einstellen, bin ich ja jetzt da.«

Lily versuchte den Bildern, die sich nach dieser Offenbarung in ihren Kopf drängten, keinen Raum zu geben. Sie war kurz davor hysterisch loszulachen. Katharina ergriff ihr Wasserglas und nahm einen großen Schluck, den Blick starr auf den Tisch gerichtet. Ludwig sah eher betreten nach vorne.

Der Rotton zeigte sich wieder auf Eleonores Wangen und intensivierte sich, als Silvio ihre Hand ergriff.

»Ich wollte, dass ihr Silvio kennenlernt, bevor er morgen auf alle anderen trifft und wir gar keine Zeit in der Familie haben.«

Lily war sprachlos. Ihren Geschwistern schien es ähnlich zu gehen.

»Was möchten Sie denn trinken?« Larissa ergriff die Initiative. »Wein, Bier, Saft, Wasser?«

Er wählte Apfelschorle. Lily sehnte sich gerade nach einem großen Glas Whiskey.

»Wann haben Sie denn gemerkt, dass meine Schwiegermutter so einen sensationellen Körperbau hat?«, fragte Hendrik. Katharina riss die Augen auf und legte ihren Kopf auf bedrohliche Weise schief.

Silvio lächelte. Es dauerte einen Moment, bis er antwortete. Seine Augen strahlten. »Das war am 25.06. Also vor sechs Monaten und zwei Tagen. Da war mir klar, dass es das Schicksal gut mit mir meint.«

»Darf ich Ihnen Kartoffelsalat auftun?« Lily war froh über die Anwesenheit ihrer Schwägerin in spe. Sie konnte es nicht erwarten, Collum später von diesem Essen zu erzählen. Schade, dass sie ihn nicht mitgenommen hatte. Eigentlich konnte man gar nicht davon erzählen, das musste man erleben.

Nach dem Essen brachte Katharina die Kinder ins Bett. Hendrik folgte seiner Frau. Ludwig verabschiedete sich mit seiner Freundin. Silvio bot an, Lily beim Tischabräumen zu helfen. Sie wusste nicht, was sie von ihm, von der ganzen Situation halten sollte.

Eleonore kam mit einer Flasche Wein aus dem Keller und drückte sie Silvio in die Hand.

»Trinkst du ein Glas mit?«, fragte er zu Lily gewandt. Die war immer noch verwirrt von der Selbstverständlichkeit, mit der sich dieser Mensch in der Familienküche bewegte.

»Lily?« Ihre Mutter signalisierte, dass sie eine raschere Antwort wünschte.

»Das ist sehr nett, aber ich ziehe mich gleich zurück. Es war ein anstrengender Tag, und morgen wird es auch … anstrengend.«

Er sagte »All rightie«, nahm zwei Gläser und ging in Richtung Wohnzimmer. Als er außer Hörweite war, zischte Eleonore: »Ein Glas hätte dir bestimmt nicht wehgetan.«

»Ich bin müde.«

»Du hast ihn verletzt.«

Lily fielen eine Menge Dinge ein, die sie gerne geäußert hätte, schluckte sie aber alle hinunter. »Er hat ›All rightie‹ gesagt.«

»Das tut er oft«, meinte Eleonore und sah verträumt in Richtung Wohnzimmer. »Ich bin so glücklich, dass ich dir heute noch nicht einmal deine berufliche Misere vorhalten möchte.«

»Dankeschön. Das ist reizend von dir.« Offenbar war ihre Mutter auch so frohgemut, dass sie zynische Antworten nicht wahrnahm. »Ich gehe ins Bett«, sagte sie.

»Schlaf dich aus, mein Kind.« Eleonore strich Lily eine Strähne aus dem Gesicht. »Ich wünsche, dass sich Silvio morgen wohlfühlt. Hast du mich verstanden?«

»Du hast noch zwei Kinder. Sagst du es denen auch?« Lily ging aus der Küche, ohne sich noch einmal umzudrehen. In ihrem Zimmer schnappte sie sich ihr Handy und rief Collums Namen auf.

NEUNUNDZWANZIG

Tegernsee, 28. Dezember.

Am nächsten Morgen sah Lily aus dem Fenster. Weiße Hauben ruhten auf den Nadelbäumen, der Hecke und dem Gartenhaus. Die Sonne ließ den Schnee glitzern. Wenn sie sich hinauslehnte, konnte sie die Tegernseer Berge sehen. In einer Stunde würden die Skilifte öffnen. Lily beneidete alle Leute, die heute auf den Berg gehen konnten. Sie hatte noch vor dem Aufstehen in Jaspers Unterlagen gelesen und im Internet recherchiert. War das die Chance, auf die sie gewartet hatte? Sie hatte Irland als Zwischenstation gesehen. Insofern lief alles nach Plan. Inzwischen fühlte sich diese Insel aber nach so viel mehr an. Niall schrieb, fragte, wie es ihr ging, und schickte Grüße an Eleonore. Lily versprach diese auszurichten, teilte ihm mit, dass sie in Ordnung sei, und verschwieg das Treffen mit Jasper. Das Klopfen ihrer Mutter riss sie aus ihren Gedanken. Familiengeburtstagsdienste standen an.

Am späten Vormittag trafen die Stadträte, Pfarrer und Aufsichtsräte ein. Ludwig und Hendrik nahmen deren Mäntel entgegen. Larissa drapierte die Geschenke auf dem dafür bereitgestellten Tisch. Katharina hielt die Kinder in Schach und parlierte mit den Gästen. Lily war dankbar, dass ihre sparsame Mutter nur zwei Kräfte beim Partyservice angefordert hatte. Das gab ihr Gelegenheit, die Anwesenden mit Getränken zu versorgen. Regelmäßig konnte sie der

Gesellschaft für ein paar Minuten entfliehen, um in die Garage zu gehen, wo die Getränkekisten lagerten. Das bewahrte sie zwar nicht völlig vor den neugierigen Fragen, aber sie hatte zumindest immer eine Möglichkeit, diesen zu entrinnen, indem sie für Nachschub sorgte, oder zumindest vorgab, dies zu tun.

»Bist du noch im Miller Grand?«, wollte eine Tennisfreundin ihrer Mutter wissen.

»Nein, ich …«

»Amelia leitet ein aufstrebendes Unternehmen in Irland. Sie hat sich dort selbstständig gemacht. Mit großem Erfolg«, übernahm Eleonore die Antwort.

Lily schluckte. Sie öffnete den Mund, um die Bemerkung ihrer Mutter richtigzustellen. Doch die nahm sie am Arm. »Amelia, kannst du bitte einmal kommen? Ich wollte dir noch etwas zeigen. Entschuldige bitte, Carina.«

Außer Hörweite der Tennispartnerin sah Eleonore ihre Tochter streng an. »Das ist die Version, die hier in der Gegend zirkuliert. Und ich wünsche, dass es dabei bleibt.«

»Aber …«

»Nein, Amelia. Ich weiß ganz genau, was du gerade im Begriff warst zu tun.« Sie lächelte die Landrätin an, die sich noch eine Brezel vom Büfett holte. »Das ist dein Geburtstagsgeschenk für mich. Du wirst für diese Leuten die erfolgreiche Unternehmerin sein. Zumindest einen Tag im Leben will ich das Gefühl haben, dass alle meine Kinder es zu etwas gebracht haben.«

Lily ging so viel durch den Kopf, dass sie nicht wusste, was sie als Erstes sagen sollte. »Das ist doch total krank.« Sie hatte Mühe, nicht laut zu werden.

»Krank ist, was du aus deinem Talent machst. Und jetzt lass uns nicht mehr darüber sprechen.« Ein Gast, etwa in

Lilys Alter, mit Lodenjanker und blau-weiß kariertem Hemd näherte sich. Eleonore drehte sich um. »Hallo Jakob, schön, dass du es geschafft hast. Wie geht es Juliana?«

Lily sah auf die Uhr. Dreiundfünfzig Minuten. Ein neuer Rekord im Strapazieren des Mutter-Tochter-Verhältnisses. Die Fassungslosigkeit trieb sie auf die Terrasse. Zwischen Garage und Gerätehaus lagerte das Holz für den Kachelofen. Die Sonne hatte den Schnee teilweise weggetaut. An diesem halbwegs kältegeschützten Ort ging Lily in die Knie. Sie lehnte sich mit dem Rücken gegen die Holzscheite, nahm ihr Handy heraus und tippte wie besessen eine Nachricht an Louise.

»Du verkühlst dich.«

Lily hatte nicht gemerkt, dass ihre Schwester neben sie getreten war. »Willst du eine?« Katharina hielt ihr eine Schachtel Zigaretten entgegen. Lily starrte auf das rote Päckchen.

»Du weißt, dass die krebserregend sind und Falten und andere schlimme Dinge verursachen.«

Katharina schüttelte die Schachtel. »Sei ruhig und nimm eine oder lass es bleiben.«

Die Schwestern steckten sich die Zigaretten an. Katharina ging neben Lily in die Knie. Die musste plötzlich kichern.

»Wenigstens müssen wir keine Angst haben, dass Mama uns erwischt.«

Katharina lachte. »Dazu ist sie zu beschäftigt.«

»Wann kommt eigentlich ihr Lover?« Lily nahm einen tiefen Zug.

»Er arbeitet bis zwölf, dann erfreut er uns mit seiner Anwesenheit.« Katharina wusste immer alles.

»Meinst du, heute rennen wieder Tiere auf dem Hemd herum?«, fragte Lily. Sie gluckste.

»Garantiert. Er hat bestimmt eine ganze Zookollektion. Auf welche Hosenfarbe tippst du?« Katharina blies den Rauch in die kalte Luft. »Waldgrün?«

»Flamingopink.« Lily schüttelte den Kopf bei der Vorstellung.

»Dann weicht Charlotte nicht mehr von seiner Seite.«

»Wenn wir so auftauchen würden, sie würde ausflippen.«

»Vor allem wenn wir mit einem Typen mit Pferdeschwanz erscheinen würden.« Katharina starrte auf die Eiszapfen, die kleine Tropfen auf den Boden schickten. Lily grub ihre Finger in den Schnee und presste ihn zu gnocchigroßen Kügelchen.

»Hat er eigentlich hier geschlafen?«, fragte Katharina.

»Ich weiß es nicht. Ich bin ins Bett und habe mir Ohropax in die Ohren gesteckt. Vorsichtshalber … Meinst du, das ist etwas Ernstes?«

Katharina drückte die Zigarette aus. »Ich kann es mir nicht vorstellen. Er ist doch viel zu jung für sie.«

Lily verzog ihr Gesicht. »Hendrik ist auch 18 Jahre älter als du.«

»Ich weiß … Bei anderen Leuten würde mich das auch nicht stören, aber sie ist unsere Mutter. Ich habe sie noch nie so gesehen. Sie ist so … peinlich glücklich.«

»Wenigstens ist sie rational genug, dass sie ihn nicht aushält«, sagte Lily. »Das ist sie doch? Oder?«

»Ich bitte dich. Hast du meinen Ehevertrag gelesen?« Katharina klappte den Deckel der Zigarettenschachtel unablässig auf und zu. »Ich bin mir sicher, dass sie rational rangeht. Obwohl … Will er sie wirklich? Oder will er nur noch ein paar Berufe ausprobieren und auf das sichere Polster zurückgreifen, das sie ihm bietet?«

»Wie meinst du das?«, wollte Lily wissen.

»Er hat mir gestern erzählt, dass er bereits als Maurer, Animateur in einem Ferienclub und als Altenpfleger gearbeitet hat, und dann meinte er noch, er suche immer neue Erfahrungen.«

»Pfui! Letzteres wollte ich gar nicht wissen.«

»Das hätte er sich wirklich sparen können. Momentan trainiert er übrigens für einen Triathlon.«

»Vielleicht haben sie nur ein bisschen Spaß miteinander.«

Lily sah, wie Katharina angewidert das Gesicht verzog. »Andere fahren nach Kenia, Eleonore geht zum Physiotherapeuten. Der Vorteil ist jedenfalls, dass sie wenigstens nie allein ist.«

»Du bist ja in Irland und musst dir das hier nicht antun, wenn das schiefgeht.« In Lily zog sich alles zusammen, als Katharina Irland sagte. Sie überlegte, ob sie Katharina von dem Singapurangebot erzählen sollte, entschied sich aber doch dagegen. Stattdessen sagte sie: »Du bist doch auch kilometerweit weg. Derjenige, der am nächsten dran ist, ist Ludwig.«

»Der hat seine Krankengymnastenempfehlung auch bereut«, sagte Katharina. Beide mussten wieder kichern. »Damit können wir ihn heute noch ein bisschen aufziehen. Das wird lustig.«

Lily drückte sich hoch. »Dann haben wir alle unseren Spaß. Wir mit Ludwig, Eleonore mit ihren Gästen und mit einem ganz besonders.« Auch Katharina stand auf und schüttelte ihre Beine aus. »Ich sag dir, der Lover ist schneller wieder weg, als du Ironman sagen kannst.«

Um Viertel vor eins saßen und standen immer noch einige Gäste im Wohnzimmer, führten mehr oder weniger wichtige Gespräche und ließen sich die Häppchen schmecken. Lily nutzte die Zeit, um eine Kiste mit leeren Flaschen zum nahen Altglascontainer zu bringen. Auf diese Weise konnte sie sich ein wenig freie Zeit gönnen, ohne aber den Argwohn ihrer Mutter auf sich zu ziehen.

Als sie mit der leeren Kiste zurück in die Garage kam und überlegte, ob sie noch ein weiteres Mal zum Container gehen sollte, vibrierte ihr Handy in der Tasche.

»Hältst du gut durch?« – Collum, 12.54 Uhr.

»Es geht so. Meine Mutter tickt schon wieder komplett aus. Was machst du so?« – Lily, 12.55 Uhr.

»Nichts Besonderes … Skifahren wollte ich vielleicht noch.« – Collum, 12.59 Uhr.

»Cool! Wo denn? Mit wem gehst du?« – Lily, 12.59 Uhr.

»Du bist heute sehr langsam. Komm vor die Haustür!« – Collum, 13.00 Uhr.

Lily drückte den Garagenöffner und lief durch die Einfahrt auf die Straße. An einen weißen Wagen gelehnt stand Collum und blinzelte in die Sonne.

»Ich werde verrückt! Was machst du denn hier?« Sie rannte über die Straße und fiel ihm um den Hals.

»Ich wollte mir den Lindnerschen Familienspaß nicht entgehen lassen.«

»Oh Collum, ich kann dir gar nicht sagen, wie dankbar ich dir bin.« Sie umarmte ihn noch einmal und drückte ihm einen festen Kuss auf die Wange. Er sah sie an und hielt ihre Taille umfasst.

»Falls es nicht passt, kann ich mich auch im Hintergrund halten oder mich ganz zurückziehen und dich heute Nacht im Hotel wieder aufbauen.«

»Was meinst du denn mit ›im Hintergrund halten‹? Willst du dich im Gartenhaus verstecken?«

»Ich dachte eher, dass du mich mit einer Schürze ausstattest und ich mich unerkannt unter das Personal mische.«

»Das sind nur zwei Leute, das würde auffallen. Wir machen etwas ganz Wildes und führen dich als Gast ein.«

»Wie langweilig!« Collum legte den Kopf schief.

»Vertrau mir, das wird es nicht«, sagte sie. »Ich tauche hier das erste Mal seit prähistorischer Zeit mit einem Mann auf. Da kommt Spannung von ganz allein auf. Bist du bereit?«

»Bereit, deine fulminante Familie kennenzulernen?« Er löste seine Arme von ihr und breitete sie aus, wie ein Zirkusdirektor in der Manege. »Ich kann es kaum erwarten.«

»Mal sehen, ob du heute Abend nicht andere Bezeichnungen für sie findest«, sagte Lily. »Dann komm mal mit rein. Ein Geschenk können wir später noch besorgen. Die Konditorei hat bis abends geöffnet und mit den hausgemachten Pralinen liegst du bei meiner Mutter immer richtig.«

Er holte eine Orchidee von der Rückbank und entfernte das Papier. »Ich habe doch an alles gedacht.«

»Mit dem Prachtexemplar wird sie denken, du willst um meine Hand anhalten.« Lily legte den Kopf schief. »Aber das ist gut. Das lenkt von meinem ›beruflichen Versagen‹ ab.«

Sie zog Collum ins Haus und führte ihn ins Wohnzimmer. »Da hinten in dem schwarz-weißen Oberteil, das ist meine Mutter. Jetzt geht es los.« Sie atmete tief durch.

Eleonore unterhielt sich mit einem Stadtratskollegen über Wasserkraftwerke, als Lily sich hinter sie stellte und auf eine Gesprächspause wartete. Ihre Mutter drehte sich um und sah Collum an. Lily wusste, dass sie überrascht war, auch wenn man es ihr nicht ansah. »Darf ich vorstellen? Das ist ein guter Freund von mir aus Dublin. Collum Sullivan.«

»Ein Überraschungsgast, wie nett.« Eleonore reichte ihm die Hand.

»Gnädige Frau, darf ich Ihnen meine allerherzlichsten Glückwünsche aussprechen.« Lily sah ein Aufleuchten im Gesicht ihrer Mutter, die huldvoll die Orchidee entgegennahm. Sie fand seine Worte fast anbiedernd und hätte am liebsten Würgegeräusche gemacht. Gleichzeitig liebte sie ihn dafür, wie er sich in die Familie einführte. Da konnte nichts schiefgehen.

»Es sieht meiner Tochter ähnlich, dass sie Sie nicht angekündigt hat.« Sie musterte Collum von oben bis unten. »Aber es freut mich, dass sie zum ersten Mal seit Jahren nicht alleine auf einer Familienfeierlichkeit erscheint.«

»Lily, besorge bitte deinem Gast etwas zu trinken.«

Collum drehte sich zu Lily um und lächelte. In seinen Augen konnte sie lesen, dass ihn die Szene amüsierte. »Möchtest du Wasser oder Sekt oder Bier?«, fragte sie.

»Erst einmal ein Wasser, vielen Dank. Später dann gerne ein Bier.«

Lily ging in die Küche. Mit Collum würde sie alles durchhalten, den heutigen Abend genauso wie Silvester. Ihr fiel ein, dass sie ihn überhaupt nicht gefragt hatte, ob er so lange bleiben würde.

Als sie mit einem Glas Wasser in der Hand zurückkehrte, bemerkte sie eine Veränderung. Der Gesichtsausdruck ihrer Mutter hatte von erfreut-neugierig zu distanziert-höflich gewechselt. Der Pfarrer trat an Eleonore heran, um sich zu verabschieden. Lily nutzte die Ablenkung, um Collum zum Büfett zu ziehen.

Sie blickte ihn kritisch an. »Was hast du gemacht?«

Sein Gesicht wirkte unschuldig. »Ich habe Hunger. Gibt es noch Weißwürste?« Er nahm einen Teller in die Hand. Lily nahm ihm diesen wieder weg. »Meine Mutter hat so komisch geguckt.«

»Ich fand sie sehr freundlich.« Seine Augen blitzten.

»Das sind Nuancen«, sagte sie. »Die erkennst du nur, wenn du hier schon lange im Geschäft bist. Was hast du gesagt?«

Er sah sich im Raum um und grinste.

»Sie fragte mich, was ich beruflich tue, und ich habe ihr geantwortet.«

»Das kann sie nicht verstimmt haben«, sagte Lily. »Was hast du noch gesagt?«

Er lächelte hintergründig. »Ich meinte lediglich, dass du an zwei Tagen die Woche in meiner direkten Nachbarschaft arbeitest. Alles Weitere fand in ihrem Kopf statt.«

»Oh nein!« Lily atmete aus und schüttelte den Kopf. »Jetzt denkt sie, dass du ebenfalls einen Foodtruck hast. Der Tag würde wesentlich entspannter ablaufen, wenn sie wüsste, was du wirklich tust.«

»Das wäre aber langweilig.« Er strich ihr über die Wange. »Und so kann ich eher nachempfinden, wie es dir so ergeht, als schwarzes Schaf.«

Katharina erschien im Wohnzimmer, Lily stellte die beiden einander vor und beobachtete mit großem Vergnügen, wie Collum das Gespräch so geschickt auf Katharinas Tätigkeit als Ärztin lenkte, dass sie nicht dazu kam, Näheres über ihn in Erfahrung zu bringen. Da Charlotte und Nicolai Mittagsschlaf halten sollten, um abends etwas länger durchzuhalten, blieb Katharina keine Zeit für einen Versuch, weiter nachzuforschen.

Am Nachmittag zogen sich die Familienmitglieder zurück, um sich auszuruhen oder für den Abend fertig zu machen.

Lily nutzte die Zeit, um Collum mit auf ihr Zimmer zu nehmen und sich mit ihm ungestört zu unterhalten. Er sah sich aufmerksam um.

»Das Zimmer sieht so gar nicht nach dir aus.«

»Das ist auch ein ganz normales Gästezimmer. Meine Mutter hat sofort alles ausgeräumt, als ich in die USA gegangen bin.«

»Schade, ich hätte zu gerne gesehen, wie dein Mädchenzimmer war.« Er ließ sich auf dem Bett nieder. »Was erwartet uns heute Abend? Gibt es ein Programm?« Sie zog die Stirne kraus. »Habt ihr etwas einstudiert? So eine Revue über ihr Leben?«

»Bist du verrückt? Ich habe zwar immer noch diesen postpubertären Drang, meine Mutter zu provozieren, aber ich will nicht, dass sie einen Herzinfarkt erleidet.«

»Ihr sollt ja kein Schmähgedicht schreiben, dass ihre Verfehlungen aneinanderreiht, aber irgendetwas Lustiges oder eine Rückschau.«

»Das hasst sie.«

»So etwas mögen doch alle Eltern.«

»Eleonore nicht.«

»Kann es sein, dass ihr lediglich keine Lust hattet?«

»Glaube mir einfach, das ist keine gute Idee.«

»Deine Mutter ist Unternehmerin, Gemeinderätin, die Grande Dame vom Tegernsee. Sie hat ein erfolgreiches Leben und das an einem runden Geburtstag zu zeigen, ist doch toll.«

»Collum, sie lebt die ›zweite Wahl‹.

»Wie meinst du das?«

»Das alles hier, hat sie sich hart erarbeitet, aber für sie ist es immer nur das Ersatzleben, das, was sie nehmen musste.«

»Was wäre denn die erste Wahl gewesen?« Er legte den Kopf schief.

»Leitung einer alteingesessenen Hamburger Reederei, Sitz im Senat, Zugehörigkeit zu diesem zurückhaltenden, aber unsagbar mächtigen und einflussreichen Zirkel Hamburgs.«

Collum hatte sich zurückgelehnt und sah Lily mit gerunzelter Stirn an. »Warum hat sie es nicht gekriegt?«

»Ihr Vater hat die Firma an ihre Schwester übergeben, weil er sie nicht für geeignet hielt. Sie hat einen Fehler gemacht. Mein Großvater, der wohl ein ziemlicher Patriarch war, hat ihr den nicht verzeihen wollen, und damit ist alles, was sie für sich reklamiert hat, und alles, was ihr ein Leben lang als erstrebenswert nahegelegt wurde, den Bach runtergegangen.«

»Aber was sie sich hier aus eigenen Kräften aufgebaut hat, ist doch viel bewundernswerter.«

»Das sieht sie aber nicht so. Du kriegst die Reederstochter nach Oberbayern, aber Hamburg nicht aus der Reederstochter. Deswegen können wir keine Eleonore-Lindner-Revue machen.«

»Das bildest du dir ein.«

»Nein, ich weiß noch nicht einmal, ob sie sich das selbst eingesteht, aber ich bin mir sicher, dass sie den Moment, in dem sie sich in meinen Vater verliebt hat, sofort rückgängig machen würde, wenn sie könnte.«

Collum richtete sich auf und ergriff Lilys Hand.

»Dich bereut sie nicht.«

»Weißt du, wie oft sie mir erzählt hat, dass ich gezahnt habe, während sie sich auf ihre Prüfungen vorbereiten musste? Zwischen den Zeilen: Hätte ich nicht das schreiende halb-irische Balg, hätte ich nicht in die bayerische Provinz wegverheiratet werden müssen. Sie hat unendlich viele solcher Geschichten auf Lager. Das ist meine Rolle hier: Lily, die Enttäuschende.«

»Wenn dich deine Mutter nicht lieben würde, würde sie dich nicht dauernd kritisieren. Sie will dein Bestes, und vielleicht hat Sie das Gefühl, dass du die gleichen vermeintlichen Fehler machst wie sie.«

»Dass ihr Eliteleute euch immer gegenseitig in Schutz nehmt!«

»Auch wenn du dich noch so sehr dagegen wehrst, Amelia Thornton-Lindner, du bist auch ein Teil unseres exklusiven Clubs. Auch wenn ich nicht denke, dass es den gibt.«

»Niemals.«

»Ganz klar. Du kannst deine Ballettstunden nicht verleugnen, so wie du dich bewegst. Außerdem weißt du dich in jeder Situation angemessen zu verhalten, ohne nachzudenken. Um deine Worte zu verwenden: Du kriegst die höhere Tochter nicht aus der Surferin.«

Er nahm sie in den Arm. Lily legte die Arme um seinen Hals und kuschelte sich an ihn. Draußen hörte er Katharina mit ihrem Mann reden. Ihn überkam plötzlich die Panik, dass ein Angehöriger der Lindnerfamilie hereinkommen und sie beide so sehen könnte. Seit er siebzehn war, hatte er solche Gedanken nicht mehr gehabt. Sie schloss die Arme noch ein wenig fester um ihn. »Du bist mir sehr wichtig«, flüsterte sie.

»Du mir auch«, sagte er leise. »Hältst du durch?«

Sie hob ihren Kopf und sah ihn lange an. Dann nickte sie. Sein Blick fiel auf die Schranktür, an der ein dunkelblaues Kleid mit einem Carmenausschnitt hing.

»Ziehst du heute Abend das an?«

»Bestimmt nicht. Das hat mir meine Mutter hingehängt, aus Angst, ich hätte nichts ›Angemessenes‹ dabei. Ich werde die schwarze Hose und das rückenfreie Top tragen.«

»Ziehst du es einmal an? Für mich.«

Sie zuckte mit den Schultern, schlüpfte aus ihren Sachen und ließ das Kleid über ihren Kopf gleiten. Sie drehte sich zu ihm hin, damit er den Reißverschluss schließen konnte. Er nahm das winzige Metallstück zwischen Daumen und Zeigefinger und schob es langsam ihren Rücken hinauf. Seine Finger waren einen Millimeter von ihrer Haut entfernt, über der sich das Kleid schloss. Für einen Moment berührte er mit seiner Hand die Stelle oberhalb des Stoffes. Sie ging zwei Schritte zurück und streckte ihre Arme seitlich weg. Sie schob ihren Mundwinkel skeptisch nach oben und wartete darauf, dass Collum ihre Ablehnung in Worte fassen würde. »Furchtbar, oder?«, sagte sie. Sie öffnete den Schrank, um in den Spiegel an der Türinnenseite zu blicken.

»Du siehst aus wie Grace Kelly in *Fenster zum Hof.*«

»Dafür bin ich nicht blond genug.«

»Du siehst wunderschön aus. Ziehe es an!«

»Damit sie gewonnen hat?«

»Um ihr eine Freude zu machen.«

Sie zog eine Grimasse.

»Weil ich es mir wünsche?«

»Für dich mache ich es und weil sie Geburtstag hat und weil ich dann vielleicht nicht wegen irgendetwas anderem kritisiert werde.«

DREISSIG

Tegernsee, am Abend.

Im Seehotel stand Eleonore neben Silvio im Eingangsbereich des Festsaals. Während sie die ankommenden Gäste begrüßte, nahm er die Geschenke entgegen, um sie auf dem Gabentisch zu drapieren.

Neugierige Blicke waren Teil des Deals, wenn man seine Heimatgemeinde nur selten aufsuchte. Lily wusste, dass die Gäste sich fragten, wer der Mann an ihrer Seite war. Normalerweise hätte sie dieses Anstarren als nervig empfunden. Mit Collum genoss sie es sogar. Er sah nicht schlecht aus, im festlichen Anzug wirkte er wie ein Filmstar.

Ihre Geschwister saßen mit ihren Partnern bereits am Tisch.

»Ist der Gigolo schon eingetroffen?« Katharina band die Schleife auf der Rückseite von Charlottes Kleid noch einmal ordentlich.

»Er steht vorne und gibt den Geschenkeassistenten«, sagte Ludwig, der mit Larissa wohl kurz vor Lily und Collum eingetroffen war.

»Galoppiert etwas über sein Hemd?«, fragte Katharina.

»Nein, alle Tiere verbringen den Abend im Stall.« Larissa kicherte.

»Dann hat sie ihn ausgestattet.« Katharina reckte den Hals. Der Blick, den sie auf den Freund ihrer Mutter erhaschen wollte, blieb an Collums Anzug hängen. Lily beugte sich zu ihrem Freund hinüber und sagte leise: »Du hast einen Fehler gemacht, du grandioser Tiefstapler. Der Durchschnittsfoodtruckunternehmer trägt nichts vom Maßschneider.«

»Das habe ich alles bedacht. Ich erzähle einfach, dass der Inhaber einer Maßschneiderei sich meine Dienste nicht leisten konnte und mich mit Sachleistungen entschädigt hat.«

»Oh bitte, Collum, du kannst sie nicht so anlügen«, sagte Lily.

»Erstens habe ich wirklich einmal einen Anzug bekommen, weil ich einem Schneider ein Programm geschrieben habe«, sagte Collum. »Da war ich noch Student. Und außerdem habe ich nie behauptet, einen Foodtruck zu haben, ich rede immer über mein Unternehmen. Das mit dem Foodtruck passiert in ihren Köpfen.«

»Ich weiß gerade nicht, ob ich das furchtbar witzig finde oder ob ich dich lieber hätte daheim lassen sollen.«

»Hol die spaßige Lily heraus und spiel mit.« Er sah sich um. »Was machen eigentlich die Instrumente auf der Bühne? Ich dachte, wir sind heute gediegen.«

»Tanz ist in Ordnung, solange es nicht zu wild wird!«, sagte Lily.

Katharina setzte an, mehr über Collum herauszufinden. »Mama meinte, Sie seien ein Kollege meiner Schwester.«

»So weit würde ich nicht gehen«, sagte Collum. »Wir arbeiten in direkter Nachbarschaft.«

»Empfinden Sie es nicht als störend, wenn Lily ihren Truck vor Ihrer Haustür aufmacht?«

»Anfangs gab es schon Kompetenzstreitigkeiten, aber inzwischen ergänzen wir uns ganz gut.« Er lächelte Lily an.

»Sie können also Ihren Lebensunterhalt noch bestreiten, obwohl meine Schwester vor Ihrer Haustüre kocht?« Ludwig sah Collum herausfordernd an. Lily wunderte sich über so viel Bruderstolz.

»Durchaus«, erwiderte Collum. »Meine Konkurrenz kommt eher aus den Vereinigten Staaten und Korea.«

»Sind Sie direkt aus Dublin?«, fragte Ludwig.

»Ich wohne dort.«

»Die Mieten müssen dort in letzter Zeit explodiert sein.« Lily nippte an ihrem Weinglas. Auch ihre Geschwister konnten Drachenfels-Interviews. Vermutlich lag das in den Genen.

»Das stimmt, aber ich muss keine Miete zahlen.« Lily bewunderte Collum – er war ein Meister darin, mehrdeutig zu antworten.

»Da haben Sie aber Glück«, sagte Katharina. Lily war erstaunt, dass sie nicht weiterbohrte. Eleonore hätte nicht locker gelassen.

Larissa tippte Ludwig an und deutete mit dem Kopf in Richtung Eingang. Katharina blickte ebenfalls nach vorne. »Hendrik«, sagte sie. Der hörte auf, Nicolai den Mund abzuwischen, und hob den Kopf. Verwirrt registrierte Collum die Unruhe, die am Tisch entstanden war. Der norddeutsche Teil der Familie stand auf. Ludwig erhob sich gleichermaßen, um dann galant den Stuhl seiner Freundin zurückzuschieben.

»Was ist jetzt los?«, flüsterte Collum.

Lily grinste. »Erbtanten-Nervosität.«

Tante Hedwig war am Arm von Silvio im Saal erschienen. Er führte sie zu ihrem Platz am Tisch des Geburtstagskindes und ließ sich zu einem Handkuss hinreißen, was die alte Dame mit einem wohlwollenden Nicken quittierte.

»Schleimer!«, sagte Ludwig und setzte sich in Bewegung.

Collum sah Lily an, die ihr Kleid im Stehen glattstrich.

»Auf geht's. Tante Hedwig darf man nicht warten lassen.«

Er erhob sich und begleitete Lily nach vorne, wo er belustigt das Lindnersche Familiendefilee beobachtete. Nachdem Ludwig und Katharina samt Anhang die Dame standesgemäß begrüßt hatten, war Lily an der Reihe, die Luft neben der himbeerrosafarbenen Kostümjacke zu küssen.

Tante Hedwigs Augen verengten sich, als sie Collum hinter Lily stehen sah. Ihre Großnichte wollte ansetzen, ihren Begleiter vorzustellen, doch die Tante hob abwehrend die Hand. Die Geschwister beobachteten unbehaglich, wie sie in ihre Tasche griff ein Tablet und ein kleines Heft herauslegte. Dieses nahm sie, trat nach vorne und baute sich vor Collum auf.

»Junger Mann, ich kenne Sie.« Sie zeigt auf Collums Bild in der Kurzfassung der Gebrauchsanweisung. »Sie haben mein Tablet entwickelt.« Sie sprach den Computer aus wie die Servierhilfe.

»Diese Ehre gebührt in erster Linie Aidan Gough, meinem Geschäftspartner. Aber es ist mir eine Freude, dass sie sich für ein Modell aus unserem Haus entschieden haben.«

»Mein Neffe Ferdinand hat mir das geschenkt und mir gezeigt, wie ich mit ihm von Angesicht zu Angesicht sprechen kann. So kann ich auch meine Großnichten kennenlernen, sobald sie auf der Welt sind. Wissen Sie, wir lieben die Tradition, aber wir gehen mit der Zeit.«

Da erkämpfte sich Nicolai die Aufmerksamkeit, indem er sich durch die Umstehenden durchdrängelte und Tante Hedwigs Beine umarmte. Einer solchen Liebesbezeugung mussten sich auch adlige Anstandsnormen unterordnen. Sie schickte die Erwachsenen mit dem Hinweis zurück an ihren Tisch, dass sie jetzt einen Tischherrn habe, der sich um sie kümmere. Als auch Lily sich entfernen wollte, wurde sie zurückgehalten.

»Das ist ein fescher Mann, den du dabei hast, und aus gutem Hause. Der findet meine Zustimmung.«

Auf dem Rückweg zum Tisch klärte Katharina Lily darüber auf, dass Foffi sich verlobt hatte und die beiden gerade die amerikanische Leihmutter besuchten. Die Aussicht auf eine Fortführung des Namens hatte Tante Hedwigs progressive Seite geweckt. Über Collums wahren Beruf verloren Lilys Geschwister kein Wort.

Nach dem Dessert nahm die Band, die das Menü mit klassischem Jazz begleitet hatte, die Instrumente wieder auf.

Eleonore erschien auf der Tanzfläche und bedankte sich kurz bei den Anwesenden, dass sie mit ihr feierten. Hendrik, der gerade eine Flasche Wein bestellte, drehte sich um. Silvio stellte sich am Rand des Parketts auf. Er nickte dem Gitarristen zu, der erwiderte die Kopfbewegung.

»Jetzt wird es interessant.« Katharina setzte sich auf. Larissa bekam große Augen, und Ludwig reckte den Hals. Auch die anderen am Tisch starrten gebannt auf den Mann, der gleichzeitig mit der einsetzenden Musik seine Arme dramatisch in die Luft erhob. Wie ein Torero stand er da und begann, seine Hüften rhythmisch zu bewegen.

»Da hat wohl einer das Memo nicht gekriegt.« Ludwig grinste. »Meine Damen und Herren, dürfen wir Ihnen den Tanz in den Abgrund präsentieren.« Er lehnte sich zurück und grinste fies.

Silvio begann nun, sich auf Eleonore zuzubewegen. Hüftkreisend, die Arme immer noch über den Kopf erhoben. Lily biss sich auf die Lippen. Würde ihre Mutter hinausstürmen und ihn auf der Tanzfläche stehen lassen oder würde sie anfangen zu schreien, bis die Band das Lied abbrach und Silvio das Feld räumte? Am liebsten wäre sie aufgestanden, um ihn von diesem Fehler abzuhalten. Lily war bestimmt nicht begeistert von diesem neuen Mann im Leben ihrer Mutter, aber die Demütigung, die unmittelbar bevorstand, hatte kein Mensch verdient. Eleonore hatte den Kopf nur kurz gedreht, jetzt starrte sie nach vorne. Ein verkrampftes Lächeln in ihrem erröteten Gesicht.

»Ich kann das nicht mitansehen!« Lily ergriff Collums Hand und drückte sie. Silvio hatte Eleonore inzwischen erreicht und umtanzte die steif in der Mitte der Tanzfläche dastehende Frau. Er griff ihre Hand, sie entwand sich ihm, drehte sich weg. Er zog sie zu sich zurück, umschloss sie mit beiden Armen. Eleonore riss ihre Arme hoch und machte kleine Schritte von ihm weg. Rhythmische Schritte. Cha-Cha-Cha. Er tanzte hinter ihr, ergriff ihre Hand, drehte sie. Die Gäste begannen im Takt der Musik zu klatschen. Lily starrte fassungslos auf ihre Mutter, die nicht nur tanzte, sondern offenbar eine Choreographie einstudiert hatte. Sie wollte die Gesichter ihrer Geschwister sehen, konnte sich aber nicht von dem Bild abwenden, das sich ihr auf der Tanzfläche bot. Eleonore und Silvio tanzten nun mit ausgreifenden Schritten und wirbelten über die gesamte Fläche. Nach Minuten nahmen sie eine Schlusspose ein: Eleonore halb liegend in seinen Armen. Nun drehte sich Lily zu ihren Geschwistern um. Ludwig glotzte seine Mutter entgeistert an. Katharinas Augen weiteten sich geschockt. Um sie herum jubelten die Anwesenden. Lily sah zurück zu dem Paar, das die Lippen fest aufeinandergepresst hatte. Silvio zog Eleonore hoch. Ihr Gesicht war überhitzt, die Frisur ein wenig derangiert, aber sie strahlte. Irgendwoher hatte Silvio eine Rose genommen, die er nun Eleonore überreichte. Lily war froh, dass er sie nicht zwischen den Zähnen präsentiert hatte. Sie spürte Collums Hand an ihrer Schulter.

»Komm!«, sagte er.

Er nahm sie an der Hand und führte sie an die Hotelbar, wo er Whiskey bestellte und Lily ein Glas vor die Nase hielt. Er grinste.

»Schön, dass es dir gefällt«, murmelte Lily. Sie trank das Glas in einem Zug aus.

»Louise hatte recht, ihr Lindners seid unglaublich unterhaltsam«, sagte er. Die Szenen von gerade eben spielten sich immer wieder vor Lilys geistigem Auge ab. Sie konnte nicht antworten.

»Bist du okay?« Collum legte ihr die Hand auf den Oberarm.

»Mich hat er ja nicht geküsst«, sagte sie.

»Ironie ist ein gutes Zeichen.«

»Dürfen wir uns euch anschließen?« Die restlichen Tischgenossen erschienen an der Bar. Collum versorgte sie mit Whiskey, und man tauschte sich über das Unvorstellbare aus.

»Ruhe!« Larissa hatte im letzten Moment gesehen, dass sich Silvio der kleinen Gruppe näherte. Das Gespräch verstummte. Silvio setzte ein Lächeln auf.

»Es ging also gerade um mich.«

Keiner wusste etwas auf diese Eröffnung zu sagen.

»Wir sind es nicht gewöhnt, unsere Mutter ausgelassen tanzen zu sehen.« Lily hatte sich gefangen.

Silvio räusperte sich.

»Ich kann mir vorstellen, dass es für euch eine große Umstellung ist, mich mit eurer Mutter zu sehen, und ich wünsche mir, dass wir gut miteinander auskommen. Eleonore ist mir sehr wichtig, und ich wollte euch versichern, dass ich nur die allerbesten Absichten habe. Eleonore ist so eine großzügige und herzliche Frau und ich möchte sie ... »Er atmete tief ein. »Ich möchte euch förmlich um ihre Hand bitten.«

Klirr!

Katharina war das Glas entglitten. Silvio sah in die Runde. Hendrik sah auf den Boden. Katharina hob die Scherben auf und fauchte den herbeieilenden Hotelangestellten an, ihr das Kehrset zu überlassen. Das Schweigen wurde unerträglich. Ludwigs Gesichtsfarbe wechselte von Kalkweiß zu Eleonorerot. Larissa wirkte, als würde sie gleich anfangen zu weinen. Lily wollte etwas sagen, wusste aber nicht was. War es in Ordnung, ihm alles Gute zu wünschen? Sie konnte ihren Geschwistern nicht so in den Rücken fallen. Andererseits tat er ihr schrecklich leid.

»Es ist okay, wenn ihr nicht gleich antwortet, aber ich wollte es euch sagen, bevor ich ihr nachher den Antrag mache. Schließlich seid ihr ja dann auch meine Kinder.«

Jemand muss etwas sagen, dachte Lily. Ich muss etwas sagen. Aber was?

»Ich wünsche Ihnen alles Gute«, sagte Collum. Die anderen schwiegen und sahen betreten auf den Boden. Silvio blieb noch eine kurze Weile stehen und verließ dann die Bar.

»Der will ihr Geld. Ganz eindeutig, der zieht sie bis auf die Unterhose aus und dann macht er sich auf und sucht sich die nächste Witwe.« Katharina stand auf und stellte die Kehrgarnitur mitten auf die Bar. Sofort wurde sie vom Barpersonal entfernt, das sich sonst nicht mehr in die Nähe dieser Gruppe traute.

Ludwig schüttelte sich. »Was machen wir denn jetzt? Sollen wir mit ihr reden und sie zur Vernunft bringen?«

»Du glaubst doch nicht, dass wir durch Reden irgendetwas bewirken. Sag schon mal ›Auf Wiedersehen Erbe‹ und ›Hallo Pflichtteil!‹.« Katharina nahm das Glas ihres Mannes und trank.

»Sollen wir Tante Hedwig einschalten? Die hat am meisten Autorität.«

»Jetzt beruhigt euch erst einmal, ihr wisst doch noch gar nicht, ob sie Ja sagt.« Hendrik nahm seiner Frau das Glas aus der Hand und legte ihr den Arm um die Schultern.

»Und wenn sie sich wirklich lieben? Vielleicht sollten wir einfach darauf vertrauen, dass unsere rationale Mutter den richtigen Partner gewählt hat, und uns für sie freuen.«

Die fassungslosen Blicke wurden ein weiteres Mal ausgepackt, nur dass sie diesmal Lily trafen. Katharina sah ihre Schwester an, als habe diese völlig den Verstand verloren.

»Du kannst leicht reden. Du haust in ein paar Tagen wieder ab und ziehst dein Ding durch. Wir müssen uns doch hier mit allem herumschlagen. Vor allem der arme Ludwig.«

Katharina verließ die Bar, Hendrik direkt hinter ihr. Ludwig und Larissa schlossen sich an.

»Na bravo!« Lily schüttelte den Kopf.

Collum legte seine Arme um sie und küsste sie auf ihre Schläfe.

»Du hast genau das gesagt, was ich gedacht habe.«

Sie schielte zur Bar. »Wollen wir uns hemmungslos betrinken?«

»Ich weiß etwas Besseres.« Er nahm sie an der Hand und führte sie in den Saal. »Oh nein, Collum, ich will jetzt nicht tanzen.«

»Doch! Wir schicken jetzt Endorphine durch deinen Körper. Außerdem wäre es eine Schande, zu dieser Band nicht zu tanzen. Ich finde sie grandios.«

»Na gut.« Er goss ihr noch einen Whiskey ein. Sie trank ihn auf ex. »Einen Tanz!«

Er bot ihr seinen Arm an, und sie ließ sich von ihm auf die Tanzfläche begleiten.

»Du lässt mich ja tatsächlich führen.« Er veränderte seinen Griff, und Lily drehte sich unter seinem Arm durch von ihm weg, um sich gleich wieder zu ihm hinzudrehen.

»Ich muss gerade verdauen, dass du auch noch richtig gut tanzen kannst. Schrecklich ist das.« Er lächelte und schwieg. »Aber ich habe beschlossen, dich heute mal glücklich zu machen.«

»Dann genieße ich diese fünf Minuten.« Er wirbelte sie noch einmal herum.

»Tu das.«

Aus einem Tanz wurden zwei. Beim dritten Tanz lachte Lily sogar. Tanz vier brachte sie außer Puste. Collums Eau de Toilette war jetzt, da er leicht erhitzt war, noch intensiver. Lily hatte es so deutlich sonst nur in der Nase, wenn sie neben ihm im Bett lag und sie kurz vor dem Einschlafen war. Sie hob ihr Gesicht, dass sie seine Wange spüren konnte.

»Am liebsten würde ich gehen«, sagte sie.

»Soll ich dich heimbringen?«

»Darf ich mit zu dir?« Sie sah ihm in die Augen.

»Das musst du nicht fragen.«

Collum schloss sein Zimmer auf und ließ Lily eintreten. Er zog sein Jackett aus und hängte es auf einen Bügel an der Garderobe. Lily ließ sich auf dem Bett nieder. Sie lehnte sich zurück und streifte ihre Schuhe ab.

Collum blieb neben der Garderobe stehen. Er hatte die Manschettenknöpfe entfernt, hielt inne und sah sie an, wie sie auf dem Bett saß und ihn auffordernd ansah. Er musste lächeln. »Was ist?«

»Schlaf mit mir. Ich brauch das heute.«

Er musste sich verhört haben. Collum versuchte sich seine Verwunderung nicht anmerken zu lassen. Genau das wollte er. So viele Nächte hatte sie sich an ihn geschmiegt und er hatte sich gezwungen, sie nicht zu küssen. Seine Hände hatten sich nicht unter ihr Shirt geschoben. Er hatte sich zusammengenommen, und es war ihm schwergefallen, sich zu beherrschen. Sehr schwer. Nun saß sie vor ihm und forderte genau das von ihm ein. Er verlagerte sein Gewicht auf das andere Bein. Wie lange stand er schon da und überlegte? Sie neigte ihren Kopf nach vorne und sah ihn von unten an. Als er sich noch immer nicht bewegte, erhob sie sich. Drei Schritte waren nötig, um ihn zu erreichen. Sie nahm sein Gesicht in ihre Hände und drückte ihre Lippen auf seine. Er legte seine Arme um sie, spürte ihren Oberkörper nah bei seinem, spürte, wie sie sich an ihn presste. Er löste seine Hände von ihrem Rücken, legte sie auf ihre Schultern und schob sie von sich weg.

»Was? Willst du erst ins Bad?«

»Nein.« Er biss sich auf die Lippen. »Lass uns das nicht tun.« Es fiel ihm so schwer, diese Worte auszusprechen.

Sie schob den Kopf zurück, als habe sie nicht richtig gehört. »Warum nicht?«

Er schloss die Augen. Offenbar verunsicherte sie das noch mehr, denn sie sagte: »Du hast doch gesagt, du stehst auf klare Ansagen.«

»Aber nicht so.«

»Wie dann? Was soll ich denn sagen?«

»Lily, nicht …«

»Ach komm, du sagst mir, was du gerne hören oder tun willst. Ich sage oder tu es. Davon träumen Männer doch.«

»Ich nicht.«

Sie kniff die Augen zusammen. »Das habe ich aber anders in Erinnerung.« Ihre Stimme klang fremd. »Wo ist denn bitte das Problem?«

Sie sah ihn durchdringend an. Egal, was er jetzt sagte, sie würde es falsch verstehen. Er suchte nach Worten.

»Lily …«

Sie ließ ihn nicht zu Wort kommen. »Du schläfst mit der halben Welt, aber mit mir geht das nicht?«

»Nein.«

»Du hast vorhin erst gesagt, ich sehe aus wie Grace Kelly. Wer will denn nicht mit Grace Kelly schlafen? Wir können Freunde sein und miteinander schlafen. So etwas geht.«

»Mit dir schläft man nicht einfach so.«

»Auch nicht, wenn ich es will?«

»Nein.«

Sie ließ ihn los. »Ich fasse das gerade nicht. Mit der halben Welt, Collum. Und ausgerechnet ich gehöre zur anderen Hälfte. Na, vielen Dank!«

Sie stützte sich mit einer Hand auf dem Bett ab und zog ihre Schuhe wieder an.

»Ich bringe dich heim«, sagte er.

»Das kannst du schön bleiben lassen.«

»Lily. Es war heute viel. Du bist aufgewühlt. Ich will nicht, dass du etwas tust, was du später bereust. Du machst das heute, weil du dich an deiner Mutter rächen willst, und das ist kein guter Grund für Sex.«

»Der ist genauso gut wie jeder andere Grund. Aber wie du meinst.«

»Du musst aufhören, dein Leben aus Trotz gegenüber anderen zu führen oder weil du von etwas wegrennst. Wann fängst du endlich an zu tun, was du willst, und dir das Leben zu nehmen, das du möchtest.«

»Ach denkst du, das tue ich nicht?«

»Nein, du lebst nach wie vor mit angezogener Handbremse.«

Sie atmete genervt aus.

»Du bist großartig, Lily«, sagte er. »Ich hoffe, dass ich irgendwann einmal den Moment erleben kann, an dem du der ganzen Welt zeigst, wie großartig du bist. Mach dich frei von dem, was andere denken, mach dich frei von deiner Familie. Der Foodtruck hat dich zu dir gebracht. Es ist an der Zeit, dass du Küchengeschichte schreibst: Ein eigenes Lokal, Kochbücher, Kochsendungen, du hast das Zeug zu allem. Such dir, was dir Spaß macht, und schwimm dich endlich frei!«

»Dann schau mal genau hin.«

Sie ging zur Tür und zog sie laut hinter sich zu.

Auf dem Weg in die Fontanestraße hatte sie sich leergeschimpft. Im Haus ihrer Mutter war alles dunkel. Sie warf ihre Jacke auf die Truhe im Flur und ging in die Küche. Dort öffnete sie den Kühlschrank, nahm die Geburtstagstorte heraus, holte sich eine Gabel und machte sich über das Heidelbeer-Sahne-Gebilde her. Sie hörte nicht, dass draußen ein Schlüssel in die Haustür gesteckt wurde und Eleonore mit Silvio nach Hause kam. Erst als die Küchentür aufging, merkte Lily, die mit angezogenen Beinen auf der Bank saß und immer noch in der Torte herumstocherte, dass sie nicht mehr allein war. Hoffentlich gehen die direkt ins Bett, dachte sie und überlegte, ob die Ohrstöpsel noch auf ihrem Nachttisch lagen. »Dich habe ich nicht erwartet«, sagte ihre Mutter kühl. Sie wirkte angegriffen. Silvio sah Lily argwöhnisch an, ging dann zum Kühlschrank und förderte eine fast volle Flasche Champagner zutage. Eleonore nahm einen Stapel Geburtstagskarten in die Hand, sortierte sie durch und legte sie wieder auf die Arbeitsplatte, ohne eine geöffnet zu haben.

»Ist alles in Ordnung?« Lily legte die Gabel auf die Tortenplatte.

Ihre Mutter fuhr herum. Sie sah auf die zerstörte Torte. Ihr Blick kündigte eine zornige Bemerkung an. »Deine Geschwister haben mir ihre Meinung bereits deutlich mitgeteilt. Ich brauche das nicht noch einmal.« Sie klang erschöpft.

»Aber ich …«

»Mein ganzes Leben bin ich bloß für euch da gewesen und jetzt … Da bin ich einmal in meinem Leben wirklich glücklich und ihr könnt einem alles kaputtmachen.« Ihr Gesicht versteinerte.

Lily wusste nicht, wie man mit einer verletzlichen Eleonore umgehen sollte. Sie verließ sich auf ihren Bauch. »Mama, ich wollte dir nur sagen: Ich freue mich für euch, und ich wünsche euch, dass ihr glücklich werdet.«

Ihre Mutter kniff die Augen zusammen. »Du musst jetzt nicht versuchen, auf Kosten deiner Geschwister zu punkten.«

Eleonore konnte mit Worten wehtun. Lily hatte dies schon oft erfahren, aber es war noch genauso schmerzhaft, wie mit fünf oder zwölf oder neunzehn. Ihre Mutter rauschte nach draußen. Silvio sah Lily betreten an.

»Sie hat das nicht so gemeint«, sagte er.

»Doch. Genauso. Jedes Wort.«

»Sie ist verletzt.« Er schien noch etwas hinzufügen zu wollen.

»Schon gut.« Lily wollte, dass er endlich die Küche verließ.

»Sie wird morgen noch einmal mit dir reden.«

Er ging.

Lily ließ sich zurück auf die Eckbank fallen. Sie holte ihr Mobiltelefon zu sich her. Am liebsten würde sie jetzt Collum von der Begegnung erzählen und sich ein wenig Verständnis und Trost abholen, aber er war ja der Grund dafür, dass sie hier saß und missmutig Sachen aß, die sie gar nicht mochte. Sollte sie sich schämen, weil sie so einen Vorstoß gewagt hatte? Nein, definitiv nicht. Sie war immer noch sauer, dass mit jedem dämlichen Wäschemodel, mit jeder blöden Studentin möglich war, was er ihr heute versagt hatte. Sie rief Louise an, erreichte jedoch mehrmals nur die Mailbox. Gestern war sie tatsächlich so vermessen gewesen anzunehmen, alles liefe besser als erwartet. Wie man sich täuschen konnte!

Die Sache mit Collum ging ihr nicht aus dem Kopf. Seine Ablehnung tat ihr weh. Wieso fand er sie so wenig anziehend? Wahrscheinlich waren sie sich schon zu nahe und er nahm sie als Schwester wahr. Je öfter sie sich die Szenen im Seehotel in ihren Kopf zurückholte, umso wütender wurde sie. Auf ihn, auf sich. Hatte sie wirklich nur aus Trotz mit ihm schlafen wollen? Sie konnte es nicht sagen. Eleonore, ihre Geschwister, dieser neue Mann, alle benebelten ihren Verstand und besetzten ihre Gefühle. Sie rief den Messenger auf. Eine Nachricht an Louise brachte sie immer etwas auf den Boden zurück. Ihr Finger wischte über das Display. Louise lächelte aus dem kleinen Bild heraus. Darunter sah sie das seriöse Anzugbild von Jasper Larsson. Sie tippte die Zeile daneben an, las den Verlauf, wechselte zu ihrem Mailprogramm, öffnete den Anhang, den er ihr geschickt hatte. Das Singapur-Projekt.

»Hallo Jasper,
ich nehme dein Angebot gerne an, unter der Bedingung, dass ich nach Eröffnung eines der Restaurants übernehmen kann.«
Sie löschte den zweiten Teil und schrieb *»das Skylight-Restaurant übernehmen kann«.*
Viele Grüße
Lily

Sie stellte die Torte in den Kühlschrank und knipste das Licht aus. In der Dunkelheit schlich sie nach oben in ihr Zimmer. Sie steckte die Füße unter das Federbett. Das Laken fühlte sich kalt an, die Decke ebenfalls. Sie dachte daran, dass sie die Einzige war, die in diesem Haus alleine im Bett lag. Das Display ihres Handys leuchtete kurz auf. Lily schoss aus dem Bett und spürte das Vibrieren auf ihrer Hand.

Perfekt. Ich freue mich. Sogar sehr. Über das Lokal unterhalten wir uns, wenn du vor Ort bist. Wie schon gesagt, wir haben Jahresverträge für alle unsere Köche, aber wir finden eine Lösung. Kannst du am zehnten Januar in Singapur sein? Je eher, desto besser. Wohin sollen wir die Verträge schicken?

Sie gab ihm Eleonores und Nialls Adressen und teilte ihm zudem mit, dass sie ab dem dritten Januar wieder in Dublin anzutreffen sein würde. Bereits am Zehnten würde alles anders werden. Sie würde nach Irland zurückgehen und Niall beibringen, dass sie eine neue Aufgabe gefunden hatte. Dann würde sie regeln, was mit ihrem Foodtruck geschehen sollte: Einmotten oder an Tomaso übergeben. Und Collum … Sie dachte an ihr abendliches Vorlese-Ritual. An die Unternehmungen. Er wird zurechtkommen, sagte eine trotzige Stimme in ihrem Kopf. Ihr Bauch zog sich bei diesem Gedanken zusammen. Hatte er ihr nicht eben gesagt, sie solle ihre Ziele verfolgen? Küchenchefin des Skylight Restaurants. Sie hatte dieses zwar nur als Animation auf Larssons Computer gesehen. In ihrem Kopf stellte sie sich die elegant eingedeckten Tische und die reduzierte, aber stimmungsvolle Einrichtung vor. Sie würde versuchen, besondere Lieferanten zu bekommen, einen Souschef, der ihre Philosophie unterstützte und der ihre Art aushielt. Das würde man notfalls auch über eine gute Bezahlung regeln können. Internationale Küche würde es sein. Sie würde die Eröffnung so sensationell begleiten, dass ihr Larsson keinen Wunsch abschlagen würde. Sie würde arbeiten bis zum Umfallen, und dann ihren Stern bekommen. Vielleicht auch einen zweiten. Jasper schrieb sie, dass er am Zehnten mit ihr rechnen konnte.

EINUNDDREISSIG

Tegernsee, am nächsten Morgen.

Lily schlief lang. Als sie herunterkam, hörte sie Staubsaugergeräusche aus dem Wohnzimmer. Im Flur waren Katharina und Hendrik dabei, die Kinder in ihre Skianzüge zu stecken. Charlotte und Nicolai würden heute ihre erste Stunde bei den Pistenminis absolvieren. Während Charlotte ihre hellblauen Handschuhe bewunderte und unterstützt von dramatischen Handbewegungen einen Song aus ihrem Lieblingsmädchenfilm sang, weigerte sich Nicolai unter Tränen den Overall anzuziehen.

Lily wünschte einen guten Morgen und versuchte, sich schnell in die Küche zu verdrücken.

»Wir kommen gegen vier wieder«, sagte Katharina. »Heute Abend sind wir bei Rohrmanns eingeladen. Du hast also mehr oder weniger sturmfrei. Ach ja, die Jungverliebten sind für ein paar Tage weggefahren.« Hendrik schickte seiner Frau einen Nicht-vor-den-Kindern-Blick.

»Aha! Wohin denn?« Lily wunderte sich langsam über nichts mehr.

»Ich habe keine Ahnung«, sagte Katharina. »Charlotte, hör jetzt auf zu singen. Du machst mich wahnsinnig! Heute Morgen lag ein Zettel auf dem Tisch, dass sie bis Neujahr verreist sind. Ich hab ihn nicht weg. Kannst ja selbst lesen. Nicolai, wenn du nicht sofort aufhörst zu weinen, musst du bei Tante Lily bleiben und darfst nicht mit uns mitgehen.«

Na toll, dachte Lily. Jetzt wird ein Aufenthalt bei mir schon als Strafe eingesetzt. Der Tiefpunkt war erreicht. Sie tappte in die Küche und sah sich die Nachricht an. Ihre Familie war wirklich komplett durchgeknallt. Wenn Collum doch nur hier wäre! Sie hatte sich gestern so blöd verhalten. In die Suzanne-Falle war sie getappt. Zumindest auf körperlicher Ebene. Hoffentlich war er nicht abgereist.

Der Kinderausstattungskampf fand nun vor dem, beziehungsweise im Auto statt. Lily lief nach oben, um ihr Telefon zu holen. Collum hatte sich nicht gemeldet. Er war kürzlich online gewesen. Sie starrte auf das Nachrichtenfeld und überlegte, ob sie ihm schreiben sollte. Während sie mit sich rang, sah sie, dass auch er »online« war. Schnell schloss sie den Messengerdienst.

Aus ihrem Plan, es sich im Wohnzimmer bequem zu machen, wurde erst einmal nichts, da dort die neue Haushälterin das Regiment führte. Die Küche fiel als Aufenthaltsort ebenfalls aus, denn diese zeigte Spuren halb verrichteter Arbeit. Sie häufte sich Reste vom Vortag auf einen Teller und wollte sich in ihr Zimmer zurückziehen. Gab es eigentlich überhaupt noch einen Grund hierzubleiben? Sie hatte sich ohnehin nur aus familiärem Pflichtgefühl zu einem mehrtägigen Aufenthalt durchgerungen. Eleonore war verreist, ihre Geschwister brauchten sie nicht. Ihr fiel wirklich nichts ein, was sie hier hielt. Es klingelte. Lily blieb mitten auf der Treppe stehen, schielte aus dem Fenster und sah das Postauto auf der Straße. Sie lief in den Flur. Durch die Milchglasscheibe neben der Tür erkannte sie eine dunkelblaue Winterjacke. Erleichterung mischte sich mit Aufregung.

Sie öffnete die Tür. Die Kälte hatte sich auf Collums Gesicht gelegt. Offenbar war er gelaufen. Diese Daunenjacke hatte sie auch schon einmal angehabt. Sie wusste, wie warm und weich es sich anfühlte, wenn man sie trug, wie der Kragen ganz leicht nach Collum roch. Sie mochte diese Jacke. Sie war so unglaublich froh, dass er vor der Tür stand. Sie vertrieb diese Gedanken, indem sie ihre trotzige Miene aufsetzte.

»Hallo«, sagte er.

»Hallo.« Sie bemühte sich um eine weitere Nuance Trotz in ihrem Gesicht.

»Passt es gerade?«

»Komm rein. Ist keiner da.« Sie schloss die Tür, Collum zog seine Schuhe aus und stellte sie auf die Gummimatte, auf der Salzspuren noch an Eleonores Fellstiefel erinnerten. »Meine Schwester zwingt ihre Kinder zum Skifahren und meine Mutter ist mit ihrem Lover auf und davon.«

Er nahm ihre Hand und zog sie näher. Mit seiner anderen Hand fasste er ihre Schulter und drehte sie zu sich hin. Dann legte er seine Arme um sie.

»Du bist mir sehr, sehr wichtig.« Sie sah ihm kurz in die Augen und richtete dann ihren Blick schnell wieder auf den Boden. »Das ist der einzige Grund, warum ich mich gestern so verhalten habe.«

Lily senkte ihren Kopf noch ein wenig mehr. »Ich dachte, du findest mich nicht … na ja … begehrenswert.« Er zog sie noch ein wenig näher zu sich hin. Sie legte ihren Kopf gegen seine Schulter. Mit seinen Armen umschloss er ihren Oberkörper. Sie spürte, wie er den Kopf schüttelte.

»Das war blöd von mir gestern«, sagte sie. Die Jacke dämpfte ihre Worte.

Er umarmte sie noch ein wenig fester. »Willst du mit mir Skifahren gehen?«

Sie hob ihren Kopf. »Klar.« Sie fühlte, wie die Anspannung von ihr abfiel, und merkte erst jetzt, wie mächtig diese gewesen war. »Ab zwölf werden die Karten billiger.«

»Heute werden wir es nicht mehr auf die Piste schaffen, aber morgen können wir gleich früh gehen.«

»Collum, der Lift ist zwanzig Minuten entfernt. Ich bin in einer Viertelstunde fertig. Wenn du dich gleich umgezogen hättest, hätten wir von hier starten können.« Sie lief emsig ins Haus und zur Kellertreppe.

»Damit hast du recht. Aber Skikleidung ist im Auto sehr unpraktisch, vor allem wenn vier Stunden Fahrt vor uns liegen.«

Sie stoppte am Treppenabsatz. »Wo willst du denn hin?«

»In die Schweiz.« Er grinste. »Mit dir. Über Silvester. Ich dachte, dich hält hier nicht viel. Hast du Lust?«

Sie starrte ihn an, erst ungläubig, dann strahlte sie.

»Ich gehe packen.«

Vom Auto aus rief sie Katharina an. Ihre Schwester reagierte zurückhaltend, aber nicht unfreundlich. Wahrscheinlich war sie ganz froh, dass sie den Jahreswechsel allein mit Mann und Kindern verbringen konnte. Collum programmierte das Navi und wählte die Strecke über München.

Lily zog die Stirn in Falten. »Versteh mich nicht falsch. Von allen Leuten, mit denen ich gerne im Stau stehe, bist du meine absolute Nummer Eins, aber … Meinst du nicht, dass wir über Innsbruck fahren sollten?«

»Wir haben noch etwas vor.«

»Was denn?«

»Lass dich überraschen.«

Er setzte den Blinker und nahm Kurs in Richtung Landeshauptstadt.

Sie fuhren durch den Münchner Süden in Richtung Innenstadt. Lily, die immer noch nicht wusste, was sie von diesem Überraschungstermin halten sollte, stellte mit Genugtuung fest, dass die Parkhäuser rote Belegtschilder aufwiesen. Auch sonst waren alle Parkplätze entweder Anwohnern vorbehalten oder besetzt. Vielleicht würde sie die Parkplatzsituation vor dem unbekannten Vorhaben bewahren.

»Wunderbar«, sagte Collum. Ein Auto scherte vom Straßenrand aus in den Verkehr ein, Collum setzte den Wagen rückwärts in die freie Lücke. Er sprang aus dem Auto und zog einen Parkschein, während sich Lily missmutig vom Beifahrersitz erhob. »Möchtest du mir vielleicht jetzt verraten, wo wir hingehen?«

Er legte den Arm um sie und setzte sich in Bewegung. »Du wirst es gleich sehen.«

Sie fühlte sich wie vor einer mündlichen Prüfung, als sie neben ihm durch die Häuserzeilen lief. Ihr Magen zog sich immer wieder zusammen. Daran konnte auch Collums Arm nichts ändern, der fest um ihre Schulter lag. Er steuerte auf ein Café zu, öffnete die Glastür und ließ Lily eintreten.

Die Einrichtung war ganz in Pastelltönen gehalten. Auf den Bänken vor der Fensterfront lagen Schaffelle und bunte Kissen. Soweit man das von hier vorne aus erkennen konnte, war jeder Tisch besetzt.

»Collum, mir ist ganz schlecht. Bitte sag mir, was wir hier machen?«

»Wir geben dir beruflich noch einmal einen Selbstbewusstseinsschub.« Seine sanfte Stimme wirkte beruhigend auf ihr Gefühl, änderte aber nichts an der Panik in ihrem Kopf. Ihr Blick scannte die Menschen im Lokal.

»Den brauche ich gar nicht. Ich muss dir nämlich etwas sagen. Ich habe mich … Oh Gott!« Lily drehte sich um und drückte sich in die Nische, in der nasse Jacken an einem Garderobenständer vor sich hin tropften.

»Was ist?«

»Da vorne sitzt Johannes. Der war mein Souschef hier im Miller Grand. Dem will ich nicht begegnen.«

Collum stellte sich zwischen Lily und die Tür, als habe er Angst, sie würde jeden Moment die Flucht ergreifen. Er legte ihr beschwichtigend die Hände auf die Schultern.

»Das wird sich nicht verhindern lassen, denn mit genau dem sind wir verabredet.«

»Bist du verrückt?«

Er biss sich auf die Unterlippe. »Lily, das ist gut. Also, das wird gut, und das Gespräch ist wirklich wichtig. Bitte vertrau mir.«

Sie schluckte und drängte sich noch ein wenig mehr in die Ecke. Er nahm sie fest in den Arm. »Du darfst keine Angst haben. Wirklich nicht. Ich habe nichts Schlimmes vor und auch Johannes ist dir absolut wohlgesonnen. Du musst mit ihm sprechen. Bitte.« Seine sanften Worte ließen ihre Tränen erst recht fließen. Collum hoffte, dass das Lokal nur einen Eingang hatte und sich der Koch nicht durch eine andere Tür davonmachen würde, wenn sie sich zu sehr verspäteten. Endlich löste sich Lily von ihm.

»Okay. Ich mache es.«

Gemeinsam gingen sie zu dem Tisch, an dem Lilys ehemaliger Kollege saß. Johannes stand auf und begrüßte Lily. Sie erwiderte den Handschlag.

»Wie geht es Ihnen?«

»Sehr gut, vielen Dank. Ich habe gehört, Sie haben sich in Irland selbstständig gemacht.«

»Ja.«

»Das ist schön. Ich … Herr Sullivan hat mich darüber

informiert, weshalb Sie entlassen worden sind. Also vielmehr, was man Ihnen erzählt hat, und ich wollte Ihnen nur sagen, dass sich niemand von uns über Sie beschwert hat. Ich habe mich gewundert, warum Sie plötzlich weg waren. Das ging eigentlich allen so. Niemand hat etwas gewusst. Gerüchte gab es natürlich einige. Und schließlich habe ich über die Assistentin vom schönen Jan ein bisschen mehr rausgekriegt.« Er räusperte sich und trank einen Schluck. »Herr Sullivan hat mich gebeten, auch die ehemaligen Leute aus dem Miller Grand zu fragen. Ich habe sie alle interviewt. Kein Einziger – das dürfen Sie mir glauben – hat sich jemals über Sie beschwert. Klar haben wir manchmal über Sie gelästert. Aber das war nur, wenn wir unter uns waren. Vor der Geschäftsleitung hätte das keiner gemacht. Wir wussten doch, was wir an Ihnen haben. Unter dem Neuen war es auch nicht schlecht. Aber der Satz ›Unter Chef Lindner war es irgendwie schöner‹ ist mehr als einmal gefallen. Das dürfen Sie mir glauben.«

Lilys Hände waren eiskalt. Gleichzeitig hatte sie das Gefühl in ihrem Pullover zu ersticken. Sie zog den Rollkragen von ihrem Hals weg und atmete tief durch.

»Johannes … Es ist lange her, Sie müssen nichts beschönigen. Hat tatsächlich niemand mit der Geschäftsleitung gesprochen? Sie können mir das sagen. Wirklich.«

»Das weiß ich, und das hat mir Herr Sullivan auch bereits gesagt. Aber es gibt wirklich nichts, was ich Ihnen erzählen muss. Sie waren … sind eine tolle Küchenchefin, und ich würde sofort wieder unter Ihnen anfangen.«

Lilys Gesicht nahm langsam Farbe an. »Dankeschön«, sagte sie. Sie holte Luft, Johannes stand auf, um sich zu verabschieden.

Als er gegangen war, ließ sich Lily zurück auf den Stuhl fallen. Sie drehte sich ganz zu Collum.

»Hast du gehört, was er gesagt hat? Keiner hat sich über mich beschwert. Kein Einziger.«

»Ich weiß.« Seine Stimme klang heiser.

»Warum hast du es mir nicht eher gesagt? Du wusstest das schon eine Weile.«

»Ich wollte, dass du es von einem deiner Mitarbeiter hörst.« Er räusperte sich.

Sie nickte. »Ich kann es immer noch nicht fassen.«

Nach einer Weile sagte sie: »Es war seine Frau, oder? Sie hat mich rauswerfen lassen, damit ich aus dem Weg bin.«

»Ich vermute es. Ich bin mir sogar ziemlich sicher.«

Ihre Knie berührten seinen Oberschenkel. Sie ließ ihren Kopf auf seinen Oberarm sinken. Ihre Hände tasteten nach seinen. Sie fand sie und drückte sie fest. Auf die Erleichterung war die Leere gefolgt, die vor dem Begreifen steht. Collums Arme umgaben sie und alles, was sie fühlte, waren Ruhe und Geborgenheit. Eine ganze Weile saß sie so da.

Collum zahlte, und sie verließen das Café. Lily lief gedankenversunken neben ihm her. »Wie bist du eigentlich auf Johannes gekommen?«

»Er hilft uns, eine Restaurantsoftware zu entwickeln.« Er streifte sie mit einem Seitenblick. »Nachdem die erste Wahl meiner Deutschlandchefin abgesagt hat.«

»Oh Mann«, sagte sie und schloss ihre Arme fester um seinen Oberarm.

Lily dirigierte Collum durch den dichten Verkehr, bis sie vor einem Delikatessengeschäft parkten.

»Wir gehen jetzt einkaufen«, verkündete sie.

»Wollen wir das nicht vor Ort machen?«

Sie schüttelte den Kopf. »Wir kommen sowieso nicht mehr an, solange es hell ist, und außerdem ist es dort so teuer, da können wir uns auch hier eine Extravaganz leisten.«

Sie nahm ihn an der Hand und zog ihn in den Laden, wo sie sich einen kleinen Einkaufswagen schnappte und diesen mit Pasta, Gemüse und Obst füllte. An der Käsetheke ließ sie sich Köstlichkeiten aus Ziegen- und Kuhmilch, umhüllt von Kräutern oder Rosenblättern einpacken, vom Metzger holten sie sich Salami, Schinken und Fleisch. An der Kasse zog Collum seine Kreditkarte aus seiner Brieftasche, aber Lily schob seine Hand weg. In ihrer Handtasche öffnete sie einen Umschlag, aus dem sie mehrere Banknoten holte und damit bezahlte.

»Ein Vorteil an einer traditionsbewussten Familie ist, dass du immer das Gleiche zu Weihnachten bekommst und das Weihnachtsgeld von meiner Mutter und Tante Hedwig reicht für das hier.«

»Wir werden den Berg hinabrollen und eine Lawine auslösen«, meinte er mit Blick auf den überquellenden Einkaufswagen.

»Wer mit einer Köchin in Urlaub fährt, muss gut essen.«

ZWEIUNDDREISSIG

Davos, am Abend.

Das Chalet lag im Ortsteil Davos Dorf. Lily hatte es sich anders vorgestellt. Bei Collums Vorliebe für luxuriöse Hotels überraschte sie seine Wahl. Mit dem dunklen Holz gehörte diese Hütte zu den älteren Bauten hier. Sie sah nicht wie die Immobilie aus, mit dem Urlauber aus seiner Gehaltsklasse ihren Reichtum zur Schau stellen wollten. Dieses Ferienhaus erinnerte an einen langjährigen Familienbesitz, bei dem sich der Eigentümer beharrlich gegen jeden Modernisierungstrend wehrte. Sie erwartete karierte Vorhänge und Stockbetten.

Das altmodische Äußere stellte sich als Täuschungsmanöver heraus. Lily staunte über den großzügigen Innenraum. Vor ihr standen ein Sofa und zwei Sessel sowie Hocker in verschiedenen Braun- und Beigetönen. Hinter der Sitzgruppe sah sie eine moderne Küche. Wer auch immer das hier eingerichtet hatte, hatte gewusst, was er tat. Rechts und links führten zwei Türen zu den Schlafzimmern, die jeweils über ein Doppelbett verfügten. Das eine angrenzende Badezimmer war mit Dusche, das andere sogar mit Badewanne ausgestattet.

»Du sagst gar nichts.« Collum hatte sich hinter sie gestellt und schaute mit Lily aus der Fensterfront, die fast die gesamte hintere Wand einnahm und von der aus man auf verschneite Bergwiesen blickte.

»Ich nehme Eindrücke auf.« Sie lehnte sich an ihn.

»Kannst du es hier aushalten?«

»Das kann ich. Sehr gut sogar. Ich bin nur überrascht. Es ist sehr bodenständig, für das, was ich sonst von dir unterkunftsmäßig gewöhnt bin.«

»Wir haben fließend Wasser und Strom, wenn das kein Luxus ist.«

»Sonst residierst du in Suiten. Aber das hier ist so normal.«

»Du bist mein Luxus.«

Sie griff seine Hand und zog ihn zu sich heran. »Danke«, flüsterte sie. »Du bist unglaublich.« Sie kuschelte sich an ihn und fühlte, wie sie sich komplett fallen lassen konnte, als er sie fest an sich drückte. Seine Wange, seine Lippen waren nur eine winzige Kopfdrehung entfernt. Sie widerstand dem Drang, den Kopf von seiner Schulter zu heben. Sie durfte das nicht, nicht mit ihm, nicht jetzt. Sie durfte diese Freundschaft nicht aufs Spiel setzen. Sie spürte seine Lippen auf ihrem Haar. Dann ließ er sie los, wandte sich um und sprang die Treppen hinunter, um das restliche Gepäck zu holen. Einen Moment lang war sie unfähig, sich zu bewegen, dann hörte sie seine Schritte auf der Holztreppe, die vom Parkplatz zum Eingang führte. Schnell lief sie in die Küche. Sie öffnete die Schränke und tat, als inspiziere sie die Ausstattung. »Wollen wir gleich etwas essen? Ich habe einen Riesenhunger.«

»Gute Idee. Ich koche. Du kannst dich ausruhen.«

Sie lachte. »Wir können uns auch irgendwo eine Pizza holen.«

»Traust du mir das nicht zu?« Er stützte sich auf der Arbeitsplatte ab und sah sie herausfordernd an.

»Doch! Und ich steh darauf, dass du keinerlei Hemmungen hast, mir etwas zu kochen. Sonst stellen sich immer alle so an, wenn es darum geht, mir etwas zum essen vorzusetzen.«

»Dann ruh dich aus und ich übernehme hier das Regiment.« Er holte die Einkäufe aus den Taschen. »Ist es eine Sünde aus dem Käse, den du gekauft hast, Maccaroni und Cheese zu machen?«

»Nein, das ist absolut in Ordnung.« Sie zerrte ihre Tasche in das Schlafzimmer. »Koch du, und ich räum aus.«

Nach dem Essen machten sie es sich auf dem Sofa bequem. Ihre Köpfe lagen jeweils auf den entgegengesetzten Armlehnen, die Körper nahe beieinander auf der Sitzfläche. Lily hatte die letzte Seite dreimal gelesen, ohne dass sie sich an irgendetwas erinnern konnte. Sie schob ihr Bein noch etwas näher an Collum heran. Das geht jetzt nicht, sagte sie sich. Du willst nicht das Suzanne-Erlebnis. Aber vorhin hatte er sie festgehalten und sie aufs Haar geküsst. Überhaupt hatte er in Dublin darauf gedrungen, fast darauf hingearbeitet, dass sie in seinem Townhouse übernachtete. Und er war mit ihr in die Schweiz gefahren. Und doch hatte er nicht mit ihr schlafen wollen. Lily wog die Begebenheiten gegeneinander ab und wusste nicht, wie sie sie bewerten sollte. Jasper und Singapur geisterten durch ihre Gedanken. Sie verbannte sie in einen anderen Gehirnteil. Irgendwann musste sie es Collum erzählen. Nicht jetzt, sagte sie sich. Die Geschehnisse der vergangenen Tage besetzten ihren Kopf. Sie starrte auf die Buchseiten. Unfähig der Handlung zu folgen legte sie ihren Roman auf den Boden.

Collum ließ seine Lektüre sinken, lächelte sie an und streckte die Hand aus. »Gib her.« Er rutschte zur Seite, dass sich Lily neben ihn kuscheln konnte. Sie suchte die letzte Stelle im Buch, an die sie sich erinnerte, und er begann zu lesen. Sie war eingeschlafen, bevor er das zweite Mal umblätterte.

Eine Haarsträhne war über Lilys Gesicht gefallen. Er strich sie vorsichtig weg. Mit seinen Fingerspitzen zeichnete er die Falten nach, in die sie ihre Stirn gelegt hatte. Ihre Augenbrauen. Ihre Wangenknochen. Er legte beide Arme um sie und ihre Gesichtszüge entspannten sich.

Bereits an der Art, wie Collum aus dem Sessellift ausstieg und die Rampe hinunterglitt, erkannte Lily, dass er über umfangreiche Pistenerfahrung verfügte. Sie selbst stand auf Skiern, seit sie laufen konnte, stets hatte nur Ludwig mit ihr mithalten können. Collum hingegen beherrschte diesen Sport mit einer Sicherheit, die man eigentlich nur erwerben konnte, wenn man in den Bergen aufgewachsen war. Es beeindruckte sie, dass sie bis an ihr Limit gehen musste, um ihm hinterherzukommen. Sie mochte, dass die Kälte seine Sommersprossen noch deutlicher zum Vorschein brachte und dass sich kleine Fältchen um seine Augen bildeten, wenn er die Sonnenbrille abnahm und blinzelte. Ich muss mich zusammennehmen, ermahnte sie sich. Das ist nur eine Sentimentalität, weil ich kurz davor bin, ein neues Kapitel aufzuschlagen. Sie musste ihm endlich von ihren Plänen erzählen.

Ein Minischneeball traf ihre Jacke. Sie drehte den Kopf zu Collum, der nun den übrigen Schnee auf dem Bügel des Sessellifts zusammenschob und zu einem kleinen Ball knetete.

»Alles klar? Worüber zerbrichst du dir den Kopf?«

»Alles in Ordnung«, sagte Lily und konnte ihn dabei nicht ansehen.

»So siehst du nicht aus!« Die zweite Kugel landete in ihrem Nacken.

»Sag mal, hängst du?« Sie wand sich, als die ersten Schneekrümel auf ihrer Haut schmolzen und kalte Tropfen ihren Rücken hinunterrannen. Mit dem Handschuh versuchte sie den Schnee aus ihrem Kragen zu entfernen. Sie sah sich nach brauchbarer Schneemunition um. Doch auf ihrer Liftseite hatte die Sonne jegliche Hinterlassenschaft der Nacht weggetaut.

»Warte, bis wir draußen sind …« Ein düsterer Blick begleitete die Drohung.

»Ich kriege es mit der Angst zu tun«, sagte er. »Zeigst du mir etwa, dass du auch Schnee zu Bällen formen kannst?«

»Glaub mir, für das, was ich vorhabe, ist es nicht nötig, den Schnee zu formen.«

Als sie in der Skihütte einkehrten, hatte Collum seinem Wortschatz den Begriff »einseifen« hinzugefügt. Er begab sich auf die Toilette, um den Schnee von Körperteilen zu entfernen, die mit diesem Element nicht in Kontakt kommen sollten.

Nach dem Mittagessen saßen sie auf der Terrasse vor der Hütte, um noch ein paar Minuten die Sonne zu genießen, bevor sie wieder auf die Piste gingen.

Ein Schatten legte sich über Lilys Gesicht. »Wenn ich mit einem Menschen nicht gerechnet habe, dann mit dir!«

Sie öffnete die Augen. Vor ihr stand eine Frau in schwarzer, enger Skihose und einem eng anliegenden Oberteil. Sie war zierlich, hatte etwas Puppenhaftes. Lily durchstöberte ihr Gehirn. Sie hatte keine Ahnung, woher sie diese Frau kennen sollte. Allerdings war sie so schön, dass man sich an sie erinnern musste.

»Hallo Collum«, sagte die schöne Frau.

Ach, deswegen kannte sie die Frau nicht. War ja klar, schöne Frauen kannten Collum. Lily beobachtete, wie sich die Frau vorbeugte und ihn umarmte. Ein Kuss landete nach Lilys Dafürhalten etwas zu nah an seinen Lippen.

»Shannon? Du bist in Europa?«

Das war also seine Ex-Verlobte. So schön. So makellos. Lily überlegte, ob Collum erstaunt oder erfreut klang.

»Meine Freundin Greta braucht ein bisschen Gesellschaft, bis ihr Mann an Silvester kommt.«

»Wie geht es dir?« Seine Stimme klang weich.

»Ich habe interessante Rollenangebote und alles läuft ganz wunderbar.« Ein eingeübtes Lächeln begleitete diese Aussage. »Das soll ich laut Meinung meines Agenten sagen.« Sie lachte nervös. »Ich habe gerade kein gutes Karma, was die Karriere angeht.«

»Das tut mir leid«, sagte Collum.

Lily versuchte, sich nicht über Shannons berufliche Misere zu freuen.

»Du bist der Letzte, der mit mir Mitleid haben sollte. Das habe ich nicht verdient.«

»Wie geht es deinem Mann?«, fragte Collum.

»Dem geht es sicher gut«, sagte Shannon. »Eine Ozeanbreite ist genau die richtige Distanz für uns.«

Collum rutschte auf der Bank hin und her. »Das wusste ich nicht.«

»Das weiß niemand«, sagte Shannon. »Und bis jetzt hat es auch die Presse noch nicht herausgefunden. Ich hoffe auch, dass das noch eine Weile so bleibt.« Sie fixierte die Taschen seiner Skihose und sah ihn herausfordernd an.

Er lachte. »Da nicht. Aber in der linken Jackentasche wirst du fündig.«

Aus seinem Anorak, der auf der Bank lag, holte sie einen Schoko-Karamell-Riegel heraus, wickelte die Folie ab und brach einen der Riegel in zwei Hälften. Eine steckte sie sich in den Mund, die andere streckte sie Collum und Lily entgegen.

»Nein, danke.« Lily hörte, wie distanziert ihre Ablehnung klang.

Collum nahm die Riegelhälfte aus Shannons Hand. Für einen Moment berührten seine Finger ihre Handfläche. Lily glühte innerlich und hätte am liebsten diese zierliche Hand weggeschlagen.

»Das Karamell schmeckt wirklich gut, wenn es eiskalt und fast steifgefroren ist«, strahlte Shannon.

»Das habe ich doch immer gesagt.« Collum lachte.

Panik machte sich in Lily breit. Shannon wirkte so nett und so höflich und war so unsagbar schön. Innerhalb weniger Minuten hatte sich eine Vertrautheit zwischen Collum und seiner Ex-Verlobten eingestellt, die niemand übersehen konnte.

Shannon wollte den verbleibenden Riegel in die Tasche zurückstecken, aber Collum kam ihr zuvor. Er stand auf, nahm ihr seine Jacke aus den Händen und verstaute die Schokolade.

»Hast du noch ein wenig Zeit? Es tut gut, mit dir zu sprechen.« Shannon legte ihre Hand auf seine Schulter.

»Lily und ich wollten noch das schöne Wetter ausnutzen«, sagte er. Diese Aussage beruhigte Lily. Aber nur ein wenig.

»Selbstverständlich.« Shannon nickte, und Lily hasste es, wie sehr sie sich im Griff hatte.

»Wir könnten später etwas trinken gehen, wenn du reden willst«, sagte er.

»Gerne.« Shannons Augen glänzten. »Wir sind im St. George's, Davos Platz. Treffen wir uns an der Bar? 6 Uhr?«

»Okay. Ich sehe dich dann.« Sie lächelte Collum an.

Lily sah ihr nach, wie sie sich zu ihrer hochschwangeren Freundin zurückbegab.

Das anschließende Skifahren verlief schweigsam. Lily beobachtete Collum. Er wirkte in sich gekehrt. Sie selbst konnte die Unruhe nicht abschütteln, die seit der Begegnung vor der Hütte in ihr tobte.

In ihrem gemeinsamen Ferienhaus verschwand Lily gleich unter der Dusche. Sie hoffte, dass er es sich anders überlegen und nicht zum Treffen mit Shannon gehen würde.

In der Küche setzte sie einen Tee auf. Als er aus dem Schlafzimmer kam, trug er seine beige Hose, ein kariertes Hemd und einen Kaschmirpullover. Er sah gut aus. Bei dem Gedanken, dass er sich für Shannon zurechtgemacht hatte, wurde Lily übel.

»Willst du einen Tee?« Sie versuchte unbeteiligt zu wirken.

»Nein, danke.«

»Essen wir gemeinsam oder isst du im Hotel?« Sie sah nicht auf.

»Ich weiß noch nicht, wann ich wiederkomme.«

Seine Antwort frustrierte sie. »Okay, dann mache ich mir etwas.« Sie zwang sich zu lächeln.

»Es ist doch okay für dich, wenn ich mich mit Shannon treffe?« Er sah sie forschend an.

»Na klar!« Sie versuchte auszusehen, als habe er etwas völlig Absurdes geäußert. »Sie ist deine ehemalige Freundin und sie hat Probleme. Du wärst ein schlechter Freund, wenn du nicht hingehen würdest.«

Er wirkte erleichtert. »Das dachte ich mir auch. Ich bin froh, dass du genauso denkst. Was machst du jetzt?«

»Entspannen, lesen, Serie schauen. Mal sehen, worauf ich Lust habe.«

»Okay.«

Seine Nervosität tat ihr weh.

»Bis später«, sagte er. »Ich sehe zu, dass es nicht so lange dauert.«

»Bis später«, sagte Lily, ohne aufzusehen.

Sie entfernte den Teefilter. Der Tee hatte zu lange gezogen. Man sah der tiefgrünen Brühe an, dass sie bitter schmecken würde. Er zog die Tür hinter sich zu. Lily packte die Zuckerdose, die auf der Arbeitsfläche stand, und warf sie mit voller Wucht in Richtung Tür. Das Porzellangefäß krachte gegen die Wand und zerbarst.

Nachdem sie einen neuen Tee zubereitet und die Spuren ihres Eifersuchtsanfalls mit dem Staubsauger beseitigt hatte, zog sie sich auf das Sofa zurück und versuchte zu lesen, doch sie konnte ihre Gedanken nicht auf die Seiten lenken. Unruhig kneteten ihre Füße die Kissen auf der Armlehne. Sie stand auf und zog sich ihre Sportsachen an. Bewegung würde sicher helfen. Sie überlegte, ob sie am St. George's vorbeijoggen sollte, vielleicht konnte man einen Blick auf die Bar erhaschen. Sie entschied sich aber doch dagegen und rannte stattdessen eine Runde um den See. Die kalte Luft stach in ihrer Lunge, trotzdem zwang sie sich weiterzulaufen, bis sie über eine Stunde später erschöpft an der Hütte ankam. Drinnen war noch alles dunkel.

Als Collum vor dem Ferienhaus parkte, stand Lily schon unter der Dusche.

»Ich bin wieder da!«, rief er.

Lily kam aus dem Bad.

»War dir kalt?«, fragte er.

Sie zog das Handtuch ein wenig fester um sich. »Auch. Ich war noch eine Runde Joggen.« Sie sah schön aus, mit dem Handtuchturban auf dem Kopf.

»Jetzt? In der Kälte?« Ungläubig blickte er sie an. »Es ist stockfinster. Wenn du gestürzt wärst … du hättest dir den Tod geholt. Es hätte ewig gedauert, bis dich jemand gefunden hätte.«

»Mir ist doch nichts passiert.« Sie nahm den Schlafanzug, der auf dem Bett lag, und ging zurück in das Badezimmer. »Wie war dein Abend?«

»Okay.« Er setzte sich auf das Bett. »Es geht ihr nicht gut«, sagte er. »Sie hofft, dass die Beziehungspause ihnen guttut, aber sie vermutet, dass er eine andere hat. Beruflich scheint es auch nicht so zu laufen.«

»Da ist es doch ein Glück, dass sie dich getroffen hat.« Es störte ihn, dass sie so heiter klang. »Genau dasselbe hat Shannon vorhin auch gesagt.«

Lily ging zum Bett, schlug die Decke zurück und schlüpfte hinein. Collum drehte sich zu ihr um. »Wollen wir heute hier schlafen?«

»Ich denke, ich schlafe hier«, sagte sie.

»Bist du doch verärgert, weil ich mit Shannon etwas trinken war?«

»Nein.« Sie zog die Decke hoch. »Aber irgendwann müssen wir uns doch wieder daran gewöhnen, getrennt zu schlafen.« »Müssen wir das? Wirklich?«

»Wäre ein bisschen komisch gewesen, wenn du heute mit Shannon heimgekommen wärst und du hättest mich noch aus dem Bett werfen müssen.«

Er zog die Stirn in Falten. »Wieso sollte ich denn das tun? Es ist nichts gelaufen.«

»Heute vielleicht«, sagte sie. »Früher oder später wird sie ihren Mann verlassen, reuevoll nach Irland zurückkehren und wieder bei dir landen.«

»Woher willst du denn wissen, dass ich das will.«

»Weil du mich nicht überraschen kannst.«

»Meinst du?« Er klang verärgert.

»Weiß ich.« Sie sah ihn fest an.

Er verließ das Zimmer. Sie nahm ihr Buch, ließ es nach einer halben Seite genervt sinken und überlegte, ob sie nicht soeben einen monumentalen Fehler begangen hatte.

Der Schlaf hatte Lily versöhnlicher gestimmt. Am nächsten Morgen zog sie sich an, um Semmeln zu holen. Frühstücken, Skifahren, Collum über ihre Zukunftspläne informieren. Das hatte sie sich für heute vorgenommen. Sie hatte sich mehrere Versionen zurechtgelegt, wie sie den letzten und unangenehmsten Punkt auf ihrer To-do-Liste angehen wollte. Vielleicht hatte Shannons Auftauchen etwas Schicksalhaftes. Irgendwie wohnte doch jeder Begebenheit etwas Gutes inne. Sie schlich in den Wohnraum und lauschte. Aus dem gegenüberliegenden Schlafzimmer war nichts zu hören. Sie streifte sich ihre Schuhe über und nahm ihre Jacke leise vom Haken. Die Tür ging auf, und Collum trat ein – in der Hand zwei Bäckertüten.

»Wo willst du denn hin?« Er blieb in der Tür stehen.

»Nirgendwohin«, sagte sie. »Du hattest ja die gleiche Idee.«

Schon beim Tischdecken hatten sie ihre Leichtigkeit wiedergefunden. Das Frühstück verlief entspannt. Lily freute sich auf das Skifahren.

Sie waren schon fast pistenbereit, als es an der Tür klopfte. Collum holte sich noch seine Handschuhe aus dem Zimmer und bekam davon offenbar nichts mit. Lily öffnete. Shannon stand davor.

»Guten Morgen«, sagte Shannon. »Ist Collum da?«

»Guten Morgen.« Die Kälte, die vom schattigen Vorplatz

hereindrängte, erfasste Lilys Gesicht. »Sicher. Einen Moment bitte.«

Sie rief nach Collum, erhielt aber keine Antwort. Beide Frauen warteten darauf, dass er etwas sagen oder zur Tür kommen würde, was er aber nicht tat. Sie standen sich gegenüber. Lily, in ihren weißen Skihosen, den grünen Anorak in der Hand; Shannon in einem großen Mantel, einem dicken Kaschmirschal und Fellstiefeln. Sie sah so schmal und verletzlich aus, dass Lily sie hereinbat, ohne es wirklich zu wollen. »Ich sehe mal, wo er bleibt«, sagte sie und verschwand im großen Schlafzimmer. Die Tür zum Badezimmer war nur angelehnt. Durch den Spalt sah sie Collum Sonnencreme in seinem Gesicht verteilen. Er lächelte, als er sie hinter sich stehen sah, drehte sich um und gab ihr einen Cremeklecks auf die Nase.

»Ich bin gleich soweit«, sagte er.

»Du hast Besuch.« Für einen Moment fror seine Mimik ein. »Sie wartet draußen im Wohnzimmer auf dich.«

Es war offensichtlich, dass er mit Shannons Auftauchen nicht gerechnet hatte. Lily fragte sich, ob seine Verwunderung positiv oder negativ besetzt war.

»Hast sie gesagt, was sie will?«, fragte er.

»Mir sagt sie das bestimmt nicht.«

Er strich mit seinen Händen nervös an seiner Skihose auf und ab und presste seine Lippen aufeinander.

»Hör zu«, sagte sie. »Ich lass euch mal ein bisschen Freiraum und geh schon mal auf den Berg. Du kannst ja dann nachkommen.«

Sie sah ihm an, dass er ein schlechtes Gewissen hatte. »Ich sehe zu, dass es schnell geht.«

Lily strich über sein Gesicht und verteilte die Creme, die sich oberhalb seiner Augenbraue abgesetzt hatte. Sie ließ die

Hand für einen Moment auf seiner Wange ruhen. Dann ging sie nach draußen. Shannon blickte auf, als sie durch die Tür kam.

»Er ist gleich bei dir.« Lily zog ihre Jacke an, griff nach ihrer Skibrille und ihren Handschuhen. Shannon saß blass in dem Sessel und sah auch in ihrem Leid wunderschön aus.

»Alles Gute«, sagte Lily. Sie verließ die Hütte, ohne eine Antwort abzuwarten.

Collum trat aus dem Schlafzimmer.

»Ich weiß nicht, weshalb ich hier bin«, sagte Shannon. »Ich denke einfach, ich wollte dich sehen. Gestern war so schön. Es war wie früher.«

Er blickte sie an, richtete seinen Blick auf den Boden, seufzte unhörbar und ging dann in Richtung Sofa. Dort setzte er sich auf die Armlehne.

»Du bist aufgewühlt, und die ganze Situation ist für dich schwierig. Ich kann das verstehen.« Er suchte nach Worten. »Du musst jetzt aber daran denken, dass du mit deinem Mann eine Pause machst, damit ihr wieder zurückfindet.«

»Und wenn es kein Zufall war, dass wir uns getroffen haben?«

»Wenn du es so sehen willst.« Er legte den Kopf schief. »Trotzdem denke ich, dass du einfach Sehnsucht hast, nach … nach … Stabilität oder nach Ruhe. In dir kommen Erinnerungen hoch, die gerade eine Lücke füllen.«

»Das hat mein Therapeut auch gesagt. Den habe ich vorhin aus dem Bett geholt.« Sie kicherte beschämt.

»Shannon, sei mir nicht böse, aber ich habe Lily gestern Abend schon alleine gelassen. Ich möchte das heute nicht noch einmal wiederholen.«

»Das ist vielleicht besser so«, sagte sie. »Ich hatte schon den Eindruck, dass sie mir vorhin am liebsten eine runtergehauen hätte, als ich hier aufgetaucht bin.«

»Ach, Unsinn. Lily ist eine Seele von einem Menschen.«

»Eine durchaus eifersüchtige Seele.«

»Lily? Niemals. Wir sind doch nur Freunde … gute Kumpel.«

»Hast du ihr das auch gesagt?«

»Das weiß sie.«

»An deiner Stelle würde ich das noch einmal klarstellen, denn die Art und Weise, wie sie mich ansieht und behandelt, spricht für sich.« Sie stand auf, er half ihr in den Mantel. An der Tür sagte er: »Sie war wirklich eifersüchtig?«

»Fünf Dollar für jede eifersüchtige Frau, der ich begegnet bin, und ich könnte mir die Suche nach einer neuen Filmrolle sparen, weil ich dann selbst produzieren würde.«

Lily hatte das Vibrieren ihres Handys gespürt. Eigentlich hatte sie bis zum Skilift warten wollen, aber sie war zu neugierig. Sie zog ihre Handschuhe aus und hauchte ihre Finger an, um das Telefon zu entsperren. Louise. Lily tippte, dass sie sich später melden würde. Da tauchte Collums Nachricht auf: »Bin am Berg. Wo bist du?«

Sie überlegte, ob sie ihn warten lassen sollte. Er hatte nicht gesehen, dass sie online war. Für solche Kindereien bin ich eindeutig zu alt, dachte sie und gab ihre Position durch. Sie verabredeten sich an der Bergstation des Sesselliftes. Lily fuhr direkt auf ihn zu und bremste wenige Zentimeter von seinen Skiern entfernt ab. »Na, muss ich mir heute schon ein Hotel nehmen, oder zieht sie erst in Dublin wieder bei dir ein?« Ihr kumpelhafter Ton klang fast überzeugend.

»Silvester wollte ich noch mit dir verbringen.« Er sprach

genauso abgeklärt wie sie. »Ich habe sie auf ihre therapeutisch verordnete Beziehungspause verwiesen, die sie gewissenhaft einhalten muss.«

»Schön, dass sich alles so glatt entwickelt.« Sie bohrte die Skistöcke in den Boden.

»Manchmal passieren Dinge, die man so gar nicht erwartet hätte«, sagte er.

»Komm, laber jetzt nicht rum. Lass uns fahren!«

Sie schob sich zurück und stieß sich ab und ließ ihre Skier über die Schneekante kippen.

»Ich war noch nicht fertig!«, rief er hinter ihr her.

Sie trieb ihren Körper den Hang hinab, Tränen traten in ihre Augen. Sie jagte weiter, bis ihre Knie so zitterten, dass sie anhalten musste. Keuchend stützte sie sich auf ihre Stöcke. Collum drehte neben ihr ab. Schnee stob auf, landete auf ihrer Kleidung, spritzte in ihr Gesicht. »Sag mal, spinnst du?«, schrie sie und wischte mit dem Handschuh über ihre Nase und ihre Wangen.

»Das wollte ich dich auch gerade fragen. Was rast du denn so?«

»Erstens fahre ich die ganze Zeit so. Und zweitens ist das noch lange kein Grund, mich hier halb umzufahren.«

»Du hast mich oben nicht ausreden lassen.«

»Ich habe dir schon gesagt, dass ich den Tag ohne Gelaber verbringen will. Ein schöner letzter Tag und dann machst du dein Ding, und ich mach meins.«

»Wenn du das sagst. Du weißt ja schon alles und überraschen kann ich dich auch nicht.«

»Jetzt hast du es kapiert.«

Er stellte seine Stöcke in den Schnee, zog seine Handschuhe aus, positionierte seine Skier schräg und glitt vor sie hin. Eine minimale Gewichtsverlagerung brachte ihn direkt vor sie. Er streckte seine Hände aus, ergriff ihre Arme, berührte ihr Gesicht. Dann küsste er sie. Fest. Er löste sich. Lily legte ihre Hände um seinen Kopf und schob ihn wieder zu sich hin. Sie küsste ihn sanft. Einmal. Zweimal.

»Ich glaube, ich mag jetzt nicht mehr Skifahren«, sagte sie. »Du?«

Collum schüttelte den Kopf und grinste fast ein wenig schüchtern.

An ihrem Chalet schnallten sie die Ski ab. Sie ging voraus und sperrte die Tür auf, er folgte ihr. Das alte Holz knarrte, als es ins Schloss fiel. Er drehte sich zu ihr um – seine Haare verwuschelt von der Mütze. Die Augen dunkelgrün. Er stand nur wenige Schritte von ihr entfernt. Lily spürte ein Ziehen, von ihrem Herzen bis tief in ihren Bauch. Alles lief so ab, als hätte jemand auf Zeitlupe gestellt. Sie ging auf ihn zu, legte ihre Hände an seine Taille. Seine Hände auf ihrem Rücken fühlten sich richtig an. Lily legte ihre Lippen an seinen Hals, spürte die Wärme, schmeckte seine Haut. Er küsste ihren Hals und sie hatte das Gefühl, ohnmächtig zu werden, als er sich zu ihrem Ohrläppchen vorarbeitete und dieses kurz zwischen die Lippen nahm. Ihre Hände schoben sich unter seinen Anorak und fühlten seinen festen Oberkörper. Sie wanderte mit den Händen hoch und streifte die Skijacke von seinen Schultern. Dann zog sie seinen Skirolli aus der Hose, und ihre Hände drängten darunter. Er zog ihr den Anorak aus. Lily konnte es nicht erwarten, seine Hände überall an ihrem Körper zu spüren. Es klopfte. Lily hob die Arme, damit Collum ihr das Oberteil ausziehen konnte. Seine Fingerspitzen glitten über ihren Rücken, stoppten kurz an ihrem BH. Lily hielt die Luft an. Es klopfte wieder, diesmal lauter. Sie hielten inne. Draußen waren Stimmen zu vernehmen. Collum küsste ihren Hals. Ihre Finger klammerten sich an seinen Rücken.

Es klopfte eindringlicher. »Collum, bist du da?« Shannons Stimme klang panisch.

Lily öffnete die Augen. Seine Hände verharrten auf ihrem Rücken, seine Lippen waren noch an ihrem Hals, hatten aber aufgehört, sie zu küssen. Schließlich trat Lily einen Schritt zurück. Seine Hände rutschten auf ihren Unterarm. »Mach schon auf«, flüsterte sie.

»Nein. Sie soll sich jemand anderen suchen«, sagte er.

Es klopfte noch einmal.

»Sag ihr das und komm dann nach.« Sie pflückte ihre Kleidung vom Boden und verschwand im Schlafzimmer. Er zog sein Oberteil zurecht und riss die Tür auf. Draußen stand Shannon. Neben ihr drei Kinder.

»Es tut mir leid, wenn ich störe, aber ich wusste nicht, was ich tun sollte. Ich habe versucht anzurufen, aber …«

Die Aufregung ließ ihre Stimme zittern. »Bei Greta haben die Wehen eingesetzt, und die Nanny ist krank und die Kinder können nicht alleine in unserem Haus bleiben. Der Babysitterservice des St. George's arbeitet nur für Hotelgäste. Und ihr seid die Einzigen, die ich kenne.« Er blickte auf den Jungen und die zwei kleinen Mädchen.

»Es ist auch nicht lange«, sagte Shannon. »Nur bis Laurenz aus Zürich gekommen ist. Er ist schon losgefahren. Laurenz ist Gretas Mann«, fügte sie hinzu, als sie Collums fragenden Ausdruck sah. »Das ist doch kein Problem, oder?«

»Shannon, du kannst die Kinder nicht bei fremden Leuten lassen.«

Aus dem Auto rief Greta, sie solle sich beeilen. Shannon wandte sich hektisch um, dem Größten fuhr sie über die Haare. »Ich hole euch später wieder ab. Seid brav.«

Dann rannte sie zum Auto. Collum sah ihr nach, wie sie auf den Fahrersitz kletterte und das Auto zwischen den Bäumen verschwand. Drei Augenpaare fixierten ihn.

»Hallo, ich bin Collum und ich denke, ihr kommt erst einmal herein.« Er schloss die Tür hinter sich. »Am besten zieht ihr eure Jacken und Schuhe aus.« Er schielte in Richtung Schlafzimmer. Der Junge, er mochte vielleicht neun sein, begann seine Sneakers von den Füßen zu ziehen und ging dann zu dem kleinen Mädchen hin und half ihr, die Lederstiefelchen abzustreifen. Lily erschien im Wohnzimmer und starrte auf die drei Überraschungsgäste. Sie sah Collum an, drehte sich um und ging zurück ins Schlafzimmer.

Er warf einen Blick auf die Kinder. Der Große hatte Kopfhörer aus der Tasche seines Kapuzenpullovers gezogen. Die Kleine saß neben ihrem Bruder und blickte sich mit großen Augen um. Das mittlere Kind schien mit Schmollen beschäftigt zu sein. »Ich bin gleich wieder da.«

Lily stand vor dem Bett. Die Arme hingen seitlich an ihrem Körper herunter. Collum schloss die Tür hinter sich.

»Es tut mir so leid. Ich wusste nicht, was …«

»Sag bitte, dass ich träume und dass uns deine Ex nicht gerade ihre drei Gören ins Wohnzimmer gesetzt hat.«

»Genau genommen sind es die Gören ihrer Freundin.«

Er machte zwei Schritte auf sie zu.

Sie hob abwehrend ihre Hand. »Nicht anfassen.«

Er zog die Augenbrauen hoch.

Sie atmete aus. »Wenn du mich jetzt anfasst, kann ich für nichts mehr garantieren.«

»Es sind allenfalls zwei Stunden«, sagte er.

»Dann hoffen wir mal, dass das stimmt«, sagte sie. »Komm her.«

»Ich dachte, ich soll dich nicht anfassen.«

»Nur kurz.« Sie zog ihn zu sich hin, schmiegte sich an ihn und küsste ihn. Ihre Hände strichen über seinen Rücken. Der sanfte Kuss ging in wildes Knutschen über. Sie legte beide Hände an seinen Po und kniff zusammen. Schließlich schob sie ihn weg.

»Jetzt kann ich nicht hinausgehen.« Collum verwies auf seine Körpermitte und grinste verlegen.

Sie schüttelte den Kopf. »Dann kümmere ich mich um unsere Gäste und du gehst duschen. Anschließend tauschen wir. Und wenn die drei weg sind …« Sie sah ihn bedeutungsvoll an.

Als Collum umgezogen ins Wohnzimmer kam, saß Lily auf dem Wohnzimmertisch.

»Wir haben eine fabelhafte Idee. Ich habe den Kindern erzählt, dass du zu Irlands besten Iglubaumeistern gehörst, und deswegen wollen sie unbedingt mit dir rausgehen. Ach ja, das ist Henry. Diese kleine Maus ist Harriet. Sie wird nächste Woche vier. Und da hinten steht Henriette.« Harriet zupfte an Lilys Bein. »Ach ja, wir haben fast vergessen, dass auch Harriets Drache zu Besuch ist. Er heißt praktischerweise ›Drache‹, so dürften keine Verwechslungen mit unseren imaginären Tieren aufkommen.«

Collum sah Lily gequält an. »Das heißt, dass das Duschen umsonst war und ich meine Skihosen wieder anziehen sollte.«

»Du hast immer die besten Ideen.« Sie lächelte. »Und was das Duschen betrifft, kannst du das in Ruhe noch einmal nachholen, wenn unsere Gäste abgeholt worden sind.«

Lilys unschuldiger Blick ließ Collum verwegen grinsen.

»Zu oft duschen ist nicht gut für die Haut!«, quäkte Henriette, die Mittlere, dazwischen.

»Sehr richtig, Henriette«, sagte Lily. »Aber manchmal muss man Ausnahmen machen. So, Kinder zieht euch mal an!«

Nach zweieinhalb Stunden stand ein kleines Iglu im Garten. Harriet jauchzte vor Glück und formte mit ihrem Bruder Schneebälle, die sie vor dem Eingang zur Schneehöhle aufstapelten und mit denen sie dann den Drachen bewarfen, der seinen langen Hals aus dem speziell für ihn ausgesparten Dachfenster des Iglus streckte. Henriette hatte sich weder von Lily und Collum noch von ihrem großen Bruder dazu bewegen lassen, der Bauaktion beizuwohnen, sondern hatte sich auf der Terrasse damit beschäftigt, den Schnee systematisch zu zertrampeln und böse zu gucken.

Lily trat zu Collum, der stolz sein Werk begutachtete. »Wer nennt bitte seine Kinder Henry, Henriette und Harriet?«

Er sah auf die Uhr. »Jemand, der sie hoffentlich pünktlich abholt.« Er zog sie an sich und gab ihr einen verstohlenen Kuss auf die Schläfe. Diese Berührung sandte ein Kribbeln durch Lilys gesamten Körper. Sie musste ihren Kopf drehen und ihn auf die Wange küssen.

»Wie lange braucht man von Zürich nach Davos? Zwei Stunden?«, sprach Collum ihre Gedanken aus.

»Wenn er denn wirklich gleich losgefahren ist!« Lily zweifelte sehr an der Korrektheit von Shannons Angaben. Auch wenn sie in diesem Fall deren Aufregung für eventuelle Ungenauigkeiten verantwortlich machte.

Als es dämmerte, schneite es noch immer. Collum und Lily gingen mit den Kindern nach drinnen. Henriette setzte sich mit verschränkten Armen in einen Sessel, verweigerte den angebotenen Kakao und wollte auch nicht die Trickfilme ansehen, die Harriet in eine Decke gewickelt auf Collums Laptop verschlang. Henry saß neben ihr in seinen E-Book-Reader vertieft. Lily stand neben Collum in der Küche und betrachtete das Geschwistertrio.

»Hoffentlich werden sie bald abgeholt. Ich kriege langsam Hunger.«

»Ich habe Shannon schon geschrieben. Sie soll mir die Nummer des Vaters schicken, aber sie hat die Nachricht noch nicht gesehen.« Er legte seinen Arm um ihre Taille und zog sie ein Stück näher.

»Ich freue mich auch schon aufs Abendessen mit dir und auf das Davor. Und das Danach. Und das Nach-dem-Danach.«

Lily spürte seine Worte in ihrem Bauch und genoss es, wie sie ihren Körper erfassten. Sie legte ihren Kopf an seinen Oberkörper und wünschte den Besuch weit weg. Ihr Magen meldete sich. »Ich glaube, wir müssen etwas essen.« Collum legte von hinten die Arme um Lilys Bauch und gab ihr einen Kuss.

»Aber unser Papa wollte uns doch abholen!« Harriet blickte unsicher auf die Erwachsenen in der Küche und dann auf ihren Bruder.

»Sag mal, Henry, kannst du deinen Papa anschreiben und fragen, wo er ist«, sagte Collum.

Henry zögerte. Henriette blickte überlegen von der Zeitschrift auf, die sie sich vor wenigen Minuten unter dem Wohnzimmertisch hervorgeholt hatte. »Henry hat Handyverbot, weil er sich …«

»Halt's Maul!« Der Junge war knallrot geworden.

»Was gibst du mir, damit ich nichts sage?« Henriette grinste verschlagen.

»Hier wird niemand erpresst!« Collum sah Henriette streng an.

»Er hat ›Halt's Maul!‹ gesagt. Das tut man nicht!«

»Das stimmt. Aber du wolltest ihn bloßstellen. Das tut man erst recht nicht. Und deswegen kann man ihn verstehen!« Henriette kehrte zurück zum Mit-verschränkten-Armen-Sitzen. Triumphierend sagte sie: »Ich habe ein Handy. Und ich weiß Papas Nummer, aber euch gebe ich sie nicht! Und ich schreibe ihm, dass ihr die Blödesten seid.«

»Tu das ruhig!«, sagte Lily. »Und frag ihn bei der Gelegenheit gleich einmal, wo er sich gerade befindet.« Ihr Magen gab ein Grummeln von sich, das so laut war, dass sich die kleinen Gäste umdrehten.

»Wir essen jetzt!«, sagte sie.

Es widerstrebte ihr, die Köstlichkeiten an die Kinder zu verfüttern, aber auf das Festmahl zu verzichten stellte auch keine sinnvolle Alternative dar.

Lily biss sich auf die Lippen, als Henriette das Weißbrot mit Zitronenbutter ausspie und die kinderfreundliche Essensergänzung – Nudeln mit Tomatensauce – mit trotzigem Blick verweigerte. Auch dass Harriet etliche Bissen unter den Tisch warf, damit ›Drache‹ auch etwas zum Fressen bekam, strapazierte ihre Geduld. Collum rettete die Situation, indem er einen extra Drachenteller auf den Tisch stellte.

»Seid froh, dass wir kein Käsefondue essen«, sagte er. »Sonst müssten wir euch vielleicht noch in den See werfen.«

Harriet lachte. »Das hast du aus *Asterix*.«

»Den liebt sie«, sagte Henry.

Bei den sich entspinnenden Asterix-Fachgesprächen beteiligte sich sogar Henriette. Sie benahm sich sogar fast wie ein Kind, bei dem man nicht dauernd an sich halten musste, es nicht bei Minustemperaturen auf die Terrasse zu stecken.

Nach dem Essen holte Collum den Pfannkuchenteig aus dem Kühlschrank, den er eingerührt hatte, als Lily das Abendessen vorbereitet hatte, und backte dicke amerikanische Pancakes, die er mit Eis und Sahne und Früchten dekorierte. Dann ließ er die Kinder einen Film auswählen und setzte sie mit ihren Nachspeisen vor den Fernseher.

»Lily und ich müssen kurz Feuerholz holen. Wir sind gleich wieder da.«

Er setzte Lily ihre Mütze auf den Kopf und hielt ihr den Skianorak hin, den sie verwirrt anzog. Sie trat hinaus in die Kälte. Fast wäre sie auf dem glatten Schnee ausgerutscht. Collum packte gerade noch ihren Arm, bevor sie sich rücklings auf den Boden setzte. Er zog sie hoch und vom Fenster weg. Dann gab er ihr einen stürmischen Kuss. Lily schmeckte Vanilleeis und Collum. Noch nie hatte sich etwas so gut angefühlt. Sie vergaß die Drachenfütterung und Henriettes Boshaftigkeiten, und überhaupt waren da nur noch Collum und seine Hände und seine Lippen und niemals wieder wollte sie etwas anderes spüren. Nach einer wunderbaren Ewigkeit, in der sie fest an ihn geschmiegt neben dem Feuerholzstapel stand, sagte sie: »Wieso mussten wir eigentlich hier raus?«

»Wenn ich mit dir in eines der Schlafzimmer gegangen wäre, hätte ich mich nicht mehr beherrschen können.«

»Wenn die kleinen Verhüterlis weg sind, müssen wir das auch nicht mehr.« Sie lachte. »Ich wusste, dass ein Urlaub mit dir schön werden würde. Aber ich hatte keine Ahnung, wie schön das noch werden wird.« Sie küssten sich, als wären die Kinder bereits wieder bei ihrer Familie. Lilys Körper verlangte danach, von ihm berührt zu werden, ohne dass mehrere Schichten Stoff diesen Kontakt verhinderten. Sie überlegte, ob sie ins Schlafzimmer gehen konnten, während die Kinder mit dem Film beschäftigt waren. Im Moment war ihr egal, ob dies unangemessen sei. Sie wollte einfach nur mit Collum allein sein. Ihm schien es ähnlich zu gehen, denn er hatte eine Hand unter ihre Jacke und den Pullover geschoben und presste mit dem anderen Arm die Kleidung nach unten, damit die Kälte nicht hinterherkriechen konnte.

»Ich glaub, Henriette ist schlecht.« Harriet hatte die Tür geöffnet und starrte auf das Paar, das sich nur mühsam voneinander löste.

»Ich komme hinein.« Collum zog seinen Arm nur sehr widerwillig unter Lilys Pullover hervor. Lily musste sich an der Wand abstützen, bis sie wieder völlig zu sich gekommen war.

Als sie den Wohnraum betrat, klopfte es. Endlich.

Der Vater der Kinder, der sich als Laurenz vorstellte, strahlte eine glückliche Erschöpftheit aus. Henriette stürzte auf ihn zu und begrüßte ihn ungeahnt liebevoll, indem sie so lange vor ihm hüpfte, bis er sie hochnahm. Laurenz bedankte sich bei Lily für die Hilfe, entschuldigte sich, dass er nach einem Stau und einer Umleitung wegen eines Lawinenabgangs erst spät nach Davos, jedoch früh genug für die Geburt seines jüngsten Sohnes – Harry – gekommen war. In diesem Moment übergab sich Henriette auf die Füße ihres Vaters.

Lily half Laurenz die Kinder ins Auto zu packen, während sich Collum mit einer Schneeschaufel um Henriettes Hinterlassenschaft kümmerte. »Gutes neues Jahr!«, wünschte der Vater. »Und noch eine geruhsame Zeit im alten.« Sie sah dem Wagen hinterher, wie er zwischen den Bäumen verschwand. Es tat gut die Nachtluft einzuatmen. Silvester hatte sie sich anders vorgestellt. Aber sie waren allein – endlich. Es fühlte sich so unwirklich an. Sie stolperte die Treppe zum Haus hinauf und zog die Tür ins Schloss.

Collum stand neben der Couch und grinste draufgängerisch.

»Du errätst nie, wie sie ihren Sohn genannt haben.« Sie sah ihn an und musste lachen. »Das glaubt uns kein Mensch! Unsere wilde erste Nacht!«

»Unerwartet wild. Allerdings hatte ich nicht vor, die vielen Details dieser Nacht auszuplaudern!«

Er nahm ihre Hand und zog sie an sich, küsste sie auf die Stirn und wanderte mit seinen Lippen über ihre Nase bis zu ihrem Mund. »Du hast erste Nacht gesagt.« Er küsste ihre obere Lippe und nahm dann ihre unter Lippe zwischen die seinen.

»Gibt es nur eine Nacht?« Sie hielt inne und öffnete die Augen.

»Wenn es nach mir geht, nicht.«

»Dann geht es nach dir.« Sie berührte seine Lippen. Es war mehr die Ahnung einer Berührung. »Und nach mir.« Sie presste ihren Mund fest auf seinen, konnte endlich wieder abtauchen in diesen Wahnsinn, den er in ihr auslöste. Sie ließ sich auf den Rücken gleiten, spürte sein Gewicht auf ihr. Ihre Hände spürten seine Wärme unter seinem Shirt, wollten sie direkt erfahren. Seine Haut fühlte sich so fest und warm an. Sie spürte eine kleine Narbe. Sie wusste, dass er sich diese beim Polospielen geholt hatte. Eine weitere von einem Segelunfall. Der Gürtel hielt seine Hose so fest an seinem Körper, dass ihre Erkundung erst einmal gestoppt wurde. Collum nahm ihre Hände und legte sie über ihren Kopf. Dann spürte sie seine Hände auf ihrem Hals, sehnte sich danach, dass endlich keine Kleidung mehr seine Hände an einer direkten Berührung hinderte. Endlich glitten sie weiter auf ihren Bauch und schoben ihr Shirt hoch. Jeder Kuss ließ sie erschaudern. Rauschhafte Zweisamkeit.

Später schälte sich Collum aus den Laken. »Ich muss noch etwas holen!«

»Wo willst du denn hin?«

»Abwarten!«

Sie hörte, wie er die Terrassentür öffnete, dann ein Rumpeln, gefolgt von einem Schmerzensschrei. Sie sprang auf, wickelte sich die Decke um und lief hinaus. Collum lag auf dem plattgetrampelten Schnee, den die Kälte in den letzten Stunden in eine Eisfläche verwandelt hatte. Er versuchte, aufzustehen. Sie watschelte zu ihm hin und half ihm hoch.

»Hast du dir wehgetan?«

»Geht schon.« Er fasste sich an den Kopf. Als er die Hand wegnahm, sah sie Blut an seinen Fingern. In diesem Moment hasste Lily Henriette.

Sie bettete Collum auf die Couch, zog sich hastig etwas an und holte den Arzt, der drei Hütten weiter wohnte, aus seinem Bett. Er brauchte sieben Stiche, um die Wunder zu nähen, und diagnostizierte eine leichte Gehirnerschütterung.

Collum lag im Wohnzimmer und schlief, sie legte sich neben ihn und streichelte vorsichtig über seinen Kopf. Singapur fiel ihr ein. Unvorstellbar, dass sie jetzt dorthin ging. Du tappst schon wieder in dieselbe Falle wie das letzte Mal, sagte ihr eine Stimme. Zu den Zweifeln gesellte sich das schlechte Gewissen. Wieso hatte sie ihm nicht vorher von Jaspers Angebot erzählt? Sie hatte die Stimmung nicht kaputtmachen wollen, hatte Angst gehabt vor seiner Reaktion. Nun nahm diese Angst unbeschreibliche Ausmaße an.

Collum verbrachte die nächsten vierundzwanzig Stunden schlafend. Lily wünschte Niall ein gutes neues Jahr und fragte sich, wie er auf ihre berufliche Veränderung reagieren würde. Louise schickte Bilder von der kleinen Feier mit ihrem Bruder und seiner Frau, die den Jahreswechsel in New York verbrachten. Lily fasste sich ein Herz und berichtete ihr von Jaspers Offerte. Sie schrieb eine lange Nachricht, weil sie nicht wollte, dass Collum zufällig etwas mitbekam.

»Ich kann dir jetzt gerade nichts schreiben, weil ich das bestimmt später bereuen würde.« – Louise, 11.23 Uhr.

Einen schlechteren Start hätte sie sich nicht ausmalen können.

Am darauffolgenden Tag fuhren sie zurück nach München – unverrichteter oder vielmehr ungesagter Dinge. Sein Zustand hatte eine willkommene Ausrede geboten. Collum hatte sich nicht von seiner Geschäftsreise nach Kanada abhalten lassen, trotz der Bedenken, die der Arzt geäußert und die Lily mehrfach wiederholt hatte. Lily plagte das schlechte Gewissen und sie überlegte, ob sie ihm, gerade weil er wegfuhr, von Singapur erzählen sollte oder ob sie es genau deswegen lassen sollte. Sie wollte nichts kaputtmachen. Er sah sie vom Beifahrersitz aus an.

»Mach dir keine solchen Gedanken, ich bin fit«, sagte er.

»Tu ich gar nicht. Schließlich bist du alt genug.«

»Du siehst aber nicht erst seit der Grenze so aus. Es geht mir gut, ich weiß, was ich tue.«

Wenigstens einer hier im Auto weiß das, dachte sie.

Lily schob die Hand auf sein Bein und drückte ihre Finger liebevoll in seinen Oberschenkel.

Sie legte den nächsten Gang ein. Er strich über ihre Wange. »In drei Tagen sehen wir uns in Dublin.«

Nur Stunden nach Collums Abflug parkten Eleonore und Silvio in der Einfahrt. Die Rückkehr der beiden überschnitt sich mit dem Eintreffen des Postboten. Ihre Mutter legte einen dicken braunen Umschlag vor Lily auf den Küchentisch.

»Du hast Post von einer Berliner Corporation. Weshalb schreiben die dich an? Und weshalb kommt das hierher?«

»Ich habe ihnen die Adresse gegeben«, sagte Lily. »Und Dads Adresse in Dublin. Für alle Fälle.« Eleonores skeptischer Blick verschwand, während sie über Lilys Schulter hinweg die Unterlagen las. Sie setzte sich neben ihre Tochter an den Tisch und überflog den Vertrag. »Lily, das ist ja großartig. Wann fängst du an?«

»Am 10. Januar soll ich in Singapur sein.«

»Endlich machst du etwas aus deinem Leben. Ich bin so stolz auf dich.«

Lily reichte ihr den Prospekt, der Bilder und Pläne der Anlage enthielt. Luxus in den Zimmern, Erlesenheit in den Restaurants. Aus Eleonores Gesicht sprach Bewunderung.

»Ich kann den Vertrag für dich zur Post bringen«, sagte sie und griff nach ihrer Handtasche, um nach einem Stift zur Unterschrift zu suchen.

Als das Auto ihrer Mutter aus der Einfahrt fuhr, saß Lily auf der Küchenbank und starrte aus dem Fenster. Auf dem Flug von Berlin nach München hatte sie Pläne gemacht, die in den Tagen um Eleonores Geburtstag an Klarheit gewonnen hatten. Doch seit Davos verstellten Zweifel den Blick auf die Sternekarriere. Du wolltest deine Ziele nie wieder einer Beziehung, einem Mann, deinen Gefühlen unterordnen, dachte sie. Und doch merkte sie, dass sie immer öfter erwog, Singapur sausen zu lassen. Collum war anders als Torsten. Darüber gab es keinen Zweifel, aber trotzdem blitzte ihr Traum beständig in ihren Gedanken auf. Sie wollte einen Stern. Deswegen hatte sie ihre Ausbildung am Culinary Institute erkämpft, deswegen hatte sie in den Küchen ihre Position verteidigt, deswegen hatte sie für die Veranstaltungen des Miller Grand gezaubert. Zwei Jahre würde sie benötigen. Und schließlich war eine Entscheidung für Singapur nicht automatisch eine Entscheidung gegen Collum. Schwierig würde es werden. Aber sie war sich diesen Erfolg schuldig, und sie wollte sich nicht vorwerfen, diese Chance vertan zu haben. Sie dachte an Eleonores Reaktion. Mit jedem Vertragsbuchstaben war der mütterliche Stolz gewachsen. Ludwigs Stipendium der Studienstiftung und Katharinas Doktortitel. Damals hatte Anerkennung aus Eleonores Blick gesprochen. Jetzt auch ihretwegen.

Collum meldete sich mit liebevollen Nachrichten und Lilys schlechtes Gewissen wuchs beständig. Wie hatte sie nur so feige sein können? Im Grunde war sie es immer noch. Auf ihrem Flug nach Irland legte sie sich unzählige Versionen zurecht, wie sie ihm ihre berufliche Entscheidung beibringen konnte. Sie überlegte, was sie sagen konnte, wenn er wütend, traurig oder enttäuscht reagieren würde. Fast den ganzen Tag verspürte sie ein leichtes gewissenbedingtes Übelkeitsgefühl.

DREIUNDDREISSIG

Dublin, wenige Tage später.

»Ich bin bereits gelandet. Wo bist du?« – Collum, 16.21 Uhr. Lily riss ihr Handy hoch und las Collums Nachricht, im Moment, in dem diese eingetroffen war.

»Bei meinem Dad.« – Lily, 16.21 Uhr. Ihre Finger zitterten beim Eintippen der Nachricht.

»Ist er da?« – Collum, 16.22 Uhr.

»Belfast. Bis morgen früh.« – Lily, 16.22 Uhr.

»Nicht wegbewegen.« – Collum, 16.22 Uhr.

Lily stürzte unter die Dusche. Wenig später hielt ein Wagen vor dem Haus. Sie sprang die Treppen hinunter. Diesen Moment hatte sie in ihrem Kopf so oft durchgespielt. Sie riss die Tür auf, noch bevor Collum die Auffahrt heraufgekommen war. Sie sah in seine Augen und vergaß zu atmen.

»Hi.«

»Hallo!« Seine Stimme klang heiser. Er blieb kurz im Türrahmen stehen, als ob er sich vergewissern musste, dass der Zeitpunkt nun endlich gekommen war. Dann schloss er die Tür hinter sich. Er zog sie an sich.

»Ich habe mich so nach dir gesehnt.«

Lilys Arme umschlossen ihn, sie ließ sich ganz in dieses Gefühl hineinfallen, seinen Körper zu spüren. Er glitt mit seinen Händen über ihren Rücken, bis zu ihrem Po und führte sie an ihren Seiten wieder hoch. Sie nahm sein Gesicht in ihre Hände und küsste ihn. Seine Lippen folgten seinen Händen. Ihr Hals. Ihre Brust. Ihr Bauch. Er schob ihr Kleid nach oben, küsste ihre Haut über dem Nabel. Sein Mund verharrte kurz darüber, während seine Hände über die Innenseiten ihrer Oberschenkel strichen. Sie ließ sich auf ihre Knie gleiten.

Endlich spürte sie seinen festen Körper auf sich. Nur noch Collum und sie.

Am nächsten Morgen öffnete Lily die Augen. Collum schlief neben ihr. Ihr Bein lag seitlich auf seinem Körper. Sie strich mit ihrem Zeigefinger über seine Wange und seinen Oberkörper, sah ihm zu, wie er ruhig atmete. Sie legte ihren Kopf an seine Schulter und den Arm über seine Brust. Sie schloss die Augen und fühlte in sich hinein. So fühlte es sich also an, wenn man richtig glücklich war. Ganz bewusst atmete sie dieses Glück ein. Wenn sie in Singapur wäre, würde sie ihn nur selten so nahe bei sich haben. Ihr Inneres rebellierte bei dem Gedanken, dass sie ihm noch immer nicht von Jaspers Angebot erzählt hatte. Heute musste sie das angehen. Es würde sich eine Lösung finden lassen. Fernbeziehungen konnten funktionieren. Sie hatte irgendwo gelesen, dass einem häufig dann die große Liebe über den Weg lief, wenn man zu neuen Ufern aufbrach. Sollte sie gleich nach dem Aufwachen mit ihm sprechen? Oder lieber am Abend, wenn sie Ruhe hätten? Ihr Magen sandte ein unangenehmes Kribbeln in ihren gesamten Bauchraum.

Sie vernahm die Türglocke. Lily überlegte einen Augenblick lang, ob sie liegen bleiben sollte. Dann kletterte sie vorsichtig über Collum und versuchte, ihn dabei nicht zu wecken. Sie suchte nach etwas Anziehbarem, erinnerte sich dann daran, dass ihre Kleidung noch unten im Flur lag.

Nackt rannte sie die Treppen hinunter, streifte sich das Kleid über.

Der Bote des Paketdienstes blickte nicht auf, als sie die Tür öffnete. »Amelia Lindner-Thornton?«

»Das bin ich.«

Er streckte ihr einen dicken Umschlag hin und wandte sich wieder seinem Handscanner zu. Lily schaute auf den Absender: Larsson Corporation. Sie musste dringend mit Collum reden. Der Bote hielt ihr das Display hin. Als sie den Empfang quittieren wollte, hörte sie einen Alarmton und der Bildschirm wurde schwarz.

»Das passiert heute dauernd. Weiß nicht, warum das spinnt«, sagte er.

Sie trat von einem Fuß auf den anderen. »Ich habe im Wagen auch noch etwas für Niall Thornton. Können Sie das auch annehmen?«

»Sicher.«

»Ich hole schnell das Paket, während das hier lädt.«

Er joggte zu seinem Lieferwagen. Bald würde sie hier nichts mehr für ihren Vater annehmen können. Dieser Gedanke ließ ihre Nervosität noch weiter ansteigen. Für Niall hatte sie Worte gefunden, die ihm Singapur verständlich machen würden. Das hoffte sie zumindest. Aber für Collum? Dieses Gespräch wollte sie nicht führen. Sie wollte ihm nicht wehtun. Vor allem musste sie den Umschlag erst einmal verschwinden lassen. Sie öffnete den Schuhschrank. Das Kuvert landete auf ihren Sneakers. Endlich hatte der Bote Nialls Paket gebracht. Sein Handscanner hatte sich inzwischen erholt. Er hielt Lily das Display hin, damit sie den Empfang der beiden Sendungen quittieren konnte. Dies tat sie mit einer Krakelei, die niemand auf ihren Namen zurückführen konnte. Sie wollte, dass er ging. Sie war im Begriff die

Tür zu schließen, als der Bote »Moment bitte« rief. Genervt zog sie die Tür wieder auf. »Was gibt es denn noch?«

»Der ist auch noch für sie.« Er hob einen riesigen Blumenstrauß auf, den er außerhalb von Lilys Sichtfeld auf die Stufen neben der Haustür gelegt hatte. Er drückte ihr das Blumengebinde in die Hand. Zwischen den Blüten steckte eine Karte. Sie musste sie nicht öffnen, um zu wissen, dass diese von Jasper waren. *Ich freue mich auf unsere Zusammenarbeit.* Irgend so etwas stand in dieser Karte, dessen war sie sich sicher. Sie überlegte, wo sie diese Blumen verstecken konnte, wollte möglichst rasch die Tür schließen. Der Protest des Boten hinderte sie daran. Er wiederholte die Eingabeprozedur, schielte wieder auf die Hausnummer.

»Wow! Wer schickt dir denn so einen Strauß?« Collum stand auf dem Treppenabsatz. Sie hatte ihn nicht kommen hören.

Alles Blut wich aus Lilys Gesicht.

»Muss ich eifersüchtig werden?« Es war scherzhaft gemeint. Sie war wie erstarrt.

»Von wem hast du den Strauß?«

»Von Jasper. Das glaube ich zumindest.« Sie sprach ganz leise.

»Aha. Und warum vermutest du, dass er dir Blumen schickt?«

»Kann ich bitte eine Unterschrift haben?« Der Bote schien zu merken, dass sich hier etwas zusammenbraute, an dem er keinesfalls teilhaben wollte. Lily schmierte irgendetwas auf die Unterschriftszeile. Endlich ging er.

»Collum, du darfst jetzt bitte nicht ausflippen. Ich wollte mit dir heute darüber reden.«

»Ich bin ganz ruhig. Weshalb sollte ich Anlass haben auszuflippen?«

Sein Blick war starr auf sie gerichtet. Er erwartete die Erklärung, die sie noch nicht zu geben bereit war.

»Weshalb schickt dir Jasper Blumen?« Lily atmete tief durch. Ihr Mund fühlte sich trocken an. »Jasper eröffnet ein Hotel in Singapur. Er will, dass ich das Projekt leite, bis zur Eröffnung in drei Monaten.«

»Und danach?«

Wie hatte er hören können, dass es ein Danach gab?

»Danach kriege ich eines der Restaurants.« Ihr BH lag auf dem Boden neben der Garderobe. Gestern hatte ihn Collum dorthin geworfen. »Wann habt ihr das denn vereinbart?«

»Als ich nach Deutschland geflogen bin. Jasper hat mich am Flughafen kontaktiert. Da war ich noch in Dublin. Und dann hat er meinen Flug umgebucht und mich in Berlin getroffen und mir diesen Job offeriert.«

»Und du hast zugesagt.«

»Ja. Singapur ist das Angebot, auf das ich gewartet habe. Da kann ich zeigen, was ich kann. Ich kann das machen, wofür ich ausgebildet worden bin.«

»Nachdem du erst einmal drei Monate etwas getan hast, was dir laut eigener Aussage, überhaupt nicht liegt.«

»Du hast gesagt, man muss über sich hinauswachsen und Neues wagen.«

»Es ist interessant, wie du das für dich auslegst.« Er klang zynisch.

»Wie meinst du das?«

»Beinhaltet das auch, dass du mich aus deinen Zukunftsplänen ausschließt?«

»Nein. Um Himmels willen. Ich wollte es dir doch erzählen.«

»Das beruhigt mich jetzt. Ich dachte schon, du wolltest mir vom Flugzeug aus eine Nachricht zukommen lassen, dass wir uns erst einmal ein paar Wochen nicht sehen können, weil du in Asien einen Job angenommen hast.«

»Warum bist du jetzt so gemein?«

»Lily! Du warst mit mir in der Schweiz. Vorher war der Geburtstag deiner Mutter. Wir haben uns tagelang rund um die Uhr gesehen! Und du hast nicht ein Wort darüber verloren.«

»Ich wollte es dir erzählen.« Lily sah ihm an, dass er ihr das nicht abnahm. »Ich habe sogar mehrmals dazu angesetzt, aber ich habe mich nicht getraut. Da war nie der richtige Zeitpunkt.«

»Fünf Tage, Lily!« Er schien jedes einzelne Wort herauszupressen.

»Es war so schön. Ich wollte das nicht kaputtmachen.«

Sein Lachen klang bitter. »Ich denke, du warst einfach feige.«

»Ich habe doch gesagt, dass ich mich nicht getraut habe.«

»Du stellst den Job über uns. Für einen Stern setzt du alles aufs Spiel. Alles, was zwischen uns ist, und alles, was sich noch entwickeln könnte.«

»Es heißt doch nicht, dass es kein Uns gibt, wenn ich den Job annehme. Sicher wird das schwieriger, aber wenn wir wollen, können wir das hinkriegen.«

Er lehnte sich an die Wand, Halt suchend. »Lily, ich will das nicht mehr. Ich bin fünfunddreißig.« Seine Hände fuhren durch sein Gesicht. »Ich will meine Frau nicht alle paar Wochen für ein paar Tage sehen.«

»Du reist doch selbst die ganze Zeit in der Weltgeschichte herum. Soll ich etwa schön daheimbleiben und warten, bis du heimkommst, während du deinen Berufstraum lebst?«

Er legte den Kopf schief und verzog den Mund. »Du weißt genau, dass ich das nicht will. Du sollst deinen Traum haben und dein Restaurant und deinen Stern. Aber den kannst du dir auch hier verwirklichen und musst dafür nicht ans andere Ende der Welt reisen.«

»Hier macht Jasper aber kein Hotel auf.«

Er seufzte. »Du brauchst Larsson nicht. Lass uns dein eigenes Restaurant eröffnen, dein Hotel, was auch immer. Mach, was auch immer du willst, aber tu es hier.«

»Dublin ist nicht Singapur. Ich hab in so einem großen Haus ganz andere Möglichkeiten, ein ganz anderes Publikum.«

»Dann gehe nach London. Da hast du deine Metropole. Dann bist du wenigstens jeden Abend daheim. Oder zumindest nur eine Flugstunde entfernt.«

»Ich kann kochen, aber ich bin so schlecht im Verwaltungskram. Das blockiert mich. Das arbeitet mich auf. Ich muss frei sein. Alles andere kann ich vielleicht, aber ich traue es mir nicht zu. Vielleicht will ich es auch einfach nicht.«

»Das kriegen wir hin. Ich helfe dir. Ich investiere in das Projekt.«

»Ich will nicht, dass du mir Geld gibst, dass du derjenige bist, von dessen Gnaden ich Küchenchefin bin. Das hatte ich schon einmal. Mein Erfolg soll mein eigener sein.«

»Aber Jasper darf das. Mit seinem Geld geht das.«

»Das ist etwas völlig anderes.«

Er ging zu seiner Tasche und holte einen Ordner heraus. *Curran Real Estate* stand darauf. Lily lehnte sich an die Küchentür, ihre Finger krampften sich um den Türrahmen. Er legte den Ordner auf den Esstisch und bedeutete ihr, sich hinzusetzen. Er schlug den Deckel auf.

Restaurant, einzigartige Lage in georgianischem Haus Nähe Fitzwilliam Square, neu renoviert im letzten Jahr. Ein ehemaliges Café in Dun Laoghaire, unweit des Piers. Ein

Restaurant in der Anne Street, 1-a-Lage, voll ausgestattete Küche. Der Bahnhof in Blackrock stand zum Verkauf, eine einfache Küche war vorhanden, eine Genehmigung, die ehemalige Wohnung für gewerbliche Zwecke umzugestalten, lag vor.

Collum beobachtete sie, während sie blätterte. Der Makler hatte die Filetstücke zusammengestellt. Sie sah auf. »Das ist lieb. Aber ich kann das nicht«, sagte sie. »Ich habe mir geschworen, dass ich mich nie wieder beruflich von einem Mann abhängig mache.«

»Warum machst du es uns denn so schwer?« Er hatte die Ellbogen auf dem Tisch aufgestützt, verbarg den Kopf in seinen Händen. »Aber ich glaube, ich kann das auch nicht.«

»Collum, das kann klappen. Auch auf die Distanz.«

»Das meine ich nicht. Ich weiß nicht, ob ich mit einer Frau zusammen sein kann, die mir gegenüber nicht ehrlich ist.«

»Ich wollte es dir doch sagen.« Sie legte die Hand auf seinen Arm.

Er sah hoch. »Aber du hast die Entscheidung ohne mich getroffen. Du hast den Vertrag unterschrieben, ohne mit mir darüber zu reden.«

»Da war doch noch nichts.«

»Unsere Freundschaft ist also *nichts* gewesen.«

»Jetzt dreh mir doch nicht das Wort im Mund herum. Natürlich bedeutet mir unsere Freundschaft … unsere … das mit uns sehr viel. Du bist der wichtigste Mensch in meinem Leben.«

»Und trotzdem hast du am Flughafen gleich unterschrieben. Du hast dir keine Bedenkzeit ausgebeten. Du hast dich nicht erst mit mir besprochen.«

Sie presste die Lippen aufeinander.

»So war es doch?« Sie konnte ihn nicht ansehen. »Wann hast du unterschrieben?«

Ihr Gesicht war weiß. Sie bearbeitete ihre Unterlippe mit ihren Zähnen. Ihre Hände hingegen waren knallrot, weil sie ihre Nägel in die Handinnenflächen rammte.

»Bei meiner Mutter.« Collum nickte. Er musste es wissen.

»Wann genau?«

Sie schnappte nach Luft. »Als du mich dort abgeliefert hast.«

Er stand so heftig auf, dass die Stuhllehne gegen die Arbeitsplatte dahinter knallte.

»Nach Davos. Nachdem wir …« Er lief durch den Flur die Treppe hinauf. Auf der obersten Stufe blieb er stehen. Er presste die Hände gegen seine Stirn, versuchte seine Gefühle zu sortieren.

Lily war hinter ihn getreten, stand dort und sah ihn an. Dann kam sie näher. Er drehte sich nicht um. Sie trat ganz nahe an ihn heran. Er spürte, wie sie ihren Kopf von hinten an seine Schulter legte, ihre Hand berührte seinen Arm. So standen sie eine Weile da. Schweigend.

»Vielleicht sollten wir das Ganze lassen. Es beenden, bevor es richtig angefangen hat.« Collum sagte das ganz leise. Lily fing an zu weinen. Auch er spürte, wie ihm die Tränen in die Augen stiegen. Er schob sie von sich weg. »Wenn du mich so verkennst, hast du wahrscheinlich recht«, sagte sie.

»Wo verkenne ich dich denn bitte? Du hast Dinge vor mir verheimlicht, obwohl du genau weißt, dass ich in dieser Hinsicht vorbelastet bin. Und du stellst den Job über uns. Beides ist kein Grundstein für eine Beziehung.«

»Weißt du, was auch keine Basis ist?« Sie wurde laut. »Wenn man dem anderen nicht traut.« Ihre Stimme klang fremd.

Er ging in ihr Zimmer, zog sich im Stehen seine Strümpfe an. »Du vertraust mir doch auch nicht. Sonst würdest du nicht denken, dass ich ein Investment benutze, um dich abhängig zu machen. Oder um dich zu bestrafen. Oder was auch immer da in deinem Kopf vorgeht.«

»Das sagt sich leicht, wenn man … solange man …« Sie wollte sagen, verliebt ist, aber sie war sich nicht sicher, ob sie das waren. War es vielleicht nur Begierde gewesen?

»Nein, Lily, das ist so, wenn man ehrlich miteinander umgeht und wenn man sich vertraut.«

»Jetzt tu nicht so, als wärst du der Sieger im Vertrauenskontest.«

»Was habe ich denn bitte getan, dass du mir nicht vertrauen kannst?«

»Deine Rumvögelei!«

»Wie bitte?«

»Glaubst du im Ernst, das kann man einfach so lassen? Bloß weil du in einer Beziehung bist? Glaubst du, ich will mit jemandem zusammen sein, der sich einmal durch die halbe Welt gevögelt hat?« Sie meinte das nicht so. Sie wusste, dass es Blödsinn war. Sie hasste sich dafür, dass ihr nur ein Eleonore-Einwand in den Sinn gekommen war, aber sie wollte sich wehren und etwas anderes war ihr nicht eingefallen. Sie sah seine Fassungslosigkeit mit Genugtuung. Sie hatte ihn treffen wollen, und sie hatte es geschafft.

»Du kennst mich anscheinend überhaupt nicht«, sagte er.

»Vielleicht magst du nur die Wahrheit nicht erkennen«, sagte sie kühl.

Er verließ das Zimmer, drängte sich an ihr vorbei durch den Türrahmen und versuchte, sie nicht zu berühren.

»Fällt dir nichts mehr ein?«, sagte sie provozierend.

»Das ist mir zu blöd, Lily.«

Er lief die Treppe hinunter.

»Du kannst mich mal«, schrie sie.

Er knallte die Tür hinter sich zu, ohne etwas zu erwidern.

Draußen versuchte Collum schnell wegzukommen, so viel Abstand wie möglich zwischen sich und Lily zu bringen. Er rief Dermott an, lief dabei den Gehsteig hinunter. Vorbei an Häusern. Taub für den Lärm des Lieferverkehrs und der Baumaschinen. Er lief, bis sein Chauffeur ihn auflas und zur Firma brachte.

Stunden später ließ er sich von Dermott wieder abholen, bat ihn, etliche Straßen vor seinem Haus anzuhalten. Er musste sich bewegen. Die frische Luft brachte seine Gedanken nicht in Ordnung. Er wusste nicht, ob er Lily vermisste oder ob er wütend auf sie war. Sein Herzschlag beschleunigte sich, als er auf sein georgianisches Stadthaus zuging, jemanden auf den Stufen sitzen sah. Die Erleichterung ließ seinen Körper ein bisschen zusammensacken. Trotzdem merkte er nun, dass gleichzeitig der Groll in ihm hochkochte. Nun gut, dann würde er ihr noch einmal deutlich sagen, was er von ihrer Entscheidung hielt. Die Ungehaltenheit beschleunigte seine Schritte.

»Treibt dich das schlechte Gewissen her?«, rief er und erschrak selbst über seinen Ton. Er erreichte sein Haus. Shannon sah ihn erschrocken an. »Ich wollte euch nicht euren Silvesterabend verderben. Wirklich nicht.« Sie stand auf. »Ich gehe wieder. Entschuldigung«, sagte sie.

»Warte«, sagte er außer Atem. »Tut mir leid, ich dachte, du wärst jemand anderes.«

»Was ist los?« Sie ging eine Stufe nach unten. »Hast du Ärger mit deiner Freundin?«

Er blickte nach unten. Die Leere in seinem Gehirn machte

das Antworten schwer. »Wir haben uns gestritten. Und so wie es aussieht, bin ich wohl weiterhin Single.«

Sie nickte und sah auf die Bäume im kleinen Park in der Mitte des Platzes. »Hock dich zu mir her«, sagte sie. »Das ist die offizielle Singletreppe.«

Die Stufen fühlten sich eiskalt an. Trotzdem setzte er sich. »Hat es nicht funktioniert mit der Ehetherapie?«

»Doch. Die Ehetherapie hat einwandfrei funktioniert«, sagte sie. »Unsere Therapeutin hat ihren Mann ver- und sich mit meinem eingelassen.«

»Das ist so schlecht, dass es schon fast wieder lustig ist.« Er stützte sein Gesicht auf seine Hände. »Hast du dir ihren Ehemann einmal angesehen?«

»Das hätte ich vielleicht tun sollen.«

Sie zog eine Flasche Champagner aus ihrer Tasche. »Sieht aus, als könnten wir das beide brauchen.« Er sah verwundert auf die Flasche. »Kein Tag kann so beschissen sein, dass er durch Champagner nicht ein wenig besser wird. Was war bei dir?«

Er fuhr sich mit den Händen durch das Gesicht und durch die Haare. »Ich bin die geborene Nummer zwei. Bei dir war es der neue Mann, bei Hannah der alte Mann und bei Lily … bei Lily ist es der Traumjob.«

Sie lehnte ihren Kopf gegen seine Schulter. »Manchmal denke ich, dass ich damals den größten Fehler meines Lebens gemacht habe.«

»Deswegen schickst du mir auch virenverseuchte Kinder in die Hütte.« Es fühlte sich vertraut, aber gleichzeitig auch verboten an, sie so nahe bei sich zu haben. Wenn Lily ihn so sähe … Er schob den Gedanken weg.

»Lass uns die drinnen trinken«, sagte er und stand auf.

VIERUNDDREISSIG

Dublin, zwölf Stunden vorher.

Am späten Vormittag traf auch Niall nach seiner britisch-irischen Klima-Konferenz in der Thornmanby Road ein. Auf sein »Hallo, ich bin wieder da! Jemand zu Hause?« folgte keine Antwort. Ein Blick auf die Garderobe und in die Küche zeigte ihm, dass Lily vor nicht allzu langer Zeit hier gewesen sein musste. Auf dem Tisch lag ein Portfolio von *Curran Real Estate*. Er blätterte durch die Restaurant-Angebote. Ein Lächeln breitete sich auf seinem Gesicht aus. Die Tage in der Schweiz hatten also endlich das vermocht, was dauernde Übernachtungen am Fitzwilliam Square nicht erreicht hatten. Er nahm sein Mobiltelefon heraus.

»Wollen wir heute zu Abend essen? Passt halb acht?« – Niall, 11.14 Uhr.

»Gerne. Ich wollte dir sowieso etwas erzählen. Ich kümmere mich ums Essen.« – Lily, 11.28 Uhr.

»Da bin ich aber gespannt.« – Niall, 11.29 Uhr.

Die Nachricht erreichte Lily, als sie von Tomaso kam. Das Gespräch war einfacher gewesen, als sie sich das vorgestellt hatte. Tomaso fiel immer auf die Füße. Er bedauerte zwar, dass die Beschäftigung im Foodtruck zu Ende war, erzählte Lily aber von einem Tanzstudio, in dem er Kurse geben könne. Sie war erleichtert, dass zumindest dieses Gespräch problemlos abgelaufen war. Sie fürchtete sich vor dem Abend. Wie eine Maschine arbeitete sie die Liste ab, die ihre Foodtruckzeit in Dublin beendete. Um die Aufenthaltserlaubnis für Singapur und alle weiteren Formalitäten musste sie sich nicht kümmern, das tat Jaspers Firma. Behördengänge, Abmeldungen, Unterkunft für ihren Truck. Verkaufen wollte sie ihn noch nicht. Das brachte sie nicht übers Herz.

Lily hörte, wie Niall die Tür aufschloss. Jetzt sollte es also beginnen. Singapur-Offenbarung, die zweite. Die Aromen ihres Abendessens begrüßten ihn bereits an der Eingangstür.

Als er in die Küche trat, drehte Lily sich zu ihm um und blickte ihn verzagt an. Sie presste die Lippen aufeinander. »Du musst mich nicht so ansehen«, sagte er. »Ich weiß es bereits, und ich freue mich. Etwas Besseres hätte doch gar nicht passieren können. Jetzt komm mal her.«

Diese Eröffnung überraschte sie. Zögerlich ließ sie sich von ihm in den Arm nehmen. Er drückte sie an sich, sie begann leise zu schluchzen. Er wiegte sie sacht.

»Es ist alles gut«, sagte er. »Warum bist du denn so angespannt? Es ist doch klar, dass ich mich für dich freue. Es war doch ohnehin absehbar. Wann kommt Collum denn?«

»Gar nicht. Wir haben uns gestritten.«

»Das gehört dazu.«

Sie hob ihren Kopf und zog die Stirn kraus. »Dad …«

»Nachher fährst du zu ihm und versöhnst dich mit ihm.«

Lily zog einen Küchenstuhl heraus und sank auf diesem zusammen. »Heute Morgen klang es nicht so, als ob er mich noch einmal sehen wollte. Er hat auf Singapur nicht so entspannt reagiert wie du.«

»Singapur? Was ist denn Singapur? … Willst du dein Lokal so nennen?«

»Was?«

»Aber du hast doch … Das Portfolio …« Langsam begann sie zu verstehen. Das war noch viel schlimmer, als sie es sich ausgemalt hatte. »Ich dachte, du … Sind das nicht deine Restaurants? Ich meine, deine Angebote für dein zukünftiges Restaurant … «

»Nein, Dad … Setz dich bitte mal. Es ist Singapur, das Land.«

Ein langer ungläubiger Blick ließ die eingeübten Worte aus ihrem Kopf verschwinden.

»Jasper Larsson …« Wenn sie ihm alles auf einmal erzählte, dann würde es schneller vorbei sein. »Du weißt schon, von Thanksgiving … Er hat mir einen Job angeboten. Seine Firma eröffnet ein Fünf-Sterne-Haus und ich bekomme dort ein Lokal. Das heißt, zuerst begleite ich die Eröffnung und dann bekomme ich das Lokal. Dad, ich verfüge dort über Mittel, von denen man nur träumen kann. Da komme ich auf der Überholspur zu meinem Stern.«

»Wieso denn Singapur?«

»Weil es eine einzigartige Chance ist. Weil ich mich weiterentwickeln will.«

»Ja, aber in Singapur. Was spricht denn gegen Dublin?«

»Singapur mache ich aus eigener Kraft. Das bekomme ich, weil ich etwas kann.«

»Und inwiefern unterscheidet sich das von einer Restauranteröffnung hier?«

Lily war für einen Augenblick still.

»So einen finanziellen Rahmen habe ich hier nicht.«

Er legte beide Arme auf den Tisch und starrte den Tisch an. »Ich kann dich unterstützen«, sagte er. »Du kriegst einen Gründerkredit. Collum hilft dir bestimmt.«

»Das ist es ja eben. Das will ich nicht.«

»Stattdessen reist du um die halbe Welt und lässt dich von einem fremden Menschen finanzieren.«

»Dad, bitte. Lass es mich dir noch einmal in Ruhe erklären. Beim Essen.«

Lily hatte wach gelegen – an Schlaf war nicht zu denken. Irgendwann war sie aufgestanden und in die Küche gelaufen, hatte das Portfolio in den Müll geworfen und war zurück in ihr Zimmer gegangen. Später war sie wieder hinuntergeschlichen, hatte den Ordner aus dem Mülleimer geholt, Gurkenschalen und Rosmarinnadeln heruntergepickt und ihn mit ins Bett genommen. Sie hatte die Angebote studiert und schließlich ihre finanziellen Optionen mit den Kreditrechnern von drei unterschiedlichen Banken durchgespielt. Außerdem hatte sie die Seiten von zwei weiteren Maklerbüros nach passenden Objekten durchforstet.

Mittlerweile war es Morgen geworden. Collum würde um halb neun in die Firma aufbrechen. In vierzig Minuten würde er aufstehen. Im Büro ihres Vaters druckte sie eine Seite aus und nahm mit einem Plakatstift darauf einige Ergänzungen vor. Sie heftete das Blatt ganz vorne in das Portfolio ein und fuhr zu Collum.

In seinem Schlafzimmer brannte kein Licht, aber Marjorie würde in der Küche bereits das Frühstück zubereiten. Lily lief zur Rückseite des Hauses, wo sie die schmale Gartentür verschlossen vorfand. Das rote Holz war feucht, als sie daran rüttelte. Da es so gut wie ausgeschlossen war, dass Marjorie sie hörte, kletterte sie kurzerhand über die Gartenmauer. Durch das Fenster sah Lily, dass die alte Dame Orangen auspresste. Sie klopfte und sah, wie sich die Haushälterin verwundert umblickte und dann zur Glastür kam.

»Lily? Was machen Sie denn hier?« Mit ihrer gemütlichen Fülle hinderte sie Lily am Eintreten.

»Guten Morgen, Marjorie. Tut mir leid, dass ich Sie so überfalle. Aber es ist dringend. Ist er oben?«

Sie drängte sich an der alten Dame vorbei. Marjorie griff nach Lilys Arm.

»Es passt heute nicht. Ich sage ihm, dass Sie hier waren.« Die Finger der alten Dame hielten ihren Arm fest umklammert.

»Das ist lieb. Aber ich muss mit ihm sprechen. Keine Angst, ich will ihm nicht wehtun, ganz im Gegenteil. Ich will etwas in Ordnung bringen.«

Sie lief zur Tür und stürmte die Treppe hinauf, zwei Stufen auf einmal nehmend.

»Warten Sie hier. Ich melde Sie an.« Marjorie lief hinter ihr her.

»Nicht nötig!«

Vor Collums Schlafzimmertür stoppte sie. Im Flur war es dunkel. Ein heller Streifen vor der Tür verriet ihr, dass er wach war. Sie klopfte zaghaft und öffnete die Tür.

Verbrauchte Luft schlug ihr entgegen. Er saß mit nacktem Oberkörper auf dem Bett und studierte die Morgennachrichten. Er blickte auf. Lilys Kopf erschien in der Tür. »Nicht erschrecken! Ich bin's.« Ihr Körper schob sich nach. Er sah sie mit offenem Mund an. Lily musste es schnell hinter sich bringen. Sie wollte, dass er sie wieder zärtlich ansah, dass er lächelte, wenn sie ins Schlafzimmer kam. Diesen Ausdruck der Verwunderung wollte sie nicht mehr sehen. Vor ihren Körper presste sie den Immobilienordner. »Ich muss dir etwas Wichtiges sagen oder vielmehr zeigen.« Sie streckte ihm den Ordner hin.

Sein Blick war fast hilflos. Er hatte mit ihrem Erscheinen nicht gerechnet, das war eindeutig. Lily hatte gehofft, dass er sie in den Arm nehmen würde und ihre Entscheidung in Dublin zu bleiben ohnehin schon vorausgeahnt hatte. Das würde schwieriger werden als gedacht. Sie lächelte ihn aufmunternd an.

»Es ist etwas Schönes, weshalb ich da bin.«

Es klirrte im Badezimmer. Eine Frauenstimme rief: »Mir ist nichts passiert. Das Parfüm hat es nicht überlebt. War aber sowieso nur Donna Karan Woman. Das brauch ich nicht mehr zu ersetzen, oder?«

Lilys Augen weiteten sich, starrten auf die Badezimmertür. Er hatte sich ebenfalls umgewandt, wirkte ebenso fassungslos. Er sah Lily an, öffnete den Mund, suchte nach Worten.

»Ich hab's gewusst«, flüsterte sie. Ihr Mund verzog sich zu einem schiefen Lachen. Sie musste hier raus. Marjorie stieg langsam die Treppe hinauf. Lily stoppte kurz, um sie nicht zu Fall zu bringen, drückte sich hastig an ihr vorbei. Collum riss die Schlafzimmertür auf.

»Lily, warte!«

Sie rannte weiter, sprang von der fünften Stufe ab. Die schwere Haustür knallte gegen die Wand. Sie machte sich nicht die Mühe, sie zu schließen, stürmte die Vortreppe hinunter und rannte an den georgianischen Häusern vorbei. Die nassen Bäume hinter dem Eisengitter auf der anderen Straßenseite rauschten und schickten eiskalte Tropfen auf sie herab. Ihr Kinn zitterte. Der Wind trug Collums Stimme zu ihr. Sie lief weiter, steckte mit kalten Fingern den Schlüssel in das Schloss von Nialls Wagen. Ein Müllwagen blockierte die Straße. Wenn sie wartete, bis er wegfuhr, würde Collum das Auto erreichen. Sie wendete, brauchte mehrere

Züge. Es gab keine andere Möglichkeit, als an seinem Haus vorbeizufahren. Er stand dort, mitten auf der Straße, barfuß, nur mit einer Schlafanzughose bekleidet. Sie drückte aufs Gas und brauste an ihm vorbei.

Collum sah ihr hinterher. Der Asphalt war kalt. Das spürte er nicht. Erst als der Wind die Nässe von den Bäumen peitschte, kam er zu sich und ging ins Haus. Marjorie stand in der Tür und sah ihn an.

»Sag jetzt bitte nichts«, murmelte er im Vorbeigehen. Sie schloss die Tür.

Im Schlafzimmer zog sich Shannon den zweiten Stiefel an. Er sah ihr zu, wie sie den Reißverschluss der Tasche schloss, sah auf den Boden, suchte nach Worten. Die Pyjamahose klebte an seinen Beinen.

»Shannon …«

»Bring dein Leben in Ordnung, Collum.«

»Wo gehst du hin?«

»Das muss dich nicht kümmern.«

Sie verließ das Schlafzimmer.

Niall war bereits ins Büro aufgebrochen, als Lily nach Hause kam. Sie nahm ihr Handy heraus und kontaktierte Jasper.

»Ich würde mich gerne in Ruhe einarbeiten. Könnte eher anfangen.« – Lily, 7.48 Uhr.

»Perfekt. Wann?« – Jasper, 8.02 Uhr.

»Eigentlich ab heute.« – Lily, 8.04 Uhr.

»Wir buchen dir einen Flug.« – Jasper, 8.06 Uhr.

»Ich fliege ab Dublin.« – Lily, 8.07 Uhr.

Sie stieg die Treppe zu ihrem Zimmer hinauf. Mit jedem Schritt wurde ihr bewusst, dass dies für lange Zeit eines der letzten Male sein würde, dass sie sich hier in Nialls Haus aufhielt. Das Knarzen der vorletzten Stufe, die Welle im Teppichboden, die Enge ihres Zimmers – sie merkte, dass ihr die Tränen in die Augen stiegen.

Sie schob die Schranktür beiseite und förderte den Rollkoffer und die Reisetasche zutage. In weniger als einer Stunde hatte sie ihre Sachen verstaut. Sie kniete gerade vor ihrem Koffer und rollte T-Shirts zusammen, damit sie ihren Kosmetikbeutel noch unterbringen konnte, als es an der Tür klingelte. Ihr Herz begann wild zu klopfen. Sie rührte sich nicht. Es läutete noch einmal, heftig. Dauerklingeln. Sie stand auf und schlich zum Fenster. Eng an der Wand lehnend versuchte sie einen Blick auf die Vordertreppe zu erhaschen, konnte aber nur die nassen Stufen sehen. Ihr Herz drängte rhythmisch gegen ihren Brustkorb. Sie sah, dass es Collum war, der ein paar Schritte von der Haustür wegging und hoch zu ihrem Fenster schaute. Ihre Brust hob und senkte sich schnell. Hoffentlich hatte sie den Vorhang nicht bewegt. Sie merkte, wie die Tränen aus ihr herausbrachen. Tränen der Wut, Tränen der Trauer. Sie wusste es selbst nicht. Noch einmal drehte er sich um und blickte nach oben hoch, bevor er das Grundstück verließ. Sie tastete nach ihrem Handy und sah auf das Display. Im gleichen Moment begann es zu vibrieren. Collum. Sie legte das Mobiltelefon auf das Bett, hielt mit der rechten Hand die linke fest, um sie daran zu hindern, den Anruf entgegenzunehmen und wartete, bis das Display erlosch.

Ein Taxi brachte Lily bei Nialls Büro vorbei. Der Regen klatschte auf die Straße. Vorbeifahrende Autos verwandelten die Pfützen in schmutzige Fontänen.

In der Mitte des Büros stand Niall über einen großen

Plan gebeugt, der den gesamten Projekttisch bedeckte. Fionulla saß neben dem Tisch und studierte Unterlagen. Sie sah auf, als Lily den Raum betrat. Auch Niall wandte sich um. Er verstand, öffnete seinen Mund, schloss ihn wieder und nickte nur. Lily trat auf ihn zu und umarmte ihn. Tränen schossen in ihre Augen und sie schluchzte laut. Niall drückte sie noch fester an sich. Fionulla starrte fassungslos auf die Szene und konnte sich keinen Reim darauf machen, was gerade geschah. Niall gab Lily aus seinen Armen frei. »Pass auf dich auf.«

»Kann mir bitte jemand sagen, was hier los ist?« Fionulla schob den Stuhl energisch vom Tisch weg. Ihre Hände schwirrten eine Erklärung verlangend durch die Luft.

Niall legte den Arm um seine Tochter und zog sie an sich. »Lily hat einen Job in einem Hotel in Singapur.«

Fionulla schüttelte den Kopf. »Warum? Du gehörst hierher. Du kannst uns doch nicht allein lassen. Und was ist mit …« Sie fing Nialls Blick ein und verstummte.

»Wenn du glaubst, dass das sein muss«, sagte sie dann.

»Es muss«, sagte Lily und schniefte.

»Dann bleibt mir wohl nichts anderes als dir viel Glück zu wünschen.« Fionullas lange Halsketten klirrten, als sie sich erhob um Lily in den Arm zu nehmen. »Ich denke, das reicht jetzt«, sagte Niall. »Sie verpasst sonst den Flug. Melde dich, wenn du angekommen bist.« Lily wischte sich über die Augen, drückte ihren Dad und lief, ohne sich noch einmal umzudrehen, zum Taxi.

Fionulla sah Niall an.

»Ich darf doch davon ausgehen, dass dieser Sullivan am Flughafen steht und sie davon abhält, in dieses Flugzeug zu steigen.«

»Darauf würde ich nicht wetten.«

»Aber ich dachte …« Fionulla sah das Taxi davonfahren.

»Ich auch«, sagte Niall. »Aber da haben wir uns wohl geirrt. Komm, lass uns weiterarbeiten. Das Meeting ist in drei Stunden, und ich möchte nicht unvorbereitet sein.« Er hielt kurz inne, presste zwei Finger an die Nasenwurzel und beugte sich über den Plan.

Die Maschine hob ab. Flughafengebäude, Parkplätze und Hotels. Fabriken, Wohnsiedlungen, der Hafen. Irgendwo dort unten stand ihr Truck. Sie presste ihre Stirn an die kalte Scheibe. Regentropfen rannen über das Fenster. Unter ihr tauchten die Küste und das Meer auf. Weiße Schaumgarnituren auf dem Blau. Ob am Strand in Inch gerade Flut war? Lily lehnte sich zurück. Sie hatte sich die gleiche Zeitschrift wie ihre Sitznachbarin aus dem Regal am Gate geholt. Sie angelte nach ihrer Handtasche unter dem Vordersitz und wühlte nach ihren Kopfhörern. Die Frau neben ihr blätterte um. Eine ganzseitige Anzeige pries das neue S&G-Notebook. Lilys Hand wanderte zu dem Magazin. Sie zog es aus der Tasche und ließ es auf den Boden fallen. Mit ihrem Fuß gab sie ihm einen Tritt, so dass es mehrere Sitzreihen nach vorne schlitterte. Sie nahm ihre Ohrhörer und lehnte sich zurück. Die Dixie Chicks stellten fest, dass sie nicht bereit waren, es gut sein zu lassen. *Not ready to make nice.* Lily erhaschte einen letzten Blick auf Irland, das auch bei diesem grässlichen Wetter so verdammt grün aussah. Das Flugzeug ruckelte, als es die Wolken durchbrach. Aus und vorbei, dachte Lily.

FÜNFUNDDREISSIG

Singapur, einige Wochen später.

Jeden Morgen, wenn Lily von den Angestelltenquartieren über den Platz zum Hotel lief, konnte sie es kaum fassen, dass dieser majestätische Glasbau tatsächlich ihr Arbeitsplatz war. Zehn Minuten benötigte sie, um die Hotellobby zu erreichen. Ihre Bluse klebte an ihrer Haut. Die Luftfeuchtigkeit legte sich auf ihre Atemwege. Ihr Körper vermutete sie noch irgendwo zwischen den Kontinenten und ließ sie nachts wach liegen. Ein Handwerker stand auf einer Leiter und montierte die goldenen Buchstaben über der Drehtür. Bald würde dort »Maluhia Suites« zu lesen sein. Sie tauchte unter der Leiter hindurch und schritt durch die kühle Luftmauer. Der Arbeitstag begann. Noch bevor sie in ihrem Büro den Tagesplan mit ihrer Assistentin besprach, absolvierte Lily ihren Rundgang im Eingangsbereich. Männer in schwarzen Uniformen mit dem goldenen Hotellogo polierten die in dunklem Holz gehaltene Rezeption. Hinter der Theke saßen IT-Techniker und richteten die Computer ein. Die Tür zum Büro stand offen. Der Empfangschef hatte seine Mitarbeiter versammelt. Auf dem Flipchart neben ihm stand BE COMPETENT. BE EXCELLENT. ALWAYS SMILE. Lily blieb in der Tür stehen und hörte seinen Ausführungen zu. Der Empfangschef erblickte sie und unterbrach seine Ansprache. »Guten Morgen, Miss Thornton.«

Die Frauen und Männer schossen von ihren Stühlen hoch und begrüßten Lily im Chor. »Guten Morgen zusammen«, sagte Lily. »Ich sehe schon, das läuft hervorragend. Machen Sie nur weiter. Ich höre ein wenig zu und trage Ihre Motivation und gute Stimmung in die anderen Bereiche. Der Testlauf in den kommenden Wochen ist wichtig für uns. Nehmen Sie ihn ernst. Geben Sie Ihr Bestes. Denken Sie daran, dass Sie am Anfang des Maluhia-Suites-Erlebnisses stehen. Machen Sie uns stolz.«

Seit dreieinhalb Wochen verantwortete Lily die Eröffnung. Man wächst mit seinen Aufgaben, hatte Louise gesagt. Seit einer Woche schrieb sie wieder regelmäßig mit Lily. Sie hatte die Singapur-Entscheidung ihrer Freundin mit einer mehrwöchigen Funkstille quittiert. Glücklicherweise war auch die Zeit, welche die Freundinnen einander gram sein konnten, begrenzt.

Sobald Lily den Bürotrakt betrat, eilte ihr Helen, ihre Assistentin, entgegen.

»Der Sommelier lässt anfragen, ob Sie um 11 Uhr zur Verkostung dazukommen können. Die Abnahme der Suiten habe ich auf halb zwei geschoben. Herr Larsson lässt ausrichten, dass er die erste Probewoche mitbegleitet. Er reist morgen an.«

»Dankeschön«, sagte Lily. »Fragen Sie nach, ob die Gegenstromanlage im Pool inzwischen funktioniert. Sagen Sie Herrn Li Bescheid, dass Herr Larsson und ich morgen bei ihm zu Abend essen. Herr Larsson mag Seeteufel. Mit Loup de Mer liegt er auch richtig.«

Die Assistentin stellte eine Tasse grünen Tee auf Lilys Schreibtisch und schloss die Tür. Lily holte ein Fläschchen mit homöopathischen Kügelchen aus ihrer Handtasche. Das

Klima und der Stress lösten in ihr eine Dauerübelkeit aus. Lily klappte ihr Notebook auf und überflog die Zahlen, bis sich zehn Minuten später die Herren und Damen der Leitungsebene für das Morgenbriefing in ihrem Büro versammelten.

Am nächsten Morgen empfing sie Jasper in der Lobby. Aufgrund der Größe des Hotels hatte Lily den Rundgang dreigeteilt. Sitzungen mit den Bereichsleitern hatte sie in die Restaurants legen lassen. Das gab den Küchenchefs und den Restaurantleitern die Möglichkeit, den Boss von ihrem Können zu überzeugen. Bei spanischen Tapas wurden Zahlen besprochen. Währenddessen wieselten die Servicekräfte umher und bügelten die Decken auf den umliegenden Tischen. Gäste, die im Maluhia Suites eincheckten, duldeten keine Falten. Personaltrakt, Wäscherei und die Bereiche der Haustechnik sowie die ersten Stockwerke hatten Jaspers Zufriedenheit gefunden. Mittlerweile saßen sie in Herrn Lis Restaurant und verkosteten einheimische Nudelgerichte.

Lily sah ihre Assistentin in das Restaurant stöckeln. Für Termindruck war ihr Gesichtsausdruck zu ernst. Da musste etwas anderes vorgefallen sein. Bitte keine Panne! Nicht heute. Nicht jetzt. Helen beugte sich zu Lilys Ohr und flüsterte: »Sie werden dringend in der Orchideen-Suite verlangt.«

»Wir sind hier in einer Besprechung«, sagte Lily. »Das muss die Hausdame regeln.«

»Das Paar verlangt ausdrücklich nach Ihnen.« Helen sah sie flehend an.

»Was ist denn geschehen?«

»Das wollen sie nur Ihnen sagen.«

Lily seufzte. »Geben Sie Bescheid, dass ich in einer halben Stunde vorbeikomme.«

Jasper wandte seinen Kopf zu den beiden Frauen hin.

»Lass uns doch gleich hingehen«, sagte er. »Ich möchte mir gerne alles ansehen.« Viel lieber hätte Lily die Beschwerde allein entgegengenommen. Ihr fiel ein, dass dies das Zimmer mit dem Honeymoon-Upgrade war. Honeymoon-Upgrade, Stadtführung, National Orchid Garden, Wellnesspaket. Sie könnte ein Abendessen anbieten oder das Wellnesspaket aufstocken. Zusammen mit Jasper fuhr sie im Aufzug nach oben und klopfte an die schwere Holztür.

»Come in.« Eine Frauenstimme sang die Aufforderung. So verärgert klangen diese Gäste nicht, dachte Lily. Sie öffnete die Tür und trat vor Jasper ein. Allein das Gefühl, in diesem Teppichboden zu versinken, musste die Gäste glücklich machen. Was konnten sie denn noch wollen? Sei professionell, höre dir die Beschwerden an, der Gast hat immer recht, bedanke dich für die Anregungen. Alles wird gut! Im Wohnzimmer trafen sie niemanden an. Jaspers Augen checkten den Ausblick, die Einrichtung, die Sauberkeit. Lily wusste, dass sie nun Teil der Überprüfung war. Sie blieb stehen und sah sich um.

»Guten Tag«, rief sie. »Ich bin Lily Thornton vom General Management. Sie wollten mich sprechen.«

Keine Antwort.

Lily wollte nicht in die Privatheit des Schlafzimmers vordringen. Schon gar nicht in einer Flitterwochen-Suite. Sie sah Jasper an und zuckte mit den Schultern. Er wartete ab, zeigte keine weitere Regung. Lily fühlte sich alleingelassen. »Entschuldigung, Sie wollten mich sprechen? Amelia Thornton. Geht es Ihnen gut?«

»Überraschung!«, schrie es hinter ihr. Lily zuckte zusammen, ihr Absatz blieb im Teppich hängen. Sie verlor das Gleichgewicht, fand an der Rückenlehne des Sofas Halt.

Jasper, der ebenfalls erschrocken war, hatte sich bereits wieder gefangen und half Lily hoch. Ein Mann mit kunstvoll rasiertem Bart und Pferdeschwanz, auf dessen Hemd Stockenten in Richtung der Knopfleiste schwammen, war aus dem begehbaren Kleiderschrank gesprungen. Er kniete nun auf dem Boden. Seine Arme waren theatralisch ausgebreitet. Er sah aus wie ein Zirkusartist nach erfolgreich absolvierter Nummer. Hinter ihm tauchte eine Frau auf. Sie trug eine maßgeschneiderte weiße Bluse, die in einer beigen Hose steckte. Das Tuch, das sie über die Schultern drapiert hatte, zierten ebenfalls Stockenten. Mutantenenten gemessen an der Größe der Exemplare, die sich auf dem Hemd tummelten. Lily konnte nichts sagen.

»Jetzt bist du sprachlos, nicht?« Eleonore lief um Silvio herum, der seine Zirkuspose immer noch nicht aufgelöst hatte, und umarmte ihre Tochter.

»Hallo Mama.« Lily drückte ihre Mutter kurz an sich. Über Eleonores Schulter hinweg beobachtete sie Silvio, der vom Boden hochsprang und sich von hinten der Umarmung anschloss. Lily fiel ein, dass sich Jasper im Raum befand, und wand sich aus den Armen ihrer Mutter. Sie zupfte ihren Blazer zurecht und strich sich eine Strähne hinter die Ohren.

»Jasper, darf ich vorstellen: meine Mutter, Eleonore Lindner. Und das ist Silvio …« Sie stockte. Wie hieß Silvio eigentlich mit Nachnamen? Auf welchen Namen war dieses Zimmer noch einmal gebucht? Sie blickte auf Eleonores Ringfinger. Schmales Gelbgold schmiegte sich dort an einen Brillantring. »… Ihr Mann. Das ist Jasper Larsson. Mein Boss.«

Eleonore schüttelte Jasper die Hand. »Freut mich, Sie kennenzulernen.« Auch Silvio begrüßte Jasper mit Handschlag. Lily sah, dass sich Jaspers Blick an die Stockenten heftete.

»Wissen Sie, als wir unsere Hochzeitsreise planten, war es für uns selbstverständlich den Stopover hier zu buchen.«

»Es ist uns eine Ehre, gnädige Frau.«

Dieser Punkt ging an Jasper für den Gebrauch von Eleonores bevorzugter Anrede.

»Die Dame im Reisebüro war zunächst etwas zurückhaltend«, erklärte Eleonore. »Sie meinte, in den Probewochen sei zwar der Preis attraktiv, aber man müsse mit Einschränkungen rechnen, was den Service anginge. Ich meinte dann nur, meine Tochter leitet dieses Hotel. Der Service wird auch in den Probewochen exzellent sein.« Sie sah Jasper erwartungsvoll an. Dann wandte sie sich wieder an ihre Tochter.

»Kannst du dich freimachen, um mit uns zu Abend zu essen?« »Das tut mir leid«, sagte Lily. »Wir haben heute Abend ein geschäftliches Essen. Wie wäre es mit Frühstück morgen?«

Eleonore verzog das Gesicht.

Jasper schaltete sich ein. »Gnädige Frau, es wäre mir eine Ehre, Sie heute Abend an unserem Tisch zu begrüßen. Wenn es Ihnen nichts ausmacht, dass ich Ihrer Familienzusammenkunft beiwohne.«

»Ich würde mich sehr freuen, Sie in unseren Kreis aufzunehmen, Herr Larsson«, sagte Eleonore.

»Um acht im Skylight Restaurant.« Jasper deutete eine knappe Verbeugung an.

»Wir sehen uns später«, sagte Lily. »Viel Spaß heute Nachmittag.« Eleonore lief rot an. »Ich meine bei den Orchideen«, sagte Lily schnell. »Ihr habt doch die Führung … in den National Orchid Gardens, dachte ich … Bis dann.«

Vor der Tür atmete Lily aus. Sie fühlte sich wie nach ihrer Abschlussprüfung in »Backen und Patisserie«. Bestimmt hatte sie nasse Flecken unter ihren Achseln. Bei nächster

Gelegenheit musste sie unbedingt die Bluse wechseln. Sie ermahnte sich, professionell zu sein. Sie merkte, dass Jasper sie beobachtete. Lily ging voraus zum Hauptbüro der Butler. Während der Besprechung wanderten ihren Gedanken in die Suite. *Sie sind jeder Situation gewachsen, wenn Sie nur an sich glauben*, hatte der Kommunikationstrainer in Irland gesagt. Dazu gehörte auch ein Abendessen mit ihrer Mutter und ihrem Chef. Mit ihrer Mutter, deren Lover und ihrem Chef. Mit ihrer frischverheirateten Mutter. Oh nein! Sie hatte nicht zur Vermählung gratuliert – das musste sie dringend nachholen. Oder waren sie gar nicht verheiratet und hatten nur das Paket gebucht? Nein. Der Ring sprach für sich. Wussten ihre Geschwister davon? Sie musste nachher noch einmal zurück. Ohne Jasper.

»Miss Thornton?« Die Köpfe aller Butler wandten sich in ihre Richtung. Jaspers sah sie ernst an.

»Entschuldigung, ich war mit meinen Gedanken schon einen Schritt voraus«, sagte Lily. »Würden Sie Ihre Frage bitte noch einmal wiederholen?«

Sie erhoben sich, um die Suiten zu inspizieren, die momentan nicht bewohnt waren. Jasper beugte sich zu ihr hinüber. »Brauchst du eine Pause?«

»Kein Problem.« Das fehlte noch, dass sie heute schwächelte. Sie nahm die Schultern zurück und verbannte Eleonore und Silvio aus ihren Gedanken.

Der Infinity Pool hatte bis 22 Uhr geöffnet. Um kurz nach halb elf betrat Lily die Dachterrasse, die wie eine Frisbeescheibe auf dem Hotelturm ruhte. Sie blickte auf die Lichter in den Straßen, in den Hochhäusern, warf ihren Bademantel auf eine der Sonnenliegen und sprang kopfüber in den Pool. Sie durchpflügte das Becken, bis ihre Arme zu zittern begannen und ihre Beine sie nicht mehr voranbrachten. Bis sich ihr Atem normalisierte, hielt sie sich am Beckenrand fest. Dann stieß sie sich ab und schwamm auf den gegenüberliegenden Rand zu. Diesen konnte man in der Dunkelheit nicht sehen, und so hatte sie wirklich das Gefühl direkt in den Nachthimmel hinauszuschwimmen. Sie erreichte das Ende des Pools, klemmte den Arm an die Begrenzung und hörte der nächtlichen Großstadt zu.

Das Essen war gut verlaufen. Ihre Mutter hatte sich angeregt mit Jasper über Unternehmensführung unterhalten. Silvio hatte sich benommen, eigentlich fand sie ihn sogar richtig sympathisch. Seine Tischmanieren waren ebenfalls so, dass man sich mit ihm nicht blamierte. Er hatte Lily von der geplanten Australientour erzählt. Outback für ihn, Sydney und Melbourne für Eleonore. Er ist mein Stiefvater in jung, dachte sie nun.

Hinter ihr platschte es. Sie drehte sich um, konnte aber niemanden erkennen. Hatte sie die Tür aus Versehen entsperrt? Sie war sich sicher, noch einmal den Code eingegeben zu haben, der andere am Betreten des Poolbereichs hindern sollte. Sie richtete sich auf. Notfalls musste sie den Gast höflich darauf hinweisen, dass der Pool morgen früh ab sieben wieder geöffnet war. Jaspers Kopf tauchte neben ihr auf. Er hatte die Breite des Beckens durchtaucht und schnappte nach Luft.

»Zwei Gestresste, ein Gedanke.« Er legte seine Arme über die Brüstung. Ihre Ellbogen berührten sich fast.

»Danke, dass du das Hotel so gut führst.« Das Wasser schwappte über den Rand und gurgelte in den weiter unten liegenden Rinnen. Er sah sie nicht an.

»Danke für die Chance.« Lily legte die Arme fester um den Rand.

»Wenn Collum von jemandem so überzeugt ist, spricht das für sich. Wie geht es ihm eigentlich?«

»Gut.« Sie wusste nicht, ob Jasper wusste, dass sie seit fünf Wochen kein Wort, keine Nachricht mit Collum gewechselt hatte. Überdies wollte sie nicht, dass er dies von ihr erfuhr.

»Ist etwas zwischen euch vorgefallen?« Er drehte sich zu ihr um, hielt sich nur noch mit einem Oberarm am Rand fest. Seine zweite Hand verschwand unter Wasser.

»Du hast mir einen Job angeboten, und jetzt bin ich hier«, sagte sie.

Sie schob sich etwas von ihm weg. Jaspers Augen glitten über ihren Körper. »Ich hätte dich nicht aus Dublin weggehen lassen«, sagte er.

»Du vergisst, dass ich selbst entscheide, wo ich bleibe und wo ich hingehe. Gute Nacht, Jasper.«

Sie tauchte ab und erst wieder auf, als sie das schmale Ende des Beckens erreicht hatte, drückte sich aus dem Becken hoch und streifte sich den Bademantel über.

»Habe ich etwas Falsches gesagt?« Er klang sanft.

»Nein, überhaupt nicht. Alles gut. Wir sehen uns morgen beim Briefing.« Sie lächelte. »Schlaf gut.«

Lily schloss die Tür der Umkleidekabine hinter sich ab und riss sich ihren Bikini herunter. Die Dusche war heiß. Bei den warmen Temperaturen, die hier nachts nie unter 24 Grad fielen, duschte sie selten wärmer als lauwarm. Jetzt brauchte sie die Hitze. Ihr Shampoo hatte sie in ihrer Tasche vergessen. Sie bediente sich an der Hotelmarke. Schaum platschte auf den Boden. Wieso hatte er Collum in ihr Bewusstsein gepflanzt? Wochenlang hatte sie sich mit Arbeit betäubt, hatte nahezu jeden privaten Gedanken ausgeschaltet, hatte ignoriert, dass die Übelkeit womöglich liebeskummerbedingt sein konnte. In ihrer Wohnung nutzte sie nur das Bad und das Bett. Noch keine einzige Mahlzeit hatte sie in der winzigen Küche zubereitet. Niemand hatte in der Essecke Platz genommen oder sich auf dem Sofa ausgestreckt. Diese Verdrängung ermöglichte Lily ein ruhiges Leben. Jetzt war er da. Mit voller Wucht drängte Collum in ihren Kopf, in ihr Herz und ihren Bauch. Tränen rannen über ihre Wangen. Ihre Beine trugen sie nicht mehr.

»Du hättest es so leichthaben können! Warum hast du die blöde Kuh wieder in dein Leben gelassen? Warum hast du es nicht mit uns hier probiert? Nur einen Stern und dann hätte ich doch heimkommen können.« Sie kauerte in der Dusche und weinte.

Irgendwann bekamen die Kacheln an der Wand wieder klare Konturen. Die Schaumflecken auf dem Boden hatten sich aufgelöst. Das Shampoo brannte in ihren Augen. Es war so kalt hier. Ihre Hand tastete nach dem Temperaturregler. Der Wasserstrahl traf den Fußboden vor ihr. Sie saß hinter der Wasserwand, streckte ihre Hand aus und zog sich erst hoch, als das Wasser Körperwärme erreicht hatte. Sie spülte das Shampoo aus. Dann wickelte sie sich in ein Handtuch und zerrte ihre Kleidung über die nasse Haut. Sie hörte auch nicht auf zu zittern, als sie sich in ihrer Wohnung ins Bett legte. Die Schlaflosigkeit meldete sich zurück. Sie hatte sie nicht vermisst.

SECHSUNDDREISSIG

Dublin, etwa zur gleichen Zeit.

Collum stand an seinem Bürofenster und blickte hinunter auf den Platz vor dem Firmengebäude. Ihm fiel ein Mann auf, der auf sein Rad stieg und in Richtung Liffey radelte. Er kniff die Augen zusammen und sah ihm nach, bis er zwischen den Gebäuden verschwand. Es klopfte. Ellen trat ein und reichte ihm einen dicken braunen Umschlag. »Der ist eben für Sie abgegeben worden.«

Er blickte auf das Kuvert. In der oberen linken Ecke stand N. Thornton. Also hatte er sich nicht geirrt.

Er legte den Umschlag auf den Schreibtisch. Eine Weile hypnotisierte er das braune Papier, als würde es ihm so seinen Inhalt offenbaren. Er nahm den Brieföffner zur Hand und zog das Immobilienportfolio heraus, das er für Lily hatte erstellen lassen. Seit sie weg war, fühlte er sich, als würde er in einer unsichtbaren Rüstung herumlaufen. Eine Schwere hatte sich auf seine Glieder gelegt. Eine Weile starrte er das Logo der Immobilienfirma an. Regentropfen hatten die Mappe an etlichen Stellen gewellt. Seine Hand strich über die zerknitterte Pappe. Dann schlug er den Deckel auf. Das erste Blatt war eingefügt worden. Es zeigte einen Kartenausschnitt der neuen Docklands: Das S&G-Gebäude und der alte Bootsverleih, mit der Birke, die aus dem Dach wuchs. Über dem S&G-Gebäude hatte jemand mit Plakatstift zwei

Sonnen gemalt, über dem Bootsverleih prangten zwei Sterne. »Let's start over new – lass es uns probieren« stand über dem Wasser des Hafenbeckens, daneben ein großes Herz.

Es fühlte sich an, als würde sich eine Hand auf seine Brust legen und alles darin zusammendrücken. »Let's start over new.« Der Abend im Club. So oft hatte er an diesen gedacht. Sie hatten zu Hoobastanks »The Reason« getanzt. Er hatte sich ihr so nahe gefühlt, dann war sie mit Dean heimgegangen. Nun hatte sie eine Textzeile aus eben diesem Lied abgewandelt, um ihm ihre Entscheidung mitzuteilen. Bevor er ins Meeting ging, musste er sich mehrmals kaltes Wasser ins Gesicht spritzen.

SIEBENUNDDREISSIG

Singapur, Maluhia Suites.

Der Übergang von den Testwochen zum Normalbetrieb verlief fließend. Die Buchungszahlen stiegen stetig. Neben den exzellenten Restaurants und dem vortrefflichen Service war es vor allem der Infinity Pool auf der Dachterrasse, der viele Besucher anzog. Sogar Einheimische mieteten sich in eines der Zimmer ein, um einmal durch die Skyline in den Himmel schwimmen zu können.

Helen informierte Lily, dass die Gäste für die Geburtstagsgala pünktlich eintreffen würden. Die Ausrichtung dieses Events hatte zwischen ihr und Jasper zu Spannungen geführt. William Percy, ein Geschäftsmann, wollte eine opulente Feier für seine Kunden und Freunde geben. Lily hatte gezögert, diesen Auftrag anzunehmen. Percy war dafür bekannt, sein Vermögen mit mehr als dubiosen Methoden gemacht zu haben. Jasper jedoch hatte ihre Bedenken mit dem Hinweis, man sei nicht Amnesty International, beiseitegeschoben. Sie goss sich einen Tee ein und versuchte sich abzulenken. Die Familiengruppe zeigte zwölf Nachrichten. Silvio und Eleonore hatten Fotos geschickt. Vierte Woche der Hochzeitsreise. »Wir freuen uns auf daheim«, stand darunter. Eleonore am Strand, Silvio beim Schnorcheln, Fische, noch mal Fische, Eleonore mit Koala, Silvio küsste Eleonore vor Sonnenuntergang – igitt – großes Hotelzimmer,

Strandblick. »Das Hotel ist sehr schön, aber so toll wie bei Lily ist es nicht!« Ihre Geschwister kommentierten höflich. Die Lindnersche Familiennormalität beruhigte Lily.

Sie verzichtete auf eine Beschimpfung Jaspers, entwarf aber eine Mail, in der sie mehreren Menschenrechts- und Kinderhilfsorganisationen in Singapur die Konferenzräume umsonst für eine Tagung anbot.

Am Tag vor der verhassten Feier traf Jasper im Hotel ein.

»Hast du Angst, dass ich die Veranstaltung sabotiere?«, fragte Lily, sobald er in ihrem Büro auftauchte. Sie hatte von einer persönlichen Begrüßung im Foyer abgesehen und stattdessen Helen geschickt.

»Sagen wir es so: Solltest du Parolen skandieren oder Farbbeutel werfen, würde dich der Sicherheitsdienst unseres Gastes niederringen.«

»Keine Angst, meine Vorgehensweise wäre subtiler gewesen«, sagte Lily.

»Ich fände es schade, wenn sie dich in Handschellen abtransportieren. Ich habe noch hochfliegende Pläne mit dir.«

»Da bin ich aber gespannt. Möchten wir uns in Zukunft mehr auf die Wünsche der kriminellen Klientel ausrichten, um das Kundensegment abzuschöpfen, das die anderen Hotels ablehnen?«

»Wenn ich dich nicht so mögen würde, würde ich dich jetzt abmahnen«, sagte er.

»Wenn wir weiterhin solche Gäste annehmen, muss ich überdenken, ob ich mich beruflich verändern will.«

Nachdem er gegangen war, griff sie wieder zu ihren weißen Kügelchen. Wenn das so weiterging, würde sie diese bald in Großpackung kaufen müssen.

Bei der Begrüßung William Percys gab sich Lily professionell. Sie entschuldigte sich aber bei der ersten Gelegenheit, die sich bot. Angestellte schwirrten durch die vier großen Veranstaltungsräume. In jedem wollte er drei Bars haben, wobei jede ein anderes alkoholisches Getränk ausschenkte. Daneben hatte er Loungegarnituren, aufwändige Beleuchtung, Bühnen für die Jazzband im Ballsaal und das Streichquartett und die DJ-Pulte in den anderen Bereichen verlangt. Die Dekoelemente waren ganz in Gold gehalten. Insgeheim freute sich Lily darüber, denn das konnte sie aus vollem Herzen geschmacklos finden. Sie eilte durch die Räume und fand, dass sie ihrer Sorgfaltspflicht nachgekommen war.

Sie steuerte den kleinen Ballsaal an, der für eine andere Veranstaltung gebucht war. Diesem Event stand sie positiv gegenüber: Andrew Tan, ein Unternehmer aus Singapur, hatte dreiundneunzig Gäste eingeladen, um für seine Ehefrau eine Überraschungsparty zu geben. Obwohl er nur eine halbe Stunde vom Hotel entfernt wohnte, hatte er eine der Suiten gebucht. »Sie will unbedingt einmal in Ihrem Pool schwimmen«, hatte er gesagt. Lily hatte ihm angeboten, die Anlage nur für seine Frau nach der Feier zu öffnen. Das verstieß zwar genau genommen gegen die Hotelregeln, aber der Mann wirkte so verliebt, dass Lily das Herz aufging. Außerdem hatte er eine Überraschung geplant, die nicht nur Lily für ihn eingenommen hatte. Seine Frau war ein großer Fan von Alicia Keys, und er hatte das Hotel beauftragt, die Sängerin für ein Privatkonzert zu engagieren. Noch einen Grund, warum sie Sympathien für diesen Mann hegte, behielt sie jedoch für sich. Lily hatte bei ihrem Backgroundcheck herausgefunden, dass er einen Jahrgang vor Collum in Harvard graduiert hatte.

Die Dekoration entlockte Lily ein Grinsen. Herr Tan hatte einen Himmel aus weißen und roten Herzballons gestalten lassen. Unzählige Ballons wölkten bereits an der Decke, viele würden noch hinzukommen. Auf den Tischen lagen weiße Rosen, zu Herzen gesteckt. Rote Glitzerherzen zierten die Teller, wenn man sie zusammendrückte, explodierten sie und sprühten herzförmiges Glitzerkonfetti auf alles im Umkreis. Der Boden rund um den Tisch zeigte, dass sich die Mitarbeiter zur Genüge vom ordnungsgemäßen Funktionieren der Herzbomben überzeugt hatten. Überall glitzerte es. Eine einzige Liebesexplosion.

»Seine Reinigungsrechnung wird fast so hoch ausfallen wie die Rechnung für die gesamte Feier. Ich habe keine Ahnung, wie wir das Zeug aus den Stühlen und der Tischwäsche herausbekommen sollen«, sagte Helen.

Lily betrachtete den Mustertisch, auf dem Boden sah es tatsächlich so aus, als hätten sich diverse Elfen übergeben.

»Wenn ich noch einen Herzballon sehe, kotze ich.« Helen führte einen Finger in Richtung Mund und röchelte.

»Ich dachte anfangs auch, das hier ist übertrieben«, sagte Lily. »Aber jetzt … es ist schon süß. Und wenn er über seine Frau redet, hat man das Gefühl, er hat sie eben erst kennengelernt.«

»Wahrscheinlich setzt sie ihn unter Drogen.« Helen ging jeglicher Sinn für Romantik ab. Lily merkte, dass sich Sehnsucht irgendwo ganz weit hinten in ihrem Herzen meldete.

»Haben Sie eine aktuelle Gästeliste für mich?«, fragte Lily.

»Soll ich Ihnen eine ausdrucken lassen? Oder reicht es Ihnen auf dem Bildschirm?«

»Bildschirm ist okay«, sagte Lily. Momente später ertönte das Eingangssignal auf ihrem Mobiltelefon. Lily rief das

Dokument auf. Sie überflog die Namen. Der, auf den sie insgeheim gehofft hatte, war nicht darunter.

Eine halbe Stunde später saß Lily an ihrem Schreibtisch und vergrub sich in ihrer Präsentation. Diesen Teil ihrer Arbeit hätte sie am liebsten abgegeben. Auch wenn ihr Helen den Großteil des Verwaltungskrams abnahm, blieb doch etliches, was sie selbst erledigen musste. Jasper kam pünktlich. Lily ließ Tee servieren. Er sah ernst aus. Sie nahm sich vor, die Maßregelung wegen der Menschenrechtsorganisations-Aktion nicht persönlich zu nehmen. Jasper setzte sich aufrecht hin. »Herr Li will uns verlassen.«

»Ist das ein Gerücht oder eine Tatsache?«

»Letzteres. Er hat das Gespräch mit mir gesucht. Er ist der Ansicht, sich nicht verwirklichen zu können.« Jasper äußerte dies sachlich, dennoch verkrampfte sich Lilys Innerstes. »Wissen wir von einem anderen Angebot?«

»Ein Fünf-Sterne-Haus in St. Petersburg zahlt deutlich mehr als wir.«

»Gehen wir mit?« Lily rief die Gehaltslisten auf. Herrn Lis monatliche Zuwendung lag zwanzig Prozent über dem, was auf dem Konto der anderen Köche einging.

Jasper schüttelte den Kopf. »Reisenden Köche soll man den Brei nicht verderben.« Er fand sein Wortspiel gut. Lily wollte keine Begeisterung vortäuschen. Ein weiterer Klick mit der Maustaste zeigte Lily die Reservierungen für die Restaurants. Die Aufstellung bestätigte ihre Vermutung, dass gerade Herrn Lis Lokal in den nächsten Wochen die meisten Vormerkungen aufwies.

»Wann geht er? Soll ich mich nach einem Ersatz umsehen, oder hast du das bereits übernommen?« Lily sah ihn an und wusste, was er antworten würde.

»Ich habe ihn zum 1. April aus seinem Vertrag entlassen. Wenn mein Wunschkandidat zusagt, funktioniert die Stabübergabe reibungslos.« Lily musste mit Jasper dringend ein Konfliktgespräch führen. Es ging nicht, dass er sich ohne Absprache derart einmischte. »Wann erfahren wir das?« Sie musste die Schärfe aus ihrer Stimme nehmen. »Wann erfährst du das?«, sagte sie deutlich sanfter.

»Wenn ich gefragt habe.« Jasper gab sich kühl. Na toll, dachte Lily. Eine Hängepartie mit mehreren Absagen und sie dürfte Ersatzköche engagieren, bis Jasper sich für einen Kandidaten entschieden hätte.

»Ich finde, du solltest Personalentscheidungen in diesem Haus nicht über meinen Kopf hinweg treffen.«

»Das habe ich auch nicht vor.« Er lehnte sich zurück und sah sie an. »Willst du für ihn übernehmen?« Da war dieses Klingeln in ihren Ohren. Sie sah Jasper an. »Du solltest zwar erst nächsten Januar für Wilson im Skylight einsteigen«, sagte er. »Aber wenn du willst, kannst du gleich an den Kochtopf. Ich würde mir die Freiheit nehmen, die Interimsleitung zu übernehmen. Es schadet mir nichts, wieder einmal Fronterfahrung zu sammeln. Ganz im Gegenteil. Außerdem kannst du mir dann Singapur zeigen. Das fände ich spannend.«

Sie versuchte, das eben Gehörte zu erfassen. »Ich kenne hier gar nichts. Ich weiß gar nichts – also über Singapur.« Lilys Gehirn verarbeitete die Informationen in umgekehrter Reihenfolge. Die Schreibtischutensilien wirkten mit einem Mal überdeutlich, alles hinter der Arbeitsplatte verschwamm. Sie würde kochen können. Keine Zahlenreihen mehr, Morgenbriefings würde sie auf der anderen Seite erleben.

»Dann lernen wir Singapur zusammen kennen.« Jasper lächelte. Was hatte er gerade gesagt?

»Okay«, sagte Lily. Der Schock hielt immer noch an.

»Heißt das, du bist einverstanden?«

»Ja, sicher. Von mir aus kann er gleich sein Messerset ein- und in St. Petersburg auspacken. Ich bin bereit.«

Jasper lachte. »Ich freue mich. Wirklich!« Er beugte sich nach vorne und legte seine Hände auf die ihren und drückte sie kurz.

»Ich mich auch.« Lily ließ sich in ihren Bürosessel zurückfallen. Freude begann die Anspannung zu verdrängen.

»Ich gebe dir fünf Minuten, um deine Familie, Freunde und sonst wen in Kenntnis zu setzen. Dann erwarte ich dich im Konferenzraum.«

Jasper hatte ihr Büro verlassen. Lily presste die Hände auf ihr Gesicht. Tränen liefen ihr die Wangen hinunter. Sie nahm ihr Mobiltelefon.

»Ich krieg ein Lokal. Schon ab April. Adieu Hotelleitung, hallo Küchenchefin.« – Lily, 13.05 Uhr. Sie schrieb an Louise, an Niall, in die Familiengruppe. Dann ging sie ihre Kontakte durch, überlegte, wem sie dies noch mitteilen wollte. Vor ein paar Wochen hätte sie Collum zuerst geschrieben. Hoffentlich würde irgendwann die Zeit kommen, zu der sie ihn wieder kontaktieren könnte. Wenn sie das Lokal übernahm, könnte sie ihn einladen. Ein neuer Start. Vielleicht könnte er sich mit ihr freuen.

»Glückwunsch. Ich freu mich für dich. Ist zwar nicht New York, aber da gehörst du hin, Süße. Ich drück dich.« – Louise, 0.07 Uhr.

Lily schickte ein Kussemoji an Louise.

»Toll, meine Liebe. Willst du nicht lieber das Hotel leiten? Das machst du doch so gut.« – Mama, 6.07 Uhr.

Lily musste lächeln.

»Ich finde es super. Alles Gute! Meine Tochter ist eine Starköchin.« – Silvio, 6.08 Uhr.

Sie wusste nicht, ob sie sich jemals daran gewöhnen würde, dass Silvio sie als seine Tochter bezeichnete, aber heute konnte sie darüber hinwegsehen.

Katharina meldete sich außerhalb der Familiengruppe. »Der spinnt, ich bin nicht sein Kind! Wehe, der nennt mich so!« In die Gruppe schickte sie ein Herz und einen Glückwunsch. Ludwig schickte einen nach oben gereckten Daumen.

Helen steckte den Kopf zur Tür herein und erinnerte Lily an das Meeting.

Jasper gab ein kurzes Resümee der ersten Wochen und verkündete die personellen Veränderungen.

»Ich möchte kurz etwas sagen«, Frau Koniec, die Hausdame, erhob sich. »Ich wollte Ihnen für die Wochen hier danken. Sie haben das Hotel hervorragend geführt, uns ermutigt, noch wenig besser zu sein, und ich habe mich jeden Tag gefreut, hier zu arbeiten und für das Maluhia Suites mein Bestes zu geben. Vielen Dank!«

Der Applaus betäubte Lilys Empfinden. Sie sah klatschende Hände, hörte Glückwünsche, fühlte Hände an ihrer Schulter, Umarmungen. Helen öffnete die Tür. Zwei Servicemitarbeiter fuhren eine große Torte auf einem Servierwagen herein. *Goodbye Lily. Hello Chef Thornton* stand in Zuckerschrift darauf. Champagner floss in hochstieliges Kristall. Lily betrachtete Herrn Li. Er wirkte zufrieden, fast erleichtert.

»Ich habe die gleiche Torte geordert, die damals deine Mutter bestellt hat«, sagte Jasper. »Ich hoffe, das ist dir recht.«

»Super«, sagte Lily. »Vielen Dank.« Man drückte ihr

einen Teller mit einem großen Tortenstück in die Hand. Sie stach mit der Gabel in die süße Masse, nahm sich ein winziges Stück und zwang die Creme in ihren Mund. Sie wusste, dass diese Torte eine Meisterleistung war. Der Teig quoll in ihrem Mund. Sie kaute und spülte mit Champagner nach. *Das halbe Stück schaffst du, den Rest lässt du stehen. Alles andere gehört sich nicht, dachte sie sich.*

Der Champagner stieg ihr in den Kopf, prickelte auf dem Weg von dem Mund in den Magen. Der rebellierte und versuchte, den sauren Inhalt wieder loszuwerden. Sie presste sich die Hand auf den Bauch. Es half nichts. Sie stürzte nach draußen, drückte die Toilettentür auf und spie einen Schwall auf den Fußboden.

Schweiß stand auf Lilys Stirn. Kälte umfasste sie. Hinter den Jalousien, die das Bürotreiben aussperrten, brodelte die Geschäftigkeit. Sie musste hinaus. Zu viele Veranstaltungen erforderten ihre Anwesenheit. Jasper hatte sie in ihre Wohnung bringen wollen. Sie hatte abgelehnt. Sie wollte, nein, sie musste an diesem Tag präsent sein.

»Dafür hast du ein Team«, hatte er gesagt.

»Rumgememmt wird nicht«, hatte sie geantwortet.

Vor ihr stand der Kräutertee, der laut Helen jegliche Magenangelegenheiten heilen sollte. Zweimal hatte sie versucht, sich aufzurichten. Ihr Kreislauf hatte sie zurück auf die Couch gezwungen. Sie angelte ihr Mobiltelefon aus der Tasche, steckte sich die Kopfhörer ins Ohr und rief ihre Musikapp auf. Brandi Carlile sang ihre *Story*, die Lily so mitfühlen konnte, dass die Tränen wieder über ihr Gesicht rannen. Vielleicht brauche ich ein paar Tage Auszeit, dachte sie. Dann kann ich auch alles nüchtern betrachten. Sie stemmte sich hoch, wartete, bis ihr Kreislauf sich ebenfalls hochgerappelt hatte, und wankte zu dem Kühlschrank, aus dem sie sich zwei Colafläschchen holte. Dann wickelte sie sich in die Decke und blickte auf die Uhr. Eine halbe Stunde wollte sie sich noch geben. Draußen rechnete ohnehin noch keiner mit ihr. Mach eine halbe Stunde Urlaub, sortiere deine Gefühle und steig wieder ein. Das sagte sie sich. Sie rief die Fotos auf ihrem Handy auf und stoppte bei einem Bild von Richard. Wenn sie jetzt darüber nachdachte, was sie damals auf die Beine gestellt hatte, war sie ein bisschen stolz auf sich selbst.

Hinter ihrem Truck sah man das S&G-Solutions-Gebäude. Dort oben befand sich Collums Büro. Wie gerne würde sie ihm von ihrem Tag erzählen, von ihren Streitigkeiten mit Jasper, vom Stern, der nun greifbar nahe war. Sie wünschte sich in die Zeit zurück, bevor alles kompliziert geworden war. Sie wollte neben Collum liegen und ihm zuhören. Sie sehnte sich danach, ihren Kopf auf seinen Bauch zu legen, während er ihr vorlas, sie sehnte sich danach, seine Hand auf ihrer Hüfte oder um ihren Bauch zu spüren, kurz bevor sie einschlief, sie sehnte sich danach, ihm Lustiges oder Ärgerliches aus ihrem Tag mitzuteilen, und sie fragte sich, ob er das auch vermisste. Sie war sich dessen nicht sicher. Collum forderte vom Leben ein, was er wollte. Sie hatte er nicht eingefordert. Vielleicht konnte er seine Forschheit nur in Geschäftsdingen ausspielen. Sie dachte daran, in welcher Situation sie sich das letzte Mal gegenübergestanden hatten.

Vielleicht traute er sich einfach nicht, sie zu kontaktieren. Oder er wollte es nicht. Wenn sie seine Freundschaft wollte, musste sie diese einfordern. Mit einer beiläufigen Nachricht war es nicht getan. Nachdem was passiert war, konnte sie nicht »Hey, hab grad 'ne Stelle angeboten bekommen, was machst du so?« schreiben.

Also würde es ein Brief oder eine Mail werden, vielleicht würde sie das Ganze auch in den Messenger hineinkopieren. Aber eine sehr ausführliche Nachricht war nötig.

Lieber Collum,

ich denke oft an dich.

Sie löschte den Satz. Das konnte sie in keinem Fall schreiben. Auch wenn es die Wahrheit war.

Während Lily noch darüber nachdachte, mit welchem ersten Satz sie diesen Brief beginnen würde, meldete sich Helen.

»Alicia Keys kommt in einer halben Stunde in der Lobby an. Möchten Sie sie persönlich abholen und die Abläufe heute Abend besprechen?«

»In Ordnung, vielen Dank. Ich bin gleich da.«

Lily wollte es sich keineswegs entgehen lassen, diese wunderbare Frau zu begrüßen. Vor allem würde sie, sobald sie das Restaurant führte, nicht mehr allzu oft Gelegenheit haben, so nahe an Superstars heranzukommen. Sie legte das Handy beiseite. So zerknittert konnte sie keinen Hotelgast willkommen heißen. In einem Kleidersack hing ein komplettes Ersatzgewand für Notfälle wie diesen. Lily sperrte die Bürotür ab und zog sich um. Sogar die Unterwäsche wechselte sie. Collum hatte auch immer Ersatzanzüge in seinem Büro, allerdings hatte er einen Schrank, in dem er mindestens zwei Anzüge, Hemden und alles Weitere für Notfälle bereithielt. Sie musste ihm dringend diesen Brief schreiben, damit er sich nicht unablässig in ihre Gedanken schmuggelte. Eigentlich drängte er schon lange in ihren Kopf, sie hatte ihm nur den Zugang verwehrt. Wenn sie das hinter sich gebracht hatte, konnte sie sich wieder auf ihren Job konzentrieren.

Lily betrat den Aufzug und betrachtete sich im Spiegel. Sie war blass.

»Herr Larsson meint, er übernimmt. Sie sollen sich ausruhen.« – Helen, 15.24 Uhr.

Herr Larsson soll sich aus meiner Hotelleitung und aus meiner Gesundheit heraushalten, dachte Lily. Das konnte sie Helen aber nicht schreiben, weil sie diese nicht in das Kompetenzgerangel ihrer Vorgesetzten hineinziehen wollte.

»Schon unterwegs«, schrieb sie.

Als sich die Aufzugtür öffnete, hatte Jasper bereits die Begrüßung der Sängerin übernommen. Konnte sie sich jetzt neben ihn stellen und sich in diese Mini-Willkommenszeremonie einmischen? Das sah blöd aus. Während sie überlegte, setzte sich der Tross schon in Richtung Privataufzüge in Bewegung.

»Es tut mit leid. Ich habe Herrn Larsson mitgeteilt, dass Sie die Begrüßung übernehmen wollen. Aber …« Helen war neben ihr erschienen.

»Ist schon in Ordnung«, sagte Lily. »Das Hotel hat den Ehrengast angemessen begrüßt. Darauf kommt es an.« Sie spürte, wie ihr plötzlich schwindlig wurde. Mit ihrer Hand stützte sie sich an der Wand ab.

»Kann ich Ihnen etwas holen?« Helen sah Lily besorgt an.

»Es geht schon«, sagte Lily. Ihre Assistentin nahm sie am Arm und führte sie zu einem Sessel am Rand des Eingangsbereichs. Sie ging vor Lily in die Knie. »Ich komme aus einer Kleinstadt, in der Privatsphäre allenfalls im Wörterbuch vorkommt. Aber gegen das Maluhia Suites ist mein Heimatort eine Oase der Verschwiegenheit.« Sie sah sich um. »Jetzt einmal von Frau zu Frau. Ständig ist Ihnen schlecht, ständig werfen Sie diese homöopathischen Kügelchen ein. Was benötigen Sie? Tampons, Schmerztabletten, Kräutertee oder …« Sie senkte ihre Stimme noch einmal »Soll ich einen Schwangerschaftstest kaufen?« Lily fühlte sich noch elender. Die

Signale ihres Körper waren nicht eindeutig – weder in die eine noch in die andere Richtung. Dieser Gedanke hatte sich schon ein paar Mal in ihren Kopf gestohlen, sie hatte ihn immer sofort daraus verwiesen.

»Es wäre sehr nett, wenn Sie mir Kräutertee und Letzteres besorgen würden. Ich habe nur gerade kein Geld da, wenn Sie mit mir …«

»Machen Sie sich keine Gedanken. Wir kriegen das hin.«

Lily wusste, dass es überflüssig war, Helen um Verschwiegenheit zu bitten.

Lily fuhr mit dem Aufzug in ihr Büro. Zum ersten Mal zwang sie sich, darüber nachzudenken, was geschehen würde, sollte der Test tatsächlich positiv ausfallen. Ihr Brief an Collum würde plötzlich einen ganz anderen Inhalt haben. Welches Elternmodell würden sie anstreben? Freunde mit gemeinsamem Sorgerecht oder Paar mit Kind? Theoretisch war beides möglich. Allerdings wollte sie mit Collum nicht einer gemeinsamen Verpflichtung wegen zusammenkommen. Über diesen Gedanken erschrak sie. Ist es das, was du willst? Mit ihm zusammen sein? Lily wusste gerade gar nichts.

Sie fixierte das Stäbchen. Helen hatte die Variante gekauft, die das Ergebnis in Worten mitteilte. Sie saß in der Toilettenkabine, starrte auf das Display und fragte sich, welches Ergebnis sie erhoffte.

Das letzte Viereck baute sich auf. Gleich würde das Display verkünden … *Nicht schwanger*. Lily atmete durch und versuchte die Emotion einzuordnen. Erleichterung fühlte sich anders an.

Als sie aus der Toilette kam, betrat Jasper den Bürotrakt. Sie erschrak ein wenig, als sie ihn sah. Dann fiel ihr aber ein, dass er gar wissen konnte, was sie gerade erfahren hatte.

»Ich habe dir einen Tee heraufbringen lassen«, sagte er. »Ist alles in Ordnung? Du siehst ganz blass aus! Momentan geht es dir öfter nicht gut, oder?«

»Ich habe mir nur die Hände gewaschen«, sagte sie.

Er bestand darauf, dass sie sich auf die Couch setzte und die Beine hochlegte.

Er beugte sich über den Tisch und entfernte das Teesieb aus der Kanne. »Ich bin mir sicher, du willst dich persönlich davon überzeugen, dass für das Fest alles vortrefflich organisiert worden ist. Miss Keys möchte sich noch einmal in Ruhe vorbereiten. Gegen fünf müsste dein Kreislauf doch bestimmt wieder einsatzbereit sein.« Er zwinkerte. Es sah aus, als erwarte er ein Lob. Lily sagte nichts und trank einen Schluck Tee.

»Eigentlich wollte ich dich heute Abend zum Essen einladen«, sagte er. »Du bewegst dich ja hier sowieso nicht weg, bis du nicht weißt, dass alles einwandfrei über die Bühne gegangen ist.«

Lily überlegte. »Nudelsuppe wäre toll.«

Sie sah, dass er damit nicht gerechnet hatte. Seine Augen strahlten plötzlich. »Dann lasse ich bei mir in der Suite servieren. Halb acht?«

»Klingt gut.«

»Und Lily, bis fünf bewegst du dich hier nicht weg und ruhst. Das ist eine Anordnung.«

Er verließ das Büro, sie nahm ihr Handy in die Hand.

Lieber Collum,

ich muss wirklich oft an dich denken. Du hast immer gesagt, man bekommt im Leben das, was man will, man muss nur mutig genug sein, es einzufordern. Und ich fordere dich ein. Du fehlst mir, du, unsere Nachrichten, unsere Gespräche einfach alles. Ich würde mich freuen, wenn wir wieder Kontakt haben können und wenn du mich hier vielleicht einmal besuchen könntest. Es ist so viel passiert, und ich habe dir so viel zu erzählen.

Sie las sich das Geschriebene durch und fand es für einen ersten Entwurf gar nicht schlecht. Die Worte waren einfach aus ihren Fingern geflossen. Sie speicherte die Zeilen unter »Entwürfe« in ihrem Mailprogramm. Später würde sie noch einmal über die Formulierungen gehen und die Nachricht dann abschicken.

Sie legte sich auf ihre Couch und zog die Decke über sich. Eine kleine Auszeit musste sie sich gönnen. Sie schloss die Augen.

Gegen fünf öffnete Lily leise die Tür des kleinen Saals. Abgesehen von einem Licht neben dem Flügel auf der Bühne hatte die Haustechnik nur die indirekte Beleuchtung im Saal angeschaltet. Während sie vorsichtig die schwere Tür hinter sich zuzog, lauschte sie in den Raum. Es war völlig still. Die Klimaanlage ließ die Luftballons aneinanderstoßen. Sie drehte sich um. Herzluftballons an der Decke, an den Säulen, den Wänden. Bodenlanger Damast verhüllte die runden Tische, Stoffservietten, herzförmige Glitzerbomben. Es sah nicht annähernd so kitschig aus, wie sie gedacht hatte. Der ganze Raum strahlte die Zuneigung aus, die der Geschäftsmann mit seiner Feier ausdrücken wollte. Sie musste sich zusammennehmen, um sich nicht mit voller Wucht gegen die Ballons an der Wand zu werfen und diese zerplatzen zu lassen.

Fingerübungen drangen an ihr Ohr, Tonleitern, und dann begann Alicia Keys »Fallin« zu singen. Lily wagte kaum, sich zu bewegen. Sie blieb im hinteren Teil des Saales, setzte sich auf den Boden und zog die Beine an. Ihr privates Konzert, auch wenn sich die Sängerin dessen gar nicht bewusst war. Lily hatte die Lieder oft beim Autofahren oder Kochen gehört und sie gut gefunden. Live berührte die Stimme der Künstlerin direkt ihre Seele. Sie merkte, wie ihr bei »Empire State of Mind« die Tränen kamen. Nach ein paar Liedern, die Lily nicht so gut kannte, begann die Sängerin »Doesn't mean anything« anzustimmen. Aus irgendeinem Grund schien sie mit ihrem Vortrag nicht zufrieden zu sein, denn sie brach wiederholt ab und begann die erste Strophe wieder von vorne zu singen. Sieben Mal hörte Lily die ersten Zeilen, bis die Sängerin den Refrain sang. Lily hatte noch nie so geweint.

Kurz vor sechs stand Alicia Keys auf, klappte vorsichtig den Deckel über die Tasten, zog sich einen Cardigan an und verließ über den Hintereingang den Saal. Lily konnte sich nicht bewegen.

Sie holte ihr Handy heraus und rief den Brief an Collum auf. Sie löschte: »*Ich würde mich freuen, wenn wir wieder Kontakt haben können und wenn du mich hier vielleicht einmal besuchen könntest.*« Und tippte: »*Es würde mir so viel bedeuten, wenn wir uns bald einmal wiedersehen könnten. Irgendwie macht alles ohne dich nur halb …*« Sie löschte. »*Irgendwie sind meine Tage schöner und wertvoller, wenn du daran teilhaben kannst. Hier passiert jeden Tag so viel und es wäre so schön, wenn ich dir in Zukunft davon erzählen könnte.*«

Wieder speicherte sie.

Sie hörte, wie gegenüber Türflügel geöffnet wurden. Die Mitarbeiter wollten die letzten Vorbereitungen treffen. Lily verschwand, bevor sie jemand sehen konnte.

Jaspers Suite war dezent illuminiert, als sie um halb acht zum Essen kam. Auf dem Tisch lagen elegante Sets, auf Kerzen hatte er offenkundig verzichtet. Zu persönlich für ein Geschäftsessen, zu wenig intim für ein Date, dachte Lily.

Jasper hatte eine Reisnudelsuppe für sie geordert. Er selbst aß Loup de Mer. Beim Essen fragte er sie nach Details zu dem Lokal. Sie schilderte ihr Konzept von europäischen Speisen mit leicht asiatischem Touch. Im Miller Grand hatte sie ähnlich gekocht. Die Zusammenstellungen, die sie nun plante, waren mutiger, exklusiver. Mit dem finanziellen Rahmen würde sie auskommen. Jasper betonte, dass sie sich deswegen keine Sorgen machen sollte. Im Vordergrund stehe der Stern und das damit verbundene Renommee. Er stellte ihr eine grundlegende Umgestaltung des Restaurants in Aussicht. Sie hatte nur mit einer Änderung der Dekoration gerechnet. »Ich meine es absolut ernst, Lily«, sagte er. »Wir bauen hier etwas ganz Großes auf.«

Ihr Magen hieß ambitionierte Projekte heute nicht mehr gut und zwang Lily den Löffel weg- und ihre Hand auf den Bauch zu legen. Sie versuchte, dies so unauffällig wie möglich zu tun. Kein Mensch wollte eine nicht stressresistente Küchenchefin verpflichten.

Kurz nach neun entschuldigte sich Jasper, er wolle sehen, ob die große Feier des moralisch zweifelhaften Geschäftsmannes nach Plan verlief. Er meinte, sie solle sich schonen und einfach hierbleiben, sie widersprach ihm nicht. Sie trat an die Fenster, sah in die Nachtlichter Singapurs und atmete tief durch. Nicht weinen, Lily, alles ist gut. Du hast deinen Traum. Alles ist gut. Du hast ein Lokal und die nervigen Sachen werden dir abgenommen. Bei einem eigenen Lokal müsstest du das selbst tun. Obwohl … Die Buchhaltung konnte man auslagern, es gab doch Firmen, die so etwas anboten. Wenn sie Collum fragte, würde er sicher eine zuverlässige Firma kennen. Wahrscheinlich würde er einen Mitarbeiter anweisen, ihre Buchhaltung mit zu übernehmen. Sie würde die Leistung natürlich bezahlen. Investition auf Umwegen.

Sie hatte sich anders entschieden. Es gab verschiedene Wege zum Stern. Dieser hier war unkomplizierter. Aber sie hatte ihn sich verdient – so lange hatte sie darauf hingearbeitet und Rückschläge einstecken müssen.

Sie sah aus dem Fenster auf die Bucht. Ihr fiel das Grand Canal Becken ein. Dort befand sich der verfallene Bootsverleih. An der Rückwand hatten sich Graffitikünstler ausgetobt, aus dem Dach wuchs ein Baum. Ein kleines Lokal. Wenn man auf der Seite des Hafenbeckens eine Terrasse ansetzte, aß man über dem Wasser. Lily!, ermahnte sie sich selbst. Morgen musst du surfen gehen, dir diese Gedanken aus dem Kopf spülen lassen. Sie verließ die Suite. Lily beschloss, dass Wegschwimmen für heute genügen würde. Sie holte ihren Bikini aus dem Büro und fuhr hinauf zum Pool. Kein Mensch war zu sehen. Die meisten Hotelgäste wohnten einer der Feiern bei. Lily sah auf die Uhr. Der Auftritt von Alicia Keys sollte um 23 Uhr stattfinden. Sie konnte schwimmen und dann hinuntergehen und sich die Lieder noch einmal anhören.

»Läuft alles gut. Wollen wir etwas trinken gehen?« – Jasper, 21.37 Uhr.

Sie ignorierte die Nachricht. Nachdem sie sich davon überzeugt hatte, dass sich wirklich niemand mehr auf diesem Stockwerk befand, rief sie die Haustechnik an und bat darum, den Zutritt zum Poolbereich schon jetzt zu sperren. Sie stieg in das Wasser und schwamm, bis ihre Arme und Beine zitterten. Dann wickelte sie sich in ihren Bademantel, kuschelte sich auf die Liege und überlegte. Wieder eine Nachricht von Jasper.

»Alles gut, hab mich hingelegt.« – Lily, 22.07 Uhr.

»Gut! Endlich bist du vernünftig«, kam die umgehende Antwort. – Jasper, 22.08 Uhr.

Sie sah auf die Lichter und dachte nach.

ACHTUNDDREISSIG

Kuala Lumpur, am gleichen Abend.

Ein Wagen brachte Collum zum Flughafen. Die Verhandlungen der letzten Tage hatten ihn ausgelaugt, obwohl er bis jetzt die einfacheren Termine in Tel Aviv, Katar und Kuala Lumpur absolviert hatte. In Hongkong würden die Patentanwälte hinzukommen, die Sitzungen würden zermürbend werden. Das S&G-Team vor Ort bereitete die Markteinführung des neuen Notebooks vor. Die Zeit drängte, denn die Konkurrenz kündigte in einer aggressiven Kampagne den Launch eines ähnlichen Minicomputers an. Eine Verzögerung konnten sie sich nicht leisten.

Er lief über das Rollfeld und stieg in den Firmenjet.

Sein Mobiltelefon vibrierte.

»Na, du Joggingmönch. Wie war dein Meeting?« – Marlene, 12.04 Uhr.

»Dir kann man es nicht recht machen. Erst mache ich dir zu wenig Sport und dann passt es dir auch wieder nicht, wenn ich regelmäßig laufe. Meeting war mittelprächtig, aber ich denke, wir können zufrieden sein.« – Collum, 19.07 Uhr.

»Und das nächste Projekt. Läuft alles?« – Marlene, 12.10 Uhr.

»Ein paar Sachen muss ich noch vor Ort abklären. Aber die Assistentin vor Ort scheint sehr fähig. Sie hat verstanden, was auf dem Spiel steht. Ich bin nervös.« – Collum, 19.14 Uhr.

»Ich bin mir sicher, das wird alles gut.« – Marlene, 12.16 Uhr.

Er seufzte.

Der Jet rollte über die Startbahn und beschleunigte. Collums Inneres reagierte, als die Maschine abhob.

Maluhia Suites, am gleichen Abend.

Lily zog ihr Mobiltelefon heraus.

> *Lieber Collum,*
> *mein Lokal und mein Stern sind mein Traum und den werde ich mir erarbeiten. Unterstützung kann ich bestimmt brauchen und wenn sie von dir kommt, wäre das ein großes Geschenk. Ich habe mich entschlossen, zurückzukommen. Dublin fühlt sich richtig an. Dort habe ich Dad und es wäre schön, wenn ich auch dich hätte.*
> *In meinem Lokal kann ich einen Stammgast gut gebrauchen und einen Freund, der mich bei dem Abenteuer unterstützt, am liebsten sogar einen Partner … Und selbst, wenn für dich alles nicht infrage kommt, werde ich zurückkommen. Dublin ist mein Zuhause.*

Sie lehnte sich zurück und überlegte, ob man die Nachricht so abschicken konnte. Zu spät erhob sie sich von der Liege und ging unter die Dusche. Als sie die Haare über den Kopf föhnte, merkte sie, dass die Übelkeit verschwunden war. Auch die Aussicht, dass sie Jasper ihren Entschluss beibringen würde, vermochte diese nicht wiederherzuholen. Sie zog sich an, legte Make-up auf und nahm ihr Handy heraus. Der Nachrichteneingang pingte. Keine Zeit, Jasper, dachte sie.

Sie las die Nachricht an Collum ein letztes Mal. Ihr Mobiltelefon meldete einen weiteren Nachrichteneingang. Sie atmete tief ein. Dann tippte sie »Ich liebe dich« und drückte auf »Senden«. Oh Gott, dachte sie. Wann wird er die Nachricht sehen? Wie lange wird es dauern, bis er antwortet? Wird er überhaupt antworten? Was ist, wenn er jemanden hat?

Ihre Unterlippe hatte zu zittern begonnen. Sie konzentrierte sich auf ihren Bauch. Der signalisierte, dass sie das Richtige getan hatte. Nur hatte er das noch nicht an den Rest ihres Körpers gemeldet. Sie war mit einem Mal so nervös, dass sie mehrere Anläufe benötigte, um den Lippenstift sauber aufzutragen. Das Mobiltelefon lag neben ihr. Weitere Pings. »Ach Jasper, du nervst«, dachte sie. Ihre Aufgaben hier im Hotel waren plötzlich in weite Ferne gerückt. Wann sich Collum wohl melden würde? Ob er sich melden würde? Bestimmt. Lily bekam plötzlich Panik, dass er eine Freundin hatte. Ihr Körper bebte bei diesem Gedanken. Sie suchte die Schlüsselkarte in ihrer Handtasche. Zwei weitere Nachrichteneingänge. Sie sah nach. Von Collum waren sie nicht. Jasper erkundigte sich, wie es ihr ging. Sieben neue Nachrichten. Das konnte nur eine Katastrophe bedeuten.

»Wo sind Sie denn? Die Veranstaltungen laufen super! Das Konzert beginnt gleich!« – Helen, 22.59 Uhr.

»Bin gleich unten.« – Lily, 22.59 Uhr.

Die anderen Nachrichten informierten sie über das gute Gelingen der beiden Feste. Beruflich beruhigt rief Lily den Aufzug, ihr Mobiltelefon hielt sie fest in der Hand.

Als sie in den herzgeschmückten Saal trat, wunderte sie sich, dass die leise Musik immer noch aus den Lautsprechern kam. Eigentlich sollte gleich das Konzert beginnen. Ein Assistent eilte herbei und informierte sie, dass Herr Tan im letzten Moment noch einen Einfall gehabt hatte. Beim Refrain von »This Girl is on Fire« sollten alle Gäste auf die Glitzerherzen drücken, die auf den Tischen bereitstanden. Dies wünschte er gleich am Anfang des Programms. Ihre Assistentin sei bei der Künstlerin, um mit ihr die Änderung der Abfolge zu besprechen. Noch etwas anderes sei abgewandelt worden, aber darüber wisse er nichts. Das würde ihr Helen sicher nachher erläutern. Er überreichte ihr ein großes weißes Kuvert.

»Helen meinte, ich soll Ihnen den geben, sobald Sie hier auftauchen.«

Lily nahm den Umschlag entgegen. Er trug das Logo des Maluhia Suites und kam von der Geschäftsführung. Zweifelsohne der Vertrag über ihre neue Stelle. Sie musste dringend mit Jasper reden.

Die Loungemusik aus dem Lautsprecher verstummte. Ein kleiner Scheinwerfer erhellte den Flügel. Obwohl Lily in Gedanken gerade noch ganz weit weg von den Geschehnissen im Hotel gewesen war, spürte sie, wie die Freude in ihr prickelte, sich mit der Aufregung vermischte. Sie schielte auf ihr Handy. Collum hatte die Nachricht gelesen – laut Zeitstempel war das bereits sieben Minuten her. Ihr Magen zog sich zusammen. Sie hatte gehofft, er würde sich sofort melden. Also doch Plan B. Dublin ohne Collum. Vielleicht musste er sich noch sortieren. Oder ihre Freundinnentheorie traf doch zu.

Der Applaus der Gäste riss sie aus ihrer Ängstlichkeit. Die Sängerin betrat die Bühne, lächelte und setzte sich an den Flügel. Sie legte ihre Hände sanft auf die Tasten und begann zu spielen. Offenbar hatte sie sich für ein neues Vorspiel entschieden. Lily war verwundert, sie kannte diese Version von »Girl on Fire« gar nicht. Schließlich fing die Künstlerin an zu singen. Das war eindeutig nicht das Lied, das für den Auftakt angekündigt war. Oh nein! Eine Katastrophe! Lily studierte die Gesichter der Gäste, sah zurückhaltende Verunsicherung. Sie trat einen Schritt zur Seite, um Herrn Tans Reaktion einzufangen. Der saß ganz entspannt dort, hatte den Arm auf dem Rücken seiner Frau. Sie war ganz hingerissen von der Überraschung und strahlte. Was spielte sie überhaupt? Das Lied kam ihr bekannt vor. Bestimmt hatte sie es hier schon mal irgendwo gehört.

Helen erschien neben Lily, leicht aufgelöst. »Sie haben den Umschlag noch nicht geöffnet.«

»Ich kümmere mich später darum.« Lily überlegte, ob sie zuerst mit Helen und dann mit Jasper reden sollte. Sie wollte diesen Traum von einer Assistentin in jedem Fall selbst über ihren Weggang in Kenntnis setzen. Bei Jasper wusste man nie.

»Öffnen Sie den Umschlag!« Helen sah sie fast panisch an. Der eindringliche Ton überraschte Lily. Sie schob ihn auf den Stress der Eröffnungswochen.

Lily nahm ihren Finger und schob ihn in die Öffnung zwischen Kleberand und Korpus. Alicia Keys stimmte den Refrain an, und mit einem Mal fiel Lily auf, dass es sich gar nicht um einen Song der Künstlerin handelte. Das war »The Reason« von Hoobastank. Ihr Finger zerriss die Seite des Kuverts. Er enthielt nur ein Blatt. Sie zog es heraus. Eine Karte der neuen Docklands. Zwei Sonnen, zwei Sterne. Ein Grund, neu anzufangen. *Das finde ich auch*, war mit rotem Edding hinzugefügt. Lily begann zu zittern, Tränen liefen über ihre Wangen.

Jemand war neben sie getreten. Sie hob ihren Kopf, und dann umschlossen sie Collums Arme. »Du bist der allerbeste Grund für alles«, sagte er und dann küsste er sie.

NEUNUNDDREISSIG

Dublin. Eineinhalb Jahre später.

Collum sah aus dem Fenster seines Büros. Möwen schaukelten auf den seichten Wellen in der Sonne. Ein Gerüst umhüllte den ehemaligen Bootsverleih. Neue Dachbalken lagen über dem Gebäude. Die Birke ragte noch immer aus dem Dach. Sie würde ein Glasgehäuse bekommen. Die Prognose des Gärtners sah düster aus. Das störte die neue Besitzerin wenig, sie war optimistisch, dass sich dieser Baum seiner Rolle bewusst war und ihrem Lokal dauerhaft etwas Ungewöhnliches geben würde. Neben dem Architekten, der sich in seinem Anzug deutlich von den restlichen Helmträgern unterschied, stand eine Frau. Ihr Bauch zeigte, dass sie bald ein Kind erwartete.

Collum griff zu seinem Telefon.

»Hallo Collum«, meldete sich Lily. »Ich wollte dich ohnehin gleich abholen. Was gibt es denn?«

»Das wirst du nicht glauben«, sagte er. »Auf dem Gerüst vor meinem Fenster steht eine hochschwangere Frau. Ich bin froh, dass du unser Kind nie unnötig in Gefahr bringen würdest.«

Die Frau auf dem Gerüst drehte sich in Richtung des S&G-Gebäudes und winkte. Dann stemmte sie eine Hand in die Seite.

»Hast du nichts zu arbeiten, dass du mir hier nachspionierst?«

»Ich bin sogar über die Maßen beschäftigt, allerdings erschweren es mir die Eskapaden meiner tollkühnen Frau bei der Sache zu bleiben. Bist du wahnsinnig? Komm sofort von diesem Ding herunter oder ich schicke den Sicherheitsdienst.«

»Au ja! Schick mir Riley, der versteht mich. Seine Frau ist im neunten Monat noch Hochseeangeln gegangen.«

»Und wenn sie von Klippen in den Atlantik gesprungen wäre, wäre mir das völlig egal. Komm dort herunter oder ich hole dich persönlich vom Gerüst.«

»Die Idee finde ich so interessant, dass ich jetzt erst recht oben bleibe. Außerdem musst du dich sowieso in Bewegung setzen, wenn du mit mir essen willst.«

Sie legte auf.

Als Collum an der Baustelle ankam, saß Lily unschuldig lächelnd auf einer Bank im Schatten und lachte. »Ich bin schwanger, nicht krank.«

»Manchmal wünsche ich mir, dass du die Schwangerschaft ein bisschen schlechter vertragen würdest. So ein wenig Übelkeit oder ein paar Rückenschmerzen wären gut … zumindest für meine Nerven.«

Sie küsste ihn. »Ich mag es so, dass du mir nur das Beste wünschst. Außerdem wird mal sie ’ne Surferin, da muss sie Höhe und Wasser aushalten.«

»Das arme Kind.« Er küsste sie auf die Wange und legte seine Hand auf ihren Bauch.

»Ich muss ja ausgleichen, dass du sie so verwöhnst«, sagte sie. »Sie hat jetzt schon mehr Klamotten als ich. Ich habe übrigens dein Foto an alle Flughafenboutiquen übermitteln lassen. Die dürfen dir nichts mehr verkaufen.«

»Wenn das dein einziges Problem ist.«

»Ist es«, strahlte sie. »Und das finde ich schön.«

»Ich auch«, sagte er. »Italienisch oder Japanisch?«

»Sandwiches im Park.« Sie hielt die mitgebrachte Tasche hoch. »Liest du mir vor?«

DANKSAGUNG

Das ist er. Mein Roman bei Blanvalet! Ich kann es immer noch nicht fassen.

Der Weg von *Samstag* zu *Einmal Liebe zum Mitnehmen* war spannend, unerwartet, arbeits- und lehrreich und voller wunderschöner Momente und Begegnungen. Ich bin sehr dankbar und glücklich für die vielen Menschen, die mich im Großen wie im Kleinen begleitet haben.

Allen voran gilt mein großer Dank der Verlagsgruppe Random House. TWENTYSIX hat mit den wunderbaren exklusiven Verlagsservices eine Tür geöffnet, durch die ich nur zu gerne gegangen bin. Tausend Dank für die tolle Chance.

Mein herzlicher Dank geht an das sensationelle Team von Blanvalet, das mich so nett aufgenommen hat und mich so wunderbar betreut und unterstützt. Es ist mir ein Fest, mit Ihnen bzw. euch zu arbeiten.

Mein Dank gilt auch meiner Literaturagentin Bettina Querfurth, die mich mit ihrer Erfahrung in allen Belangen unterstützt und berät.

Und dann sind da noch die vielen Menschen, die mir mit Rat, Tat, Zeit und Herzblut beiseitestehen. Ihr seid großartig, und ich bin froh und dankbar, dass es euch gibt.

In alphabetischer Reihenfolge:

Meine »Allstars« Amelie, Julia und Johannes – Vielen Dank, dass ihr mich mit »Insiderwissen« versorgt habt.

Anja – Danke, dass du deine umfangreiche Asienerfahrung mit mir geteilt hast.

Caro – Ein Unternehmen wie S&G Solutions benötigt fähige Leute im Hintergrund. Danke für dein immenses Know-how.

Christian – Wo soll ich anfangen? Eigentlich bist du zu gut für diese Welt. Vielen Dank fürs Dasein, Rückenfreihalten, Motivieren, Unterstützen, Aufrichten, Nicht-Ganz-So-Ernst-Nehmen, Beraten, Mitfahren, Kritischsein, Milchreiskochen, Schokopuddingzaubern, Überarbeiten, Fotografieren, Filmen, Schneiden, und und und.

Christopher – Vielen Dank, dass du dein Küchen-Insiderwissen mit mir geteilt und meiner Lily und ihren Rezepten die nötige Professionalität mitgegeben hast.

Franziska – Meine Gestaltungsfee! Vielen Dank fürs Designen, Homepageoptimieren und Freizeitinvestieren.

Gabi und Christine – Vielen Dank fürs Durchsehen der ersten Entwürfe.

Jessica – »Weest bedankt«, dass Frau Jöns nun »platt snaken« kann.

Johanna – Meine tolle Lektorin! Mit deinem Können, deinem Blick fürs Wesentliche und deinen Anregungen hast du mich enorm unterstützt. Danke, dass du mein Manuskript auf einen so guten Weg gebracht hast.

Kathrin – Vielen Dank, dass du dich allen Tippfehlern angenommen hast.

Mama – Danke für alles! Vor allem dafür, dass du eine liebe Mama bist und ich mir deswegen ganz ungehemmt schreckliche Mütter zusammenfantasieren kann.

Max – Es bedeutet mir viel, dass du mitfieberst, dich mitfreust, mitleidest, zuhörst, mich ablenkst und aufbaust. Tausend Dank!

Natascha – Du weißt ja, ohne dich gäbe es das alles gar nicht. Du hast die ganze Sache ins Rollen gebracht, und dafür bin ich dir ewig dankbar. Tausend Dank fürs Mitgestalten, Anregen, Absegnen, Trösten, Aufrichten, Begleiten, Beraten, Motivieren, Diskutieren, Erstlesen, Kritischsein, Realitätschecken, An-Mich-Glauben, Jeden-Blödsinn-Mitmachen, Stolzsein etc.

Susanne – Danke für die Inspiration, fürs Testlesen und fürs Faktenchecken. Es ist so wertvoll und gewinnbringend, mit dir und Natascha wild zu diskutieren und zu überlegen, was die Figuren jetzt tun oder lieber lassen sollen. Vor allem macht es unglaublichen Spaß! Ich freue mich schon aufs nächste Mal.

Yvonne – Dir habe ich so viel zu verdanken. Wir haben schon so viel Spannendes miteinander erlebt, und ich hoffe, wir haben noch viel Tolles vor uns. Ohne dich und ohne TWENTYSIX gäbe es keine *Liebe zum Mitnehmen*. Danke fürs Entdecken, Tolle-Erlebnisse-Bescheren und Unterstützen.

Zuletzt – Alle Frieda-Unterstützer der ersten Stunde: Vielen Dank fürs Runterladen, Rezensionen schreiben, Verschenken und Werbung machen. Ihr seid die Besten!

Zuallerletzt – Moni fürs Unterstützen und Begleiten. Es ist schön, dass du da bist!

Wenn das Meer glitzert und es nach Sommer riecht, ist es Zeit, sich zu verlieben …

448 Seiten. ISBN 978-3-7341-0490-9

Sonja ist kaum über die Trennung von ihrem Mann hinweg, als sie auch noch ihren Job verliert. So hält die Gartenarchitektin nichts in der Heimat, als sie überraschend ein Strandhaus in Florida erbt. Dolphin Island ist zauberhaft: pastellfarbene Häuschen und türkisblaues Meer. Bald findet Sonja nicht nur eine neue Aufgabe – sie möchte so schöne wie umweltfreundliche Dünengärten anlegen –, sondern trifft mit Nick Winslow auch einen Mann, der sie tatsächlich zum Bleiben bewegen könnte. Doch irgendjemand will verhindern, dass Sonja Erfolg hat und auf Dolphin Island heimisch wird. Zum Glück gibt es Lebenskünstler Sam, der ihr immer wieder aus der Patsche hilft …

Lesen Sie mehr unter: **www.blanvalet.de**